KNAUR

Im Knaur Taschenbuch Verlag
ist von dem Autor bereits erschienen:
Todesblau

Über den Autor:
Felix Leibrock hat Germanistik und Geschichte in Freiburg, Bern und München studiert. Danach hat er u. a. als Buchhändler gearbeitet, bevor er das Studium der evangelischen Theologie begann. Er arbeitete als Pfarrer und Stadtkulturdirektor in Weimar. Heute ist er Geschäftsführer des Evangelischen Bildungswerks München e.V., Mitglied der Evangelischen Redaktion bei Antenne Bayern und Polizeiseelsorger bei der Bayerischen Bereitschaftspolizei.

Felix Leibrock

EISES GRÜN

Kriminalroman

KNAUR

Besuchen Sie uns im Internet:
www.knaur.de

FSC
www.fsc.org
MIX
Papier aus verantwortungsvollen Quellen
FSC® C083411

Originalausgabe April 2016

Ein Imprint der Verlagsgruppe
Droemer Knaur GmbH & Co. KG, München
Redaktion: Dr. Heike Fischer

Umschlaggestaltung: ZERO Werbeagentur GmbH, München
Umschlagabbildung: FinePic®, München
Satz: Adobe InDesign im Verlag
Druck und Bindung: CPI Books GmbH, Leck
ISBN 978-3-426-51617-1

2 4 5 3 1

Ich will das Herz des Pharao verhärten
2. Mose 7,3

Vom Eise befreit …
Goethe, Faust I, Osterspaziergang

PROLOG

An einem Novembertag im Jahre 1984

Der Herzinfarkt kam nicht überraschend. Ihr Geliebter verhielt sich feige. Das Amt entzog man ihr und raubte ihr damit die Ehre, den Stolz. Alles war so demütigend. Keine Nacht mehr, in der sie Ruhe fand. Kein Tag mehr, an dem sie aus der Grübelfalle herauskam. Sie hatte ihn geliebt, und er, er strafte sie, als es aufflog, dafür ab. Er musste die Fassade aufrechterhalten. Die Partei duldete nicht, dass sich solche Eskapaden herumsprachen. Also ließ er sie fallen. Seit damals spürte sie häufig Stiche im Herzen, dann dieses Rasen. Jetzt der Herzinfarkt.

»Los, bringen Sie sie jetzt runter in den OP. Wir fangen in einer Viertelstunde an.«

Von Anfang an hatte sie diesem Oberarzt nicht getraut. Sein Blick, der durch sie hindurchging. Sein aufgesetztes Lächeln, sein herrischer Ton. Sie, die Patientin, fühlte sich einer Willkür, deren Ziele ihr nicht klar waren, ausgeliefert. Erst presste man ihr ab, sich von der heimischen Klinik hierher verlegen zu lassen. Dann zwang man ihr die Unterschrift zur OP auf. Sie habe sonst keine Überlebenschance. Nur hier könne sie einen Bypass bekommen. »Warum nur hier?«, fragte sie verzweifelt. Aber der Oberarzt zeigte lediglich auf die Stelle im Formular, wo sie unterschreiben sollte.

»Wieso geht das jetzt so schnell mit der OP?«

Der jungenhafte Pfleger sah zu Boden. Ihm stand es nicht zu, ihre Frage zu beantworten. Wortlos fuhr er sie über den langen Gang. Der Oberarzt ging einige Meter vor ihnen her. Sie schwitzte vor Angst. In einem der großflächigen Fenster spiegelte sich ihr Konterfei, und sie erschrak: Die Wangen waren eingefallen, die leicht gebogene Nase trat spitz hervor. Entsetzt wandte sie sich ab, blickte auf ihre abgemagerten Finger, die aussahen wie die Zehen einer Krähe. Da beugte sich ein freundliches Gesicht über sie, strahlte sie warm an. Schwester Hanna.

»Wird schon. Seien Sie ganz ruhig. Einen Bypass zu legen, ist für uns Routine.«

Kurz vor der Eingangsschleuse des Operationssaals hielt der Pfleger an und rollte ihr Bett ein Stück zur Seite, drückte den automatischen Türöffner. Aus dem Augenwinkel sah sie den Gang entlang. Sie beobachtete, wie sich der Oberarzt Schwester Hanna in den Weg stellte. Er bedrängte sie, drückte sie gegen das Fenster. Oder täuschte sie sich?

Der Pfleger fuhr sie in die Eingangsschleuse. Schwester Hanna eilte jetzt auf den Operationssaal zu. Die Wangen gerötet, band sie sich die losen Haare mit einem Gummi zusammen.

»Wann ist sie so weit?« Der Oberarzt war auf dem Weg zum Waschraum zwischen den beiden Operationssälen.

»Dauert noch ein paar Minuten!« Die Anästhesistin hantierte mit einigen Beuteln herum und bereitete die Narkose vor.

Der Oberarzt verschwand im Waschraum, zog sich die OP-Kleidung an.

»Wir gehen nachher auf dreißig Grad Körpertemperatur!«, raunte er dem Kardiotechniker zu, während er den Operationssaal betrat.

»Dreißig Grad nur? Nicht tiefer? Sonst haben wir doch siebenundzwanzig, achtundzwanzig Grad!« Der Techniker machte keine Anstalten, den Temperaturknopf an der Herz-Lungen-Maschine entsprechend herunterzufahren. Unsicher sah er dem Arzt in die Augen, der sich die OP-Handschuhe zurechtzupfte. Eine gespannte Stille trat ein.

»Dreißig Grad!« Die Stimme des Oberarztes kam kalt, ließ keinen Widerspruch zu. Als Chirurg hatte er das Sagen bei der Operation, der Kardiotechniker musste sich fügen.

Ihr Herz raste. Wie soll man so ein aufgeregtes Herz operieren?, dachte sie sich. Sie sah zum Fenster in der Schleusentür. Wenn sie sich ein wenig aufstützte, könnte sie einen Blick in den Operationssaal erhaschen. Die Anästhesistin drehte ihr gerade den Rücken zu. Also probierte sie es. Sie schaffte es, mit Mühe. Pumpen, Flaschen, Schläuche erkannte sie. Zwei, drei Personen in grüner OP-Kleidung. Aufgeregt wanderten ihre Augen hin und her.

Der Anästhesiepfleger holte die Flasche mit der kardioplegischen Lösung und stellte sie in ein Eisbad neben der OP-Säule. Der Kardiotechniker überprüfte die Funktion der Schläuche an der Herz-Lungen-Maschine und nickte abschließend den anderen zu. Alles war vorbereitet. Der Oberarzt fluchte ungeduldig vor sich hin. Wo blieb nur die Patientin? Er ging zur Schleusentür, um durch das Fenster zu sehen, wie weit die Anästhesistin war. Da traf sein Blick auf ihren.

»Ja, ist die denn immer noch nicht weggetreten?«, brüllte er. Selbst durch die gut isolierte Schleusentür war das zu hören. Sekunden später spürte sie den Stich einer Nadel im Unterarm. Das Letzte, was sie sah, waren seine eisblauen Augen. Durch den schmalen Schlitz, den Mundschutz und Haube frei ließen, blickten sie kalt auf sie herab. Während sie hinwegdämmerte, zitterte sie.

* * *

Die kardioplegische Lösung tropfte über den sterilen Schlauch in die Aortenwurzel. Nach kurzer Zeit hörte das Herz auf zu schlagen. Die Herz-Lungen-Maschine arbeitete gleichmäßig wie ein Uhrwerk. Sie setzten die Klammern. Jetzt war es möglich, blutfrei zu operieren.

»Dreißig Grad. Es bleibt dabei?« Der Kardiotechniker runzelte die Stirn.

»Ja. Was soll diese Fragerei?« Der Oberarzt stieß einen missbilligenden Laut aus.

Schwester Hanna blickte irritiert zur Flasche mit der Lösung. Üblicherweise war die Lösung mit Kaliumchlorid farblos oder leicht gelblich. Diese aber schimmerte blau-grün. Die Farben auf dem Etikett der Flasche waren ungewohnt stark und klar. Was war das für eine Lösung? Und woher kam sie? Der Anästhesiepfleger hatte sie routinemäßig dem Kühlschrank entnommen. Doch am Vormittag hatte sie dort noch nicht gestanden, da war sich Schwester Hanna sicher.

»Herr Oberarzt, der Blutdruck ist zu hoch!« Der Kardiotechniker blickte eindringlich zum Operateur.

»Wie hoch?«

»Fast achtzig Millimeter Hg.«

Keine Reaktion. Einige Minuten operierte der Oberarzt stumm vor sich hin. Der Kardiotechniker sah zusehends verzweifelt auf seine Monitore. Er blickte in Richtung des Operateurs, der ihn ignorierte, dann zu Schwester Hanna und der Anästhesistin. Fast unmerklich schüttelten die beiden Frauen den Kopf. Sie alle wussten, wie entscheidend die möglichst tiefe Temperatur bei solchen Herzoperationen war. Nur so gelang es, den Sauerstoffverbrauch entscheidend zu senken. Dreißig Grad, das lag noch über der Flimmerschwelle des Herzens. Die Menge der Lösung und die über den Wärmetauscher an der Herz-Lungen-Maschine eingestellte Körpertemperatur mussten ineinandergreifen und sich ergänzen wie Yin und Yang. Aber hier und heute griff nichts ineinander. Die angezeigten Werte auf den Monitoren waren bedenklich.

»Doktor, wir müssen mit der Temperatur nach unten!« Es war mutig von ihm, dem Arzt zu sagen, was er zu tun hatte. Und das während einer OP! Aber hier ging es um Leben und Tod. Was blieb ihm anderes übrig? Trotzdem wagte er es nicht, eigenständig die Temperatur am Wärmetauscher zu korrigieren. Das würde ihn seine Stelle kosten. Noch schlimmer, denn der Oberarzt war bestens in der Partei vernetzt: Man würde ihn, den kleinen Kardiotechniker, einsperren. Wollte er das seiner Frau und den drei kleinen Kindern wirklich antun?

»Ich verstehe das auch nicht, Kollege«, schaltete sich die Anästhesistin ein. Sie war erst seit einem Monat in der Klinik. Jung, unerfahren und ohne Kenntnis der Hierarchien. Vorsichtshalber beließ sie es bei diesem schwachen Einwurf.

Der Oberarzt zischte etwas und griff nach dem Bypass. Einige Minuten später hatte er ihn gelegt.

»Sie können das Blut wieder aufwärmen!«, murmelte er. Der Kardiotechniker stellte den Temperaturknopf am Wärmetauscher auf achtunddreißig Grad. Die Operation schien gelungen, aber das Herz der Patientin fing nicht mehr an zu schlagen. Sie starb auf dem OP-Tisch.

»Warum sind Sie mit der Temperatur nicht weiter runtergegangen, Doktor?« Der Kardiotechniker hatte seine Emotionen nicht im Griff.

»Halten Sie gefälligst Ihren Rand! Sonst sind Sie heute zum letzten Mal dabei gewesen!«

Die Drohung des Oberarztes war unmissverständlich. Der Kardiotechniker sah zu Schwester Hanna hin. In ihren Augen standen Tränen.

* * *

Schwester Hanna betrat den Plattenbau und ging die vier Treppen zu ihrer Zwei-Raum-Wohnung langsam nach oben. Sie war frisch geschieden und lebte seit einigen Monaten alleine. Ein alter Schulkamerad, immer noch Junggeselle, machte ihr den Hof. Aber sie war noch nicht bereit, eine neue Beziehung einzugehen. Der Oberarzt ekelte sie an. Schon die halbe Schwesternschaft hatte er flachgelegt. Das wussten alle. Auch dass sie sein nächstes Opfer sein sollte, obwohl sie nicht in sein Beuteschema passte: sehr jung, langhaarig, schlank, sondern von alldem das genaue Gegenteil war. Aber weil sie ihn abwies, weckte sie seinen Jagdinstinkt. Dass es eine Krankenschwester gab, die ihm, dem Oberarzt, mit bester Perspektive auf den demnächst frei werdenden Chefarztposten, widerstand, ging ihm nicht in den Kopf. Konnte nicht sein. Also belauerte er sie, wartete auf eine Gelegenheit. Wie sollte sie sich wehren? Im Zweifelsfall würde ihr die Klinikleitung nicht glauben. Sie hatte keine Beweise für seine dreisten Annäherungsversuche. So hatte er ihr letztens so lange Aufgaben zugewiesen, bis der Schichtwechsel anstand und alle Kolleginnen bereits gegangen waren. Er passte sie vor der Frauenumkleide ab, und sie musste ihn mit aller Kraft wegschieben, um ihm zu entkommen. »Na warte!«, hatte er ihr verächtlich hinterhergerufen.

Sie hatte nach der Mittagsschicht bei ihrer Mutter noch vier Gläser Eingemachtes geholt. Die Stoffbeutel waren schwer. Müde stand sie vor der Eingangstür und kramte nach dem Schlüssel. Endlich fand sie ihn, steckte ihn ins Schloss, drehte ihn um und stieß mit einem Fuß die Tür auf. Dann ging alles blitzschnell. Sie mussten eine Etage höher auf sie im Treppenhaus gelauert haben. Unsanft stießen sie sie in die Wohnung, schlossen die Tür von innen.

»Psssst!« Bevor sie um Hilfe schreien konnte, drückte ihr einer von ihnen ein Tuch auf den Mund. »Sie bleiben absolut still. Verstanden? Entschuldigung, dass wir Sie so überfallen. Aber es ist zu Ihrer und unserer Sicherheit. Niemand darf erfahren, dass wir bei Ihnen waren.«

Sie nickte stumm. Endlich lockerte er den Griff und ließ sie wieder richtig atmen.

»Was wollen Sie?« Sie starrte die Vermummten entsetzt an. Einer zog sich die Wollmütze mit den Sehschlitzen vom Kopf. Jetzt erkannte sie ihn. Und wusste, was er zu wissen begehrte. Sie riskierte viel. Aber sie wollte auch nicht schweigen zu dem, was sie im Operationssaal erlebt hatte. Vielleicht war das der Ausweg. Sie erzählte. Und erzählte. Und erzählte.

FREITAG, 14. MÄRZ 2014

»Ja, Ingo, das Übliche.«

Das Übliche, was Sascha Woltmann im Stehcafé der Bäckerei Baum am Weimarer Frauenplan zu sich nahm, waren ein Stück Schmandkuchen und eine Tasse Kaffee.

Sascha Woltmanns Gedanken kreisten wieder einmal um seine berufliche Zukunft. Er war fest entschlossen, von der Schutzpolizei zur Kripo zu wechseln, auch wenn die Aussichten nicht gerade rosig waren. Dafür gab es bei der Weimarer Schutzpolizei entschieden zu viele altgediente Kollegen, die ebenfalls den angeseheneren und spannenderen Arbeitsplatz bei der Kripo anstrebten. Weimarer Kollegen, die immer in Thüringen geblieben waren. Er dagegen war nach dem politischen Umbruch von 1989 und dem Abitur Anfang der neunziger Jahre nach West-Berlin gegangen. Jetzt war er mit Ehefrau Yvonne und den Kindern Ronny und Laura nach Weimar zurückgekehrt. Was hatte er gegen die viel älteren Ansprüche der Kollegen aufzubieten? Er hoffte auf einen Zufall, einen Wink des Schicksals, irgendeinen spektakulären Coup, der ihn in die Personalplanung des Innenministeriums und die Weimarer Kripo schwemmen würde.

»Sag mal, Sascha, was sagst denn du als Ordnungshüter eigentlich über diesen Politiker? Ich mein den, der da diese Kinderfotos gekauft hat. Du weißt schon, dieses Pornographie-Zeugs. Hammer, oder?«

Woltmann nahm eine Gabel Schmandkuchen. Während er kaute, dachte er nach. Mit einem Schluck Kaffee spülte er das letzte Stück Kuchen hinunter.

»Also, ja, Ingo, schwierige Sache.«

Baum genügten diese Worte, um zu einem langen Exkurs über die Politik auszuholen, über die verdorbenen Sitten, die dort herrschten.

»Da ist sich jeder selbst der Nächste, sage ich dir! Der eine ist korrupt, der andere taucht nie im Bundestag auf. Und jetzt gibt's da einen, der ... Also nee, Bilder von nackigen Kindern anschauen, wer macht denn so was!« Der Bäcker wog den Kopf hin und her und pfiff empört durch die Zähne. Er sah Woltmann herausfordernd an, geradeso als sei dieser der Urheber der ganzen Misere. Aber der schwieg.

»Erinnert mich an den Puppendoktor. Einer, den die Polizei irgendwann erwischt hat. Hast du von dem schon mal gehört?«

Woltmann schüttelte den Kopf. Baum war sichtlich stolz, einen Polizisten in seiner eigenen Materie belehren zu können.

»Der Karl hat mir von dem erzählt. Das ist mein Cousin in Eisenach. Der ist auch Bäcker! Also, dieser Puppendoktor, das war so einer, der hat sich an kleine Mädchen rangemacht. Hat damit geworben, dass er kaputte Puppen reparieren würde.«

Woltmann blickte jetzt gespannt zu Baum.

»Und?«

»Ja, das mit dem Reparieren war aber nur ein Vorwand. Irgendwann kam raus, dass der den Mädchen so komische Sachen an den Puppen gezeigt hat. Der hat die Puppen ausgezogen und an denen so rumgefummelt. Natürlich immer nur, wenn die Eltern nicht dabei waren.«

»Aber wieso waren die Mädchen denn ohne Eltern dort? Die lassen doch ihre kleinen Kinder nicht bei so einem, Ingo!«

»Doch. Der war ja ganz nett zu den Eltern. Und die Mädchen haben ihn sehr gemocht. Die Eltern sind zwischendurch zum Einkaufen. Beim Puppendoktor waren die Kleinen scheinbar in bester Obhut. Aber irgendwann hat eins von den Kindern den Eltern erzählt, was der so mit den Puppen macht.«

»Und dann?«

»Hat ihn eine Mutter angezeigt. Auf seinem Rechner hat man ganz viele Fotos von kleinen Mädchen gefunden. Und Puppen, der hatte eine Riesensammlung.«

»Puppen sammeln ist ja nicht verboten. Auch wenn es seltsam ist, kann ein erwachsener Mann Puppen sammeln.«

»Also ich weiß nicht, würdest du Puppen sammeln wollen, Sascha?«

Woltmann schüttelte wieder den Kopf. Abwesend blickte er aus dem Fenster. Erst nach einer Weile realisierte er, wen er da draußen gerade sah. Seine dreizehnjährige Tochter Laura schlenderte gemütlich mit einem semmelblonden Jungen über den Frauenplan. Hatte sie denn keine Schule?

MONTAG, 17. MÄRZ 2014

Ein milder Winter neigte sich dem Ende zu. Noch zeigten sich die Wiesen des Tiefurter Parks in einem etwas matten Grün dem Auge des Betrachters, wenn er sich vom Schloss den sanften Abhang hinunter zur Ilm bewegte. Nur vereinzelt zirpten Buchfinken oder Blaumeisen, gurrte die eine oder andere Ringeltaube, oder pochten einsame Buntspechte die am Steilufer der Ilm hochschießenden Pappelstämme ab. Aber täglich schwoll das Vogelkonzert um einige Dezibel an. Immer mehr geflügelte Heimkehrer aus den Winterquartieren richteten es sich behaglich in den alten Parkbäumen ein, um sich zum geeigneten Zeitpunkt fortzupflanzen und die Brut aufzuziehen. Die Schneeglöckchen neigten ihre Häupter, geradeso als wollten sie ehrfürchtig das Feld vor dem bald wogenden Wiesengras, den Gänseblümchen und dem Huflattich räumen. Wie kleine Fallschirme blies ein leichter Wind erste Pollen umher. Nur noch wenige Wochen würde es dauern, bis die Wiesen mit ihrem satten Grün der Herde des Ilm-Schäfers eine vorzügliche Kraftnahrung boten.

»Sag mal, steht dein Angebot noch, mir bei der Dampfdusche zu helfen?«, fragte Heiner Falk.

Er saß neben Sören Droste, der den orangenen Multicar steuerte. Das Gefährt ruckelte auf einem der Parkwege gleich unterhalb des Schlosses unruhig hin und her. Droste und Falk waren seit fünf Jahren Kollegen bei der *Gartenlust GmbH*, einer privaten Firma für Gartenbau und Landschaftspflege. Voriges Jahr hatte die Firma erstmals den Zuschlag der Klassik Stiftung Weimar zur Pflege der Park- und Schlossanlagen erhalten.

»Ja, klar, was ich verspreche, halte ich auch. Wie stellst du dir das Teil denn genau vor?« Droste wischte sich mit dem rechten Ärmel kurz über das Gesicht und hielt gleich wieder das wackelnde Lenkrad mit beiden Händen fest.

Falk fasste den Haltegriff seitlich an der Innendecke. Bei jeder noch so kleinen Unebenheit des geschlängelten Kieswegs schlug sein Bein gegen das des Kollegen. Er fürchtete, auf der engen Bank ganz zu ihm hinüberzurutschen.

»Also, pass auf! Das Material habe ich mir in meiner alten Werkstatt zusammengesucht. Jedenfalls das meiste. Kannst gerne mal den Schlüssel haben und schauen, ob du da noch was Verwertbares findest.«

Falks alte Werkstatt war eine Klempnerei, die vor einigen Jahren insolvent gegangen war. Falks Chef hatte sich übernommen, wollte zu groß raus, indem er neben seinem Handwerksbetrieb auch noch ein Fliesengeschäft eröffnete. Dem Preisdruck der großen Baumarktketten konnte er nicht lange standhalten.

»Lüftungsgitter? Dampfgenerator? Hast du das alles schon?«

Droste war ein versierter Handwerker, hatte eine Lehre als Maurer gemacht und wollte nach dem Zusammenbruch der DDR ursprünglich das Abitur nachholen, um zu studieren. Doch die frühen neunziger Jahre waren goldene Zeiten für Handwerker gewesen. Er wechselte oft die Firmen, arbeitete viel, so dass er das Abitur nicht mehr nachmachte.

»Den Dampfgenerator besorgt mir ein Kumpel über seine Firma. Mit Prozenten!«

Falk zwinkerte Droste zu. Die Dampfdusche war der große Traum seiner Frau Renate. Sie war der Abschluss, die Krönung der Bauarbeiten, die Renate und Heiner Falk seit fünfzehn Jahren tagtäglich beschäftigten. Sie hatten sich mit dem Kauf des Häuschens in eine Lebensaufgabe gestürzt, nachdem sie 1989 von den Anwälten einer Erbengemeinschaft aus der Wohnung in der Weimarer Humboldtstraße hinausgedrängt worden waren. Man wollte das Gründerzeithaus komplett sanieren und zu deutlich angehobenen Preisen dem Immobilienmarkt wieder zuführen. Über eine Arbeitskollegin erfuhr Renate von der Möglichkeit, das Häuschen in Oberweimar für dreißigtausend D-Mark zu erwerben. Die Lehmhäuser in der Martin-Andersen-Nexö-Straße saßen geduckt wie Versteck spielende Kinder am Osthang der Stadt, auf dessen Kamm sich die Bahnstrecke nach Jena erstreckte. Das Ehepaar Falk kratzte seine dürftigen Ersparnisse zusammen, nahm einen Kredit auf und zog 1994 mit den beiden kleinen Kindern ein. Nur zwei Zimmer gab es: die Stube mit der Küche und das Schlafzimmer. Im Schlafzimmer stand das eheliche Bett, die Kinder schliefen auf zwei Matratzen, die sie tagsüber unter dem Bett der Eltern verstauten. Ein Bad gab es nicht, die blaue Sitzbadewanne aus Plastik war in einem Schrank verstaut und kam am Samstag, dem Badetag, zum Vorschein. Dann wurden sämtliche Möbel in den kleinen, steil ansteigenden Garten geschafft, und alle setzten sich nacheinander in das lauwarme Wasser. Wenn sich jemand die Haare waschen wollte, musste ein anderer mit einem Eimer warmen Wassers bereitstehen und ihm den schaumigen Kopf zum gegebenen Zeitpunkt damit übergießen. Falk, der neben handwerklichem Geschick auch viele hilfreiche Kumpels besaß, baute in den Folgejahren in viel Eigenarbeit das Häuschen aus: Ein Stockwerk kam hinzu, eine geflieste Terrasse mit Überdachung, ein Gemüsegarten. Nachdem die Kinder ihr eigenes Zimmer im ersten Stockwerk und auch ein kleines Bad hatten, stand als Letztes der Einbau einer Dusche im Erdgeschoss auf dem Plan. Eine ganz besondere Dusche sollte es werden, eine, mit der sich das Ehepaar Falk zum ersten Mal im Leben so etwas wie Luxus gönnen wollte: eine Dampfdusche!

Droste bremste den Multicar ruckartig ab. Beide Männer stiegen aus, ergriffen Schaufel und Besen und begannen, einige Stellen des Parkwegs mit Kies aufzuschütten und glatt zu kehren. Der Park in Tiefurt, dem beschaulichen Ortsteil im Weimarer Osten, stand die ganze Woche auf ihrem Einsatz- und Arbeitsplan. Auch wenn der Winter mild und niederschlagsarm gewesen war, gab es vieles auszubessern und für die Saison vorzubereiten. Vornehmlich am Schloss, das kaum mehr als ein Schlösschen war, fielen Arbeiten an. So war das hölzerne Rankengerüst für die Rambler-Rosen bis Ende der Woche zu erneuern. Heute aber galt es, einige Beete am Teehaus und am Musentempel zu bepflanzen.

»Wichtig ist, dass der Untergrund mit den Fliesen zuvor mit Tiefengrund behandelt wird. Sonst hast du da immer Ärger mit Feuchtigkeit. Ich hab mir den Einbau so einer Dampfdusche mal im Internet angeschaut. Hatte auch schon mal überlegt, so was bei mir einzubauen.«

Droste klaubte während seiner Rede einige Zigarettenkippen vom Boden auf und warf sie in einen braunen Müllsack.

»Ach ja. Und das Mauerwerk müssen wir absolut gut abdichten. Nachträglich kannste da nicht mehr viel korrigieren.«

Jetzt sah Droste zu seinem Kollegen hin, der die ganze Zeit über stumm geblieben war.

»Hallo, hörst du mir überhaupt noch zu?«

Falk stand auf den Besen gestützt da und blinzelte in die Ferne. Er murmelte etwas Unverständliches, ging dann in die Hocke und sah über die Grasnarbe hinweg.

»Da, schau mal, dahinten, siehst du das?«

Droste hielt sich die Hand schirmend gegen die aufsteigende Sonne über die Augen und blickte in die Richtung, die Falk ihm wies.

»Nee, was soll denn da sein?«

»Na, ganz da vorne, da ist doch was. Irgend so eine Erhebung!«

Falk ging einige Schritte in die Wiese hinein und forderte Droste mit einer Handbewegung auf, es ihm gleichzutun.

»Ja, jetzt seh ich's auch. Sicher wieder Wühlmäuse.«

»Kann sein, aber irgendwie sieht das anders aus. Komm, wir fahren da mal hin.«

»Ja, okay, wir müssen die Bäume dort hinten eh noch prüfen. Wegen Astbruchs und so.«

Sie warfen Besen und Schaufel auf die Ladefläche und hoppelten mit dem Multicar über die Wiese bis zu der Erhebung. Wieder bremste Droste mit einem Ruck.

»Schau dir das an! Das ist doch nichts Natürliches. Junge, Junge. Die Erde hat jemand festgetreten. Alles voller Fußabdrücke.«

»Ja, sieht jedenfalls nicht nach Wühlmäusen aus.«

Die beiden Parkarbeiter standen jetzt links und rechts des Erdhaufens.

»Komm, wir graben den Haufen mal um.« Falk holte einen Spaten aus dem Korb, der an der Rückverkleidung der Fahrerkabine befestigt war. Mit einem kräftigen Tritt stieß er das Grabwerkzeug senkrecht mitten in den Haufen. Ein stumpfes Geräusch, ein Widerstand, der ihn in der Trittbewegung bremste, dann kippte der Spaten zur Seite, und Falk hätte fast das Gleichgewicht verloren.

»Da ist was vergraben, sag ich dir!«

Er ging nun vorsichtiger an die Sache heran, trug Schicht für Schicht die Erde ab. Schon bald lag eine schmale Holzkiste vor ihnen, wie sie typischerweise zum Versand von Weinflaschen verwendet wurde.

»Mensch, jetzt werden wir noch zu Schatzgräbern!« Falk strahlte Droste an. Das Zucken seiner Mundwinkel verriet aber auch eine gewisse Anspannung.

»Vorsicht, Sören!« Er hielt den Kollegen am Arm fest, der sich zur Kiste niederbückte. »Vielleicht ist da Sprengstoff drin. Von irgend so einem Verrückten, der das hier verbuddelt hat.«

»Sprengstoff? Ist das dein Ernst? Hier im Tiefurter Park? Oh, Mann! Ich glaub, du liest zu viele Krimis, Heiner!«

»Aber es kann doch nicht schaden, wenn wir die Polizei verständigen!«

»Wegen so einer lächerlichen Holzkiste? Ich glaub, das ist ganz harmlos. Warte!«

Falk schluckte und wich instinktiv zurück, als Droste die zugenagelte Kiste mit der Schaufelspitze aufzubrechen begann. Es knirschte, es krachte, dann platzte der größte Teil des Deckels ab.

Die beiden Parkarbeiter sahen in weit aufgerissene, azurblaue Augen über Wangen weiß wie Schnee, aber mit einem Hauch von rotem Puder. Ein rosa Rüschenkleid. Auf einem rubinroten Samtbettchen.

»Mannomann, das ist ja ein Ding!«

Falk nahm die Puppe vorsichtig aus der Holzkiste und bewunderte sie mit offenem Mund.

»Mensch, Sören, die hat jemand hier drapiert wie …«

»Die Kiste samt Inhalt und der ganzen Erde drauf sieht aus wie ein Grab. Ein frisches Grab.«

»Also echt! Ich würde sagen: Das ist ein Hochgrab. Die Puppe lag ja nicht in einem Loch unter der Erde. Sondern wurde auf den Boden gelegt und mit Erde überschüttet. Und die Erde haben sie sich da drüben geholt und dann hier festgetreten.«

Falk wies mit der rechten Hand zu den nahe gelegenen Bäumen, unter denen sichtbar Erde abgetragen worden war. Er kratzte sich am linken Ohr und atmete tief durch.

»Vielleicht Kinder, die Beerdigung gespielt haben.«

»Meinst echt? Das wär aber ziemlich makaber, oder?«

Falk sah verwirrt in die Augen der Puppe. Droste zog die Holzkiste aus dem Erdhaufen und inspizierte sie.

»Hier, schau, da steht was.«

»›TIM‹ kann ich erkennen.« Falk hatte seine Lesebrille aufgesetzt, was er sonst im Dienst tat nur, wenn er die Arbeitspläne studierte.

»Ja, und da, siehst du, hier auf der Seite, da stehen noch Zahlen. Eine Eins, eine Fünf, Moment …, eine Zwei und eine Vier. Fünfzehnhundertvierundzwanzig.«

Falk verstaute die Lesebrille wieder im Etui.

»Hast du eine Ahnung, was das bedeutet?«

Droste antwortete nicht und starrte auf den Boden. Nach einer Weile legte er die Puppe wieder in ihr Bett, schloss den Deckel über der Kiste und deponierte sie auf der Ladefläche des Multicars.

»Was willst du mit den Sachen machen?«, fragte Falk.

»Na, die Kiste kommt zum Brennholz, und die Puppe tun wir in die Fundkiste.«

»Ja, gute Idee!«

In der Fundkiste sammelte die *Gartenlust GmbH* alle Überbleibsel, die sich in den von ihr betreuten Parkanlagen fanden: Mützen, Schals, einzelne Handschuhe, einmal sogar ein rostiges Fahrrad, das jemand in die Ilm geworfen hatte. So alle zwei, drei Monate brachte ein Mitarbeiter die Stücke ins städtische Fundbüro, wo sie allerdings nur noch selten den Weg zu ihren eigentlichen Besitzern zurückfanden und, wenn wertlos, entsorgt, wenn höherwertig, versteigert wurden.

»Du, Sören, mir fällt da noch was ein. Die Nachrichten sind doch voll von diesem Politiker. Der mit den Kinderfotos. Meinst du, der Puppenfund könnte auch in so eine Richtung gehen? Ich meine, dass vielleicht ein Weimarer Pädophiler die Puppe vergraben hat?«

Droste sah seinem Kollegen nachdenklich in die Augen, dann griff er zum Spaten.

»Ach was, das kann ich mir nicht vorstellen. Warum sollte so einer eine Puppe vergraben?«

»Meinst du nicht, wir sollten das der Polizei melden? Also, ich meine, nur vorsorglich. Falls da irgendwas mit einem Kind passiert ist. Damit es nicht heißt, wir hätten da was verschwiegen.«

Droste lachte auf.

»Du willst der Polizei die Puppe melden? Eine Leiche, die eine Puppe ist? Also, komm, Heiner, jetzt spinn hier nicht rum. Die nehmen dich doch nicht für voll. Und weißt du, was unser Chef sagt, wenn wir einfach so die Polizei rufen?«

Falk schnipste mit den Fingern und deutete dann zustimmend mit ausgestrecktem Zeigefinger auf Droste.

»Ja, da hast du recht. Der ist ja voll im Wahlkampf. Da dreht der durch. Seine Firma und Polizei. Geht vielleicht wirklich nicht.«

»Eben!«

Sie ebneten den Hügel in Windeseile ein. Sie mussten die verlorene Zeit einholen und waren deshalb den restlichen Vormittag damit beschäftigt, den Musentempel im Tiefurter Park zügig mit Blumenschmuck zu bepflanzen. In jenem Park, wo Goethe und Anna Amalia einst dem Theater in der freien Natur frönten, hatten auch sie heute ein besonderes Schauspiel erlebt. Eins, dem sie in Gedanken nachhingen, während sie Vergissmeinnicht, weiß-lila Tulpen und Schlüsselblumen in die geometrisch angeordneten und von Buchsbaumhecken umrandeten Beete einsetzten.

Als Heiner Falk am Abend jedoch die Nachrichten sah und sein Apoldaer Glockenpils aus der Flasche trank, fasste er einen Entschluss.

* * *

»Und was machst du mit so einem Studium dann beruflich?«

Dominik Ferber hatte diese Frage stets peinlich berührt, wenn sie ihm die Eltern, Verwandte oder frühere Mitschüler stellten. Lehrer wollte er auf keinen Fall werden. So erzählte er ihnen etwas von einem Job in einem Verlag, bei der Zeitung oder im Kulturmanagement, ohne selbst so richtig daran zu glauben. Er studierte Germanistik, Philosophie und Geschichte in Tübingen, Berlin und Jena. Nach vierzehn Semestern schloss er die Prüfungen zum Magister 1998 erfolgreich ab. Aber was nun, Herr Magister? Als die letzte Klausur geschrieben, die Magisterarbeit bewertet und die Urkunde über den Abschluss zugestellt war, fiel er in ein tiefes seelisches Loch. Niemand rief ihn an, um ihn zu fragen, ob er diese oder jene Stelle haben wolle. Gleich einem Geier stürzte er sich wie alle anderen arbeitslosen Geisteswissenschaftler auf die wenigen Anzeigen in der ZEIT, die Stellen mit seiner Qualifikation anboten. Doch wenn überhaupt eine Antwort kam, dann ein Standardbrief. »Wir danken Ihnen für Ihre Bewerbung … haben uns aber für eine andere Bewerberin/einen anderen Bewerber entschieden … wir wünschen Ihnen viel Erfolg …«

Einmal erhielt er die Einladung zu einem Praktikum bei einer TV-Produktionsgesellschaft in Köln. Kabelhalten für den Kameramann. Brötchen und Kaffee besorgen für das Filmteam. Mehr lief da nicht. Die Kosten für die Unterkunft waren höher als die paar Mark, die man ihm für sein Praktikum bezahlte. Als größte Demütigung empfand er es jedoch, das Studentenzimmer in Jena aufgeben und ins elterliche Haus nach Weimar zurückziehen zu müssen. Da war einer in die große weite Welt der Wissenschaften und Künste ausgezogen und kam als arbeitsloser Akademiker zurück! Ihm fehlte das Geld, um sich das Leben in Jena weiterhin zu leisten. Erfolg hatte er nur mit einer Bewerbung als Hilfsarbeiter im Auslieferungslager von

ALDI im Gewerbegebiet zwischen Weimar und Nohra. Dort verdiente er sich ein bisschen Geld, das er zum größeren Teil zurücklegte. Die Zeit des Grübelns war angebrochen. In Weimar liefen die Feierlichkeiten zum Kulturstadtjahr 1999, und er, der *Kulturmanager*, so nannte er sich selbst jetzt zynisch, war perspektivlos.

Es war ein Zufall, der ihn aus seiner Lethargie riss. Sein Vater war Außendienstmitarbeiter einer mittelgroßen Versicherungsgesellschaft, die 2001 auf ein rundes Jubiläum zurückblickte. Aus diesem Anlass war eine Festschrift geplant, in der auch die Geschichte der Versicherungsgesellschaft beschrieben und mit Fotos aus dem Firmenarchiv illustriert werden sollte. Ferber senior verstand es, bei seinen Vorgesetzten geschickt seinen Sohn ins Spiel zu bringen. So hatte Dominik endlich einen Zwei-Jahres-Vertrag für ein Projekt in der Tasche. Das beflügelte ihn, seine Lebensgeister erwachten. Zur gleichen Zeit eröffnete ihm Nadine, eine stille, kräftig gebaute Kollegin bei ALDI, mit der ihn ein One-Night-Stand nach der letzten Betriebsweihnachtsfeier verband und die ohne Schulabschluss war, dass sie von ihm schwanger sei. Sie mieteten nach der Geburt von Fabian ein kleines gesichtsloses Haus mit rostigen Rollläden und einem heruntergekommenen Garten in Tiefengruben, einem Dorf südlich von Weimar.

Neben der Recherche zur Geschichte der Versicherung jobbte Ferber weiter bei ALDI. 2001 eröffnete er mit dem angesparten Geld ein Schreibbüro. Dazu mietete er ein kleines Dachzimmer in der Weimarer Altstadt. Er ließ sich Visitenkarten drucken, befestigte an der Hauswand ein Firmenschild und knüpfte Kontakte zu regionalen Verlagen. In den Folgejahren schrieb er mehrere Weimarbücher für Touristen, gab Schreibkurse an Thüringer Volkshochschulen und akquirierte, nach der gelungenen Versicherungschronik, bundesweit gleich mehrere Aufträge zur Erstellung weiterer Firmen-Jubiläumsschriften. Langfristig arbeitete er an einer deutschen Kulturgeschichte, dargestellt an der einzigartigen Historie des Hotels Elephant am Weimarer Markt. Die Idee war ihm gekommen, als er sich mit einem ehemaligen Buchenwaldhäftling unterhielt. Der Mann aus Polen war zum sechzigsten Jahrestag der Befreiung des früheren Konzentrationslagers im Jahr 2005 nach Weimar gekommen und erzählte ihm, wie wichtig ihm das Übernachten in diesem Hotel war, von dessen Balkon einst Hitler zur jubelnden Masse gesprochen hatte. »Hitler ist weg, aber wir sind weiter da«, sagte der alte Herr mit brüchiger Stimme.

Neben dem Stolz auf seinen materiellen Erfolg erfüllte Ferber auch eine innere Zufriedenheit aufgrund seiner Tätigkeit. Sein kreatives Potenzial trat immer mehr hervor und gipfelte in seinem Angebot, Biographien für Menschen zu schreiben, die einen runden Geburtstag feierten und ihr Leben gerne in geschriebener Form den Kindern und Enkeln schenken wollten.

»Jedes Leben ist *WERT*-voll«, stand in großen Lettern auf der Broschüre, die er in den Weimarer Hotels und den Tourismus-Informationen in ganz Thüringen verteilte. Die Idee war ebenso einfach wie erfolgreich. Thüringen als das Bundesland in der Mitte Deutschlands war prädestiniert für Feiern von Familien, deren Mitglieder über die ganze Republik verstreut waren. Die Anreise war für alle ungefähr gleich weit. Städte wie Eisenach, Gotha, Erfurt, Weimar, Jena, ebenso Schlösser wie Beichlingen, Kochberg oder die Leuchtenburg boten mit ihrer reichen Kultur von Bach bis Bauhaus, ihren gastronomischen Angeboten – darunter die besten Klöße der Welt – und mit ihrer reizvollen Landschaft das ideale Ambiente für solche Feiern. Dominik Ferber beschrieb all diese Vorzüge und ergänzte sie um die Idee einer feierlichen Übergabe der Biographie der Jubilare an die Nachkommen. Er selbst offerierte sich als Verfasser dieser Biographie, die er mit Hilfe von aufgezeichneten Gesprächen mit den Jubilaren, Befragungen der Familie und Tagebüchern schrieb und um Fotos aus dem Familienbestand und von den Schauplätzen der Biographie ergänzte. Die gedruckte Ausgabe der Biographie war in der Regel nicht für den Buchhandel bestimmt. Sie erschien in einer limitierten, exklusiven Auflage für die Familie und Freunde, die sich zur Feier des runden Geburtstags oder der Jubelhochzeit in Thüringen einfanden. Ferber kooperierte mit einem Weimarer Buchbinder und bot die Ausgabe in pergamentenem Einband mit gravierten Goldlettern, auf Büttenpapier und in vielen anderen Varianten an. Auch für die Feier selbst stand Ferber mit Rat und Tat zur Seite: Die Auswahl der Lokalität, des Festmenüs, die ganze Tagesgestaltung, in Weimar zum Beispiel mit einer Kutschfahrt von der Altstadt zum Schloss Belvedere – all das hatte er in seinem Portfolio.

Der eigentliche Höhepunkt des Tages stellte das Ritual dar, mit dem er die Biographie während des Festmahls an den Jubilar übergab. Dazu offerierte er sich selbst als Redner, der das Leben des Jubilars in Schlaglichtern nacherzählte und es in Beziehung zur jeweiligen Stadt und zur Kulturgeschichte seiner Zeit brachte. Für Weimar war er wahlweise buchbar mit barocker Perücke als Nachtwächter zur Zeit Johann Sebastian Bachs, in Werther-Kleidung (blauer Frack, gelbe Weste, braune Stulpenstiefel, runder Filzhut) mit Sprachduktus der Goethezeit oder, mit aufgeklebtem Oberlippenbart, als Thomas Mann der Nachkriegszeit, der das zerstörte Weimar besucht. Auf Wunsch organisierte Ferber auch eine öffentliche Lesung mit dem Jubilar oder der Jubilarin in der Weimarer Buchhandlung Seidel mit Prosecco und Fingerfood, in diesem Fall auch mit der Option für Interessierte im Publikum, das Buch zu erwerben und signieren zu lassen.

Von Jahr zu Jahr liefen die Geschäfte Ferbers besser. Ja, er konnte es sich sogar leisten, Aufträge abzulehnen, wenn den Interessenten sein Angebot zu teuer war und sie feilschen wollten. Neben seiner Begabung im Verfassen von Büchern und Autobiographien entpuppte er sich auch als witziger und origineller Redner, etwas, was er in seinem Studium nicht gelernt hatte, jetzt aber durch viele Auftritte vor Publikum immer mehr vervollkommnete. Als Trauer-, aber auch als Festredner bei nichtkirchlichen Trauungen war er darum zusätzlich viel gefragt.

Nach einer tiefen Lebenskrise hatte Dominik Ferber somit doch noch berufliche Erfüllung gefunden. Die Beziehung mit seiner Lebensgefährtin Nadine bewegte sich an der Oberfläche, tiefgründige Gespräche waren nur selten möglich. Aber da es nur wenig Streit gab und Sohn Fabian ein aufgeweckter Junge war, arrangierte sich Ferber mit dieser Art von Familienleben und heiratete Nadine in der Sakristei der Weimarer Jakobskirche, dort, wo auch Goethe einst das Blumenmädchen Christiane Vulpius geehelicht hatte.

Jetzt, auf der Fahrt von seinem Tiefengrubener Häuschen in die Stadt hinein, liefen die Bilder der letzten fünfzehn Jahre vor seinem inneren Auge ab. Er staunte, welch überraschende Wende sein Leben genommen hatte. Er und Nadine überlegten, eine Eigentumswohnung in Weimar zu kaufen. Die Geschäfte gingen gut, und eine Finanzierung war möglich. Sohn Fabian, dessen Pubertät sich dem Ende zuneigte, hatte seinen Freundeskreis in Weimar und wollte gerne an ein Weimarer Gymnasium wechseln. Das war nur mit einem Wohnsitz in der Stadt möglich. Auch sonst sprach so manches für die Umzugspläne. Ferber hatte in den nächsten Tagen mehrere Wohnungsbesichtigungstermine vereinbart.

Er parkte den taubenblauen Opel Astra in der Nähe des Poßeckschen Gartens und ging durch die Amalienstraße zu seinem

Büro, das sich im Dachgeschoss eines schmalen Hauses in der Brauhausgasse befand. Er liebte diesen täglichen Gang. Selten vergaß er beim Passieren des Frauenplans, einen Blick über die Einfriedungsmauer auf die Bäume in Goethes Garten zu werfen. Beim Betreten des Hausflurs leerte er den Briefkasten. Werbung fiel ihm entgegen, die Postkarte einer Jubilarin, die ihm für die »wunder-, wunder-, wunderbare Feier im Hotel Amalienhof« dankte. Als Letztes fischte er einen Brief aus Magdeburg, vom Beauftragten des Landes Sachsen-Anhalt für die Stasi-Unterlagen heraus. Er merkte, wie sich sein Puls beschleunigte.

In seinem Büro angekommen, setzte er schnell Kaffee auf und warf den Computer an. Seine Aktentasche legte er auf den Schreibtisch. Er ging zur Sitzgruppe am gläsernen Besprechungstisch. Dort ließ er sich auf der ockerfarbenen Couch nieder und öffnete den Brief der Stasi-Behörde. Er las Zeile für Zeile mehrmals durch und stellte fest, dass seine Hand dabei leicht zitterte.

Vor einem knappen Jahr hatte er die Anfrage erhalten, ob er sich vorstellen könne, die Biographie des Seniorchefs eines baden-württembergischen Pharmakonzerns zu schreiben. Obwohl Ferber seinen eigenen Marktwert einzuschätzen wusste, hatte ihn die Summe, die ihm Helmut van Bruns pauschal anbot, dann doch überrascht: Dreißigtausend Euro! Er suchte den alten Herrn bald nach dessen Anruf in seiner Villa am Horn in Weimar auf, wo er seinen Ruhestand verbrachte, und verständigte sich mit ihm über die Eckdaten seiner Biographie. Schon eine Woche danach waren zehntausend Euro als Anzahlung auf seinem Konto eingegangen. Das alles war professionell. Ferber stürzte sich in die Arbeit. Er recherchierte im Firmenarchiv, in den privaten Unterlagen. Er reiste ins Württembergische, unterhielt sich mit der Familie des Jubilars, mit Angestellten in der Produktion. Damals ahnte er noch nicht, auf was er bei diesen

Recherchen stoßen würde. In jedem Fall führte die Biographie, so war er sich jetzt, nach einigen Monaten gründlicher Recherche, sicher, weit über die Person des Jubilars hinaus. Mit der Zeit fühlte er sich zusehends in die Rolle eines investigativen Journalisten versetzt, der einen Skandal aufdeckte. Ein Artikel im SPIEGEL aus dem Mai 2013 hatte seinen anfänglichen Verdacht jedenfalls bestätigt. Er weitete ohne Wissen seines Auftraggebers die Recherchen aus, reiste in die Stasiarchive nach Magdeburg, Leipzig, Erfurt, Gera, Suhl und suchte den Kontakt zu dem SPIEGEL-Redakteur. Auch traf er sich mit Betroffenen, besuchte entsprechende Foren im Internet und erstellte eine Chronologie über das, was vor dreißig Jahren passiert war.

Wie aber sollte er mit den gewonnenen Erkenntnissen umgehen? Dreißigtausend Euro waren eine Menge Geld! Wenn er den Skandal überging und die Biographie so schrieb, dass der Jubilar in einem glänzenden Licht dastand, wäre die Sache abgehakt, und er würde eine schöne Summe für den Erwerb der geplanten Eigentumswohnung einstreichen. Niemand vor ihm hatte sich mit den Quellen im Firmenarchiv befasst. Es sah auch nicht so aus, als würde sich noch jemals irgendwer dafür interessieren. Ohne Einwilligung der Familie van Bruns kam da sowieso niemand ran. Sollte er also einfach über den Skandal hinwegsehen? Das wäre vielleicht der für ihn günstigste Weg. Aber ginge das denn? Konnte er das mit seinem Gewissen vereinbaren? Du kannst, raunte ihm eine innere Stimme zu, doch danach wirst du niemals wieder in den Spiegel schauen können, wenn du das Verhalten der Brunshelp AG und ihres langjährigen Vorstandsvorsitzenden und mehrheitlichen Aktieninhabers in dieser Angelegenheit außen vor lässt!

Noch einige Minuten brütete er, das Schreiben der Stasi-Behörde auf seinen Knien, vor sich hin. Er überflog den Text.

»Der Eismann«, flüsterte er und legte den Brief zur Seite. Im Hintergrund blubberte die Kaffeemaschine. Dann beugte er sich auf der Sitzcouch vor, vergrub das Gesicht in den Händen und gab sich schließlich einen Ruck. In wenigen Wochen, am 12. April, war der achtzigste Geburtstag von Helmut van Bruns. Sollte die Geburtstagsfeier gelingen, als deren Höhepunkt die Präsentation der Biographie vorgesehen war, musste er vorher mit seinem Auftraggeber reden. Er wusste jetzt, dass er nicht über seinen Schatten springen konnte. Er fühlte sich, ganz Wissenschaftler in diesem Fall, der historischen Wahrheit verpflichtet. Noch einmal wollte er diese Woche alle Fakten, die er ermittelt hatte, durchgehen und übersichtlich zusammenstellen. Sie passten auf zwei, drei Blätter, die er van Bruns spätestens in ein, zwei Wochen vorlegen würde. Entschlossen stand er auf, schenkte sich Kaffee ein und zupfte einige Staubflusen von der Werther-Kleidung, die an einem Kleiderbügel am Garderobenständer hing.

Wie van Bruns reagieren würde, wenn er ihn mit der Wahrheit konfrontierte, war schwer abzuschätzen. Er musste für alle Fälle vorbeugen und rief die Telefonkontakte in seinem Smartphone auf.

»Seidel, ja?«

Der Buchhändler atmete schwer, offenbar ein Allergiker.

»Hier ist Dominik. Können wir uns mal besprechen, Gernot? Es geht um die Biographie dieses Pharmamenschen.«

»Ja, was ist da zu besprechen? Der wollte die Biographie doch nicht bei uns in der Buchhandlung vorstellen, oder?«

»Ja, schon. Aber ich müsste dich da in etwas einweihen. Kann ich bei dir vorbeikommen? Heute noch, sagen wir, um vierzehn Uhr?«

»Ja, das geht, bis dann!«

Ferber sah noch eine ganze Weile auf das Smartphone. Er war sich sicher, den richtigen Weg einzuschlagen. Nur kurz flog ihn Angst an. Dreißigtausend Euro standen auf dem Spiel.

Das war sehr viel, wirklich sehr viel Geld. Aber dann wischte er mit einem gemurmelten »Ach was« seine Bedenken beiseite und gab sein Passwort in den Computer ein.

Er klickte einige Pfade zu Dateien an und öffnete die mit dem Namen *Die Axt Satans*. Sosehr ihn van Bruns und dessen Biographie in diesen Tagen auch beschäftigte, es gab noch andere Baustellen.

* * *

»Laura! Ronny! Sascha! Abendbrot!«

Sascha Woltmann erhob sich vom Sofa, klappte die ADAC MOTORWELT zu und nahm am Esstisch gegenüber seiner Frau Yvonne Platz. Der heutige Streifendienst hatte wegen eines Auffahrunfalls mehrerer Autos kurz vor Schichtwechsel deutlich länger gedauert. Er war kurz eingenickt. Yvonnes Ruf in Richtung der Kinderzimmer hatte ihn geweckt.

»Du, Sascha, ich glaub, die haben beide ihre Kopfhörer auf. Kannst du mal nach ihnen schauen?«

Yvonne rührte den Tomatensalat um. Woltmann schlürfte noch ein wenig verschlafen in Richtung der beiden Zimmer. Wenig später kam er mit Ronny und Laura zurück.

»Echt voll ätzend, diese Nazis!« Ronnys picklige Gesichtshaut wirkte noch röter als sonst.

Woltmann griff sich ein Stück Vollkornbrot und beschmierte es mit Butter.

»Wie kommst du denn jetzt gerade darauf?«

Ronny erzählte von einigen Mitschülern, die in der Pause gerne über Ausländer herzogen und sich freuten, wenn sie dadurch den Protest anderer provozierten.

»Ich hab mir gerade ein Video angeschaut, das die heute auf dem Schulhof rumgezeigt haben. Echt krank!«

Ronny fuhr sich mit der Hand durch sein fast schulterlanges Haar und nahm sich vom Tomatensalat.

»Die haben eine dunkelhäutige Kandidatin von ›Germany's Next Top Model‹ gezeigt – mit Ton natürlich, damit man hört, was die da gesprochen hat –, und danach voll abgekotzt.«

»Ich find die Kandidatin witzig«, schaltete sich Laura jetzt ein. Mit ihren dreizehn Jahren wusste sie über alles Bescheid, was GNTM betraf.

»Ach, Laura, hab ich ganz vergessen. Am Freitag hab ich dich auf dem Frauenplan gesehen. So um elf. Hast du da denn keine Schule gehabt?«

Woltmanns Frage trieb Laura das Blut in den Kopf. Sie wich seinem Blick aus.

»Hatte eine Freistunde.«

Woltmann überlegte, ob sie ihn vielleicht anschwindelte, oder ob es ihr nur peinlich war, weil er sie mit einem Jungen gesehen hatte?

»Ich hab übrigens in der Mathearbeit ein gutes Gefühl.« Laura wechselte das Thema. Vielleicht will sie nicht, dass ich wegen des Jungen nachbohre, sagte sich Woltmann.

Während sie sich zu dritt weiter unterhielten, driftete Yvonne Woltmann mit ihren Gedanken ab. Um die Mundwinkel bildeten sich kleine Fältchen. Die letzten Wochen schlief sie schlecht. Immer häufiger ertappte sie sich dabei, wie sie wehmütig an die Zeit in Berlin zurückdachte, wo die Familie bis vor einem knappen Jahr gelebt hatte. Sie vermisste ihre dortigen Freundinnen, obwohl sie häufig miteinander telefonierten. Doch Telefonieren war kein Ersatz für Begegnungen. Noch mehr aber belastete sie ihre berufliche Situation. In Berlin hatte sie viele Jahre im Zentrum für Flüchtlingshilfe gearbeitet, eine verantwortungsvolle Stelle, deren Inhalte weit über die von ihr gehaltenen Deutschkurse hinausgingen. Sie war für viele Migrationsfamilien Ansprechpartnerin, wenn nicht sogar Vertraute, um die sie sich geschickt und erfolgreich hinsichtlich vieler praktischen Fragen kümmerte. In Weimar tat sie sich mit einer Anstellung schwer. Zwar war sie für einige Monate am Sprachenzentrum der Bauhaus-Universität beschäftigt gewesen und hatte den Studierenden Weimar und die deutsche Kultur nähergebracht. Aber der Vertrag war ausgelaufen. Die Bezahlung war ohnehin nicht gut gewesen. Auch fehlten ihr bei dieser Tätigkeit, wie ihr immer klarer wurde, die sozialen Bezüge. Diejenigen, die sich einen solchen Sprachkurs in Weimar leisteten, waren liebenswerte, zumeist wohlhabende Studierende aus reicheren Ländern. In Berlin war sie dagegen im Auge des Taifuns gewesen: Flüchtlinge aus der ganzen Welt kamen erschöpft und perspektivlos an, und sie mit ihrer guten Vernetzung half ihnen effizient beim Stellen von Anträgen, Vermitteln von Anwälten usw. In Berlin brauchte man sie! Und in Weimar?

»Hier, Laura, nimm von dem Salat, ist gesund!«

Sie blinzelte ihrer Tochter zu, die mit ihrem Gewicht haderte, obwohl es sich dabei vielleicht nur um den bei Mädchen nicht unüblichen Pubertätsspeck handelte. Yvonne hing noch einem anderen Gedanken nach. Zum ersten Mal, seitdem sie mit Sascha verheiratet war, steuerte sie kaum etwas zur Familienkasse bei. Sie waren mehr oder weniger von einem Einkommen abhängig – und das war bei einem Schutzpolizisten überschaubar. Seit sie nach Weimar gezogen waren, drehte sie jeden Cent um, verglich die Werbeblätter der Discounter und versuchte zu sparen, wo es nur ging. Sie fühlte sich in einer finanziellen Abhängigkeit, die sie bisher nicht gekannt hatte. Schon seit jeher besaßen sie und Sascha getrennte Konten. Aber jetzt bewegte sich ihr Kontostand immer nur in eine Richtung, nämlich nach unten. Für manchen persönlichen Einkauf musste sie Sascha anpumpen, was ihr extrem schwerfiel. Ein Rest an Stolz war ihr geblieben.

Ihr fehlendes Einkommen brachte es auch mit sich, dass sie an die Reserven gehen mussten, wenn sie einen Urlaub planten. Den hatten sie sich jedes Jahr geleistet. Um den Zusammenhalt der Familie zu bewahren, musste das möglich sein. Auch ihre Beziehung zu Sascha hatte in den letzten Monaten gelitten. Sie unternahmen so gut wie nichts mehr zusammen. Ohne Urlaub würde das Zusammenleben wohl noch angespannter werden.

Nur einen kleinen Lichtblick gab es: In einer großen Weimarer Buchhandlung hatte sie im Weihnachtsgeschäft stundenweise an der Kasse ausgeholfen und Geschenke eingepackt. Sie werde bei Bedarf gerne wieder auf sie zurückkommen, sagte die Leiterin Frau Haase, als der letzte Kunde an Heiligabend das Geschäft verlassen hatte. Jetzt, mit der Leipziger Buchmesse und auf Ostern hin, war sie mit mehreren Schichten in der Buchhandlung eingeteilt. Dort arbeitete sie gerne, auch wenn sie sich heimlich wünschte, im Verkauf tätig zu sein. Sie wollte nicht nur Geschenke einpacken und Kunden, die in der Schlange standen, Pfefferminzbonbons anbieten, um ihnen die Wartezeit zu versüßen. Immerhin hatte sie ihr geisteswissenschaftliches Studium erfolgreich abgeschlossen. Da fühlte sie sich mit den jetzigen Aufgaben unterfordert.

»Na, meine Liebe, wo bist du denn mit deinen Gedanken?«

Sascha hatte seine warme und trockene Hand auf ihren Unterarm gelegt. Als hätte er ihre Gedanken erraten, nahm er einen Themenwechsel vor.

»Kinder, wir müssen jetzt mal beraten, wohin wir im Sommer in Urlaub fahren. Wird höchste Zeit mit dem Buchen.«

»Ich will an den Strand!«, rief Laura und meldete sich dabei wie in der Schule.

»Ja, am Strand chillen, find ich gut!« Ronny sah seine Schwester zufrieden an.

Woltmanns Mundwinkel rutschten leicht nach unten. Mit Ronny hatte er noch vor zwei, drei Jahren so manchen Berg in Südtirol bestiegen. Das gemeinsame Gipfelerklimmen zählte zu den glücklichsten Erinnerungen, die er mit seinem Sohn verband. Dass der diesmal nur am Strand rumliegen wollte, enttäuschte ihn.

»Aber Ronny, wir könnten doch mal wieder den Sass Rigais in der Geislergruppe angehen!«

»Nee, Papa, ist nicht mehr mein Ding. Strand ist besser. Vielleicht mach ich 'nen Surfkurs.«

»Also ich fand es in den Bergen immer schön.« Yvonne blickte jeden einzeln an. Die Kinder schüttelten den Kopf.

»Nein, Mama, das ist immer so anstrengend!« Laura rollte mit den Augen.

An der Haustür klingelte es. Helga und Heinrich Woltmann standen vor der Tür. Sascha bat sie hereinzukommen.

»Oh, ihr seid gerade beim Abendbrot, da wollen wir nicht stören«, sagte Oma Helga, nahm aber zugleich am Tisch Platz. Ihr Gemahl tat es ihr gleich.

»Bierchen?« Die Eltern nickten. Woltmann goss ihnen jeweils ein Glas ein.

»Tja, also, wir wollten etwas mit euch besprechen!« Heinrich Woltmann wischte sich den Schaum vom Mund.

»So, na was denn, Opa?« Die Anrede wählte Sascha Woltmann immer, wenn die Kinder zugegen waren.

»Also, Kinder, passt auf. Wir haben uns da was überlegt. Ich mein, mit dem Geld, da ist es ja im Moment bei euch nicht so dicke …«

Heinrich Woltmann sah nur für einen Bruchteil in Yvonnes Richtung, die sofort beschämt zu Boden blickte.

»Also, ich meine, solche Phasen gibt's in jeder Familie. Als wir damals als junge Familie …«

»Heinrich, du wolltest doch was vorschlagen!« Helga wusste um Heinrichs Hang abzuschweifen.

»Ach ja, klar, also, wir haben uns überlegt, ob wir nicht diesen Sommer mit euch gemeinsam in Urlaub fahren.«

Ronnys Gabel fiel auf den Teller. Eine angespannte Stille trat ein. Die Blicke der vier jüngeren Woltmanns waren gleichermaßen konsterniert wie verblüfft. Eben hatten sie selbst noch über das Thema gesprochen. Jetzt die Idee der Großeltern.

»Also, ich meine, das ist ja nur ein Vorschlag. Es ist nämlich so, dass der Zaubitzer Rudi ja auch so ein schönes Wohnmobil wie wir hat. Der muss im Sommer aber wegen einer OP ins Krankenhaus und kann nicht wegfahren. Er hat deshalb angeboten, das Wohnmobil zu einem Freundschaftspreis …«

»Danke, Heinrich!« Yvonne fiel ihm ins Wort und blickte streng in Richtung der Schwiegereltern. Noch ein paar Fältchen mehr zeigten sich um ihre Mundwinkel herum. »Das ist nett gedacht von euch. Aber ich glaube nicht, dass wir das Angebot annehmen.«

Unter dem Tisch trat sie Sascha auf den Fuß. Der holte Luft, um etwas zu sagen, aber Helga Woltmann war schneller.

»Wir dachten zum Beispiel an Camping in der Lüneburger Heide. Das wird euch gefallen. Von dort aus könnten wir einen Abstecher ins Heide Park Resort in Soltau machen. Ronny, Laura, da gibt's eine Achterbahn. Ach, wie hieß die noch mal, Heinrich?«

»Eine Ratatouille-Achterbahn!«

»Ratatouille?« Helga Woltmann blickte unsicher. »Das ist doch eine Gemüsepfanne!«

»Dann Katapult.«

»Ja, genau, danke, Heinrich, eine Katapult-Achterbahn. Das muss ganz dolle sein, Kinder. Fischers waren mit ihren Enkeln auch schon mal dort.«

Fischers, aha, die besten Freunde der Eltern stecken also auch hinter diesem Plan, dachte sich Woltmann und setzte sich ganz aufrecht hin.

»Ich finde das freundlich von euch. Aber wir möchten das nicht! Urlaub haben wir immer alleine gemacht. Und das soll auch so bleiben.«

Bei diesen Worten sah er zu Ronny und Laura, die aber ohnehin für den Vorschlag der Großeltern kein Feuer gefangen hatten.

»Kommt!« Sascha Woltmann erhob sich. »Ich bin eh mit dem Abendbrot fertig. Wir gehen ins Wohnzimmer. Ich wollte dir, Opa, zeigen, was in der neuen ADAC MOTORWELT steht. Da habe ich nämlich einen Beitrag über Anhängerkupplungen entdeckt.«

»ADAC?« Woltmann senior fühlte sich mit seinem Urlaubsvorschlag abgebügelt, fügte sich aber. »Diesen Verein nehm ich nicht mehr ernst. Aber zeig trotzdem mal her. Hatte noch gar keine Zeit, in mein Heft reinzuschauen.«

Was Sascha Woltmann nicht verriet: In der ADAC MOTORWELT standen auch jede Menge Werbeanzeigen für Treppenlifte und Badewannenausstiegshilfen. Es konnte nicht schaden, wenn die Eltern mit diesen Themen unauffällig, aber rechtzeitig und immer wieder konfrontiert wurden. Solche Umbaumaßnahmen schob man meist so lange vor sich her, bis es zu spät war. Auch wenn die Eltern gerade erst in den Ruhestand gegangen sind, das Alter kommt schneller, als man denkt, sagte er sich. Er hatte bei einem Einsatz als Streifenpolizist in Berlin eine tote Frau gefunden, die einen Schlaganfall erlitten hatte. Ihr Mann saß neben ihr, demenzkrank und hilflos. Niemand hatte nach dem Ehepaar geschaut. Das sollte seinen Eltern nicht passieren. Nachdem er und seine Familie jetzt hier in Weimar lebten, konnten sie immer wieder nach dem Rechten im Haus der Eltern schauen und notfalls schnell Hilfe herbeiholen. Yvonne hatte ihm schon manches Mal vorgeworfen, er sei dabei, in diesem Punkt geradezu eine Paranoia zu entwickeln. Helga und Heinrich Woltmann waren fit wie zwei Turnschuhe und planten einen ereignisreichen Ruhestand mit Wohnmobilreisen, Englischkurs an der Volkshochschule und vielem mehr. »Mit sechsundsechzig Jahren, da fängt das Leben an«, hielt ihm Yvonne den Liedtitel von Udo Jürgens in solchen Momenten fröhlich entgegen. Aber das rang ihm stets nur ein gequältes Lächeln ab.

DIENSTAG, 18. MÄRZ 2014

Der Mann im grünen Overall drückte sich schon eine halbe Stunde auf dem Parkplatz der Polizeiinspektion herum. Manchmal griff er zum Handy, telefonierte oder tat zumindest so.

Es war Nachmittag. Schichtwechsel bei der Streifenpolizei. Woltmann zog seinen Schottenschal zu und schlenderte zu seinem perlgrauen Škoda Octavia. Unter seinem Arm klemmte eine Tüte mit Brötchen, die er bei Ingo Baum gekauft hatte.

»Entschuldigung«, sprach ihn jetzt der Arbeiter an. Seine Stimme zitterte. Wie ein Wiesel auf der Flucht schaute er aufgeregt in alle Richtungen. »Darf ich Sie mal kurz was fragen?«

Woltmann blinzelte in die Sonne.

»Ja, was gibt's?«

»Sind Sie Polizist?«

»Ja, warum?«

»Bei der Kripo?«

»Äh, warum möchten Sie das wissen?«

Die Frage nach der Kripo weckte Woltmanns Neugier.

»Weil, ich wollte etwas anzeigen, was wahrscheinlich völlig ohne Bedeutung ist. Vorsichtshalber, mein ich.«

Zwei Kollegen Woltmanns gingen an ihnen vorbei. Er zog den merkwürdigen Besucher etwas zur Seite.

»Sagen Sie mir erst mal, wer Sie sind!«

»Aber nur, wenn Sie mir versprechen, dass das, was ich Ihnen sage, unter uns bleibt.«

Der Mann im Overall kramte nach einer Zigarette und zündete sie sich hastig an. Woltmann antwortete nicht.

»Ich heiße Falk. Heiner Falk.« Mehrere tiefe Züge an der Zigarette; der Kopf des Mannes verschwand in einer Wolke aus Qualm. »Ich bin Gartenarbeiter. Pflege hier die Parks.«

Der Rauch verzog sich wieder. Falk erzählte vom Fund im Tiefurter Park, der aufgebahrten Puppe im Grab. Die mysteriöse Inschrift erwähnte er nicht. Woltmann hörte zu, scheinbar teilnahmslos. Als Falk fertig war, öffnete er mit der Fernbedienung sein Auto.

»Ich kann Ihnen da nicht wirklich weiterhelfen. Tut mir leid.«

Er stieg in sein Auto und fuhr zügig vom Parkplatz der PI. Falk zündete sich eine weitere Zigarette an und begab sich zu seinem orangefarbenen Multicar. Droste war heute krank. An diesem Feierabend fuhr er alleine zurück zur Firma.

* * *

Komische Geschichte, die der mir gerade erzählt hat, dachte sich Woltmann und lenkte seinen Škoda durch die Belvederer Allee. Er fuhr in die Tiefgarage, ging die Fliesentreppen hoch zur Wohnung. Kaffeeduft strömte ihm entgegen. Yvonne saß gebeugt am Wohnzimmertisch und sortierte Fotos in ein Album. Mit einem flüchtigen Kuss begrüßte er sie.

»Puh, bin ich froh, dass die Schicht rum ist.«

»War viel los?«

Woltmann holte sich eine Tasse Kaffee und schaltete die Musikanlage an. Loreena McKennitt. Er warf sich aufs Sofa. Abschalten war angesagt. Eine Weile döste er vor sich hin. Dann beobachtete er geistesabwesend, wie Yvonne die Fotos sortierte. Bis sein Blick auf einem Foto haften blieb. Laura, sechs oder sieben Jahre alt. Im Arm hielt sie Gretel. Ihre Lieblingspuppe. Woltmann merkte, wie sein Herz schneller zu pochen begann.

»Verdammt, die Puppe!«

Yvonne zog die Augenbrauen hoch.

»Was ist mit der Puppe?«

»Ach, nichts.« Woltmann schloss die Augen, überlegte. Dann sprang er auf. »Ich muss noch mal kurz weg.«

In der Polizeiinspektion warf Woltmann den Computer an. Im Intranet ging er auf die Archiv-Datei und gab *Puppe* als Suchbegriff ein. Auch bei Google und in den Online-Archiven der Thüringer Zeitungen suchte er. Es dauerte zehn Minuten, dann hatte er den Fall in Eisenach vor sich auf dem Schirm, von dem ihm Ingo Baum erzählt hatte. Den Bäckermeister suchte er als Nächstes auf. Baum wunderte sich, wieso Woltmann schon wieder bei ihm erschien, zeigte sich aber sogleich als Verbündeter und rief seinen Eisenacher Cousin an. Der lieferte das, was Woltmann auf dem behördlichen Weg als Streifenpolizist im Feierabend nicht so einfach finden konnte: Die aktuelle Wohnadresse des Puppendoktors.

Du bist verrückt, sagte sich Woltmann, als er sein Auto auf die A4 Richtung Eisenach lenkte. Aber war das nicht der erhoffte Wink des Schicksals? Die Möglichkeit, auf die er gewartet hatte? Er musste die Chance einfach ergreifen, wollte er sich später keine Vorwürfe machen. Nur auf diesem Weg könnte er sich der Kripo andienen. Er würde es geschickt anstellen. Erst genügend Beweise sammeln und dann Mandy einbinden. Mandy Hoppe, die Stellvertreterin des Kripochefs Volker Remde. Der war menschlich schwierig. Aber immerhin hatte er Sascha bei einem Doppelmord schon einmal in sein Ermittlerteam berufen.

»Yvonne, ich muss noch mal dienstlich wohin. Komme so gegen zehn Uhr zurück.«

»Um zehn? Wieso denn das? Du hast doch Feierabend!«

Aber er hatte sie schon weggedrückt. Der Puppendoktor, so

wusste er jetzt, war vor einem Jahr zu einer Bewährungsstrafe verurteilt worden. Das war die aktuellste Information, die er gefunden hatte. Aber sein Bauchgefühl sagte ihm, dass die Information des Parkarbeiters eine Chance für ihn war. Irgendwie schien das Glück auf seiner Seite zu sein, was seine berufliche Zukunft betraf. Erst stieß er in Weimar wieder auf Mandy, die in der Hierarchie der Kripo an zweiter Stelle stand und ihm gewogen war. Dann die Begegnung mit Bäcker Baum, das wandelnde Stadtlexikon. Der kannte alles und jeden in Weimar. Sein Café war ein Umschlagplatz für Gerüchte, aber auch für hieb- und stichfeste Informationen, an die man sonst nicht so einfach herankam. Schon bei der Aufklärung des Doppelmords hatte sich Baum als wertvolle Quelle erwiesen. Und jetzt also der Fall des Puppendoktors. Was, wenn der Puppendoktor seinen Aktionsradius verlegt hätte? In Eisenach kannte man ihn. Wurde er dort erwischt, wenn er ein kleines Mädchen ansprach, wanderte er in den Bau. Wenn er aber wirklich pädophil war, würde er nach anderen Möglichkeiten suchen. Nach Weimar war es nur eine knappe Stunde mit dem Auto. Was, wenn er hier in Tiefurt ein Mädchen angesprochen und mit ihm gemeinsam die Puppe beerdigt hatte?

Woltmann malte sich die Szene aus. Der Puppendoktor, das Mädchen, der Park. Je länger er darüber nachdachte, desto heißer erschien ihm die Spur. Sollte er nicht besser jetzt schon Mandy Hoppe anrufen? Aber die würde ihn wahrscheinlich auslachen. Eine Puppe im Park ist etwas anderes als ein Mensch im Sarg. So oder ganz ähnlich würde sie ihn aufziehen.

Als er die Autobahn in Eisenach-Ost verließ, blinkte eine SMS im Display seines Handys auf. Er fuhr kurz an den Straßenrand. Die Frau aus Ghana hatte ihm geschrieben. Sie hieß Renate, lebte in Berlin. Einmal hatte er sie getroffen, sie hatten …

»Fünfhundert Euro«, las er. Mehr stand da nicht. Sie erpresste ihn. Seit Monaten ging das schon so. Aber was konnte sie ihm schon? Er hatte jetzt keine Zeit dafür. Nein, er würde ihr einfach nicht mehr antworten.

Mit vierzig fuhr er durch die Dreißiger-Zone der Reihenhaussiedlung im Eisenacher Osten. Jede Sekunde zählte, konnte ein Versäumnis sein. Das Navi lenkte ihn zu einem in die Jahre gekommenen Häuschen mit ungepflegtem Vorgarten. Erst jetzt fragte er sich, als wer er sich ausweisen sollte, wenn er an der Tür klingelte. Denn als Weimarer Streifenpolizist so einfach in ein Eisenacher Haus mit Dienstausweis, aber in Zivil reinzuschneien, ging nicht. Wenn es schlecht liefe und der Puppendoktor die Eisenacher Polizei einschaltete, brächte ihm das ein Disziplinarverfahren ein. Ihm musste daher ein Vorwand einfallen, warum er den Puppendoktor aufsuchte. Er fuhr ein Stück weiter, um die Straßenecke herum. Niemand sollte sein Autokennzeichen sehen. Auch wenn es schon dämmerte, wollte er vorsichtig sein und unerkannt bleiben.

Drei Mal klingelte er. Eine kleine Frau mit verhutzeltem Gesicht öffnete ihm und starrte ihn feindlich an.

»Guten Tag, mein Name ist Müller. Ich bin Puppensammler. Ihre Adresse habe ich von einem Bekannten. Der hat mir gesagt, dass Sie vielleicht die ein oder andere Puppe verkaufen.«

Woltmann staunte, wie leicht ihm diese Lüge über die Lippen ging. Ihm kam es vor, als spreche nicht er selbst, sondern ein anderer aus ihm heraus.

»Wir machen keine Haustürgeschäfte!« Die Frau wollte die Tür zuschlagen. Doch Woltmann reagierte schnell und setzte den Fuß dazwischen.

»Ich weiß, was mit Ihrem Mann vorgefallen ist, werte Frau, aber mir geht es nur um die Puppen.«

Sein charmanter Ton zeigte Wirkung, vielleicht auch sein leichter Silberblick, der ihm schon so manches Mal bei Frauen weitergeholfen hatte. Die verhärmte Frau zog die Tür auf und bat ihn mit einer stummen Geste herein.

Durch den Flur führte sie ihn ins Wohnzimmer. Die Rollläden waren gerade einmal einen Spaltbreit hochgezogen. Nur langsam gewöhnten sich Woltmanns Augen an das Dämmerlicht. Er erkannte die Konturen einer schweren Polstergarnitur, einen flachen Glastisch vor der Schrankwand. Ein Schauder durchfuhr ihn, als er erkannte, was ihn von allen Seiten anfunkelte: Große, starre Augen. Die Puppen waren in Haufen übereinandergetürmt, wie Leichenberge. In allen Ecken des Zimmers. Er griff zur Seite, tastete an der Wand lang, ohne die Frau um Erlaubnis zu fragen. Als er den Lichtschalter endlich erwischt und eingeschaltet hatte, verlor er kurz die Fassung. Die Augen der Puppen glitzerten deshalb besonders stark, weil die Augenlider mit Klammern an den Brauen befestigt oder festgeklebt waren. Bei manchen Puppen steckten statt der künstlichen Augen gar bunte Murmeln in den Höhlen.

Wer solche Leichenberge auftürmt, beerdigt auch Puppen in Parks. Woltmann wusste jetzt, dass seine Instinkte ihn nicht getrogen hatten. Er hörte sein Blut in den Ohren rauschen. Der Pädophile wohnte in Eisenach, lebte aber seine perversen Triebe in Weimar aus.

»Ich bin froh, wenn das Zeug endlich wegkommt«, sprach die Frau mit der bitteren Miene plötzlich mehr zu sich selbst als zu Woltmann.

»Die Puppen gehören Ihrem Mann, stimmt's?«

Sie nickte.

»Ja, ich hab die alle auf diese Haufen geschmissen. Man konnte ja hier nirgends mehr sitzen. Ich wollte sie eine nach der anderen in den Müll werfen.«

Woltmann fuhr sich über die Stirn und dachte nach. Die Frau hatte die Puppenberge aufgetürmt? Nicht der Mann? Wenn sie die Puppen wirklich wegwarf, drehte der Pädophile doch durch. Er entschied sich, konfrontativ vorzugehen.

»Kann es sein, dass ich Ihren Mann vor kurzem in Weimar gesehen habe?«

Woltmann sah ihr in die Augen. Zu seiner Überraschung lachte sie kehlig auf.

»Der in Weimar?« Sie lud ihn mit einem spöttischen Blick und einer Kopfbewegung ein, ihr zu folgen.

Im Schlafzimmer schlug ihm muffiger Geruch entgegen. Ein blaugrüner Kanarienvogel sprang aufgeregt in seinem Käfig hin und her. Der Puppendoktor röchelte schwer, lallte vor sich hin. An seinem Bett stand ein Infusionsgerät.

»Schlaganfall. Vor einem Jahr. Gleich nach der Verurteilung. Das wird nichts mehr mit dem.«

* * *

Du bist so ein Idiot! Woltmann hämmerte auf das Lenkrad ein.

Aber es hätte auch anders ausgehen können, sprach eine zweite Stimme in ihm. Hätte, hätte, Fahrradkette …, schimpfte er laut gegen sie an. Er drehte den Lautsprecherknopf des Autoradios bis zum Anschlag auf. Grönemeyer mit seinem Lied »Männer«.

Yvonne und die Kinder waren schon im Bett, als er zurückkehrte. Er ging zum Kühlschrank, öffnete sich ein Bier und schlang ein halbes Glas saure Gurken in sich hinein.

MONTAG, 24. MÄRZ 2014

Weißt du, Sören, meine Renate war so begeistert von dem Hamam.«

»Dem was?« Droste blickte seinen Kollegen Falk stirnrunzelnd an.

»Hamam. Das sind diese türkischen Dampfbäder. Wir waren doch letztes Jahr in Antalya. Da hatten die im Hotel so ein Bad.«

Den Urlaub in der Türkei hatte das Ehepaar Falk bei der Benefiztombola auf dem Weimarer Weihnachtsmarkt gewonnen. Im Februar waren sie an die zu dieser Zeit kühle türkische Riviera gereist und wohnten mit Halbpension in einer fast leeren Hotelburg am Strand im Osten der Stadt. Das war für das Ehepaar Falk seit 1989 erst der zweite Aufenthalt im Ausland gewesen. Alles Geld floss sonst in den Hausbau und das Abstottern des Kredits.

»Ah! Verstehe.« Droste ruckelte mit dem Multicar unterhalb von Schloss Ettersburg in den »Pücklerschlag«. Fürst Hermann von Pückler-Muskau hatte die Schneise in der Mitte des neunzehnten Jahrhunderts als landschaftliches Kunstwerk gestaltet. Auch dieser Park im Norden von Weimar gehörte zur Klassik Stiftung Weimar. Seine Pflege fiel somit in das Aufgabengebiet der *Gartenlust GmbH*. Zwei Tage sah der Einsatzplan die beiden Parkarbeiter Sören Droste und Heiner Falk für den Ettersburger Park vor. Sie mussten die Winterschäden inspizieren und gegebenenfalls beseitigen, bevor sie für den Rest der Woche im Park von Schloss Kochberg, einer anderen Liegenschaft der Klassik Stiftung etwa dreißig Kilometer südlich von Weimar, nach dem Rechten sahen.

»Weißt du, Sören, halt uns jetzt bitte nicht für übergeschnappt. Wegen Luxus und so. Aber nach fünfzehn Jahren Bauen wollen wir uns jetzt ein bisschen belohnen.«

Droste zeigte keine Regung und konzentrierte sich auf den holprigen Weg.

»Ich würde auch gerne einen Lautsprecher in die Dampfdusche einbauen. Dann spielen wir uns so Wellness-Musik ein. Kennst du jemanden, der günstig an wasserdichte Lautsprecher kommt?«

»Mal schauen. Da muss ich erst nachdenken.«

Sie stiegen aus, nahmen jeder eine bis zu zehn Metern ausziehbare Teleskopstange zur Hand und begannen, die Bäume, die den Pücklerschlag säumten, systematisch auf Astbruch zu prüfen. Falk hatte an seiner Teleskopstange zusätzlich eine Ast-Säge befestigt und entfernte den ein oder anderen morschen Zweig. Sie arbeiteten sich vom Talgrund bis zum Gipfel der Schneise Baum für Baum nach oben.

Schon fast sechs Stunden waren sie mit dieser Arbeit beschäftigt, nur unterbrochen von einer halbstündigen Mittagspause. Jetzt, am Nachmittag, schien die Sonne nur matt und milchig durch eine hohe Wolkendecke. Dennoch gerieten die beiden Parkarbeiter ins Schwitzen. Falk ging zum Fahrzeug, um sein Sweatshirt abzulegen und einen Schluck Wasser zu trinken. Mit einem Taschentuch wischte er sich den Schweiß ab und stapfte zu seinem Kollegen zurück. Doch Droste war nicht mehr an der knorrigen Eiche beschäftigt, wie noch vor drei Minuten. Er stand jetzt einige Meter weiter in der Lichtung und fixierte angestrengt irgendetwas in der Ferne, bückte sich gelegentlich und sah aus, als blicke er wie einst Napoleon an der gleichen Stelle nach einem aufgescheuchten Wild, das es zu erlegen galt.

»Was ist denn los, Sören?«

Falk stiefelte in die Richtung des Kollegen.

»Dort drüben, schau!« Droste wies mit ausgestrecktem Zeigefinger hangaufwärts, wo Wiese und Wald aneinandergrenzten.

Falk ging ebenfalls in die Hocke und blinzelte über Drostes Hand hinweg wie ein Jäger durchs Zielfernrohr.

»Ein Reh?«

»Nein, weiter dort vorne. Direkt am Waldrand!«

Es dauerte eine Weile, dann erkannte auch Falk die Erhebung.

»Vielleicht ein Ameisenhaufen?«

Droste schüttelte skeptisch den Kopf.

»Der müsste ja riesig sein!«

»Denkst du etwa …, Mann!«

»Ich denke gar nichts, Heiner, aber anschauen sollten wir uns den Haufen schon mal.«

Falk sah auf die Uhr.

»Also, wenn wir uns beeilen, schaffen wir es bis kurz vor Feierabend zum Waldrand. Dann gucken wir uns das mal an, okay, Sören?«

»Ja, klar, machen wir.«

Stumm nahmen sie wieder ihre Arbeit auf. Doch der eine merkte dem anderen an, dass er mit den Gedanken nicht mehr nur bei den Ästen und Bäumen war. Kurz vor fünfzehn Uhr kamen sie auf dem Scheitel des Pücklerschlags an. Jetzt sahen sie von nahem, was schon weiter unten ihre Aufmerksamkeit erregt hatte: Eine mit feuchtem Laub und Grasstücken bedeckte Erhebung, vielleicht einen halben Meter hoch und knapp zwei Meter lang, hob sich von dem noch mattgrünen flachen Gras des Pücklerschlags ab.

»Das gibt es doch nicht! Mannomannomann!« Falks Gesicht versteinerte.

»Sieht aus wie in Tiefurt. Nur größer.« Droste zog seine graublaue Schildmütze vom Kopf wie zum Zeichen der Ehrfurcht.

»Wieder ein Hochgrab!« Falk schluckte schwer. »Was machen wir nun?«

»Na, nachprüfen, was da vergraben ist.«

»Aber unseren Spaten haben wir ganz unten im Wagen.« Falk klang müde. Doch der eigentliche Grund für sein Zögern war eine unterschwellige Angst vor dem, was in dem Grab liegen mochte.

»Du, Sören, sag mal, sollten wir nicht gleich die Polizei verständigen? Ich meine, von der Größe her könnte hier auch ein Kind …«

»Was? Ein Kind? Na, nun mal nicht gleich den Teufel an die Wand. Wenn da nix drin ist, lacht uns die Polizei aus. Und es gibt Druck vom Chef. Das mit der Puppe weiß ja niemand. Vielleicht ist alles völlig banal. Ich geh schnell runter und hol den Spaten!«

Während Droste sich auf den Weg machte, umrundete Falk die Erhebung. Er nahm eine Handvoll Laub vom Grab. Die Blätter waren feucht, was darauf hindeutete, dass das Laub aus dem nahen Wald geholt worden war. Nur dort hielt sich die Nässe des Winters noch über Wochen und Monate. Denn in und um Weimar hatte es schon seit längerem nicht mehr geregnet.

Keuchend kam Droste den Hang hoch und hielt Falk den Spaten hin. Der begann, vorsichtig zu graben. Nach drei, vier Stichen stockte ihm der Atem. Er musste sich wegdrehen. Was er sah, löste Übelkeit in ihm aus und ließ ihn gegen den Brechreiz ankämpfen. Droste, der hinter ihm stand, wandte sich ebenfalls ab.

»Buaah, das ist ja gruselig! Widerlich!«

»Ja, echt eklig. Ich grab jetzt mal hinten weiter.«

Je mehr er grub, desto stärker wurde der Gestank. Es roch nach Verwesendem, Modrigem, Tod.

»Ist das nicht ein … ein Hund?« Droste zog sich den Kragen seiner Jacke vor die untere Gesichtshälfte.

Falk trug die obere Schicht des Grabes ab. Sie erkannten den seitlich gebetteten Körper eines Hundes, dessen Fell von Erde verdreckt war.

»Ja, sieht so aus!«

»Golden Retriever?«

»Gut möglich. Mann, ich glaub das nicht!«

Falk versuchte, den Hundekopf etwas anzuheben, ließ aber gleich davon ab, als er die Augen des Tieres sah.

»Uah, Sören, schau mal!«

Beide Parkarbeiter starrten auf die Augen des Hundes, die sie bisher, weil von Erde bedeckt, kaum erkannt hatten. Jetzt aber lösten sich einige Erdklumpen. Das geschlossene rechte Auge des Hundes war zu sehen. Der Augendeckel bewegte sich leicht, zitterte. Langsam hob sich der Augendeckel. Lebte der Hund noch? Das konnte doch unmöglich sein. Wieso aber bewegte sich dann sein Lid? Jetzt wölbte es sich gar ein Stück nach oben.

»Siehst du das auch?« Falks Hand zitterte wie bei einem Schlaganfall.

»Ja, normal ist das nicht! Boah, eh!«

Immer weiter hob sich das Augenlid. spannte sich gar, dann brach sie durch: eine fette, weiße Made. Sie hatte sich im Körper des Hundes eingenistet und suchte sich jetzt einen Ausgang.

»Uaah, schütt den wieder zu!« Droste hielt sich die Nase zu.

»Zuschütten? Hier?«

Beiden war klar, dass das nicht ging. Sie mussten das Tier auf jeden Fall von der exponierten Stelle im Pücklerschlag entfernen.

»Weißt du was? Wir holen jetzt doch besser die Polizei.«

»Meinst du?« Droste rieb sich das Kinn. »Den hat doch irgendein Hundebesitzer hier entsorgt. Wollte sich das Geld sparen fürs Tierkrematorium.«

»Stimmt. Kommt öfter vor, dass die Leute ihre toten Tiere im Wald entsorgen.«

»Andererseits vergraben die das Tier doch in der Erde. Warum hat der hier so ein Hochgrab gemacht? Und ist es Zufall, dass wir erst vor einer Woche ein ähnliches Grab in Tiefurt entdeckt haben?«

Falk sog die Luft tief ein und gab sie dann in kleinen Atemstößen wieder von sich.

»Weiß nicht. Ich glaub, das ist eher Zufall. Obwohl. Ist schon komisch. Also, soll ich die Polizei rufen?«

Droste blickte auf die Uhr.

»Hm. Ist ja eigentlich schon Feierabend. Bis die Polizei hier ist, dauert es eine halbe Stunde. Also ehrlich gesagt, ich hab heute Abend was vor. Vorher muss ich noch zum Baumarkt. Das kann ich dann alles vergessen.«

»Okay. Vergraben wir also den Hund da drüben im Wald und ebnen die Stelle hier ein. Ist vielleicht wirklich nur Zeitverschwendung, wenn wir die Polizei rufen.«

Gerade wollten sie ihre Entscheidung in die Tat umsetzen, da hielt Falk Droste am Arm fest und sah ihm in die Augen.

»Aber eins ist doch klar, Sören. Unser Chef darf davon nie erfahren.«

»Klar wie Kloßbrühe. Eigentlich geht das nicht, dass wir als Fachfirma Tiere nicht richtig entsorgen.«

»Sehe ich auch so. Aber unser Chef würde sich auch tierisch aufregen, wenn wir ihm den toten Hund bringen. Dann hat er die Kosten an der Backe.«

»Ja, tierisch wird er sich aufregen, und uns anbellen.« Droste lachte auf. »Also, komm, ich bring den Hund jetzt zum Wald, und du machst das Grab dem Erdboden gleich.«

Droste klemmte den Kadaver zwischen die beiden Teleskopstangen und schob das Tier die drei, vier Meter bis zum Waldrand. Dort wollte er eine Grube ausheben, stellte aber fest, dass schon jemand Vorarbeit geleistet hatte: Ein Loch von einem halben Meter Tiefe tat sich vor ihm auf. Der Schöpfer des Hochgrabs hatte sich hier anscheinend die Erde besorgt, die er benötigte, um das Grab aufzuschichten. Schleifspuren deuteten darauf hin, dass die Erde in einem größeren Sack zum Ort des Geschehens geschleppt worden war. Droste vertiefte das Loch um einen weiteren halben Meter. Dann schob er den Golden Retriever angewidert schwanzüber hinein. Die Schnauze des Tiers schaute noch einige Zentimeter aus dem Grab heraus. Mit der flachen Schaufelseite drückte er den Kopf unter die Oberfläche und klopfte die Stelle glatt. Anschließend bedeckte er sie mit Laub und Ästen, um danach mit Falk den Pücklerschlag zu verlassen.

»Ich weiß nicht, Sören, was das zu bedeuten hat. Ein Hochgrab. Das macht doch keiner einfach so.«

»Ja, stimmt. Ist komisch.«

»Ich mein, erst begräbt da einer eine Puppe, dann einen Hund. Ich hab das Gefühl, wir könnten noch mehr finden.«

»Hm, Heiner, jetzt musst du aber aufpassen, dass du nicht abergläubisch wirst.«

»Tja, kann sein. Aber ich hab da so ein Gefühl im Bauch.«

Sie bestiegen den Multicar und fuhren los. Es dämmerte bereits. Während der Fahrt vom Ettersberg blickten sie auf die Stadt, jeder hing seinen Gedanken nach. Auch plagte sie das schlechte Gewissen, den Hund einfach so im Wald begraben zu haben. Niemals durfte ihr Chef das erfahren. Aber wer sollte sie schon verpfeifen? Es würde ihrer beider Geheimnis bleiben.

* * *

Danuta schlug am Anfang jeder Sitzung nur leicht zu. Die Kordeln der Peitsche streichelten ihn eher, als dass sie ihm Schmerzen zufügten.

»Aaah, aaah!« Wohlig stöhnte er in das Gesichtsloch der siamesischen Massageliege, auf der er mit dem Bauch nach unten lag.

Danuta schaute abwesend auf ihr Handy. Sie saß rittlings auf Ifflands Oberschenkeln und ließ die Peitsche leicht auf seinen Rücken prasseln. Ihr überbordender Körper war wie stets in viel zu enge schwarze Lackkleidung gezwängt, die er jeden Augenblick zu sprengen drohte. Aber ihre Freier liebten diese Aufmachung.

Lothar Iffland zählte seit einigen Jahren zu ihren Stammkunden. Regelmäßig zwei Mal im Monat kam er für zwei Stunden, die ihm jeweils dreihundert Euro wert waren. Der Ablauf war fast immer gleich: Anfangs leichte Schläge auf den Rücken und den Hintern. Die Schlag- und Folterwerkzeuge wechselten von Reitgerten über lederne Bullenpeitschen bis zu verschiedenen klein gezackten Rädchen. Nach einer halben Stunde drehte sich Iffland auf den Rücken. Sie bearbeitete seine Vorderseite auf die gleiche Weise, jetzt auch mit Einbezug seines Geschlechtsorgans. Nach einer Stunde tranken sie Kaffee, unterhielten sich ein wenig, um dem Ganzen etwas Ungezwungenes, Natürliches zu geben. Anschließend kroch er, von Danutas Peitschenhieben getrieben, auf allen vieren durch den Raum, nahm auf dem Strafstuhl für verschiedene demütigende Behandlungen Platz und schleppte sich schließlich wimmernd und winselnd zur Liege zurück. Dort verpasste sie ihm zum Abschluss kräftige Schläge. Er liebte es, bei jedem Schlag wie ein Hund um Gnade zu betteln, die sie ihm aber, so war es abgesprochen, nicht gewährte. Er war glücklich, wenn die Striemen noch tagelang sichtbar waren und schmerzten.

Heute allerdings beschäftigte ihn der kleingewachsene Mann, der mit hoher Wahrscheinlichkeit vor ihm die Dienste von Danuta in Anspruch genommen hatte. Auch wenn die Domina darauf achtete, dass sich die Freier die Klinke nicht in die Hand gaben, um deren Anonymität zu wahren, klappte das nicht immer. Iffland kam früher als sonst. Er hatte sich ganz einfach in der Zeit vertan. Da er unverheiratet war und in keiner Beziehung lebte, war es ihm auch nicht peinlich, in unmittelbarer Umgebung des Domina-Studios gesehen zu werden. Was hinter der Tür vorging, seine totale Erniedrigung, die er von Danuta einforderte, bekam ohnehin niemand mit. So wartete er ungeniert unten auf der Straße, wo ihn alle Nachbarn sahen und sofort wussten, was Sache war, wenn Männer mit unsicheren Blicken auf und ab gingen und ständig auf die Uhr schauten: Sie hatten einen Termin im Studio der Domina. Er dagegen sah sich selbstbewusst die Auslagen der Geschäfte an und hielt sogar einen kleinen Schwatz mit einer älteren Frau. Sie hatte ihr dünnes Haar voller Lockenwickler und beobachtete, auf ein Kissen gestützt, gemütlich, was sich so auf der Straße abspielte. Gerade als er sich von ihr verabschiedete, sah er einen untersetzten Mann geradezu aus dem Haus herausstürmen, den Kragen seines Mantels hochgestellt und eine schwarze Baseballmütze tief ins Gesicht gezogen. Der Mann wollte nicht erkannt werden, das war offenkundig. Zwar gab es außer dem Studio der Domina noch ein gutes weiteres Dutzend Wohnungen in dem mächtigen Altbau im feinen Damenviertel von Jena. Aber das fluchtartige Verhalten des Mannes erlaubte keinen anderen Schluss, als dass er Danuta aufgesucht hatte und niemand das wissen sollte.

Nur für den Bruchteil einer Sekunde glaubte Iffland, den Mann von irgendwoher zu kennen. Aber er konnte ihn nicht zuordnen, sosehr er auch nachdachte. Während der ersten

Stunde bei Danuta kreisten seine Gedanken daher ständig um die Frage, woher er dieses Gesicht kannte.

»Sag mal, Mäuschen, über deine Kundschaft darf ich dich wohl nach wie vor nichts fragen?« Er und Danuta legten eine Pause ein und tranken Kaffee.

»Richtig, Schätzchen, mit mir es geht nix.«

Er liebte ihren polnischen Akzent und schaute jetzt auf ihr pralles Dekolleté. Der oberste Knopf war abgeplatzt. Er wollte Danuta nicht darauf aufmerksam machen, weil ihm dieser Anblick gefiel. Eine Frau, die alles sprengt, die dominant ist, ihn beherrscht, und der er sich leidenschaftlich gern unterwirft. Ganz anders als im richtigen Leben. Da ließ er sich kein X für ein U vormachen, gab seinen Widersachern Kontra und war alles andere als schüchtern, wenn es darum ging, seine Ziele zu erreichen. Frauen behandelte er herablassend, im Grunde verächtlich. Die Emanzipation war seiner Meinung nach ein einziger Irrtum und nahm den Frauen das, was sie ausmachte: ihre Weiblichkeit.

»Danutalein! Wenn ich dich um eine einzige Ausnahme bitte? Ich verspreche dir, dass niemand auch nur ein Sterbenswörtchen davon erfährt!« Er bemühte sich, sein Gesicht liebenswert und unschuldig aussehen zu lassen. Doch die untere Mundpartie verrutschte ihm.

Danuta trank ihren Kaffee leer, sah seinen treuherzig dämlichen Gesichtsausdruck und war genervt. Nicht zum ersten Mal versuchte Iffland diese Tour. Nie gab sie ihm nach. Diskretion gegenüber ihren Kunden, zumal wenn es Stammkunden waren, zählte zu ihren Berufsgrundlagen. Außerdem war eine Dirne nicht automatisch charakterlos, nur weil sie Männer mit Komplexen und oft widerlich arrogantem Verhalten in hohen Chefpositionen ab und zu auf deren Wunsch hin den Hintern versohlte. Wie erst wären diese Männer, erführen sie nicht bei ihr die Demütigungen, die sie sich sonst nicht zugestanden, weil sie in ihrem Job hart, konsequent und autoritär auftreten mussten! Oder jedenfalls glaubten, auftreten zu müssen. Danuta war überzeugt, dass diese Männer noch viel schlimmer mit ihren Angestellten und Untergebenen umgehen würden, wenn sie nicht von ihr die eine oder andere Tracht Prügel bekämen, mit der sie ihre Komplexe abbauten.

»Ich meine, Mäuschen, wir können das auch über einen gewissen finanziellen Zuschlag regeln!« Er hatte seine Hand auf ihren Oberschenkel gelegt, was sie sofort mit einem Rohrstockhieb auf seinen Oberarm unterband. Reflexartig zog er die Hand zurück.

»Willst du heute nix Teil zwei, oder wie?« Ihre Worte kamen kalt und mit einer Spur von Angewidertsein. Iffland begab sich sofort auf den Boden. Ihm war jetzt klar: Von Danuta würde er nicht erfahren, wer der Besucher vor ihm gewesen war.

Eine Viertelstunde robbte er durch den Raum. Danuta lebte sich wieder in die von ihr erwartete Rolle ein. Sie herrschte ihn gespielt an, befahl ihm, ihre schwarzen Lackstiefel abzulecken und sie anzubetteln, nicht mehr so hart zuzuschlagen. Tat er das, war das für sie das Signal, das Gegenteil zu tun. Im Strafstuhl band sie ihn an den Lehnen mit Ketten fest und ohrfeigte ihn. Als sich das Ende der Sitzung näherte, dirigierte sie den erneut Kriechenden mit Gertenschlägen zur Massageliege zurück. Am Ziel angekommen, setzte sie sich mit geöffneten Beinen auf die Liege und bot dem Untergebenen ihre Scham dar. Iffland drängte sich zwischen ihren Beinen hindurch halb unter die Liege, und sie schlug nun von oben mit dem Rohrstock und voller Wucht auf seinen Rücken und dessen Verlängerung ein. Iffland stöhnte auf, zwischen wohligem Schauer und tiefem Schmerz hin- und hergerissen. Erst als er ein Codewort aussprach, ließ sie langsam von ihm ab. Die Augen geschlossen, lief ihm Spucke aus dem Mund und bildete bald eine kleine Pfütze auf dem blankgescheuerten Boden unter der Liege.

Pfiiiitt, Pfiiitt, sausten die letzten Schläge auf ihn herunter. Er wusste, dass es gleich vorbei war, und schrie jetzt. Niemand hörte ihn, die Wände, Böden und Decken des Studios, das Danuta für ihr Gewerbe angemietet hatte, waren dick. Altbau eben. Und selbst wenn der ein oder andere Laut nach außen drang, störte ihn das nicht.

Die Sitzung war vorbei. Danuta stemmte sich vom Bett ab, reichte ihm ein Handtuch und verschwand im Bad. Er wischte sich den Schweiß aus dem Gesicht, tupfte sich mit dem Handtuch die Rückenpartie ab und erkannte glücklich blutige Streifen in der Baumwolle. Ein tiefes Gefühl der Befriedigung stellte sich ein. Gerade wollte er die Pfütze unter der Liege wegwischen, als er seinen Augen nicht traute. Nur wenige Zentimeter vor ihm lag, wie auf einem Präsentierteller, eine Visitenkarte. Elektrisiert las er Namen und Beruf des Kartenbesitzers. Dr. Konrad Horstmüller, Landschaftsarchitekt. Der Groschen fiel bei ihm aber erst, als er das Firmenlogo erkannte: *Gartenlust GmbH*. Darunter die Erfurter Firmenadresse und die Telefonnummer von Horstmüllers Sekretariat.

Im Bad plätscherte Wasser ins Waschbecken. So schnell, wie es ihm angesichts der Schmerzen möglich war, sprang er auf und zu seiner Jacke, in der er die Karte verstaute.

»Ist was?« Danuta blickte ihn misstrauisch an. Sie hatte seine letzten Bewegungen gesehen.

»Ich fühl mich großartig, Schätzchen!«

Das klang nicht überzeugend. Aber Danuta stellte keine weiteren Fragen. In einer halben Stunde kam der nächste Freier, und sie musste noch einiges aufwischen, was aus Ifflands Körper auf den Boden geflossen war. Mit gekonnten Redewendungen und Gesten drängte sie ihn zum Gehen, wunderte sich aber, wie leicht das heute ging. Sie konnte nicht ahnen, was Iffland so froh machte. Die Visitenkarte musste Dr. Horstmüller beim Bezahlen unbemerkt aus dem Geldbeutel gefallen sein. Jetzt kannte er endlich den Namen der Person, die er vor Beginn seiner Sitzung bei Danuta aus dem Haus hatte stürmen sehen.

Iffland war so beseelt, dass er sich nicht einmal scheute, bei der älteren Frau mit den Lockenwicklern ans Fenster zu klopfen. Sie sah ihn zwar etwas überrascht an, war dann aber mitteilsam und bestätigte ihm, dass die Termine der »Herren«, wie sie die Freier nannte, offenbar sehr regelmäßig seien. Es seien immer die gleichen Männer, meist auch zu den gleichen Uhrzeiten, die die »Dame« besuchten.

»Sie kommen doch auch jeden zweiten Montag gegen drei Uhr!« Iffland störte das nicht, im Gegenteil. Wahrscheinlich käme Horstmüller nächsten Montag wieder, um die gleiche Uhrzeit. Er dankte der Frau, die nicht wusste, wie ihr geschah, und das Fenster schloss.

Auf dem Weg zum Auto, das er einige Straßenzüge weiter parkte, tänzelte er. Passanten sahen ihn lächelnd an. Wie einer, der einen Heiratsantrag mit Erfolg gestellt hat, kam er ihnen vor. Er fuhr direkt in sein Büro in der Weimarer Bodelschwinghstraße und warf den Computer an. Nach einer halben Stunde war er sicher, mit Horstmüller den Jackpot geknackt zu haben. Er war der Chef eines der größten deutschen Gartenbetriebe. Mehr als zweihundert Leute arbeiteten in seinem Erfurter Unternehmen, eingesetzt in ganz Thüringen und in den Nachbarländern Bayern, Hessen, Sachsen, Sachsen-Anhalt und Niedersachsen. Gartenarbeiten vom Schrebergarten, der Kleinanlage bis hin zum Park, eine in vielen Städten florierende Grabpflege, landschaftsarchitektonische Maßnahmen, eine riesige Baumschule mit Export in die ganze Welt. Das Unternehmen war sowohl eine lokale Größe als auch ein Global Player.

Bei Google fanden sich viele Fotos, die Horstmüller als Person des öffentlichen Lebens zeigten: einmal beim Empfang in der Staatskanzlei, einmal bei der Überreichung einer Spende für die Obdachlosenhilfe. Bei diesen Anlässen strahlte an seiner Seite immer eine elegant gekleidete Frau, deutlich jünger als er. Mit ihr hatte er zwei kleine Kinder, obwohl er selbst schon auf die sechzig zuging. Im Internet gab es außerdem zahlreiche Berichte über Klagen gegen die *Gartenlust GmbH* vor dem Arbeitsgericht. Mobbing, fristlose Kündigungen wegen angeblicher Diebstähle, von denen die Betroffenen behaupteten, man habe ihnen das heimlich in die Tasche gesteckt, Missachtung des Betriebsverfassungsgesetzes. Horstmüller zeigte sich als knallharter Chef, der im Zusammenhang mit Leiharbeitern aus Polen auch schon einmal eine Anzeige der Staatsanwaltschaft gerade so überstanden hatte. Nur weil die Betroffenen nicht bereit waren, vor Gericht auszusagen. Im Zweifel für den Angeklagten. Zweifel blieben viele, und in Erfurt war es Stadtgespräch, dass er sich das Schweigen der polnischen Leiharbeiter erkauft habe. Alle diese kritischen Stimmen hielten Horstmüller aber nicht davon ab, sich zum Kandidaten der konservativen Partei »Die rechte Mitte« für die anstehenden Wahlen zum Europäischen Parlament küren zu lassen. *Ehrlichkeit, Zuverlässigkeit, Geradlinigkeit – Europa braucht Tugenden* oder *Die deutsche Familie – ein Fundament für Europa*, solche Sprüche standen auf den riesigen Plakatwänden in ganz Thüringen. Dazu ein Porträtfoto Horstmüllers vor einer Parklandschaft. An seiner Seite: Esmeralda, die Gattin mit adligen Wurzeln. Im Hintergrund schemenhaft die beiden spielenden Kinder. Poster aus einer heilen Welt.

Lothar Iffland glaubte an keinen Gott. Als bekennender Atheist kam er heute dennoch nicht umhin, den Fund der Visitenkarte mit einem ihm gewogenen Schicksal in Verbindung zu bringen. Horstmüller schwang sich, ohne dass sie sich persönlich kannten, seit Monaten zu seinem Gegenspieler auf. Mit seinem ganzen Einfluss belieferte er die Presse ständig mit Statements und präsentierte auf der Homepage der *Gartenlust GmbH* eine Petition. Eine Petition gegen all das, was Iffland sich als Existenzgrundlage ausmalte: Die Errichtung von Ruhewäldern, also Friedhöfen in Forsten und Parkanlagen. Aber jetzt hatte er Horstmüller so gut wie in der Hand. Er brauchte nur noch ein Beweisfoto. Nächsten Montag würde er sein Glück wieder versuchen. Und dann war der Weg frei für den Erfolg der *Dem Grab unter Bäumen GmbH* mit dem Geschäftsführer Lothar Iffland.

* * *

»Ja, bitte, meinen Sohn und seine Frau direkt neben mich. Er heißt Adrian van Bruns. Seine Frau Maylin. Ich buchstabiere: Em, a, ypsilon, el, i, en.«

Helmut van Bruns ging mit dem Schnurlostelefon von seinem Schreibtisch zur Rolf-Benz-Couchgarnitur. Mit dem Restaurantleiter des Sophienhofes ging er noch einmal einige Details zur Feier seines achtzigsten Geburtstags durch.

»Wissen Sie, der achtzigste ist der letzte runde Geburtstag, den man noch selbst organisieren kann. Ha, ha!« Auf der anderen Seite der Leitung war ein etwas gekünsteltes Lachen zu hören.

Von einem Freund des Rotary Clubs Weimar war Helmut van Bruns der Sophienhof für die Feier empfohlen worden. Auch wenn so mancher Freund aus Schultagen schon gestorben war, standen immerhin noch mehr als neunzig Verwandte, Geschäftskollegen und Freunde auf der Gästeliste. Vom rotarischen Freund stammte auch die Idee, aus diesem Anlass eine

Biographie schreiben zu lassen. Zu einem Meeting hatte er ihm eine Visitenkarte von Dominik Ferber mitgebracht. Genau so etwas wünschte sich der alte van Bruns für diesen Tag: Die Feier sollte etwas Bleibendes bieten. Etwas, das die Gäste auch im Nachgang noch beschäftigte. Eine geschriebene Biographie, illustriert und edel gebunden, war genau das Richtige.

Helmut van Bruns war der Seniorchef des Pharmakonzerns Brunshelp. Geboren 1934 in Weimar und dort aufgewachsen, hatte er während seines Pharmaziestudiums die DDR 1959, zwei Jahre vor dem Mauerbau, verlassen. Er setzte sein Studium in Freiburg im Breisgau fort, ergänzt um das Fach Betriebswirtschaft. Nach Abschluss beider Studiengänge begann er seine Laufbahn bei einem mittelständischen Pharmabetrieb in Batzingen bei Stuttgart. Nach zehn Jahren stand er an der Spitze des Unternehmens. Wiederum zehn Jahre später war er Mehrheitseigner und setzte die Umfirmierung in Brunshelp AG durch, einen international agierenden Konzern.

Nach dem achtzigsten Geburtstag kommt nur noch das Warten auf den Tod, sann er jetzt vor sich hin. Er hatte gerade das Gespräch mit dem Restaurantleiter beendet. Mit einem Glas Rotwein in der Hand beobachtete er zwei junge Joggerinnen im Park an der Ilm, die sich beim Laufen angeregt unterhielten.

»Jaja, so jung müsste man noch mal sein.« Depressive Stimmungen überfielen ihn seit dem Tod seiner Frau immer häufiger. Mit ihr gemeinsam war er vor zwölf Jahren in seine Heimatstadt Weimar gezogen, nachdem sein Sohn Adrian die Geschäfte der Brunshelp AG übernommen hatte. Er konnte sich damals keine schönere Stadt als Weimar für den Ruhestand vorstellen. Das reiche Kulturangebot, die wunderbaren Parks, die vielen Möglichkeiten zum Spazierengehen. Außerdem die Schulkameraden von früher, mit denen er über Klassentreffen stets in Kontakt geblieben war. Das alles reizte ihn mehr als Batzingen, wo er beruflich zwar Karriere gemacht hatte, aber trotz der langen Zeit nie so richtig heimisch geworden war. Als Konzernchef hielt er sich entweder den ganzen Tag und viele Nächte in Sitzungen im Betrieb auf. Oder er befand sich auf Dienstreisen. Freizeit in den eigenen vier Wänden, sich zu entspannen, Freundschaften aufzubauen, war kaum drin gewesen. Den parkähnlichen Garten rund um die herrschaftliche Villa, die er sich oberhalb Batzingens erbaut hatte, pflegte ein Gärtner, obwohl er selbst solche Tätigkeiten liebte.

Beim letzten Klassentreffen vor seinem Ruhestand hatten ihn einige Schulkameraden gefragt, ob er nicht nach Weimar zurückziehen wolle. Zu seinem eigenen Erstaunen wusste er darauf keine Antwort. Aber die Frage arbeitete in ihm. Er sprach viel mit seiner Frau darüber. Mit seinen Schulkameraden gab es immer so viel zu erzählen, vom Leben in zwei verschiedenen Teilen Deutschlands. Das Rentnerdasein als Dauerklassentreffen war eine verlockende Perspektive, der er schließlich erlegen war. Außerdem fand er es besser, zur Brunshelp AG auch auf räumliche Distanz zu gehen. Sein Sohn sollte sich durch seine Nähe nicht eingeengt oder beobachtet fühlen. Jede Generation braucht ihre eigene Chance, sagte sich der alte van Bruns.

Wieder einmal (zum wievielten Mal eigentlich?) ging er die Agenda der Geburtstagsfeier durch. Die Liste der zu erledigenden Aufgaben war so gut wie abgehakt. Dominik Ferber, der Biograph, hatte ihm bei ihrem ersten Treffen angeboten, auch diesen Teil der Feier zu übernehmen: vom Beschriften der Namenskärtchen bis zur Zusammenstellung des Menüs, immer in Rücksprache natürlich mit ihm, dem Jubilar. Aber van Bruns lehnte dankend ab. Noch ein Mal, ein letztes Mal wollte er allen Gästen zeigen, dass er ein Macher war. Einer, der es verstand, zu organisieren und die Fäden in der Hand zu halten. Nur seine Biographie selbst zu verfassen, das überforderte ihn. Ferber war ein geübter Schreiber, das erkannte van Bruns an den wenigen Proben, die er ihm beim ersten Treffen vorlegte. Zur Feier wünschte er sich von Ferber einzig und allein, er möge einige Passagen aus der Biographie vortragen, und zwar verkleidet als der große Schriftsteller Thomas Mann. Van Bruns hatte ihn noch mit eigenen Augen in Weimar erlebt. Damals, 1949, nahm er am Festakt im Deutschen Nationaltheater teil, als dem Dichter die Ehrenbürgerwürde und der Goethe-Nationalpreis verliehen wurden. Fasziniert bekam der für einen Aufsatz ausgezeichnete und darum eingeladene Schüler Helmut van Bruns mit, wie der Preisträger das damit verbundene Geld für die zerstörte Stadtkirche St. Peter und Paul stiftete. Als fast Achtzigjähriger besuchte Thomas Mann 1955 kurz vor seinem Tod ein weiteres Mal Weimar. Auch dieses Mal war van Bruns zugegen. Die Friedrich-Schiller-Universität Jena verlieh dem betagten Dichter das Ehrendoktorat im Weimarer Stadtschloss. Jene Universität, an der van Bruns damals als Pharmaziestudent eingeschrieben war. Einen besseren Paten für seinen achtzigsten Geburtstag als Thomas Mann konnte er sich nicht vorstellen. Damit schloss sich ein Kreis.

Er schreckte aus seinen Gedanken hoch. Das Telefon hatte geläutet.

»Ja?«

»Hier ist Dominik Ferber. Guten Tag!«

»Ja, guten Tag, Herr Ferber. Wie sieht's aus, ist die Biographie fertig?«

»Ja, so gut wie, allerdings …«

»Na prima, dann lassen Sie sie mir zukommen. Ich bin sehr neugierig. Das können Sie sich denken.«

»Also, Herr van Bruns, so einfach ist das nicht. Ich meine …«

»Was ist denn los? Stimmt irgendwas nicht?«

»Doch, doch. Aber, also ..., Herr van Bruns, ich kann Ihnen die Biographie nicht einfach so geben. Ich muss mit Ihnen noch etwas besprechen. Ein Kapitel, das ich reinnehmen muss, das aber vielleicht zum Problem wird.«

Van Bruns schwieg. Er dachte nach, was Ferber wohl meinen könnte.

»Gut, dann kommen Sie übermorgen, also am Mittwoch, bei mir vorbei. Zehn Uhr.« In van Bruns' Stimme lag etwas Unsicheres, leicht Irritiertes. Er drückte das Gespräch weg.

* * *

Woltmann trieb es wieder zu Bäcker Baum.

»Warum wolltest du eigentlich die Eisenacher Adresse haben, Sascha? Die von dem Puppendoktor!« Der Bäcker servierte ihm die randvolle Kaffeetasse.

»Ach, vergiss es bitte. Hatte mich einfach interessiert.«

Baum runzelte die Stirn. Da schellte die Türglocke, und Mandy Hoppe betrat das Stehcafé. Sie kannte Woltmann seit der gemeinsamen Schulzeit. Ohne voneinander zu wissen, hatten sie Anfang der neunziger Jahre beide eine Ausbildung bei der Polizei begonnen. Woltmann, nach beruflichen Umwegen, in Berlin. Hoppe in Thüringen, wo sie bis zur Kriminalhauptkommissarin und stellvertretenden Leiterin bei der Weimarer Kripo aufgestiegen war.

»Vergiss es bitte, ja?« Woltmann sah Baum beschwörend an, bevor er sich seiner Kollegin zuwandte.

»Schön, dass du dir die Zeit nimmst!« Woltmanns Augen funkelten, sein dankbares Lächeln war echt. Wie jedes Mal, wenn er Mandy nach längerer Zeit wiedersah, dachte er sich auch heute, was für eine attraktive Frau sie doch war.

»Ja, gerne, Sascha. Wie stehen die Dinge so bei dir?«

Ingo Baum brachte Mandy Hoppe einen Kaffee.

»Auch was Süßes zum Essen?«

Die Kommissarin lehnte mit einem Verweis auf ihre Figur dankend ab.

»Na, was soll ich dann erst sagen?« Woltmann fuhr sich über den Bauch.

»Kein Sixpack, Sascha, das ist ein Onepack!« Der Bäcker, selbst so dünn wie ein Spargel, grinste.

»Na, Sascha, dann mach doch mal ein bisschen Sport!«

»Ja, mach ich. Demnächst! Nicht wahr, Ingo?«

Baum hatte ihn eingeladen, einmal an einem Ausflug des WHR teilzunehmen, der Weimarer Hobby-Radfahrer. Baum erläuterte ausführlich, welche Route sie demnächst fahren würden.

»Und am Schluss gibt's Bratwürste und natürlich auch ein paar Tropfen Bier!« Baum strahlte. Thüringer Bratwürste zählten zu seinen Glücksfaktoren.

»Na dann viel Erfolg beim Abnehmen!« Mandy lächelte ihren Kollegen an.

Baum verzog sich in die Backstube, ein mittlerweile eingespieltes Ritual. Während am Vormittag sein Geschäft brummte, ging es gegen Abend in der Bäckerei eher ruhig zu. Das gab ihm die Möglichkeit, in der hinter dem Stehcafé befindlichen Backstube Vorbereitungen für die nächtlichen Backprozesse zu treffen. Mit Woltmann und Hoppe war währenddessen im Verkaufsraum die wohl bestmögliche Bewachung der Ladenkasse gesichert.

»Sag, Mandy, was für Fälle bearbeitet ihr gerade?«

»Ah, der Herr Möchtegernzurkripo fragt!« Mandy, der Woltmann seinen Wunsch, zur Kripo zu wechseln, anvertraut hatte, strich sich eine Haarsträhne hinters Ohr. Auch wenn sie immer wieder abwiegelte und betonte, wie wenig Einfluss sie auf Personalentscheidungen bei der Kripo habe, hoffte er auf sie und ihre Informationen.

»Die Einbruchsserie auf dem Hypothekenhügel beschäftigt uns seit längerem. Aber das steht ja auch im Intranet und in der Zeitung.«

Hypothekenhügel, das ist der Stadtteil Weimars, in dem die Eltern wohnen, schoss es Woltmann durch den Kopf. Er musste unbedingt demnächst mit ihnen über ein Sicherheitskonzept sprechen. Denn wenn Einbrecher bei ihnen auftauchen sollten, würden sie wohl kaum in der Lage sein, sich zu wehren. Sie waren schließlich nicht mehr die Jüngsten …

»Ja, und dann diese Sache mit den Autoreifen.«

»Autoreifen?«

»Hmm. Seit einigen Monaten werden fast regelmäßig am Wochenende Reifen teurer Autos aufgeschlitzt. Vornehmlich in der Cranach- und Thomas-Müntzer-Straße.«

Sie berichtete noch von einigen anderen Fällen, mit denen sich die Kripo beschäftigte. Woltmann war enttäuscht. Das meiste kannte er bereits aus dem Intranet der Weimarer Polizeiinspektion. Nirgendwo sah er einen richtigen Ansatz, sich als Streifenpolizist bei der Kripo anzudienen. So würde das nie etwas werden.

Hoppe verabschiedete sich schon bald. Auch er verließ nach ein paar flapsigen Worten zu Ingo Baum die Bäckerei. Sein Wagen stand noch an der Polizeiinspektion. Da er Feierabend hatte, ließ er es langsamer angehen und sah sich auch ein paar Schaufensterauslagen in der Schillerstraße an. Vor der großen Buchhandlung blieb er stehen und überlegte kurz, ob seine Frau nicht gerade ebendort als Aushilfe arbeitete. Beim Frühstück hatte sie etwas von einem Anruf erzählt, den sie in dieser Angelegenheit von der Leiterin der Buchhandlung noch heute erwartete.

Jetzt sah er Yvonne tatsächlich durch das Schaufenster. Einen Augenblick überlegte er, ob er das Geschäft betreten und einen kurzen Plausch mit ihr halten sollte, ließ es dann aber sein. Zum einen käme das sicher nicht gut an, wenn sie private Gespräche während des Dienstes führte. Auch fühlte sie sich dann vielleicht von ihm verfolgt. Noch mehr hielt ihn von seinem Vorhaben jedoch ab, was er jetzt durch die Glasscheibe hindurch erkannte: Yvonne stand mitten im Verkaufsraum und unterhielt sich angeregt mit einem Mann mit Dreitagebart. Der hatte das gegelte Haar zurückgekämmt und sah sie durch eine modische Brille ohne Rand interessiert an. Er trug ein lilafarbenes Sakko, eine weiße Baumwollhose, und in seinem rechten Ohrläppchen blinkte ein goldener Anstecker. Wenn Yvonne sprach, beugte er sein Ohr ganz nah an ihren Mund, gerade so, als böte er ihr den Ohrstecker an wie der Angler dem Fisch den Blinker. War der schwerhörig? Irgendwie sah das nach einer vertrauten Nähe aus. Auch sonst gefiel ihm nicht, wie dieser Schönling sich verhielt. Jetzt legte er behutsam die Hand auf Yvonnes Rücken und schob sie etwas zur Seite, um einer Buchhändlerin mit einem Stapel Bücher auf dem Arm den Weg frei zu machen. Irgendwie wirkte das Ganze wie ein Vorwand, um Yvonne berühren zu können. Oder war das alles Einbildung? Woltmann glaubte, durch das Schaufenster hindurch den Geruch eines teuren Herrenparfüms zu riechen.

MITTWOCH, 26. MÄRZ 2014

Ferber ging zu Fuß von der Altstadt durch den Park an der Ilm zur Villa von Helmut van Bruns. Es war ein wunderbarer Frühlingsmorgen, doch er war angespannt und konnte den Spaziergang nicht genießen. Er stieg die Marmorstufen empor und klingelte. Ein Gong ertönte, die Tür öffnete sich.

»Guten Tag. Kommen Sie herein!«

Van Bruns ging ihm leicht gebeugt voran, ein Tribut an das Alter. Sein Haar war schlohweiß, aber noch erstaunlich füllig. Von der Vorhalle ging es einige Stufen abwärts in ein ausladendes Wohnzimmer, dominiert von einem kupferfarbenen Springbrunnen auf der einen und einem in die Wand eingebauten Kamin auf der anderen Seite. An das Wohnzimmer grenzte ein Wintergarten von überdimensionierter Größe und mit mächtigen Schlingpflanzen. An der Längsseite des Wohnzimmers stand eine Glasschiebetür zur Veranda offen, von der man einen herrlichen Panoramablick auf den Park an der Ilm hatte. Van Bruns setzte sich auf die weiße Ledercouch und bat Ferber, doch gleichfalls Platz zu nehmen.

»Was zu trinken?«

Ferber lehnte ab. Seine Nervosität wuchs. Es standen dreißigtausend Euro auf dem Spiel. Das Einzige, was er in einem Umschlag mitgebracht hatte, waren drei einzelne Blätter. Die holte er jetzt hervor. Er sah die Enttäuschung in van Bruns' Augen.

»Das ist ja wohl nicht mein ganzes Leben?« Der Scherz des alten Herrn verpuffte. Ferber zeigte keine Regung. Die Atmosphäre war beklemmend. Er sammelte sich, sah dann kurz in van Bruns' neugierige Augen und begann.

»Also, Herr van Bruns. Ich danke Ihnen zunächst dafür, dass Sie mir die Möglichkeit gegeben haben, in Ihrem Firmenarchiv zu forschen. Das ist für jemanden, der ein geschichtliches Studium abgeschlossen hat, eine besondere wissenschaftliche Aufgabe und Herausforderung.«

»Schon gut, schon gut! Kommen Sie auf den Punkt!«

Ferber rutschte ganz nach vorne auf die Kante des Ledersessels und hielt van Bruns' Blick stand. Das Duell konnte beginnen.

»Ich habe bei diesen Studien etwas entdeckt, Herr van Bruns. Etwas, was Ihren Konzern betrifft und was das Potenzial zu einem Skandal hat.«

Van Bruns schluckte, seine Unterlippe zitterte, und ein Speichelbläschen bildete sich auf ihr. Ferber schob eine Zeitlang die Blätter hin und her, dann fuhr er fort.

»Hier auf diesen Blättern habe ich dokumentiert, was die Brunshelp AG in den achtziger Jahren an Versuchsreihen in der DDR durchgeführt hat. Ich habe das chronologisch geordnet. Ihr Konzern war da weiß Gott nicht der einzige, nein. Aber auch die Brunshelp AG hat Menschen in DDR-Krankenhäusern für medizinische Versuche missbraucht. Missbraucht deswegen, weil die Patienten nichts davon wussten. Und weil Sie«, Ferber machte eine vage Handbewegung in Richtung seines Auftraggebers, »die aufwendigen Tests, an deren Ende erst der Humanversuch erfolgt, und die Genehmigungsverfahren abkürzen wollten. Die Kranken waren für Sie nichts anderes als …«, Ferber zögerte einen Augenblick, »… als Versuchskaninchen.«

Auf Ferbers Stirn zeigten sich mehrere Falten. Er öffnete unbewusst den obersten Hemdknopf. Still war es im Zimmer, beängstigend still. Wie auf einem Hochsitz, wenn der Jäger das Wild im Zielfernrohr erblickt. Dann legte van Bruns los.

»Ach, Ferber, jetzt hören Sie doch mit diesen ollen Kamellen auf! Sie sind doch …, mir fehlen fast die Worte …, also wie können Sie es wagen, sich …« Van Bruns' Gesicht rötete sich, auch der Hals. Er schlug mit der Hand auf die Platte des flachen Wohnzimmertischs.

»Stopp, ich bin noch nicht fertig!« Ferber kämpfte ums Wort. »Noch lange nicht. Manche DDR-Verantwortlichen waren nicht besser als Sie und Ihre Firma, Herr van Bruns. Die hohen Tiere in den DDR-Behörden sind von Ihnen bestochen worden. Ich habe mich mit Zeugen von damals unterhalten. Ich habe in den Stasiakten mancher Beteiligter nachgeforscht. Da ist richtig viel Geld Ihrerseits geflossen. Westgeld. Und manche Ärzte in der DDR waren dafür empfänglich.«

»Ferber, ich verbitte mir solche Unterstellungen! Wer gibt Ihnen das Recht …«

»Ich nehme mir das Recht, Herr van Bruns. Denn solches Unrecht darf nicht verschwiegen werden. Ich, ich …«

Ferber bearbeitete unkoordiniert seine Finger, streifte den Ehering rauf und runter. Die dreißigtausend Euro schwammen ihm davon. Aber einen Weg zurück gab es nicht mehr.

»Sie, Sie Schreiberling! Wissen Sie, wofür ich Sie bezahle? Für meine Biographie! Und nicht dafür, dass Sie mich zu meinem achtzigsten Geburtstag mit Dreck bewerfen!«

Das Gesicht von van Bruns leuchtete wie die frisch angefachte Glut eines Lagerfeuers. Seine Hände ruderten bei jedem Wort wild umher.

»Das interessiert doch heute niemanden mehr! Wir haben das damals gemacht, weil wir den Durchbruch bei einigen Präparaten für Herz-Operationen erzielen wollten. Verdammt! Zum Wohle aller Menschen! In der DDR und in der Bundesrepublik!«

»Schön und gut, Herr van Bruns. Aber warum haben Sie das damals nicht offiziell gemacht? Sich das Einverständnis der Patienten geholt? Warum alles hinter den Kulissen und mit Schmiergeldern?«

»Jetzt reicht's! Das muss ich mir nicht bieten lassen. Das waren keine Schmiergelder! Das waren Devisen! Und die brauchte man in der DDR dringend. Sie haben doch keine Ahnung, wie das damals zuging!«

»Mehr als Sie. Ich habe schließlich in der DDR gelebt!«

»Keine Ahnung haben Sie! Das wäre doch politisch gar nicht gegangen. Konzerne aus dem Westen probieren Medikamente an Menschen in der DDR aus!«

»Sehen Sie! Jetzt haben Sie es zugegeben!«

Van Bruns starrte Ferber an. Dann besann er sich und schlug einen ruhigeren Tonfall an.

»Was wollen Sie eigentlich, Ferber? Wollen Sie in meiner Biographie etwa über diese Dinge schreiben? Dinge, die in meinem Leben eine völlig untergeordnete Rolle spielen? Das kann nicht Ihr Ernst sein! Was ist mit den Präparaten, die wir auf unsere Kosten nach Afrika exportiert haben? Ich betone: Auf *unsere* Kosten. Ohne eine Rechnung! Nur aus Wohltätigkeit! Wäre es nicht besser, über dieses Engagement von mir zu schreiben?«

Er sah Ferber mit weit aufgerissenen Augen an. Seine Unterlippe blutete leicht. Er hatte sich versehentlich gebissen.

»Ganz so selbstlos war auch das nicht, Herr van Bruns. Die Medikamente waren auf dem europäischen Markt nicht mehr zu verkaufen. Sie haben sie alle steuerlich fein abgeschrieben. Trotzdem, ich will das nicht schlechtreden. Selbstverständlich taucht das in Ihrer Biographie auf. Aber …«

»Was denn aber, aber, aber?«

»Aber deswegen kann man die Versuchsreihen in der DDR nicht außen vor lassen. Ich habe in Ihrer Biographie einen Fall beschrieben. Keine Sorge, ich habe das nicht polemisch getan.

Ich sehe durchaus, dass Sie mit Ihrem Konzern auch Großes geleistet haben. Sie haben wichtige Präparate entwickelt. Sie haben vielen Menschen Arbeitsplätze geboten. Auch haben Sie sich persönlich oftmals wie ein durchaus ehrbarer Kaufmann in der Tradition des 19. Jahrhunderts verhalten. Wie ein Kaufmann, der sich für seine Mitarbeiterschaft engagiert, ganz nach dem Motto: Zufriedene Mitarbeiter bringen gute Geschäfte. Das alles hebe ich sehr positiv in Ihrer Biographie hervor. Und dennoch ...«

»Was und dennoch?«

»Und dennoch kann ich in Ihrer Biographie nicht verschweigen, was in den achtziger Jahren passiert ist. Es wird ein Kapitel geben, in dem ich von einem Oberarzt in Magdeburg sprechen muss. Von mir aus auch anonymisiert. Aber ich kann das nicht auslassen!«

»Was denn für ein Oberarzt? Ich habe keine Ahnung, wovon Sie sprechen!«

»Na gut. Machen wir es konkret: Oberarzt Dr. Selcher in Magdeburg. Er hat 1984 an einem Kardiologenkongress in Stuttgart teilgenommen. Damals muss ihn jemand im Auftrag der Brunshelp AG bestochen haben. Er sollte ein noch nicht zugelassenes Herzmedikament an chronisch kranken Herzpatienten austesten. Außerdem benutzte er bei Operationen eine von der Brunshelp AG entwickelte Kaliumchlorid-Lösung. Diese Lösung stoppte die Herzaktivität bis zu einer Stunde.«

»Ich habe daran keinerlei Erinnerung.« Mit der Ruhe des alten van Bruns' war es vorbei. »Aber selbst wenn. Gehen Sie davon aus, dass diese Patienten ohnehin gestorben wären. Unheilbar krank! Ein solches Medikament, solche Operationen waren ihre einzige Chance, vielleicht doch noch zu überleben.«

»Mag sein, Herr van Bruns. Aber doch nur, wenn das Medikament offiziell zugelassen gewesen wäre. In diesem Fall aber hat es sich um Präparate gehandelt, die auch später nie verkauft werden durften. Sie haben in dieser Zusammensetzung nie die Arzneimittelzulassung erhalten. Das Sterben der Patienten ist durch das Medikament und durch die unzulängliche Kaliumchlorid-Lösung beschleunigt worden. So muss man jedenfalls vermuten.«

»Vermuten, vermuten! Wie wollen Sie das alles beweisen? Aus unserem Firmenarchiv dürfen Sie nicht ohne unsere Genehmigung …«

»Ach, Herr van Bruns. Jetzt kommen Sie mir doch bitte nicht mit der Masche. Ein Wink an die Staatsanwaltschaft, und Ihr Archiv wird auf der Stelle versiegelt und auseinandergenommen. Oder wenn eines der großen Nachrichtenmagazine davon erfährt. Die haben da ihre Möglichkeiten …«

Van Bruns war jetzt kreidebleich.

»Und wenn Sie das Archiv schnell zu zerstören beabsichtigen, so wie es die Stasi 1989 mit den Akten vor der Besetzung ihrer Gebäude durch die Demonstranten getan hat, dann bringt Ihnen das auch wenig.«

Ferber tippte auf sein Smartphone und hielt es van Bruns hin.

»Ich habe alle wichtigen Dokumente fotografiert und auf mehreren Rechnern und USB-Sticks abgespeichert. Die muss ich nur weiterleiten. Dann bekommt das Ganze erst recht eine große Dimension.«

»Das ist Erpressung! Nötigung! Ich werde unsere Anwälte einschalten!«

»Jaja, Herr van Bruns, machen Sie das nur. Das befördert die Sache umso mehr. Es gibt auch spannende Dokumente in den Stasiarchiven. Die belasten die Brunshelp AG ebenfalls. Und da haben Sie keinerlei Zugriff drauf!«

Van Bruns ballte die Fäuste. Ihm schien klarzuwerden, dass er sich in einer schwierigen, fast ausweglosen Situation befand.

»Wie viel wollen Sie?«

Ferber stutzte. »Wie meinen Sie das?«

»Sie wollen doch Geld. Mehr Geld als die dreißigtausend für meine Biographie.«

Ferber sah scharf in van Bruns' Augen.

»Ich bin nicht korrupt. Das sollten Sie eigentlich gemerkt haben. Ich kann doch Sie nicht wegen Schmiergeldzahlungen anklagen und sie dann selbst entgegennehmen.«

»Was wollen Sie dann?«

»Ich möchte in Ihrer Biographie ein Kapitel über die Versuchsreihen der Brunshelp AG aufnehmen. Ich möchte am Beispiel des Oberarztes Dr. Selcher zeigen, wie das damals gelaufen ist. Ich bin Historiker. Damit bin ich einem wissenschaftlichen Standard verpflichtet, selbst bei Privataufträgen wie dem Ihren.«

Van Bruns blickte finster, schüttelte den Kopf hin und her und kreuzte die Arme vor der Brust.

»Ach, und noch was, Herr van Bruns. Warum nutzen Sie Ihren achtzigsten Geburtstag nicht einfach, um reinen Tisch zu machen? Die Vorgänge von damals sind längst verjährt und strafrechtlich nicht mehr relevant. Gehen Sie die Sache doch offensiv an. Dann schreiben Sie mit Ihrem Geburtstag noch Geschichte. Glauben Sie mir, das hat etwas Befreiendes. Sonst holt Sie das Thema irgendwann noch auf dem Sterbebett …«

»Jetzt reicht's endgültig! Was ich auf meinem Sterbebett mache, geht Sie einen feuchten Kehricht an. Ich werde das mit meinem Sohn besprechen. Wir müssen eine Lösung finden. Ich lasse mir jedenfalls von jemandem wie Ihnen …«, dabei sah er herablassend zu Ferber, und Spucke lief ihm aus dem Mund, »nicht meine Feier verderben. Zur Not geht es auch ohne Ihr, … ohne Ihr Meisterwerk!«

Ferber dachte einen Augenblick nach. Der letzte Satz von van Bruns bedeutete, dass er die noch fehlenden zwanzigtausend Euro nie sehen würde. Aber er hatte einen Plan B. Den konnte er mit van Bruns allerdings nicht besprechen. Er verabschiedete sich. Der alte Herr nahm seine Hand nicht an. Nicht einmal zur Wohnungstür begleitete er ihn. Stattdessen griff er zum Telefon und fragte seinen Sohn, wann der nächste Zug fahre. Am Hauptbahnhof in Stuttgart solle ihn Adrian abholen. Es gäbe viel zu bereden.

MONTAG, 31. MÄRZ 2014

Hier. Schau!«

Falk zeigte seinem Kollegen Droste nicht ohne Stolz Fotos vom hoteleigenen Dampfbad in Antalya, das er mit seiner Frau besucht hatte.

»Aha. Was sind denn das für Düsen?«

»Massagedüsen. Beleben die Durchblutung. Hier, siehst du? Das Strahlbild!« Falk hielt ihm eine Skizze hin. »Hab ich für unsere Dampfsauna schon besorgt. Kann's kaum erwarten, dass die bei uns zu Hause in Betrieb geht. Hast du bald mal Zeit?«

»Mal sehen. Das kriegen wir schon hin.«

Der Park von Schloss Belvedere zählte gartenpflegerisch und landschaftsarchitektonisch zu den anspruchsvollsten der Klassik Stiftung Weimar. Die großen Blumenrabatten in der Nähe des Schlosses, das Labyrinth mit seinen akkurat zu schneidenden Hecken, die Tümpel und Grottenanlagen, das Freigelände vor der Orangerie, dazu ein ständig wechselndes und stark abfallendes Gelände forderten viele Kenntnisse ab. Droste und Falk oblag als erfahrenen Mitarbeitern der *Gartenlust GmbH* diese landschaftspflegerische Aufgabe, und in ihrem Dienstplan waren zwei ganze Wochen für diesen Park vorgesehen.

Sie tuckerten an ihrem ersten Tag in Belvedere mit dem Multicar das ganze Gelände ab und überlegten sich eine Strategie, wie sie die Pflege der Anlagen und Bäume in der nächsten Zeit am besten angehen wollten. Falk setzte seine Lesebrille auf und trug hinter ihre Dienstzeiten die einzelnen Arbeitsschritte ein, so wie er sie mit Droste absprach.

»Mal noch was anderes. Meinst du, wir finden hier auch wieder so ein Hochgrab?«

Falk sprach das scheinbar belustigt aus. Aber ein unsicheres Hüsteln folgte seinen Worten.

»Garantiert!«, lachte Droste und klopfte ihm auf die Schulter. »Komm, lass uns beginnen, bevor der große Regen kommt.«

Der Tag hatte zwar hell und warm begonnen, aber vom Thüringer Wald her türmten sich dunkle Wolken am Horizont auf, und ein erstes Gewittergrollen war zu hören. Einige Grillen zirpten leise ihre monotonen Weisen, als ob sie dem Frühling noch nicht so recht trauten.

Falk und Droste beseitigten einige größere Äste, die durch die wenigen Winterstürme heruntergebrochen waren, reinigten den im Tal des Parks verlaufenden Possenbach von Unrat und setzten sich gegen Mittag auf eine der Bänke, die am steil aufsteigenden Weg Richtung Pfeifferquelle standen. Sie gaben einen atemberaubenden Blick auf das ganze Parkgelände frei.

Das Gewitter war an Weimar vorbeigezogen, aber die Luft kühlte jetzt deutlich ab, und so zogen sie sich ihre Fleece-Jacken mit dem Logo der *Gartenlust GmbH* über. Auf der Bank breiteten sie ein Geschirrtuch aus, aßen Wurstbrote und schenkten sich dampfenden Kaffee aus ihren Thermoskannen ein. Alles Routine, alles wie jeden Tag.

»Ich, ee, ich, eee, ich …« Droste legte plötzlich sein halb gegessenes Wurstbrot auf das Geschirrtuch.

»Was ist denn los?« Falk schob sich ein großes Stück der Leberwurst-Bemme in den Mund.

»Das glaub ich jetzt nicht! Junge, Junge, Junge!«

Falk sah seinen Kollegen erschrocken an. Droste starrte in den Talgrund.

»Sören, da ist doch wohl nicht wieder …?«

»Schau, da unten! Das ist ja nicht zu übersehen, eeh!« Droste wies mit der Hand auf einen Punkt am gegenüberliegenden Hang. Auf halber Höhe, seitlich eines schon in goldgelber Blüte stehenden Forsythien-Strauches, präsentierte sich ein markanter Erdhaufen. Selbst aus dieser Ferne erkannten sie, dass er die Form eines Hochgrabs hatte.

»Ich ruf dieses Mal gleich die Polizei, Sören!«

»Was? … Sollen wir nicht erst mal in Erfurt anrufen? Wir können doch nicht, ohne den Chef vorher zu fragen, einfach die Polizei alarmieren.«

»Stimmt auch wieder. Vielleicht schauen wir erst mal, was da vergraben ist. Kann ja auch sein, dass es ganz harmlos ist.«

Falks Versuch, eher beiläufig und beschwichtigend zu sprechen, misslang. Seine Stimme klang trocken, als drücke ihm jemand leicht den Kehlkopf zu. Er glaubte seinen eigenen Worten nicht.

»Ja, machen wir. Wir dürfen dem Chef das mit dem Hund nicht erzählen. Mensch, hätte ich fast vergessen. Der versteht aber ohne die vorangegangene Sache mit dem Hund nicht, warum wir hier gleich die Polizei rufen. Und wegen der Puppe lacht er uns aus. Wenn in dem Haufen da drüben gar nichts drin ist, gibt's Ärger. Weißt ja, wie der wüten kann. Wir hätten wohl zu viel Zeit! Ihm wegen eines Erdhaufens die Zeit zu stehlen! Oder die Polizei zu rufen und so!«

Sie packten ihre Sachen eilig ein. Wortlos fuhren sie den Waldweg hinab, von dort den gewundenen Weg wieder hinauf und so nah wie möglich an die Stelle heran. Mit Spaten und Schaufel gingen sie zum Erdhaufen. Droste begann, vorsichtig die Erde abzugraben. Falk knabberte vor Aufregung an den Fingernägeln und drehte sich halb weg, so sehr ekelte ihn vor dem, was da eventuell begraben lag. Ein Hund, ein anderes Tier, ein …

»Hey, schau mal, das ist doch ein Knochen. Und hier …«

Falk trat an das Grab und erkannte nun auch, dass in der Erde eine ganze Reihe Knochen lagen.

»Ja. Das hier, das sieht aus wie eine … Rippe?«

Gekrümmt standen die beiden Arbeiter über den kalkweißen Knochen, die aus der Erde herausragten.

»Das, das ist eine Leiche, Heiner. Ein Mensch. Ich ruf jetzt den Chef an!«

Droste wählte die Nummer in Erfurt, aber es schaltete sich nur der Anrufbeantworter ein. Horstmüllers Sekretärin, so erinnerte er sich jetzt an ein Gespräch in der vorigen Woche im Büro, war die ganze Woche auf einer Weiterbildung.

»Soll ich ihn auf seinem Handy anrufen?«

Falk überlegte kurz, schüttelte dann den Kopf.

»Besser nicht, du. Das dürfen wir ja nur in extremen Notfällen.«

»Na, ist das hier etwa kein Notfall?«

»Schon.«

»Na also!«

Droste wählte die Handynummer von Horstmüller, der aber nicht dranging. Falk setzte währenddessen die Lesebrille auf und besah sich die Knochen aus der Nähe.

»Der Chef geht nicht ran!«, sagte Droste.

»Lass man gut sein, Sören. Wir haben es versucht. Ruf jetzt die Polizei. Nicht dass wir noch Ärger bekommen, weil wir damit zu lange gewartet haben.«

Eine Viertelstunde später rollte ein Polizeiauto in den Talgrund. Über den Hang kamen die Streifenpolizisten Daniela Klein und Sascha Woltmann auf die beiden Parkarbeiter zu, die ihnen die Hand entgegenstreckten. Woltmann wunderte sich etwas über diese Geste. Er war fast zwanzig Jahre im Westteil Berlins gewesen, wo das Händeschütteln nicht so verbreitet war wie in der ehemaligen DDR. Er hatte es sich abgewöhnt, merkte aber, dass es eigentlich ein Zeichen von Nähe war, oder wie in diesem Fall eine Möglichkeit, Vertrauen herzustellen. Falk und er blickten einander unsicher an.

»So, meine Herren, was haben Sie am Telefon gesagt? Sie haben Knochen gefunden? Von einem Menschen?«, fragte Daniela Klein.

»Ja, hier. Ein Hochgrab.« Droste zeigte auf den Erdhaufen und die abgetragene Stelle, an der einige Knochen freigelegt waren. Die Polizisten betrachteten die porösen Knochen.

»Sind Leichenteile. Echte Knochen.« Klein blickte in Woltmanns Augen, die so hellwach auf das Grab blickten wie die eines Raubvogels kurz vor dem Sturzflug auf die Beute. Beide saßen in der Hocke vor der Fundstelle. Woltmann streifte sich einen Plastehandschuh über und nahm vorsichtig einen länglichen Knochen in die Hand.

»Das ist ein Unterarm, würde ich mal sagen.«

»Und das hier …«, Klein wies mit dem Zeigefinger in den Erdhaufen, »… sieht aus wie Rippen.«

»Ja, der Brustkorb. Ist jedenfalls kein Tier.«

Woltmann zog sein Handy hervor.

»Wen rufst du an? Die Kripo?«

»Ja, klar. Und ich werde denen empfehlen, gleich die Spurensicherung mitzubringen.«

Woltmann entfernte sich einige Schritte und drückte in seinem Handy die Nummer von Mandy Hoppes Apparat.

»Hallo, hier ist Sascha Woltmann.«

»Guten Tag!«

»Wir haben im Park von Belvedere einen Erdhaufen gefunden. Da sind menschliche Knochen drin.« Woltmann zögerte einen Augenblick, erinnerte sich dann an das Wort des Parkarbeiters, das er für einen Fachbegriff hielt. »Ein Hochgrab ist das hier.«

»Was soll das denn sein? Ein Hochgrab?«

»Ich meine, die Knochen sind nicht im Boden vergraben worden. Der oder die Täter haben eigens Erde über ihnen aufgeschüttet. Das kann man nicht übersehen. Die wollten, dass man das entdeckt. Vielleicht wollten sie damit etwas andeuten, ein Signal setzen …«

»Moment, Moment, Herr Woltmann, nicht so schnell!« An Mandys Verwendung der förmlichen Anrede erkannte er, dass sie nicht alleine in ihrem Büro war. »Sind Sie sicher, Herr Woltmann, dass das menschliche Knochen sind?«

»Ja, ganz sicher!«

Hoppe schwieg, dachte nach. »Gut, dann kommen wir gleich.«

»Ja, und die Spurensicherung …«

»Keine Sorge, die bringen wir mit.«

»Welche Spurenermittlung? Weimar oder Erfurt?«

»Das klären wir hier. Sichern Sie den Fundort. Wo genau ist die Fundstelle?«

Woltmann beschrieb ihr den Ort, dann drückte sie ihn weg. Irgendwie hatte er den Eindruck, Mandy auf die Nerven zu gehen. Sein Wunsch, zur Kripo zu wechseln und sich deshalb in Ermittlungsfragen einzubringen, störte sie. Da war er sich sicher. Dabei wollte er gerade eben nur wissen, ob sie in diesem Fall gleich das Landeskriminalamt in Erfurt einschalteten, das über eine größere Anzahl von spezialisierten Spurenermittlern verfügte. Oder ob die kleine Weimarer Abteilung der Kripo, die vor allem bei Auto- oder versuchten Wohnungseinbrüchen Fingerabdrücke nahm, vorerst ausreichte.

»Haben Sie den Erdhügel, dieses, wie nennen Sie es? Hochgrab? … Haben Sie dieses Hochgrab hier schon früher einmal gesehen?«, begann Woltmann die Befragung der beiden Parkarbeiter, während Daniela Klein etwas in ihr Handy tippte. Sie hatte Woltmann auf der Fahrt nach Belvedere vom gestrigen Streit mit ihrem Freund erzählt. Der sei erst sehr spät in die gemeinsame Wohnung gekommen, ohne eine plausible Erklärung, wo er sich die ganze Nacht über herumgetrieben habe. Sie war rasend eifersüchtig. Woltmann sah es ihr nach, dass sie im Augenblick mit den Gedanken nur halb bei den Ermittlungen war.

»Nein, der muss noch ganz neu sein«, antwortete Falk und wollte gerade etwas Erde in die Hand nehmen. Woltmann schob ihn leicht von der Fundstelle weg.

Dabei fiel es ihm wie Schuppen von den Augen, woher er den Parkarbeiter kannte. Mit der Lesebrille sah er anders aus. Deswegen hatte er ihn nicht gleich erkannt. In ihm kam die Erinnerung an die peinliche Fahrt nach Eisenach hoch. Dieser Arbeiter hatte ihn auf die Spur des Puppenmörders gebracht. Auf dem Parkplatz an der PI. Jetzt trafen sie erneut aufeinander. Und wieder ging es um ein mysteriöses Grab.

»Bitte nichts anfassen. Wegen der Spuren! Kennen wir uns nicht?«

»Äh, nein, nicht dass ich wüsste.« Falk sah unsicher zu seinem Kollegen. Woltmann zog es vor, nicht nachzuhaken. Alles, was ihn an die Fahrt nach Eisenach erinnerte, wollte er besser verdrängen. Wenn Mandy Hoppe oder Remde davon erfuhren, gäbe es richtig Ärger. Folglich wechselte er das Thema.

»Wieso glauben Sie, dass das Hochgrab ganz frisch ist?«

»Na, schauen Sie sich doch mal die Erde an. Die ist doch erst vor kurzem umgegraben worden. Dort drüben, unter dem Strauch, da haben sie sich die Erde geholt. Hier haben sie sie dann aufgeschüttet.«

Woltmann und Klein sahen das Loch unter der Forsythie.

»*Gartenlust GmbH*, lese ich auf Ihrer Jacke. Seit wann arbeiten Sie für diese Firma?«

Auch wenn sich Droste und Falk der Sinn dieser Frage nicht erschloss, erzählten sie Woltmann von ihrer Firma, ihrem Auftrag für die Klassik Stiftung und dass heute in diesem Jahr ihr erster Arbeitstag in Belvedere war.

»Sagen Sie, ist Ihnen schon mal so ein Fund untergekommen?«, fragte Woltmann.

Obwohl er von Falks Puppenfund wusste, tat er so, als wäre er Falk noch nie begegnet. Er spürte, dass Falk seinen Kollegen nicht über ihre Begegnung auf dem Parkplatz der PI informiert hatte. Und wer wusste schon, ob ihm das nicht sogar irgendwann von Nutzen wäre. Auf seine Frage hin blickten sich Droste und Falk verlegen an.

In diesem Augenblick fuhren zwei Autos im Tal von Belvedere vor und hielten an der Brücke über dem Possenbach. Aus dem einen stiegen Volker Remde, der Erste Kriminalhauptkommissar und Leiter der Weimarer Kripo, mit Mandy Hoppe, aus dem anderen zwei Weimarer Spurenermittler. Sie alle begrüßten kurz die beiden Parkarbeiter, besahen die Fundstelle und verständigten sogleich das Landeskriminalamt. Bei einer Leiche, zumal in so einem ungewöhnlichen Umfeld, bedurfte es einer umfassenden kriminaltechnischen Untersuchung. Das war etwas für die LKA-Experten.

Remde und Hoppe befragten die beiden Parkarbeiter, während sie auf das Eintreffen der Erfurter Kollegen warteten. Die Frage, die Woltmann Droste und Falk am Schluss gestellt hatte, fiel ihnen nicht ein.

Nach einer halben Stunde erschien ein VW-Bus mit abgedunkelten Fenstern und Erfurter Kennzeichen am Possenbach. Der Talgrund ähnelte jetzt einem Parkplatz.

»Schau dir die an!« Remde stieß Hoppe an und vergaß dabei das sonst von ihm gepflegte »Sie« im dienstlichen Umgang. Jenny Ehrentraut, der Spezialistin für Daktyloskopie, war wohl nicht mitgeteilt worden, an was für einen Fundort sie fuhren. Sonst hätte sie sicher nicht die hochhackigen Pumps getragen, mit denen sie jetzt wie ein Storch den Hang hinaufstakte und dabei ständig mit den Absätzen im feuchten Wiesenboden stecken blieb. Jürgen Seifert, ihr Kollege und Spezialist für DNA-Spuren, musste sie immer wieder aus dem Morast ziehen. Mit ihrem schwarzen Minirock, den geschminkten Lippen und den bei jedem Schritt wippenden Brüsten wirkte die Erfurter Kriminalbeamtin in dieser Umgebung wie ein gestyltes Model im Dschungelcamp.

Den Weimarer Kriminalbeamten fiel es schwer, nicht laut zu lachen. Auch die beiden Parkarbeiter sahen fröhlich drein und vergaßen für einen Augenblick die Antwort, die sie Woltmann noch schuldig waren.

Die Erfurter Ermittler ließen sich Zeit. Als Remde sie ungeduldig fragte, ob es überhaupt verwertbare Fingerabdrücke und DNA-Spuren gäbe, fing er sich eine schnippische Antwort von Jenny Ehrentraut ein. Sie schien sich nicht im Geringsten wegen ihres unfreiwillig komischen Auftritts zu ärgern. Droste und Falk rechten in der Zwischenzeit einiges Laub auf und taten so, als hätten sie das an dieser Stelle des Parks ohnehin gerade vorgehabt. In Wirklichkeit spitzten sie die Ohren bei jeder Bemerkung, die vonseiten der Kriminalbeamten fiel.

Die Erfurter Ermittler entdeckten noch eine ganze Reihe Knochen und legten sie wie ein Puzzle auf einem grünen Leinentuch zusammen. Ein Arm, zwei Beine, Hüftknochen, der Brustkorb.

»Fehlt nur noch der Schädel!« Remdes Einwurf klang wie eine Aufforderung an die Spurensicherer, schneller zu arbeiten.

Dort, wo er aufgrund des Körperbaus zu vermuten war, fand sich der Schädel jedenfalls nicht. Er tauchte seitlich des Brustkorbs auf. Vorsichtig legte ihn einer der Erfurter Beamten auf das Tuch an die richtige Stelle.

»Eines ist klar.« Hoppe betrachtete aufmerksam die vor ihnen ausgebreiteten Knochen. »Dass das Skelett nicht vollständig ist.«

»Heißt, dass hier keine Leiche vergraben wurde, sondern Leichenteile!«, knurrte Remde.

»Genau, Chef. Außerdem sind die Knochen alt. Auf den ersten Blick kein Gewebe, keine Fasern, keine Muskelmasse mehr dran.«

»Also hat da jemand einzelne Knochen zuerst aus- und danach erneut begraben. Die Leiche lag demnach wahrscheinlich einmal in einem richtigen Grab.«

»Ja, nur so macht es Sinn.«

»Wenn sie überhaupt jemals begraben war!« Remde machte eine abweisende Geste.

»Sie meinen, dass vielleicht einer jemanden umgebracht hat und die Leiche erst nach einer gewissen Zeit hier bestattet hat?«

»Dann stellt sich die Frage, warum er sie uns erst jetzt präsentiert. Und zumal noch so! In DDR-Zeiten habe ich den Nussknacker-Mörder überführt. Der hatte auch demonstrativ bei seinen Opfern Spuren gelegt.«

»Nussknacker-Mörder?« Da ohnehin nichts anderes zu tun war und sie auf weitere Ergebnisse der Erfurter Spurensicherer warteten, zeigte Hoppe jetzt wirkliches Interesse an den stets so langatmigen Exkursen ihres Vorgesetzten.

»Ja, der hat die Leute mit einem Nussknacker aus schwerem Metall erschlagen. Hergestellt hat er die Mordwaffe selbst. Am Tatort hat er immer nur kleine Holznussknacker zurückgelassen. Ich habe damals …«

»Warum hat er die zurückgelassen?«

»Ähm, na ja, ich habe es gleich vermutet, und es hat sich dann auch bestätigt. Weil er von seinem Vater viel geschlagen wurde. Vor allem Kopfnüsse hat er für jedes kleine Vergehen erhalten. Wissen Sie, wie die gehen?«

Remde holte halb im Scherz, halb im Ernst mit der rechten Hand aus. Hoppe wich verunsichert zurück.

»Gut, gut, Sie wissen also, was ich meine, Kollegin Hoppe. Der Mörder hatte ein Kopfnuss-Trauma. In der Schule eine Arbeit verhauen: Kopfnuss! Das Zimmer nicht picobello aufgeräumt: Kopfnuss! Einmal dem Vater zu widersprechen versucht: Kopfnuss! So ging das die ganze Kindheit und Jugend hindurch. Der Junge bekam eine Psychose und wurde hochgradig aggressiv. Er hat dann …«

»Herr Remde, das könnte für die Ermittlungen interessant sein.« Jürgen Seifert beugte sich über den Schädel der Leiche und besah mit einer Lupe das Stirnbein.

»Was?« Remde und Hoppe gingen zu Seifert hinüber.

»Hier ist ein Zettel befestigt, etwas durchweicht von der nassen Erde. Aber ich kann entziffern, was draufsteht. Sind gedruckte Buchstaben.«

»Ja, und? Was steht da?«

»Drei Buchstaben und vier Zahlen.«

»Welche?«

»Also die Buchstaben sind ›T‹, ›I‹ und ›M‹. In dieser Reihenfolge.«

Seifert rutschte noch ein Stück näher an den Vorderschädel heran und leuchtete ihn mit einer Taschenlampe ab.

»Und die Zahlen sind, ebenfalls in Reihenfolge, eins, fünf, zwei und vier.«

»TIM 1524.« Hoppe kniff die Augen zusammen.

»Eine Idee, was das bedeutet?« Remde sah jeden Einzelnen an.

Hoppe schüttelte den Kopf. Auch Woltmann und Klein, die immer noch neben der Fundstelle und den Ermittlern standen, starrten schweigend ins Leere. Woltmann ärgerte sich, dass ihm in diesem Augenblick nichts Gescheites zu den kryptischen Buchstaben und Zahlen einfiel. Es wäre vielleicht die Möglichkeit gewesen, sich für das Ermittlungsteam zu empfehlen.

Die zusammengelegten Knochenteile wiesen auf eine eher kleinwüchsige Person hin. Der gleich mitgefahrene Polizeifotograf schoss unendlich viele Fotos vom Hochgrab. Kleine Schildchen in der Erde markierten die einzelnen Fundortstellen.

Drostes Handy klingelte. Sein Chef Horstmüller war dran. Der Parkarbeiter entfernte sich außer Hörweite der Polizei. Horstmüller tobte, als er erfuhr, was sich gerade im Park von Belvedere abspielte. In dieser heißen Wahlkampfzeit könne er sich keinerlei Presse erlauben, die ihn mit der Polizei oder gar einem Verbrechen in Verbindung bringe. Das sei, egal wie es sich verhalte und wie unbeteiligt er am Geschehen sei, negativ für sein Image. Wenn er nicht unbedingt gebraucht werde, sollten sie, Droste und Falk, das alleine mit der Polizei regeln.

»Jedenfalls muss das hier kein Mordfall sein.« Remde knöpfte sich den obersten Knopf der Jacke zu. »Kann genauso gut sein, dass sich jemand nur einen makabren Scherz erlaubt hat. Jemand, der Knochenteile auf einem Friedhof ausbuddelt und sie hier einfach vergräbt.«

»Hm. Ein Nekrophiler?« Hoppe wiegte den Kopf hin und her. »Oder vielleicht eine Sekte? Satanisten? Da gab's doch mal einen Fall in Thüringen. Ist schon lange her. Ich glaub, in Sondershausen war das. Veranstalten die nicht auf Friedhöfen satanische Messen? Mit Leichenausgrabungen und so?«

Remde erinnerte sich dunkel an den Fall in den neunziger Jahren.

»Eine Sekte. Ja. Könnte sein. Aber in Weimar gab's in den letzten Jahren keine Grabschändungen dieser Art. Jedenfalls nicht, dass ich wüsste!«

»Trotzdem, Chef. Die Knochen können ja von einem anderen Friedhof stammen.«

»Aber warum dann dieser Ort hier?« Er wandte sich an die Spurensicherer. »Sucht ihr auch nach Reifenspuren? Die Leichenteile muss ja jemand hierher gebracht haben.«

Die Spurensicherer überhörten Remdes Frage. Reifenspuren sichern war für sie eine Selbstverständlichkeit, sowohl im Talgrund, wo jetzt die Autos standen, als auch im unmittelbaren Bereich des Hochgrabs. Vorsorglich nahmen sie Abdrücke von den Schuhen der Parkarbeiter und der Streifenbeamten und glichen diese mit allen vorhandenen Spuren ab. Aber sie fanden keine weiteren Fußspuren; Vermutlich hatte der Regen der letzten Nacht alle Spuren fortgewaschen.

»Sie können jetzt fahren«, sagte Remde nach einer Stunde zu Woltmann und Klein. »Sie haben ja sicher noch anderes zu tun.« Ein kurzer, hilfesuchender Blick zu Mandy Hoppe, aber Woltmann fing sich nur ein förmliches »Wiedersehen, Herr Woltmann« ein. Auch wenn er akzeptierte, dass sie im Dienst ihre gemeinsame Schulzeit ausblendete, versetzte es ihm immer wieder einen Stich, wenn sie ihn siezte.

Mit Klein fuhr er nach Schöndorf, wo es einen Streit zwischen Nachbarn wegen zu lauter Musik gab. Als sie ankamen, blickte er über Weimar hinweg auf die gegenüberliegende Anhöhe, nach Belvedere. Siedend heiß fiel ihm ein, was ihm der Parkarbeiter Falk von einem ähnlichen Grab im Tiefurter Park erzählt hatte. Da wollte er unbedingt noch einmal nachhaken. Für heute war es zu spät. Aber gleich morgen würde er ihn und Droste aufsuchen. Die zwei waren die nächsten beiden Wochen im Park von Belvedere beschäftigt, hatten sie erzählt. Von ihnen, hoffte er, noch Wichtiges über das Hochgrab erfahren zu können.

In Belvedere packten unterdessen die Spurenermittler ihre Sachen ein. Der Kriminaldauerdienst kam, um den Fundort zumindest für diese Nacht abzusichern. Sobald die Laborergebnisse vorlagen, konnte er freigegeben werden. Als Remde und Hoppe ins Auto stiegen, hörten sie einen lauten Schlag auf dem Wagendach. Peter Stoffels, der Redakteur der »Thüringer Rundschau«, strahlte den Polizeichef durch das Seitenfenster an. In seiner Hand hielt er ein großes Objektiv.

»Woher weißt du denn schon wieder, dass hier was passiert ist?« Remde blinzelte ihm zu.

»Hast du noch ein paar Infos für mich, Volker?« Stoffels beugte sich zum Autofenster hinunter und schaute Remde treuherzig an.

»Nein, nur ein paar Knochen, die hier irgendjemand verbuddelt hat. Mehr sag ich nicht. Vorerst. Hast ja sicher deine Fotos schon geschossen. Mit diesem Riesenteil hier.«

Er zeigte auf das Objektiv. Mit Stoffels verbanden ihn eine gemeinsame Vergangenheit bei der Armee und Erlebnisse, mit denen sie sich gegenseitig in der Hand hatten. Mehr als einmal schon war Stoffels Remde mit positiven und verständnisvollen Berichten zur Seite gesprungen, wenn es mit den Ermittlungen nicht voranging. Auf der anderen Seite wusste der Kripochef, dass er Stoffels dafür ab und zu exklusive Informationen liefern musste. Sogenannte Hintergrundinformationen. Die Leserschaft staunte oft nicht schlecht über das Wissen des Journalisten und seine Recherchefähigkeit. Remde und Stoffels, das war ein Geben und Nehmen. Eine Hand wäscht die andere.

* * *

Dominik Ferber brütete über den Unterlagen zur Sekte *Die Axt Satans*. Ihm lagen einige interne Papiere, der Bericht einer Aussteigerin und ein paar Fotos des Versammlungsraums vor. Mit der »Thüringer Rundschau« hatte er einen Vertrag über eine Artikelserie abgeschlossen, die über die Sekten und religiösen Gemeinschaften im Freistaat berichten sollte. *Die Axt Satans* hatte ihren Sitz im Weimarer Ortsteil Schöndorf, der über der Stadt auf der Ostseite des Ettersbergs lag. Die Sekte berief sich auf den späten, in Weimar in geistiger Umnachtung dahinvegetierenden Friedrich Nietzsche und auf das ihrer Meinung nach dringend notwendige Herabkommen des satanischen Geistes über die Stadt Weimar. Die Stadt bedürfe einer Reinigung vom Bösen, das sie und die übrige Welt befallen habe. So wie eine Allergie mit einer Desensibilisierung, also mit den gleichen, sie auslösenden Wirkstoffen zu bekämpfen sei, müsse auch die Stadt mit der Kraft des Bösen von ihrer Verderbnis gereinigt werden. Der Auftrag lautete also: Böses mit noch Böserem zu bekämpfen. Weimar zu läutern und den Weg für eine vom Satan erlöste Stadt zu bereiten. Das war der Plan. Um ihre Thesen zu stützen, wählten sie einzelne Sätze aus der Bibel, dem »Buch Mormon«, dem »Buch der Schatten« der Wicca-Religion und von Nietzsche aus und mischten diese zu einer kruden Theorie und Lehre zusammen.

Ferber überlegte, ob er überhaupt über diese wirre Philosophie schreiben sollte. Aber es gab einen ganz persönlichen Grund, ein egoistisches Motiv, *Die Axt Satans* in die Artikelreihe aufzunehmen.

Er schlug Nietzsches Schrift »Jenseits von Gut und Böse« auf, die 1886 erschienen war, und las die von ihm bereits markierte Stelle ein weiteres Mal.

> Bei allem Werthe, der dem Wahren, dem Wahrhaftigen, dem Selbstlosen zukommen mag: es wäre möglich, dass dem Scheine, dem Willen zur Täuschung, dem Eigennutz und der Begierde ein für alles Leben höherer und grundsätzlicherer Werth zugeschrieben werden müsste …

Die Umwertung aller Werte, grübelte Ferber. Vielleicht wäre das ja eine gute Einleitung für seinen Artikel. Er tippte erste Ideen in den Computer, als das Telefon klingelte.

»Ja, Ferber?«

Die Stimme am anderen Ende der Leitung räusperte sich.

»Hier Adrian van Bruns.«

Ferbers Puls beschleunigte sich. Er spürte, wie sich ihm die Kehle zuschnürte. Er wusste, dass ihm kein leichtes Telefonat bevorstand.

»Guten Tag, Herr van Bruns.«

»Sie erpressen meinen Vater!« Van Bruns' Stimme war anzuhören, dass er sich bemühte, ruhig zu bleiben. Ferber zog es vor, erst einmal abzuwarten.

»Sie erpressen meinen Vater. Und Sie zerstören einem alten Mann den letzten Höhepunkt seines Lebens, seine Geburtstagsfeier. Er ist seit vorgestern hier bei uns in Batzingen und todunglücklich. Sein Blutdruck ist lebensbedrohlich hoch. Warum tun Sie das?«

Ferber holte schon Luft, um die Vorwürfe zurückzuweisen, beherrschte sich dann aber und schwieg weiter.

»Hören Sie, wir können alle noch unbeschadet aus der Sache rauskommen.«

Van Bruns wertete das Schweigen Ferbers als Einverständnis und fuhr fort:

»Letztlich geht es in dieser Welt immer um Geld. Auch bei Ihnen ist das so. Sie sind ein kleiner Schreiberling. Aber wenn Sie mal so richtig Geld haben, ich meine so richtig viel, bieten sich Ihnen Möglichkeiten, von denen Sie jetzt nicht mal träumen. Sie müssten nicht mehr allein in Ihrem Büro vor sich hin schreiben. Sie könnten sich Angestellte leisten, ein Häuschen in Südfrankreich ...«

»Herr van Bruns, was möchten Sie von mir?«

»Sie bekommen fünfzigtausend. Zusätzlich zu den dreißigtausend. Und die Sache mit den medizinischen Versuchen bleibt aus der Biographie draußen. Kein schlechtes Geschäft für Sie. Ein Kapitel weniger. Dafür fünfzigtausend Euro mehr auf dem Konto.«

Ferber atmete hörbar. So viel Geld war ihm noch nie offeriert worden. Die erstrebte Eigentumswohnung, wie gut könnte er das Geld dafür gebrauchen. Niemand würde es je bemerken, wenn er das Kapitel wegließe. Aber war er käuflich? Das Schweigen zog sich in die Länge. Van Bruns ließ ihm Zeit. Doch nein, sagte sich Ferber, darauf wollte er sich nicht einlassen. Es gab außerdem einen Plan B. Gemeinsam mit Gernot Seidel, dem bestens in der Branche vernetzten Buchhändler, hatte er in den letzten Tagen mit mehreren Verlagen gesprochen. Zwar müsste er aus rechtlichen Gründen auf viele private Korrespondenzen von van Bruns und teilweise auch auf die Dokumente aus dem Firmenarchiv verzichten. Aber er hatte genügend andere Unterlagen zusammengetragen. Er plante, keine Biographie mehr zu schreiben, sondern stattdessen ein Buch über deutsch-deutsche Wirtschaftszusammenarbeit im Kalten Krieg zu verfassen, exemplarisch dargestellt an der Brunshelp AG und der westdeutschen Pharmaindustrie. Das bedeutete zwar einen erheblichen zusätzlichen Arbeitsaufwand. Auch sah er sich gezwungen, van Bruns die von ihm bereits überwiesenen zehntausend Euro zurückzuzahlen und auf die anderen zwanzigtausend zu verzichten. Jetzt sogar noch auf weitere fünfzigtausend. Aber wenn ihm etwas von seiner Studienzeit geblieben war, dann war es der Anspruch wissenschaftlich korrekten Arbeitens. Das, was man wissenschaftliches Ethos nannte. Ihm war es unbegreiflich, dass sich in den letzten Jahren so viele prominente Politiker mit ihren Dissertationen als Plagiatoren erwiesen hatten. Und was noch viel stärker als alles andere wog: Er war nicht bestechlich. Nähme er das Geld von van Bruns an, würde er sich abhängig von ihm machen. Dafür war er nicht zu haben.

»Hunderttausend!«

Die jetzt scharfe Stimme von van Bruns unterbrach die lange Gesprächsstille, die nur von Ferbers gleichmäßigen Atemzügen grundiert war.

»Herr van Bruns, ich bitte Sie, von solchen Anrufen in Zukunft abzusehen. Im Unterschied zur Brunshelp AG möchte ich mit Korruption nichts am Hut haben. Da Ihr Herr Vater …«

»Hören Sie doch auf, Ferber! Was reden Sie da für einen Stuss!«

»Da Ihr Herr Vater die Feier selbst und nicht über mich organisiert, entsteht für Sie kein größerer Schaden. Den Ablauf des Geburtstags haben Sie selbst geplant und in der Hand. Nur die Biographie erscheint nicht. Aber das ist zu verschmerzen. Ich bin ja nur ein … Schreiberling und hätte Ihren Ansprüchen ohnehin nicht genügt.«

»Mann!«

»Dass ich aber das Geschäftsgebaren der Brunshelp AG in den achtziger Jahren auf anderem Wege öffentlich mache, können Sie mir nicht untersagen. Noch heute überweise ich Ihnen die Anzahlung zurück …«

»Wir werden unsere Rechtsanwälte einschalten, Ferber, die machen Sie fertig, Sie werden nie mehr in Ihrem Leben …«

Ferber drückte das Gespräch weg. Eiskalter Schweiß stand auf seiner Stirn, sein Puls raste. Aber er sah zufrieden aus, schenkte sich, was er sonst so gut wie nie während der Arbeit tat, ein Glas Merlot ein und trank einen Schluck.

»Auf die Brunshelp AG!«, hauchte er gedankenversunken.

DIENSTAG, 1. APRIL 2014

Remde betrat das Büro. Seine Sekretärin brachte Kaffee. Er las die eingegangenen Mails, darunter auch eine vom Landeskriminalamt in Erfurt. Die Untersuchungen hatten ergeben, dass die gefundenen Knochen von einer weiblichen Person stammten, die im Alter zwischen fünfundsechzig und fünfundsiebzig Jahren gestorben war. Die Leiche war vor etwa vier Jahren begraben worden, und zwar, was ohnehin klar war, nicht an der Stelle, an der die beiden Parkarbeiter sie gestern gefunden hatten. Ein Abgleich mit den beim Bundeskriminalamt in Wiesbaden gesammelten DNA-Profilen ergab keinen Treffer. Die Verstorbene war also kein »alter Kunde«, wie Remde zu sagen pflegte. Auch die wenigen Fingerabdrücke und DNA-Spuren, die sich noch an den Knochen fanden, führten nicht weiter.

Remde griff zum Hörer und bat Hoppe, die zwei Zimmer weiter ihr Büro hatte, zu sich. Er informierte sie über die Ergebnisse aus Erfurt.

»Ziemlich dürftig, würde ich mal sagen, Kollegin Hoppe.«

»Ja, komisch. Ich hab auch noch keine Idee, wieso da jemand die Knochen einer alten Frau verbuddelt.«

»Sieht fast nach einem Dumme-Jungen-Streich aus.«

»Nein, Chef, das glaub ich nicht. Ist viel zu viel Aufwand, so eine Aktion. Außerdem diese Buchstaben. Die stellen meiner Meinung nach eine Botschaft dar.«

Remde sah in seine Notizen von gestern.

»TIM 1524. Ein Name und eine Zahl. Ob das vielleicht eine Jahreszahl ist?«

»Kann sein. Aber ich kann darin keinen Sinn erkennen.«

Hoppe betrachtete den vertrockneten Kaktus auf Remdes Aktenschrank.

»Ich hab heute Morgen mal auf dem Weimarer Friedhof angerufen. Störung der Totenruhe – Fehlanzeige. Sowohl dort als auch auf den Friedhöfen in Oberweimar und in den anderen Ortsteilen. Also keine Graböffnung, bei der jemand Leichenteile ausgegraben hat. Nur ein paar Grabsteine wurden in den letzten Jahren beschmiert. Außer dem Diebstahl von Blumen und anderem Grabschmuck sonst keine weiteren Vorfälle.«

Hoppe blätterte in ihrem Notizbuch, fand aber keinen richtigen Ansatz, den Fall weiter voranzutreiben.

»Und was ist mit dem Sowjetischen Friedhof im Schlosspark Belvedere? Und dem im Park an der Ilm?«, fiel Remde auf einmal ein.

»Die werden auch beide von der Stadt Weimar bewirtschaftet.«

»Schon, aber die schauen doch da nicht jeden Tag nach. Was, wenn da in der Nacht von vorgestern auf gestern jemand ein Grab geöffnet und dann die Knochen an anderer Stelle wieder vergraben hat?«

»Denkbar, Chef. Aber ein Motiv ergibt sich daraus immer noch nicht. Und die Gräber dort sind älter.«

»Sie wissen doch: Motive schälen sich oft erst im Lauf der Ermittlungen heraus.«

Hoppe nickte.

»Wissen Sie, mit diesem Friedhof in Belvedere verbinde ich einen spektakulären Fall. Damals, als ich den russischen Soldaten …«

Bei der Weimarer Kripo herrschte das Prinzip der offenen Türen. So hörte Hoppe in ihrem Büro das Telefon läuten und verabschiedete sich augenblicklich. Als sie zurückkehrte, traf sie auf einen entschlossenen Remde.

»Wir müssen vorankommen. Aber wir hatten letzte Nacht wieder einen Hauseinbruch auf dem Hypothekenhügel. Den müssen wir vorrangig behandeln. Die Bevölkerung ist deswegen stark verunsichert. Jetzt diese Knochengeschichte. Da brauchen wir noch Unterstützung. Was ist denn mit der Kollegin Meisinger? Ist die schon wieder im Dienst? Die könnte doch nachprüfen, ob diese Formel TIM 1524 bereits in anderen Kriminalfällen eine Rolle gespielt hat. Und ob es bundesweit schon mal solche Hochgräber gab. Außerdem würde ich gerne Mike Scholz von der Schutzpolizei mit einbinden, der uns schon öfter bei Ermittlungen unterstützt hat. Er könnte die Friedhöfe auf Grabschändungen hin überprüfen. Der kommt sowieso bald zu uns.«

Hoppe sah Remde mit ihren mintgrünen Augen an. Er erwiderte ihren Blick.

»Und was halten Sie davon, Woltmann mit ins Team zu nehmen, Chef?«

Remde zögerte kurz, rieb sich mit dem Zeigefinger über das rechte Augenlid.

»Woltmann? Hm!« Er winkte ab.

»Erst mal nicht. Mit Scholz einen Mann von der Schutzpolizei zu bekommen, wird schon schwierig genug, das beim Chef der PI durchzudrücken. Mit einem zweiten möchte ich da gar nicht anfangen. Bin schon froh, wenn das mit Scholz klappt. Zumal wir ja noch gar keinen richtigen Fall haben. Kein Mordopfer. Nichts. Könnte immer noch ein Dumme-Jungen-Streich sein.«

»Gut, dann machen wir es so.«

»Ja, sagen Sie Scholz Bescheid. Der soll als Erstes nach Belvedere fahren. Den Sowjetischen Friedhof begutachten.«

»Ja, mach ich. Nicole Meisinger kommt nächste Woche wieder. Ich werde gleich im Anschluss prüfen, was vor vier Jahren an Vermisstenmeldungen eingegangen ist.«

»Ja, am besten die letzten zehn Jahre. Kann ja sein, dass die Knochen beziehungsweise die Leiche so lange woanders tiefgefroren und damit gut konserviert zwischengelagert wurden.«

Hoppe ging in ihr Büro zurück und benachrichtigte Scholz. Dann schrieb sie Woltmann eine SMS von ihrem privaten Handy: *Tut mir leid, Sascha. Vorerst bist du bei uns nicht als Verstärkung für die Ermittlungen rund um das Hochgrab in Belvedere mit eingeplant. Gruß Mandy*

Woltmann sah trübe aus dem Fenster des Streifenwagens. Daniela Klein lenkte den Wagen durch Taubach, wo es im Neubaugebiet wieder einmal zu einem Fahrraddiebstahl gekommen war. Sie nahmen den Fall auf, dann bat Woltmann seine Kollegin, nach Belvedere zu fahren. Er dirigierte sie am öffentlichen Parkplatz vorbei bis zum Waldweg, der talabwärts zum Possenbach führte. Bald entdeckte er den Multicar der *Gartenlust GmbH*. Ohne Klein, die im Auto blieb und in ihr Handy tippte, spürte er die beiden Gartenarbeiter im Parkgelände auf.

»Na, gibt's schon eine Erklärung für das Grab da drüben?« Droste schüttelte ihm die Hand. Falk kam wenige Sekunden später hinter einem Busch hervor.

»Nein, noch nicht!« Woltmann wusste in der Tat nichts Neues.

»Ähm, wir sind da gestern in unserem Gespräch unterbrochen worden.«

Auf Falks Stirn bildete sich eine kleine, aber markante Falte. Droste fuhrwerkte an seiner Heckenschere herum und vermied den direkten Blickkontakt. Keine Frage: Die zwei verbargen etwas. Und Woltmann hatte das Gefühl, dass es mehr war als nur der Puppenfund, von dem ihm Falk berichtet hatte. Er ging jetzt in die Offensive.

»Ich weiß, Sie haben nicht zum ersten Mal so einen Fund gemacht.«

Droste und Falk blickten beide zu Boden und schwiegen.

»Hallo, haben Sie mich verstanden? Reden Sie mit mir!«

Woltmann fixierte sie mit Blicken und hielt das Schweigen eine Weile aus. Dann meinte er:

»Ich kann Sie, wenn Ihnen das lieber ist, aber auch über die Kripo in die Polizeiinspektion einbestellen lassen.«

Woltmann spielte mit einem ungedeckten Scheck. Bei der Kripo hatte er, wie vorhin gerade von Mandy Hoppe bestätigt, nichts zu melden. Einbestellen konnte er niemanden. Deshalb fuhr er fort: »Ja, und Sie, Herr Falk, Sie …«

»Ist ja schon gut!« Falk rammte den Spaten in die Erde und stützte sich auf dem Griff ab. »Also, Sie müssen uns versprechen, dass Sie das, was Sie jetzt hören, niemandem verraten.«

Woltmann stutzte, als er die Bedingung Falks hörte. Aber er war einem Geheimnis auf der Spur, das die beiden zu lüften versprachen.

»Also, wissen Sie … Vor allem unser Chef darf das nicht erfahren. Sonst gibt es eine Abmahnung. Mindestens. Wenn er uns nicht gleich rausschmeißt. Hören Sie, ich habe Familie, ich brauche …«

»Schon gut, schon gut!« Woltmann verstand jetzt, warum der Parkarbeiter die Begegnung auf dem Polizeiparkplatz leugnete. »Ich weiß ja noch gar nicht, um was es geht. Erzählen Sie erst mal, dann sehen wir weiter. Ihr Chef interessiert mich eigentlich nicht.«

Falk wischte sich die Hände an der Hose ab.

»Wir haben einen Hund gefunden. Auch in so einem Hochgrab.«

Woltmann versuchte, sich seine Überraschung nicht anmerken zu lassen. Also gab es außer der Puppe noch ein weiteres Grab. Donnerwetter! Der Parkarbeiter erzählte nun ausführlich, wie sie im Pücklerschlag in Ettersburg das Hochgrab entdeckt hatten. Als er fertig war, donnerte es in der Ferne. Regenschwere Wolken zogen auf. Eine Weile war es still. Woltmann sah ungläubig zu Falk und Droste.

»Sie haben den Hund einfach im Wald vergraben?«

Woltmann spielte den zwei Männern nichts vor, er war tatsächlich entsetzt.

»Ja, weil, wir hatten, ich meine …«

Falk versagten die Worte, und auch Sören Droste fand nichts, was sie in dieser Frage entlasten konnte.

»Wo genau haben Sie den Hund begraben?«

»Das sagen wir Ihnen nur, wenn Sie uns nicht verraten.«

»Hören Sie, wir können in einer Stunde mit einer Hundertschaft in Ettersburg anrücken. Samt Spürhunden. Den vergrabenen Hund haben wir in zehn Minuten gefunden!«

Woltmanns Worte überzeugten Droste und Falk. Sie durchschauten weder die Hierarchien bei der Polizei, noch ahnten sie, dass ein Streifenpolizist bei Ermittlungen dieser Art gar nichts veranlassen konnte. Woltmann ließ sich den Ort, wo sie den Hund im Ettersburger Wald verscharrt hatten, genau beschreiben.

»Und warum haben Sie das gestern nicht gleich gesagt?«

Woltmann bemühte sich, emotionslos zu wirken. Innerlich aber freute er sich über die Aussage der beiden. Sie war ein Trumpf, der, so war er sich sicher, die Ermittlungen voranbringen würde. Und er war derjenige, der diesen Trumpf in der Hand hielt!

Droste nahm den Rechen und begann, im Laub herumzustochern.

»Hat ja keiner danach gefragt.« Das stimmte zwar nicht, denn Woltmann hatte sie das gestern sehr wohl gefragt, allerdings war ihr Gespräch dann durch die Kollegen von der Kripo unterbrochen worden.

»Hören Sie, Herr, äh …«

»Woltmann.«

»Herr Woltmann. Sie sagen das mit dem Hund aber doch wirklich niemandem weiter, oder?«

»Meinen Kollegen werde ich das sagen müssen. Aber Ihr Chef, wie gesagt, interessiert mich nicht. Was haben Sie sonst noch für Gräber gefunden?«

Woltmann sah Falk scharf an, der aber mit den Augen in Richtung Droste rollte und schwieg. Woltmann kombinierte rasch: Offenbar schien Falk Drostes Wut zu fürchten, weil er, ohne ihn einzuweihen, zur Polizei gegangen war. Die Angst vor dem Chef der Gartenbaufirma hatte die beiden Arbeiter, wie es aussah, fest im Griff. Woltmann zog es deshalb vor, Falk nicht zu brüskieren, auch wenn er ein mittlerweile ungutes Gefühl hatte, mit ihm weiterhin ein kleines Geheimnis zu hüten. Bald würden Falk oder Droste dieses Geheimnis sowieso preisgeben müssen. Am besten, wenn Hoppe oder Remde dabei waren. Er verabschiedete sich und ging zum Wagen zurück. Am liebsten wäre er gleich nach Ettersburg gefahren und hätte sich den Hund angesehen.

»Wir müssen nach Legefeld. Ein Radfahrer hat ein Huhn überfahren«, empfing ihn Dani Klein.

Auf ihrem Display sah Woltmann kurz das Datum aufleuchten.

»Das ist ja wohl ein Aprilscherz, oder, Dani?«

»Nein«, lachte sie, »auch wenn heute erster April ist! Die Meldung hat die Zentrale eben durchgegeben. Und die können sich keine Aprilscherze erlauben.«

In der Tat fanden sie nach ihrer Ankunft in Legefeld ein überfahrenes Huhn und zwei streitende Männer vor, die sich gegenseitig die Schuld am Tod des Tieres gaben.

Sie beruhigten die Streithähne, nahmen den Unfall und noch einige andere Fälle bis Schichtende auf. Danach war Woltmann mit Laura verabredet, die dringend ein Paar neue Turnschuhe brauchte. Auch wenn schon wieder die Sommerzeit galt, schaffte er es heute nicht mehr nach Ettersburg. Aber morgen, so nahm sich Woltmann vor, wollte er spätestens in der Mittagspause rausfahren.

* * *

Der gestrige Ausflug nach Jena erwies sich als Volltreffer. Er rieb sich genüsslich die Hände. Vor ihm lagen verschiedene Fotos, ein USB-Stick, Kopien von Zeitungsartikeln und ein A4-Briefumschlag.

»So, mein lieber Horstmüller, jetzt werden wir dir mal ein feines Briefchen zusammenstellen.« Lothar Iffland streifte sich ein Paar Handschuhe über.

Wie er es vermutet hatte, war Dr. Konrad Horstmüller, der Chef der *Gartenlust GmbH*, eine Woche später exakt zur gleichen Zeit zu seinem nächsten Termin bei der Domina Danuta nach Jena gekommen. Er zählte zu ihren Stammkunden. Um nicht von Angestellten oder jemand anders in Erfurt erkannt zu werden, hoffte er auf mehr Anonymität, indem er im fünfzig Kilometer entfernten Jena seiner geheimen Leidenschaft nachging. Mit seinem Smartphone filmte ihn Iffland beim Betreten des Hauses, auch zwei Stunden später, als er, mit hochgezogenem Kragen und Baseballmütze, das Haus wieder verließ. Außerdem hatte sich Iffland während der zwei Stunden ins Haus geschlichen und an der Tür gelauscht. So dick die Mauern und Wände des Altbaus auch waren: Wenn man das Ohr ans Schlüsselloch legte, hörte man deutlich Lustschreie in der Wohnung. Mit dem Smartphone gelang es ihm, einige dieser Schreie aufzunehmen. Obwohl die Qualität schlecht war und sich der Verursacher der Schreie nicht zuordnen ließ, störte das Iffland wenig. Das Gesamtpaket machte es. Einmal, bei einem seiner Termine in Danutas Studio, war es ihm gelungen, sie heimlich von hinten und leicht von der Seite zu filmen, während sie den Strafstuhl von seinen Körperflüssigkeiten reinigte. Auch diese Aufnahme befand sich auf dem Stick. Er fügte noch einige Fotos bei, die er von Horstmüller beim Einsteigen in seinen Chef-Mercedes geschossen hatte. Außerdem ausgedruckte Screenshots mit Fotos von Danuta, die sie auf einem Thüringer Sexportal annoncierte. Zusätzlich Zeitungsausschnitte, die sich um Horstmüller, den vorbildlichen Ehegatten und Familienvater, drehten. Auch welche, die sein Engagement gegen Ruhewälder hervorstrichen.

Ruhewälder bildeten ihre gemeinsame Schnittstelle. Iffland glaubte fest, dass Horstmüller nur aus finanziellem Eigeninteresse gegen die Ruhewälder war, also gegen Friedhöfe im Wald oder in Parks ohne Grabbepflanzung, nur mit der Vegetation, die an Ort und Stelle wuchs. Nur allzu deutlich zeigte auf der Homepage der *Gartenlust GmbH* eine Grafik, dass die Grabpflege auf konventionellen Friedhöfen, bundesweit von der Erfurter Firma angeboten und zum Teil über Franchise-Unternehmen organisiert, etwa zwanzig Prozent des Firmen-Gesamtumsatzes ausmachte. Da war es mehr als verständlich, dass Horstmüller alle möglichen Argumente heranzog, um gegen Ruhewälder Stimmung zu machen.

Ohne ihn persönlich zu kennen, schwang sich Horstmüller damit zu Ifflands großem Konkurrenten auf. Dieser verfolgte die Idee von Ruhewäldern in Thüringen seit Jahren mit aller Vehemenz. Bei den Städten und Gemeinden biss er damit auf Granit. Sie fürchteten um die Einnahmen, die kommunale Friedhöfe sicher und langfristig abwarfen. Offiziell schoben sie, wie Horstmüller, andere Bedenken vor. Der barrierefreie Zugang zu den Gräbern sei nicht gewährleistet. Oder: Niemand könne die Totenruhe garantieren.

Je mehr dieser Einwände sie vortrugen, desto stärker empfand Iffland diese als Ausreden, und umso energischer engagierte er sich. Seine berufliche Laufbahn glich einer Achterbahnfahrt. Nach dem Abitur Anfang der neunziger Jahre hatte er eine Ausbildung als Seemann begonnen, blieb in Thailand hängen, wo er eine deutsche Schnitzelbar betrieb. Später eröffnete er eine Kfz-Reparaturwerkstatt in Südtirol und landete nach einigen weiteren Stationen wieder in seiner Heimatstadt Weimar. In einer Stehkneipe lernte er einen Bestatter aus Hessen kennen, der an der Jahrestagung seines Berufsverbands in der Weimarhalle teilnahm. Von ihm erfuhr er von den Ruhewäldern, die es in anderen Teilen Deutschlands bereits gab.

Iffland witterte hier eine Geschäftsidee und suchte sich einige Verbündete, mit denen er gemeinsam die *Dein Grab unter Bäumen GmbH* gründete. Er wusste, dass Lobbyismus das Schmiermittel der Demokratie war. Die Kommunen setzten Juristen in Bewegung und lehnten Anträge, Ruhewälder zu genehmigen, entweder ab oder zogen vor die Verwaltungsgerichte. Auch viele Bestatter, darunter auch dieser Horstmüller mit seiner Grabpflegefirma, fürchteten um ihre Pfründe und machten politischen Druck. Die Innung der Steinmetze ging auf die Barrikaden, sahen diese mit der Zunahme von Ruhewäldern doch ihre Existenzgrundlage gefährdet. Grabsteine waren in den Ruhewäldern nicht vorgesehen, allenfalls schlichte Holzkreuze als Markierung, damit man die Grabstelle fand. Insgeheim hofften die Gegner der Ruhewälder, Leute wie Iffland würden irgendwann einmal resignieren.

Für Iffland aber war das Thema, genauso wie für die Städte, Steinmetze und andere Berufszweige, ein existenzielles. Seine wenigen Ersparnisse waren nach der Insolvenz seiner früheren Firma in die neue GmbH geflossen. Er war bereit, Waldgrundstücke für neunundneunzig Jahre zu pachten oder auch zu kaufen, wenn diese als Ruhewälder ausgewiesen wurden. Durch die Vergabe der Ruheplätze, den Verkauf biologisch abbaubarer Urnen und andere damit verbundene Geschäftsfelder, so hatte er durchkalkuliert, eröffnete sich ihm ein einträgliches Geschäft. In seinen Statements gegenüber der Presse und im Internet führte er Umweltgründe ins Feld, die für die Ruhewälder sprachen. Der Mensch im Tod wieder im Einklang mit sich und im Schoß der Natur. Erde zu Erde, Asche zu Asche. Der Boden stand auf diese Weise für den immerwährenden Kreislauf von Werden und Vergehen, für Samsara und Karma. Nichts Esoterisches war Iffland fremd. Genau das weckte bei vielen Menschen Interesse. Sie wollten sogar noch als Tote Teil eines übergeordneten Plans sein. Darum Waldbestattung.

Auch in einem Forst bei Weimar plante Iffland einen solchen Ruhewald. Sein diesbezüglicher Antrag lag schon seit langem unbearbeitet bei den dortigen Behörden. Denn Ifflands Antrag zielte auch auf die klassischen Parks in Weimar ab. Hier wollte er kleine Gräberfelder anlegen, zusätzlich zu dem geplanten Ruhewald in einem Forst am Goethewanderweg. Mit den sowjetischen Ehrenfriedhöfen im Schlosspark von Belvedere und im Park an der Ilm gab es bereits Vorbilder, Präzedenzfälle. Bis 1975 hatte es in Belvedere Beisetzungen gegeben!

Seitdem Iffland auf der Homepage der *Dein Grab unter Bäumen GmbH* seine Pläne von Gräbern an klassischen Orten bekanntgegeben hatte, erreichte ihn aus der ganzen Welt eine wahre Flut von Anfragen: Ein japanischer Literaturwissenschaftler (der ihm sogar schon den Grabspruch zusandte, natürlich von Goethe: *Kein Wesen kann zu nichts zerfallen!*), eine Franz-Liszt-Verehrerin aus den USA, die Leiterin eines Darmstädter Lesezirkels und viele andere wünschten sich, nach ihrem Ableben in der Nähe der klassischen Orte in und um Weimar mit ihrer Asche zum biologischen Erhalt der historischen Parkanlagen beizutragen. Der Geist der Dichter, Maler, Architekten und Musiker sollte sie nach ihrem Tod umgeben. Ein

Kreuz, ein Stein des guten Glücks auf einem Grab im Grünen, das war ihre Vision – und auch die von Iffland.

Seit Monaten jedoch stagnierte Ifflands Initiative. Die Verhandlungen vor Gericht zogen sich hin. Jetzt aber war damit Schluss! Er wickelte den Internet-Stick in Wattepapier, um ihn vor Beschädigung zu schützen.

»Thüringer Förster gegen Ruhewälder«, las er eine Überschrift in der »Thüringer Rundschau« und schnitt den Artikel aus. Angeblich sei die Verjüngung des Waldes durch Ruhewälder gefährdet, behaupteten die Förster. Iffland ahnte, woher diese Haltung der Förster kam. Horstmüller war politisch bestens vernetzt und nutzte zudem dieser Tage seine Kandidatur für das Europaparlament aus. Es war unschwer zu erraten, wie er in dem für die Förster zuständigen Ministerium entsprechend vorstellig geworden war. Mit einem roten Filzstift strich Iffland den Artikel durch. Auch bei den anderen Zeitungsausschnitten verfuhr er so.

Seine Angestellten setzte Horstmüller unter Druck, als Privatpersonen Leserbriefe gegen Ruhewälder zu schreiben, um so den Eindruck eines breiten Widerstands gegen diese Form der Bestattung in der Bevölkerung zu erwecken. Iffland kopierte einige dieser gedruckten Leserbriefe und schob sie zu dem Stick, den Zeitungsartikeln und den Fotos in den wattierten Umschlag. Danach verschloss er ihn mit mehreren Klebestreifen und adressierte ihn an Dr. Konrad Horstmüller. In dicken Lettern schrieb er neben die Adresse: »PERSÖNLICH!«

Iffland verzichtete auf einen Begleitbrief und auf einen Absender. Horstmüller würde die Absicht hinter der Sendung auch so verstehen: Jemand wusste von seinen Besuchen bei der Domina. Und da er im Wahlkampf bieder das traditionelle Familienbild einforderte, war seine Leidenschaft für Danuta die Schwachstelle, die der unbekannte Erpresser ausnutzte. Was aber wollte er erpressen? Hier würde Horstmüller stutzen, wenn er die Zeitungsartikel sah. Allesamt mit rotem Filzstift durchgestrichen. Er war nicht auf den Kopf gefallen, würde ein bisschen kombinieren, dann wäre ihm klar: Da hat jemand ein Problem mit meinem Einsatz gegen Ruhewälder. Die Forderung dieses Jemands lautete deshalb: dass er sich in Sachen Ruhewälder zurückhalten – wenn nicht gar einen Kurswechsel vollziehen sollte. Was bliebe ihm anderes übrig? Musste er nicht befürchten, dass der Absender über noch mehr Material, über noch stärker kompromittierende Bilder verfügte, die seine geheime Leidenschaft offenbarten? Gab es bei Danuta eine versteckte Kamera? Wenn seine Besuche bei ihr rauskamen, wäre er politisch erledigt.

Iffland hinterließ keine Spuren an dem Umschlag und dessen Inhalt, da er die ganze Zeit über mit Handschuhen gearbeitet hatte. Falls, was höchst unwahrscheinlich war, Horstmüller die Polizei wegen Erpressung und Nötigung einschaltete, würde man ihm nichts nachweisen können. Sollte der Chef der *Gartenlust GmbH* seine Aktivitäten gegen die Ruhewälder nicht sofort einstellen, würde er, so nahm sich Iffland vor, in einer Woche einige weitere Fotos hinterherschicken und ihn gegebenenfalls von einer Telefonzelle aus anrufen. In der Berliner Straße in Weimar-West hatte er vor kurzem eine entdeckt. Aber er war sich ziemlich sicher, Horstmüller würde den Brief richtig zu deuten wissen. Schon wollte er zum Briefkasten aufbrechen, da setzte er sich nochmals hin. Er griff nach dem Schablonenlineal und setzte es dort an, wo normalerweise der Absender steht. Mit einem Faserstift füllte er die vorgestanzten Buchstaben aus. Sie fügten sich zu dem Satz: DAS IST KEIN APRILSCHERZ.

Mit dem Umschlag unter dem Arm machte er sich frohgelaunt zu einem Briefkasten am anderen Ende der Stadt auf. Das Schablonenlineal und die benutzten Stifte warf er in hohem Bogen in die nur wenige Meter weiter entfernt stehende Tonne für Plastikmüll.

MITTWOCH, 2. APRIL 2014

Kalter, klammer Nebel kroch aus den Ilmwiesen und hüllte die Weimarer Straßen und Gassen in ein Kleid aus Watte. Die Laternen an der Belvederer Allee warfen ein fahles Licht auf die noch kahlen Bäume und Büsche. Deren winzige Knospen kündigten nichtsdestotrotz den baldigen Ausbruch des Frühlings an.

Woltmann bog mit seinem Škoda auf die Allee ein und fuhr stadteinwärts zur Polizeiinspektion. Die Abblendlichter der Autos wirkten wie Katzenaugen, die plötzlich in der weißen Nebelwand aufleuchteten. Auf dem Fahrradweg im Park sah er einige, für die frühe Uhrzeit erstaunlich gut gelaunte Schüler Richtung Oberweimar radeln. Waldorfschüler, fiel ihm ein. Die haben ihre Schule gleich hinter der Steinbrücke direkt an der Ilm. Mit Yvonne hatte er nach ihrer Rückkehr nach Weimar überlegt, ob die Waldorfschule auch etwas für Ronny und Laura sein könnte. Aber Bäcker Baum erzählte Woltmann schon bald danach von einem Waldorflehrer für Eurhythmie, der an Burnout litt. So rätselhaft es ihnen auch erschien, dass selbst eine solche Privatschule nicht unbelastet und ohne Probleme war, meldeten sie Laura, deren Noten in der Schule schon immer durchwachsen gewesen waren, daraufhin doch für die Regelschule an. Ronny schaffte den Sprung ans Goethegymnasium.

Woltmann parkte sein Auto in einer kleinen Seitenstraße am Kirschberg. Die Polizeiinspektion war neu erbaut worden, nur wenige Meter von der Ilm und dem alten Straßenbahndepot entfernt, wo früher das Krankenhaus am Kirschberg gestanden hatte. Ein dunkles Kapitel der Weimarer Geschichte: In der Nazizeit kam es in der Klinik zu Hunderten von Zwangssterilisationen an Buchenwald-Häftlingen und Weimarer Bürgern. Jetzt sah das zum größten Teil komplett neue Gebäude völlig unscheinbar aus. Auch die Kriminalpolizei war hier untergebracht.

Woltmann blickte sich nervös um und zog seinen Schal enger. Schließlich öffnete er blitzschnell den Kofferraum und klemmte sich den Spaten unter den Arm, der in einen Müllsack eingewickelt war. Niemand bekam mit, wie er über den Parkplatz huschte und ihn in einem Streifenwagen verstaute.

Mit Daniela Klein fuhr er eine Stunde später nach Weimar-Nord und nahm eine Anzeige wegen Sachbeschädigung auf. An mehreren hintereinander parkenden Autos waren die Seitenspiegel abgebrochen worden. Ob mutwillig oder durch ein anderes Auto, das sie im Nebel gestreift hatte, war nicht auszumachen. Sie verbrachten fast zwei Stunden mit dem Vorgang. Dann, als sich der Mittag näherte und sie normalerweise in die Polizeiinspektion zurückgekehrt wären, bat Woltmann seine Kollegin, stattdessen nach Ettersburg zu fahren.

»Bitte frag mich nicht, warum. Aber ich muss da etwas nachsehen.«

Klein wusste von Woltmanns Wunsch, zur Kripo zu wechseln. Ihr selbst waren solche Ambitionen fremd. Sie war achtundzwanzig Jahre alt, schwer verliebt und froh, bei der Schutzpolizei einigermaßen regelmäßige Arbeitszeiten zu haben und auf diese Weise mit ihrem Freund, einem fünf Jahre jüngeren Hip-Hopper mit indischen Wurzeln, ihre Freizeit verbringen zu können. Aber der Inder flirtete ständig mit anderen Frauen. Das machte sie eifersüchtig, rasend eifersüchtig. Kleins Beziehung mit dem Hip-Hopper befand sich im ständigen Reparaturmodus.

Sie fuhren am Parkplatz von Schloss Ettersburg vorbei. Viele Autos mit Kennzeichen aus ganz Thüringen und anderen Bundesländern parkten dort. Offenbar fand eine Tagung oder eine Feier im dafür beliebten Schloss statt. Woltmann entschied sich, auf dem Forstweg bis ins Tal des Pücklerschlags zu fahren. Er parkte so, dass sie von den Tagungsgästen des Schlosses aus nicht direkt gesehen werden konnten. Dann machte er sich mit dem Spaten unter dem Arm auf den Weg.

»In einer Stunde bin ich spätestens zurück.«

Er erklärte Dani Klein, wo sie ihn finden könnte, wenn sie zu einem dringenden Einsatz gerufen wurden. In diesem Falle sollte sie der Einsatzzentrale sagen, er sei gerade mal für kleine Jungs, und ihm eine SMS auf das private Handy schicken. Antwortete er ihr daraufhin nicht, müsste sie ihn holen gehen.

Woltmann stapfte mit großen Schritten los. Nach zwanzig Minuten fand er die Stelle im Wald. Droste und Falk hatten sie ihm dezidiert beschrieben. Er begann, vorsichtig zu graben. Bald schon kam der von einer Vielzahl von Maden und Würmern zerfressene Hundekadaver zum Vorschein. Der Gestank war grässlich. Woltmann wandte sich ab, band sich ein Stofftaschentuch um Mund und Nase und beleuchtete den Kopf des Hundes. Ein paar Mal schob er den Schädel des Tiers hin und her, nahm auch die Taschenlampe seines Handys zu Hilfe und fand schließlich etwas, was Droste und Falk entweder übersehen oder ihm vorenthalten hatten: Einzelne, aus Zeitungsüberschriften ausgeschnittene Buchstaben, die zum Teil von der Erdfeuchte schon stark durchweicht waren. Ein »T« und ein »M« entzifferte er, außerdem die Zahlen »5« und »2«.

Könnte wieder »TIM 1524« sein, dachte er sich und vermutete, dass das fehlende »I« und die beiden Zahlen bei der Umbettung der Tierleiche durch Droste und Falk verlorengegangen waren.

Er schoss zahlreiche Fotos von dem Hundekopf und der rätselhaften Buchstaben-Zahlen-Kombination. Auch die eingeebnete Stelle mit dem ursprünglichen Hochgrab fand er problemlos und dokumentierte sie. Doch wie sollte er sich weiter verhalten? Er gehörte nicht zur Kripo. Ihm war sein erster Kriminalfall noch in bester Erinnerung, in dem es um einen Doppelmord im Zusammenhang mit Lyonel Feiningers Bild »Die blaue Kathedrale« gegangen war. Damals hatte er seine Erkenntnisse zu lange für sich behalten und war deshalb in schwierige Situationen geraten. Schon die Aktion hier im Ettersburger Park könnte ihm Probleme einbringen, wenn Remde davon erfuhr. Auch Mandy Hoppe war damals verärgert gewesen, weil er sie nicht von vornherein in seine Aktivitäten mit einbezogen hatte. Das sollte sich nicht wiederholen. Der Zeitpunkt war gekommen, seine frühere Schulkameradin und jetzige Vertraute einzuweihen. Obwohl er fürchtete, dass sie trotzdem sauer reagieren würde. Schließlich war er auf eigene Faust nach Ettersburg gefahren, ohne sie über das neuerliche Gespräch mit Droste und Falk zu informieren. Bei so etwas war sie empfindlich. Die Mandy. Wie damals. In der Schule. Es dauerte, bis sie gereizt war. Aber dann …

»Hoppe, Kripo Weimar.«

»Hallo, Frau Hoppe, hier Woltmann. Können Sie sprechen?« Das förmliche »Sie« ging ihm schwer über die Lippen. Aber Hoppes Bürotür stand meist offen. Ihr Chef sollte nicht mitbekommen, dass er und die Kommissarin sich schon lange kannten.

»Ja, was gibt's, Herr Woltmann?«

»Also, es hat sich ergeben, dass ich nochmals mit den beiden Parkwächtern gesprochen habe. Droste und Falk, ja?«

»Soso, das hat sich also ergeben. Und?«

»Ja, also, die beiden, wie soll ich sagen, ich meine …«

»Na, raus mit der Sprache. Ich habe nicht ewig Zeit!«

Woltmann hörte den leicht aggressiven Unterton in ihrer Stimme und redete, komme, was da wolle, Klartext.

»Sie haben ein ähnliches Grab wie in Belvedere zuvor schon im Ettersburger Schlosspark entdeckt. Dort allerdings nicht mit menschlichen Knochen.«

»So. Sondern mit was?«

»Mit einem toten Hund. Einem Golden Retriever. Aber ebenfalls mit einer Geheimbotschaft. Ich bin jetzt in Ettersburg, ganz oben im Pücklerschlag. Soll ich Ihnen mal Fotos zusenden?«

Eine Weile herrschte völlige Stille. Flurgeräusche im Hintergrund. Sie signalisierten Woltmann, dass Hoppe noch nicht aufgelegt hatte.

»Ich bin in einer halben Stunde da.«

Sie hatte das Gespräch einfach weggedrückt. Mit gemischten Gefühlen sah Woltmann ihrem Kommen entgegen. Hoffentlich brachte sie nicht gleich Remde mit. Dann käme es zum Verhör. Wieso er denn hier sei, und warum er nicht, und überhaupt. Auch hoffte er, dass ihn nicht gerade jetzt die Zentrale zu einem Einsatz schickte.

Etwa vierzig Minuten später kam Mandy Hoppe außer Puste die Schneise hoch. Die Wangen gerötet wie nach einem Halbmarathon.

»Puh, Sascha, was verlangst du mir da ab? Solche Bergtouren!«

Sie ist nicht verstimmt, freute sich Woltmann, doch zu früh. Die Kommissarin sah sich, mit Widerwillen, den Hundekadaver an und dann den ursprünglichen Fundort. Sie stellte sich breitbeinig wie ein Cowboy Woltmann gegenüber auf und sprach in ruhigem, aber auch unerbittlichem Ton:

»Sascha, du kapierst es nicht. Ich will dir eigentlich helfen. Aber so, wie du vorgehst, ist dir nicht zu helfen.«

Woltmann holte Luft und setzte zur Gegenrede an. Aber Hoppe gebot ihm mit einer abwehrenden Geste, zu schweigen.

»Warum hast du mich nicht gleich nach dem Gespräch mit den beiden Parkarbeitern informiert? Hm? Sag? Dann hätte ich das mit Remde besprochen und dabei deinen Namen an geeigneter Stelle einfließen lassen.«

Ohne es zu merken, zog Woltmann den Kopf leicht ein und sah betreten zu Boden.

»Jetzt bin ich in einer blöden Situation. Wie soll ich Remde erklären, dass du hier bist? Dass du tote Hunde ausbuddelst und mich dann gnädigerweise dazubittest? Außerdem hätte von vornherein die Spurensicherung mit dabei sein müssen. Wer weiß, wie viele Spuren du mit deiner Graberei zerstört hast! Mann, Sascha Woltmann!«

Woltmann wusste: Mandy hatte recht. Er wunderte sich über sich selbst. Wieso war er so blind und eigenmächtig vorgegangen? Trotz gegenteiliger Vorsätze! Doch er hatte zunächst bezweifelt, dass der tote Hund im Hochgrab etwas mit dem Grab und Knochenfund in Belvedere zu tun hatte. Er wollte sich nicht blamieren und darum zuerst selbst nachschauen, was es mit dem Kadaver auf sich hatte – auf Nummer sicher gehen. Denn trotz der gleich angelegten Gräberform hätte immer noch jemand einfach nur seinen toten Hund auf diese Weise entsorgt haben können. Hätten ihm die beiden Parkarbeiter dagegen von den Zeitungsbuchstaben und -zahlen berichtet, wäre er gar nicht erst hierhergekommen, sondern hätte Mandy sofort angerufen. Aber ihm war klar, dass sich sein Alleingang Mandy völlig anders darstellen musste. In diesem Zusammenhang fiel ihm zudem sein Eisenacher Ausflug zum Puppendoktor wieder ein. Wenn Mandy das auch noch wüsste ... Es half nichts, er musste sich in Zukunft zurückhalten. Auf Mandy und ihren Einfluss auf Remde vertrauen. Definitiv! Und daran glauben, dass seine Chance schon noch käme.

»Tut mir leid, Mandy. Entschuldige, das war ziemlich blöd von mir. Ich dachte, das Ganze sei vielleicht nur ein harmloser Verstoß gegen das Tierkörperbeseitigungsgesetz.«

Mandy sah ihn scharf an, erwiderte aber nichts.

»Dass es sich hier aber nicht um irgendeinen zufälligerweise gleichfalls in einem Hochgrab verscharrten Hund handelt, geht daraus hervor, dass ich auch hier Buchstaben und Zahlen am Hundekopf entdeckt habe. Und das ist die Brücke zum Knochenfund in Belvedere. Davon haben mir die Parkarbeiter nichts erzählt. Komm noch mal mit zum Hund.«

»Ich ruf erst mal die Spurensicherung an. Gleich die vom LKA aus Erfurt.«

Hoppe telefonierte kurz, dann ging sie zur Fundstelle im Wald. Der Golden Retriever war zum Ziel vieler Fliegen geworden, die ihr erstes Festmahl im Frühjahr feierten. Woltmann hob mit dem Spaten den Kopf an und bat dann Hoppe, sich die Buchstaben anzusehen.

»Ja, toll, wirklich wie ein Anfänger, also echt. Gräbst einfach mal so nach Spuren«, schimpfte Hoppe. Wäre Woltmann nicht so kleinlaut und einsichtig gewesen, hätte sie ihm vielleicht die Freundschaft gekündigt. »Das ist eigentlich Sache der Spurensicherer, was du da gemacht hast. Wer weiß, die finden vielleicht noch weitere Buchstaben und Zahlen.«

Wie ein sich verziehendes Gewitter grollte Mandy zwar noch. Aber Woltmann spürte, dass ihre allergrößte Verärgerung bereits abflaute.

»Ich mach mich jetzt wohl besser vom Acker, Mandy.«

»Das seh ich auch so. Dani Klein sitzt da unten im Streifenwagen und denkt sicher schon, du bist in eine Erdspalte gefallen. Ich ruf Remde an und lass mir was einfallen. Muss dem ja erklären, wieso ich hier bin. Es ist besser, wenn er dich nicht hier sieht.« Kleine grüne Blitze funkelten in den Augen der Kommissarin. Woltmann lief los.

»Sascha!« Hoppe sprach den Namen wie einen Befehl aus. Der Golden Retriever hätte Sitz gemacht, wenn er dazu noch in der Lage gewesen wäre.

Woltmann blieb stehen, drehte sich aber nur halb um, sah sie nicht an. »Mach es mir nicht so schwer, dir zu helfen! Ich kann dir keinerlei Zusagen machen. Aber wenn es jemanden gibt, der Remde beeinflussen kann, dann bin ich das. Kapiert? Ist auch so schon schwierig genug. Und jetzt hau ab, du Idiot!«

Woltmann trollte sich davon. Mit Daniela Klein fuhr er in Richtung Weimar. Als sie die Abfahrt zur Gedenkstätte Buchenwald passierten, kam ihnen ein Zivilauto der Polizei entgegen. Woltmann erkannte Remde auf dem Beifahrersitz. Am Steuer saß Mike Scholz. Wirklich keine leichte Aufgabe für Mandy, den beiden klarzumachen, wie sie an den Fund im Ettersburger Park gekommen war. Das gestand er ihr zu. Sie brauchte auch eine Erklärung, woher der Spaten kam. Aber schon in Schulzeiten war Mandy hell und aufgeweckt gewesen. Ihr würde etwas einfallen. Er atmete tief durch und griff sich in die Seite.

»Herzprobleme?«, fragte Dani Klein.

»Nein, nein, alles gut.«

* * *

Harry Gleich aus Berlin, Reporter der GIGA-Revue, eine der auflagenstärksten deutschen Boulevardzeitschriften, stand mit dem Rücken zum Saal. Vorne saßen der Vorstand der Partei »Die rechte Mitte« und die Thüringer Kandidaten für die Europawahl. Sie alle waren von Weimar zum Abschluss des Parteitages ins nahe Schloss Ettersburg gekommen. In der Weimarhalle hatten sie zwei Tage lang heftig um die inhaltliche Ausrichtung der Partei gestritten. Manche drohten ihren andersdenkenden Parteimitgliedern mit Verleumdungsklagen. Einige traten dagegen demonstrativ aus der Partei aus, um wenige Minuten später wieder mit verhuschter Miene heimlich in die Halle zurückzukehren. Sogar zu leichten Handgreiflichkeiten kam es. Auf der Pressekonferenz im überfüllten Weißen

Saal des Ettersburger Schlosses, wo es am Abend ein festliches Diner gab, versuchten sie, nach außen hin ein harmonisches Bild des Miteinanders zu vermitteln. Denn nichts mochte die Wählerschaft weniger als eine zerstrittene Partei, das war ihnen klar.

Wegen der politischen Themen war Harry Gleich aber nicht eigens aus Berlin angereist. Auch der regionale Spitzenkandidat Dr. Konrad Horstmüller, der gerade das Mikrofon ergriff und seine Vorstellungen von Familienpolitik gestenreich erläuterte, interessierte ihn kaum. Nur Horstmüllers konservative Sicht auf die Familie fand er bemerkenswert.

Nein, Gleich war hier, weil seine Redaktion seit längerem den Verdacht hegte, ausgerechnet der Vorsitzende der »rechten Mitte«, Prof. Dr. Bernd Backe, habe, obwohl seit dreißig Jahren in bürgerlicher Ehe lebend, eine heimliche Affäre mit der jungen aufstrebenden Tamara Weißbauer. Das politische Deutschland war nicht wenig verwundert über die steile Karriere der aparten Politikwissenschaftlerin mit dem fülligen Blondhaar und den exzentrisch langen Fingernägeln in der noch jungen Partei. Auf dem Parteitag hatte sie sogar einen Sitz im zehnköpfigen Vorstand erobert, nachdem ihre beiden Gegenkandidatinnen überraschend verzichtet hatten. Die hat der alte Backe wohl gekauft, um die Weißbauer bei Laune zu halten, köchelten die Gerüchte beim Buffet. Man schob sich dabei Lachsbrötchen in den Mund.

Harry Gleichs Boulevardblatt interessierte das Zwischenmenschliche, das Verruchte. Vor allem aber der Affront, den eine solche Liaison für die zu Hause ausharrende Ehefrau von Professor Backe bedeutete. Der Auftrag Gleichs war es, kompromittierende Fotos von Backe und Weißbauer zu schießen, auch wenn das Motiv zunächst belanglos schien: Die beiden beim Stehbuffet in der Parteitagspause; beim vertrauten Talk auf dem Podium, während sich ein Redner am Pult abarbeitete; beim Einsteigen ins Taxi, das sie nach Ettersburg brachte. Die geeignete Story würde man dann in Berlin schon dazu basteln. Bilder von Backes Ehefrau, auf denen sie besonders sauertöpfisch schaute, fand die Redaktion problemlos im Archiv.

Harry Gleich war ein alter Hase und wusste, was die Redaktion erwartete. Gut zwei Dutzend Fotos hatte er bereits vom Weimarer Parteitag in die Berliner Zentrale gemailt. Gerade eben eines, auf dem Backe, sich unbeobachtet wähnend, unter dem Tisch die Hand auf Weißbauers schwarz bestrumpftes Bein schob. Gleich war zufrieden mit seiner Foto-Ausbeute. Abwesend blickte er aus dem Fenster und nahm die Rede Horstmüllers nur noch als Klangteppich wahr. Sie lag ihm ohnehin in gedruckter Fassung vor. *Die deutsche Familie als Fundament für ein Europa voller Werte wie Treue …*, las er da und strich sich den Satz mit einem gelben Marker an.

Als Boulevardreporter war ihm ein Gespür für Situationen zu eigen, die sich unerwartet ergaben. Wenn er in solchen Augenblicken hellwach war, konnte es passieren, dass er als Erster und vielleicht sogar Einziger an ein Thema kam, das in anderen Medien erst viel später große Wellen schlug. So war es ihm vor einigen Jahren gelungen, mit dem Teleobjektiv eine Schlägerei an einem Berliner S-Bahnhof zu fotografieren. Damals trat eine Gruppe Jugendlicher auf einen verzweifelt sich wehrenden Versicherungsvertreter mittleren Alters ein. Das Opfer behielt bleibende Schäden. Mit Hilfe von Gleichs Fotos konnten die Täter identifiziert und überführt werden. Auch wenn Gleich so manche böse Kritik wegen unterlassener Hilfeleistung einstecken musste, sprach ihn das Gericht von diesem Vorwurf frei. Seine Redaktion war sehr zufrieden mit ihm, konnte die GIGA-Revue doch exklusiv die Fotos von der Gewalttat veröffentlichen.

Harry Gleich besaß also das, was man einen guten Riecher nennt. Auch jetzt stand er hinter all seinen Journalistenkollegen im Ettersburger Schloss ganz weit hinten im Saal und drückte sich an eins der hellen Holzfenster, die vom Boden bis fast zur Decke reichten. Das Sonnenlicht flutete warm herein. Der Ausblick war atemberaubend: Der knospende und sprießende Schlosspark in all seiner Frühlingspracht präsentierte sich ihm wie ein Panoramabild, in dessen Mitte die Anlage des Pücklerschlags das Auge des Betrachters gefangen nahm. Doch das Auge Harry Gleichs sah mehr als nur die malerische Landschaft. Im Talgrund parkte, zwar hinter Büschen, aber dennoch erkennbar, ein Streifenwagen der Polizei. Nach einiger Zeit kam ein Polizist in Uniform den Pücklerschlag eilig hinabgelaufen. Der Streifenwagen entfernte sich, aber schon bald darauf kam ein ziviles Fahrzeug, dem zwei Männer entstiegen, die die Schneise hinaufstiefelten. Als dann auch noch ein VW-Bus mit getönten Scheiben und Erfurter Kennzeichen eintraf, wusste Harry Gleich, was zu tun war. Er entfernte sich leise aus der Pressekonferenz und schlich über die Freitreppe in den Talgrund hinab. Ein Blick in den VW-Bus bestätigte ihm, was er vermutet hatte: Es handelte sich um ein Fahrzeug der Spurensicherung.

Harry Gleich verfügte über keinerlei Ortskenntnisse. Dennoch war ihm klar, dass er sich nicht über den offenen, von überall gut einsehbaren Pücklerschlag dem Ort nähern konnte, an dem sich die Spurensicherung aufhielt. So wählte er eine Route durch den Tannenwald, der die Schneise flankierte. Nach zehn Minuten erspähte er zwischen vielen Bäumen hindurch eine Menschengruppe, darunter mehrere Personen in weißen Tyvek-Anzügen. Die Leute von der Spurensicherung. Gleich zückte die Kamera, setzte ein großes Objektiv auf.

Klick, klick, klick, klick, klick. Die Menschen in den Ganzkörperanzügen wuselten hin und her. Zwei Männer, der eine mit merkwürdigem Haarbewuchs im vorderen Schädelbereich, und eine etwa Vierzigjährige mit schulterlangen blondbraunen Haaren standen abseits und unterhielten sich. Das schienen Kripobeamte zu sein. Vermutlich lag dort, wo die Spurensicherer sich bewegten, eine Leiche. Harry Gleich war jetzt hellwach. Kein anderer Fotograf weit und breit, von dem der Spurensicherung einmal abgesehen, kein einziger Journalist. Das roch nach Exklusivität. Aber er brauchte ein Foto der Leiche. So näherte er sich Meter für Meter der Gruppe. Allerdings knackten die Äste so laut, dass er nicht mehr lange unentdeckt bleiben würde.

Jetzt war die Möglichkeit gekommen. Die Ermittler waren zu einer kleinen Besprechung zusammengetreten und gaben den Blick frei auf das, was sie schon die ganze Zeit untersuchten. Harry Gleich schraubte das größte Objektiv auf die Kamera, das er dabeihatte, und zoomte das, was er erkennen wollte, so stark heran, wie es nur ging. Verblüfft drückte er immer wieder auf den Auslöser. Das war doch ein Hund! Ein Kadaver!

»Hallo, was machen Sie denn da?«

Harry Gleich zuckte zusammen. Er war so vertieft ins Fotografieren gewesen, dass er nicht bemerkt hatte, wie sich ihm die Kommissarin näherte.

»Ich, ach nichts. Das heißt, doch. Ich bin Ornithologe. Fotografiere aussterbende Thüringer Vogelarten.«

»Soso.« Mandy Hoppe sah den Fotografen skeptisch an.

»Sagen Sie …«, ging Harry Gleich unmittelbar zum Angriff über. »Warum haben Sie da drüben denn einen Hund ausgegraben?«

Hoppe stutzte. Der Fotograf, der angeblich auf Jagd nach Vogelmotiven war, gab damit unumwunden zu, dass er den Golden Retriever mit seinem Objektiv verifiziert hatte.

»Wieso interessiert Sie das? Zeigen Sie mir mal bitte Ihren Ausweis. Hoppe, Kripo Weimar.«

Sie präsentierte ihm ihren Dienstausweis. Gleich gehorchte und reichte ihr den Personalausweis.

»Einen Moment, bitte.«

Hoppe winkte Remde und Scholz herbei. Sie trafen sich auf halber Strecke und besprachen sich. Scholz gab in seinem Smartphone den Namen Harry Gleich bei Google ein. Sie alle drei gingen nun zum Reporter.

»Mein Name ist Remde. Kripo Weimar. Sie sind also ein Reporter der GIGA-Revue aus Berlin.«

»Auch. Aber hier bin ich vor allem als Ornithologe.«

»Und das sollen wir Ihnen glauben?«

»Na ja, ich bin außerdem noch wegen der Parteiveranstaltung da. Dort oben im Schloss.«

Remde erinnerte sich, in der »Thüringer Rundschau« von dem Parteitag in Weimar und Ettersburg gelesen zu haben.

»Sagen Sie mal, was macht eigentlich die Polizei hier? Ich meine, ist was Schlimmes passiert? Etwas, was mit dem Parteitag zu tun hat?«

Die Weimarer Ermittler durchschauten Gleichs Taktik. Ihnen war klar, dass er sie beobachtet hatte.

»Hören Sie, Herr Gleich!«, meinte Remde daraufhin mit scharfem Ton. »Sie verlassen jetzt augenblicklich diesen Wald. Sie stören hier die Ermittlungen. Das kann für Sie Konsequenzen haben.«

»Schon gut, schon gut«, wiegelte Gleich ab, hob entschuldigend seine Hand und sprang über Wurzeln und Äste davon.

DONNERSTAG, 3. APRIL 2014

Szenen aus der Provinz:
Weimarer Kripo auf den Hund gekommen!

Remde knallte die frisch gedruckte Ausgabe der GIGA-Revue auf den Tisch des kleinen Besprechungssaals. Acht Uhr zeigte die große Plastikuhr über der Eingangstür.

»Das ist eine Unverschämtheit!«

Hoppe und Scholz beugten ihre Köpfe über den Artikel. Auf einem der Fotos sah man den von Maden und Würmern befallenen Kopf des Hundes. Ein anderes zeigte, durch Baumstämme hindurch, die Ermittlergruppe, ein drittes das Schloss Ettersburg. Der Text enthielt einige Spekulationen über den toten Hund, gipfelte aber in der These, die Weimarer Kripo sei unterbeschäftigt und habe sich auf das Ergreifen von Hundemördern spezialisiert.

»Ich glaube, das ist ironisch gemeint. Ich würde mich da nicht so aufregen, Chef.« Hoppe besah sich ihre lackierten Fingernägel und kratzte eine winzige Unebenheit weg.

»Trotzdem unverschämt!« Mike Scholz war seit zwanzig Jahren Streifenpolizist und ein aktives Mitglied der Polizeigewerkschaft. Zu Remde hatte er sich bekannt, gleich nachdem dieser zum neuen Kripochef ernannt worden und als solcher sehr umstritten war. Für diese Treue stand er kurz davor, die Ernte einzufahren, nämlich seinen von Remde protegierten Wechsel von der Streifenpolizei zur Kripo. Wer bei der Kripo arbeitete, verdiente zwar nicht mehr, durfte aber mit einem höheren Sozialprestige und abwechslungsreicheren Aufgaben rechnen.

Remde legte die Hände flach an die Schläfen.

»Wir müssen endlich eine Strategie entwickeln! Scholz, was hat denn Ihr Ausflug zu den Friedhöfen in Belvedere und im Ilmpark gebracht?«

Remde goss sich Kaffee ein und offerierte Scholz und Hoppe mit einer Geste, es ihm gleichzutun.

»Tja, also, ich bin gestern mit der Kollegin Storch auf beiden Friedhöfen gewesen. Zum Sowjetischen Friedhof im Schlosspark von Belvedere fuhren wir exakt um dreizehn Uhr vierundvierzig …«

»Scholz, ich will die Ergebnisse hören. Nicht irgendwelche unwichtigen Details!«

Scholz schaute verunsichert, nickte aber gleich darauf einsichtig. Die wenigen Haare im Vorderbereich seines Schädels wedelten wie Pfauenfedern auf und ab.

»Gut, Chef, also das Ergebnis lautet: Fehlanzeige!«

»Was heißt Fehlanzeige?«

»Da ist kein Grab irgendwie beschädigt oder aufgebuddelt worden. Auch sonst nichts Auffälliges.«

»Gut. Oder besser: Nicht gut. Aber der Fund des toten Hundes in Ettersburg bringt uns vielleicht weiter. Die Buchstaben und Zahlen, die wir dort gefunden haben, bleiben ein wichtiger Hinweis. Die sind doch identisch mit denen in Belvedere, oder?«

»Ja, schon.« Hoppe blickte von ihren Fingernägeln hoch. »Nur nicht vollständig. Die sind sicher beim Umbetten des Hundes in der vielen Erde verlorengegangen.«

»Genau. Gutes Stichwort. Das Umbetten. Wer hat eigentlich das Hochgrab in Ettersburg wieder eingeebnet? Und warum, verdammt noch mal! Und wer hat dann im Wald den Hund erneut begraben?«

»Dazu, Chef, kann ich etwas sagen.« Hoppe fiel es schwer, das Folgende auszuführen. Sie wusste, dass sie sich auf vermintem Gelände bewegte. »Der Kollege Woltmann hat einen guten

Draht zu den beiden Parkarbeitern entwickelt. Droste und Falk. Als er sie zufällig dieser Tage wiedertraf, hat er noch mal mit ihnen gesprochen. Dabei haben sie das mit dem Hund eingeräumt. Ich meine, dass sie den in Ettersburg gefunden haben. Und dass es auf der Wiese eine Stelle gibt, die eingeebnet ist. Darüber hat Woltmann mich informiert. Deswegen bin ich nach Ettersburg gefahren. Die beiden Arbeiter haben ihm jetzt, nachdem wir dort waren, die Wahrheit gesagt. Also, ich meine, die ganze Wahrheit.«

»Wie, was heißt: er hat sie zufällig getroffen?« Scholz sah seine Kollegin herausfordernd an. Doch Remde gebot ihm mit einem Zischen und einer Handbewegung zu schweigen.

»Was heißt ›die ganze Wahrheit‹?« Der Kripochef biss sich auf die Unterlippe, man merkte ihm an, wie angespannt er war.

»Sie selbst haben den Hund im Wald verscharrt. Zuerst lag er in einem Hochgrab vor dem Waldrand. Sie wussten ja damals noch nicht, dass das von so großer Bedeutung sein würde.«

»Also, nur um das nicht falsch zu verstehen: Die beiden Parkarbeiter haben den Hund einfach im Wald entsorgt?« Remde sah seine Kollegin zweifelnd an.

»Ja, das war wohl so. Die beiden haben furchtbaren Bammel vor ihrem Chef. Sie befürchten, dass er sie rauswirft, wenn er wegen ihnen oder ihrem Fund irgendwelche Unannehmlichkeiten bekommt.«

»Wer ist denn ihr Chef?« Remde sah die Kommissarin ungläubig an.

»Dieser Horstmüller, der zurzeit auf allen Wahlplakaten zu sehen ist. Der Chef der *Gartenlust GmbH*.«

Alle diese Informationen kamen von Woltmann. Hoppe vertraute auf seine Recherche, etwas anderes blieb ihr nicht übrig.

»Also gut. Letztlich muss uns das als Kripo nicht an erster Stelle interessieren. Wichtiger ist, was es mit dem Hund und dem Skelett und diesen Hochgräbern auf sich hat. Verdammt, ich krieg da keinen Sinn rein!«

»Auffallend ist jedenfalls, wenn ich das ergänzen darf …«, Scholz deutete einen Diener an, »… dass beide Orte inszeniert sind. Der oder die Täter wollten den Hund oder die Knochen der Frau nicht einfach nur begraben. Sie wollten uns damit etwas demonstrieren.«

»Richtig, Scholz. Ich glaube außerdem, wir müssen hier von mehreren Tätern ausgehen.«

»Wieso glauben Sie das, Chef?« Hoppe strich sich eine Strähne aus dem Gesicht.

»Erstens ein Gefühl. Und zweitens weil das ganz schön viel Arbeit ist, solche Gräber auszuheben. Und drittens hätte eine einzelne Person Angst haben müssen, leicht entdeckt zu werden. Da muss jemand Schmiere gestanden haben, während der oder die anderen eifrig gruben.«

»Da ist was dran. Was das Grab in Belvedere angeht, sind sich die Kollegen von der Kriminaltechnischen Untersuchung sicher, dass es noch recht frisch war – also in der Nacht von Sonntag auf Montag angelegt wurde.«

»Ja, genau!« Remde hob den Zeigefinger und stieß ihn in die Luft. »Damit liegt die KTU völlig richtig. Deswegen müssen wir auch dort ansetzen. Die Täter sind mit dem Auto den Forstweg durch den Belvedere-Park zum Possenbach gefahren. Es könnte sie jemand gesehen haben, als sie von der Landstraße in Richtung Vollersroda oder Weimar abgebogen sind.«

»Wenn sie dabei jemand gesehen hat, hat er bestimmt gedacht, es ist ein Liebespaar.« Scholz sah verschmitzt zu Remde, dann zu Hoppe.

»Liebespaar, Scholz. Stehen dort öfter welche? Oder wie kommen Sie da drauf?«

»Na ja, also, ich meine, da sind doch viele kleine Parkbuchten.

Sonntags stellen die Besucher ihre Autos dort ab, wenn sie zur Pfeifferquelle spazieren. Und während der Woche stehen da …«

»Liebespaare, Scholz? Haben Sie da welche gesehen? Oder etwa …?«

Remde sah jetzt fast belustigt zu Scholz, dem das Blut in den Kopf schoss.

»Egal, da oben gibt es doch eine kleine Wohnsiedlung. Neu-Ehringsdorf. Die Leute dort wohnen zwar weiter unten und auf der Straßenseite, die gegenüber dem Schloss und Park von Belvedere liegt. Die Chancen sind also gering, dass die was bemerkt haben. Dennoch befragen wir sie. Vielleicht sieht man von dort auch auf den großen Parkplatz des Schlosses. Wenn da nachts Autos sind, fällt das unter Umständen auf.«

»Okay, Chef, ich übernehm das.« Scholz notierte sich etwas in sein Notizbuch.

»Haben Sie eigentlich schon in Ihre Mails geschaut?« Hoppe sah zu Remde. Der schüttelte den Kopf, fuhr aber sogleich den Computer hoch und durchforstete den Posteingang.

»Ah, die ersten Ergebnisse der KTU aus Erfurt betreffs Ettersburg.« Der Kripochef überflog die Zeilen und flüsterte ein paar Worte: »Hundemarke … deutlich erkennbar … Batzingen … Nummer 349 …«

Er atmete tief durch und sah zu den beiden Kollegen.

»Na, das ist doch mal eine Ansage! Ich meine die Hundemarke. Normalerweise stellt man damit ja nur fest, ob der Besitzer die Hundesteuer gezahlt hat. Aber uns hilft sie jetzt richtig weiter!«

Remde stand die Freude ins Gesicht geschrieben. Sie steigerte sich noch bei den Worten, die die Kommissarin folgen ließ.

»Ja, ich habe vorhin schon in Batzingen angerufen. Das liegt östlich von Stuttgart. Die Sachbearbeiterin für die Hundesteuer ist krank. Einer ihrer Kollegen will aber heute noch prüfen, wem der Hund gehört. Oder besser, gehört hat.«

»Prima, bestens, so kann der Tag beginnen. Ich schlage vor, wir nehmen uns die beiden Parkarbeiter noch mal vor. Die müssen uns alles im Detail schildern. Dabei könnte noch was rauskommen, was wir bisher nicht beachtet haben. Hoppe, übernehmen Sie das? Scholz hat ja genug mit den Befragungen in Neu-Ehringsdorf zu tun.«

»Ja, kann ich machen, Chef. Ich würde aber gerne den Kollegen Woltmann mit dazunehmen, weil er, wie gesagt, einen guten Draht zu den beiden Parkarbeitern hat. Bei dem reden die leichter.«

Scholz sah nervös zu Remde. Wie Hoppe Woltmann ins Spiel brachte, gefiel ihm gar nicht. Er ahnte, dass ihm in Woltmann ein ernsthafter Konkurrent erwuchs. Aber Remde war aufgrund der neuen Ergebnisse plötzlich bester Laune.

»Ja, Hoppe, machen Sie mal. Der soll ruhig mit ermitteln. Der war doch schon beim letzten Mal ganz nützlich, wenn ich mich richtig erinnere. Ich klär das mit Rüdiger Vonhoff, dem Chef der PI. Leicht wird das nicht, zusätzliches Personal zu bekommen. Denn wir haben nach wie vor keinen richtigen Fall. Ein paar alte Knochen und ein toter Hund. Nicht dass dieses Schmierblatt noch recht behält.« Er blickte noch einmal auf die GIGA-Revue. *»Weimarer Kripo auf den Hund gekommen«*, las er mit angewiderter Miene. In hohem Bogen warf er die Zeitung, deren grelle Farben sich deutlich von der blassen Einrichtung des Büros abhoben, in den Papierkorb. Den traf er aber so unglücklich, dass sie abprallte, mit der aufgeschlagenen Seite drei zu Boden fiel und eine nackte Frau mit üppiger Oberweite für alle im Raum sichtbar präsentierte.

»Scholz, entfernen Sie das mal!« Der Angesprochene nahm die GIGA-Revue mit spitzen Fingern und versenkte sie endgültig im Papierkorb.

Hoppe ging in ihr Büro und schrieb lächelnd eine SMS an Woltmann. Sie hatte einen guten Augenblick erwischt, um ihn in die laufenden Ermittlungen mit einzubeziehen. Hoffentlich vermasselte er es nicht selbst mit seinen Alleingängen. Sie hatte da so ihre Zweifel, und ihre Geduld war nicht grenzenlos.

* * *

Sascha Woltmann verstrahlte gute Laune beim Abendbrot. Seit heute war er ganz offiziell wieder bei Ermittlungen der Kripo dabei. Morgen würde er mit Mandy Hoppe zusammen Droste und Falk befragen. Er wusste, wie man mit ihnen umgehen musste. Auch trieb ihn weiterhin das Gefühl um, die beiden wüssten noch mehr, als sie bisher zugegeben hatten.

»Sag mal, Ronny, was waren das denn für zwei Typen, mit denen ich dich heute in der Stadt gesehen habe?« Yvonne Woltmann stellte die Frage betont beiläufig. Sie wusste, wie empfindlich Jugendliche auf Fragen nach ihrem Freundeskreis reagierten. Trotzdem war sie neugierig.

»Wie? Was? Hast du uns gesehen?«

»Ja, sonst würde ich ja nicht fragen. Ich fand, die Typen sahen cool aus.« Wenn überhaupt, glaubte sie, nur mit solchen Komplimenten etwas von Ronny zu erfahren.

»Wie haben die Jungs denn ausgeschaut, Mama?« Laura kaute wie ein Eichhörnchen am Nagel ihres Zeigefingers.

»Och, der eine war ganz schwarz gekleidet. Wie ein Grufti. Der andere war ein bisschen bunter, hatte so einen roten Irokesenschnitt.«

»Aha!« Laura nagte den Mittelfinger ab. »Dich hab ich heute auch mit jemandem gesehen, Mama.«

»So? Mit wem denn?«

»Das war in der Freiherr-vom-Stein-Allee! Da bist du in so ein großes Haus rein.«

Woltmann horchte auf. Seine Augen funkelten.

»In der Freiherr-vom-Stein-Allee?« Yvonnes Stimme klang ein wenig zu überrascht.

»Ja!« Mehr sagte Laura nicht. Sie war beim Ringfinger angelangt. Eine angestrengte Stille trat ein.

»Ach so! Jetzt weiß ich, was du meinst. Das war bei Frau Griese-Kalbmann.«

Die drei anderen gluckten wegen des ungewöhnlichen Namens. Yvonne war das Thema peinlich. Frau Griese-Kalbmann, eine hochgewachsene Frau in den Sechzigern mit dünnem, blondgefärbtem Haar und norddeutschem Akzent, hatte sie in ihrer Buchhandlung kennengelernt. Sie war dort Stammkundin, kaufte bergeweise Belletristik und stand in gutem Kontakt mit Frau Haase, der Leiterin der Buchhandlung. Einmal die Woche trafen sich sieben Weimarer Damen zum Lesezirkel in der opulenten Jugendstilvilla von Ottilie Griese-Kalbmann. Ob die Einladung aufgrund einer Initiative von Frau Haase erfolgte oder wegen einiger kurzer Gespräche, die sie mit Frau Griese-Kalbmann geführt hatte, wusste Yvonne nicht, jedenfalls stand die Norddeutsche eines Tages vor ihr und fragte sie, ob sie an ihrem Lesezirkel teilnehmen wolle. Yvonne wusste, wie wichtig Frau Haase die Kundin war. Frau Haase wiederum war für Yvonne wichtig, wollte sie eine längerfristige Perspektive in der Weimarer Buchhandlung haben. Also sagte sie Frau Griese-Kalbmann spontan zu. Deren Ehemann war ein reicher Apotheker, der Porsche fuhr, eine Yacht in Kroatien besaß und auch ansonsten seinen Reichtum gern zur Schau stellte. Schon beim Betreten der Villa hatte sich Yvonne unwohl gefühlt. Zur Begrüßung gab es Prosecco und etwas »ganz, ganz Leichtes«, wie es Frau Griese-Kalbmann ausdrückte, Bruschetta mit Balsamico und Parmesan.

»Zu Frau Griese-Kalbmann gehe ich in einen Literaturzirkel.« Saschas fragender Blick war ihr nicht verborgen geblieben. Ein

Themawechsel war angesagt, denn den Besuch des Lesezirkels empfand sie als peinlich. Es klang nach arbeitsloser Hausfrau, die irgendwie die Zeit totschlägt. »Aber noch mal zum Irokesenschnitt zurück. Ich finde es ganz schön mutig, sich die Haare so zu machen und unter die Leute zu gehen. Also echt toll!«

Ronny legte sich eine Wienerwurst ins aufgeschnittene Brötchen und goss eine Unmenge Ketchup darüber.

»Also die Leute, mit denen du mich gesehen hast, wohnen in ›der Gerber‹.«

Yvonne und Sascha sahen sich an, ohne sich etwas anmerken zu lassen. Sie wussten aus den Erzählungen Heinrich Woltmanns, was dieser von den vorwiegend jungen Leuten hielt, die in der Gerberstraße hausten. »Hausen« war genau das passende Wort für das, was in den zwei besetzten und bunt mit Parolen beschmierten Häusern abging. So wie Heinrich Woltmann war vielen gesetzteren Weimarern die Sache mit den Häusern nicht ganz geheuer. Manche fanden sogar, sie seien ein Schandfleck im sonst so herausgeputzten Weimar mit seinen sanierten Villen, seinem akribisch hergestellten Kopfsteinpflaster in der Altstadt und all den schicken neugebauten Einrichtungen wie dem Krankenhaus, dem Gefahrenschutzzentrum oder der Internationalen Schule. Im Lauf der Jahre war »die Gerber«, wie man die beiden Häuser mit der alternativen Szene kurz nannte, zu einem Teil des Weimarer Stadtbilds geworden. So sparten manche Stadtführer bei ihren Touren diese Häuser auch nicht aus, sondern erklärten den erstaunten Besuchern, dass aus »der Gerber« schon so manche Aktion gegen Neonazis hervorgegangen sei und gehe. In einer Stadt wie Weimar, über der auf dem Ettersberg das ehemalige Konzentrationslager Buchenwald liege, sei das ein gutes Zeichen.

»Wir diskutieren da halt immer rum.« Ronny tat das, was viele Jugendliche tun: Er nuschelte.

»Aha. Über was denn zum Beispiel?« Yvonne fand den richtigen Ton, um ihn zu knacken. Auf ihr Gesicht trat ein Leuchten, als Ronny jetzt historische Persönlichkeiten wie Che Guevara, Mao Tse-tung und Jesus nannte, über die sie in »der Gerber« philosophierten.

»Die Weltrevolution steht noch aus!« Ronny sah verschwörerisch in die Runde.

Sascha Woltmann gelang es kaum, sich zu beherrschen. Von ganz tief unten stieg ein Lachen in ihm hoch, dessen Ausbruch er nur mühsam mit einem künstlichen Husten kaschierte. Es war kein Auslachen. Mehr ein Lachen über den Idealismus der Jugend, der oft so weltfern daherkam. Eigentlich lachte Woltmann über sich und seine eigene Jugend. Auch er war einmal so ein Träumer gewesen. Aber Ronny würde sein Lachen nicht verstehen, sondern auf sich beziehen. Yvonne erkannte das und sprang Ronny vorsorglich bei, der seinen Vater mit großen Augen anschaute.

»Ich finde auch, dass vieles in der Welt schiefläuft. Und es ist gut, wenn man etwas dagegen tut ...« Jetzt dachte sie zurück an all den Idealismus, den Wunsch nach Freiheit, Frieden und Gerechtigkeit, den sie als Jugendliche zusammen mit anderen geträumt hatte.

»Papa, warum lachst du?« Laura nagte nun am Nagel ihres kleinen Fingers.

»Ich lach doch gar nicht, ich ... das ist ein Hustenanfall ... sorry, aber ...« Woltmann stand auf und rettete sich ins Wohnzimmer, wo er demonstrativ laut hustete.

»Wir müssen bald einen Sommerurlaub buchen!«, rief er nach einer Weile seiner Familie am Esstisch zu. »Ich bin nach wie vor für die Berge. Sport tut uns allen gut!«

Laura und Ronny rollten gleichzeitig mit den Augen. Yvonne seufzte aus den Tiefen ihres Herzens heraus, in die kein anderer Mensch außer ihr vordrang.

FREITAG, 4. APRIL 2014

Remde betrat die Polizeiinspektion, ging gähnend über die Flure und schloss sein kahl wirkendes Büro auf. Eine dürre und staubige Birkenfeige, die er bei einer Betriebsweihnachtsfeier als Trostpreis bei der Tombola gewonnen hatte, verstärkte eher noch den Eindruck des Trostlosen und Öden. Das galt auch für den vertrockneten Kaktus auf dem Aktenschrank. Ein schlichter Metallschreibtisch mit zwei rollbaren Aktenschränken auf beiden Seiten dominierte den Raum. Auf der Tischplatte befand sich ein Monitor mit weißem Gehäuse und Lüftungsaggregat, der aus einer Zeit stammte, in der Flachbildschirme noch in den Bereich Science-Fiction gehörten. Seitlich, in die Ecke gedrängt, stand ein kleiner runder Besprechungstisch mit drei Aluminiumstühlen, deren abgewetzte Sitzflächen gerade noch die ursprüngliche Farbe Marineblau erahnen ließen. Wer sich auf sie setzte, musste ganz eng an den Tisch heranrücken. Sonst bestand die Gefahr, dass ihm oder ihr die Eingangstür in den Rücken knallte. Brauchte jemand Belegfotos, um zu dokumentieren, wie unterfinanziert die Infrastruktur der Polizei war – in Remdes Büro hätte er gute Bildmotive dafür gefunden.

Seitdem Mandy Hoppe bei der Kripo war, hatte sie Remdes Büro noch nie anders gesehen. Der Staub, so glaubte sie, könnte die Geschichte der Weimarer Kriminalpolizei in den letzten zwanzig Jahren erzählen. Remde duldete es nicht, dass jemand an seine Unterlagen ging, und sei es nur, um sauber zu machen. Er allein war mit dem ganz spezifischen System vertraut, nach dem er die Akten sammelte und sortierte. Nur er war in der Lage, seinen handschriftlichen Notizen und den tausend Zettelchen auf seinem Schreibtisch einen Sinn zu entnehmen.

Carola Weber, Hoppes Sekretärin, die täglich um sieben Uhr ihre Arbeit aufnahm, brachte wie immer einen Kaffee in einer altbackenen Deko-Kanne herein. Remde grummelte eine Begrüßung und bat sie, Hoppe, Scholz und Woltmann zu einer Besprechung in seinem Büro zusammenzutrommeln.

Eine Viertelstunde später saßen alle an dem kleinen Besprechungstisch, Scholz und Woltmann in der Uniform der Schutzpolizei.

»Ja, vielen Dank, Herr Binzle. Das ist sehr nett, danke sehr!« Remde beendete sein Telefonat und sah in die Runde, die sich, nach einer stummen Geste des Chefs, gerade mit Kaffee versorgte.

»Das war Herr Binzle von der Hundesteuerstelle der Gemeinde Batzingen, Kollegen. Wir wissen jetzt, wem der tote Hund im Park von Ettersburg gehört.«

»Adrian van Bruns.« Mandy Hoppe hatte die entsprechende Mail aus dem Ort bei Stuttgart an Remde weitergeleitet.

»Ja, genau. Dieser Herr Binzle hat mir außerdem die Nummer der Ansprechpartnerin beim dortigen Friedhofsamt gegeben. Eine Frau Häberle. Die prüfen jetzt, ob es zu Grabbeschädigungen gekommen ist. Oder ob man irgendwo in Batzingen schon einmal solche Hochgräber gefunden hat.«

»Aber wo ist denn die Verbindung zwischen Weimar und Batzingen?« Scholz spielte mit seinem Kugelschreiber.

Remde griff unterdessen zum Hörer und drückte den Lautsprecherknopf der Telefonanlage. Schrill tönten die Anrufsignale durch den Raum.

»Adrian van Bruns.«

»Kripo Weimar. Remde hier. Guten Tag, Herr van Bruns.«

»Grüß Gott. Was verschafft mir die Ehre?« Adrian van Bruns hörte sich locker an, unverkrampft.

»Herr van Bruns. Sind Sie im Besitz eines Hundes?«

»Ja. Wieso?«

»Was für eine Hunderasse ist es?«

»Ein Golden Retriever.«

»Hat der Hund einen Namen?«

»Ja. Bruno. Wieso fragen Sie nach ihm?«

Woltmann flüsterte: »Bruno van Bruns.« Hoppe, Scholz und er unterdrückten nur mühselig das Lachen. Ein strenger Blick Remdes traf sie, als wären sie Schüler, die gerade von ihrem Lehrer beim Abschreiben erwischt worden waren.

»Herr van Bruns, wo ist denn Ihr Hund zurzeit?«

»Ja, wenn ich das wüsste! Wir waren vor zwei Wochen in Weimar. Und da ist er uns entwischt.«

»Einfach so entwischt?«

»Das ist weiter nichts Ungewöhnliches. Wissen Sie, mein Vater verbringt in Weimar seinen Ruhestand. Wir besuchen ihn häufig. Immer mit Bruno. In den Sommerferien, wenn wir in Urlaub fahren, bleibt er sogar bei ihm in Pflege. Bruno ist ein halber Weimaraner.«

Van Bruns lachte ob seines Wortwitzes. Remde tat es ihm gleich, um ihn bei Laune und am Erzählen zu halten.

»Ja, und in Weimar büxt Bruno eben öfters aus. Die Nachbarn meines Vaters mögen ihn auch sehr. Und wenn mein Vater nicht da ist, kümmern sie sich um Bruno. Der kommt immer wieder zurück …«

Van Bruns hielt mitten in seinem Redefluss inne. Erst jetzt schien ihm klarzuwerden, mit wem er sprach.

»Sie sind von der Kripo, sagten Sie? Ist denn irgendetwas Schlimmes passiert?«

Remde wartete einen Augenblick und sah zu den Ermittlern am Tisch. »Ja, das kann man wohl sagen.«

Er berichtete van Bruns von dem Fund im Ettersburger Schlosspark und wie sie über die Hundemarke an ihn als Besitzer gekommen waren. Adrian van Bruns zeigte sich irritiert, verstört.

»Bruno ist dort vergraben worden? In einem Hochgrab? Du meine Güte! Haben Sie denn eine Ahnung, wer so etwas tut?«

Remde ging nicht auf die Frage ein, erkundigte sich stattdessen nach van Bruns' familiärer Situation. Er war verheiratet und hatte eine fünfjährige Tochter.

»Lebt denn Ihre Mutter noch?«

»Nein, die ist gestorben. Mein Vater lebt jetzt alleine. Aber er hat einen Freundeskreis in Weimar, noch von Schulzeiten her.«

»Wann ist Ihre Mutter gestorben?«

»Das war vor vier Jahren.«

»Und wie alt war Ihre Mutter da?«

»Sie war sechsundsechzig.«

Remde überlegte kurz und sah dann in Hoppes schimmernde Augen. Sie schien den gleichen Gedanken zu haben wie er.

»Herr van Bruns, wo ist Ihre Mutter begraben?«

Die Antwort kam leicht verzögert.

»Ich verstehe die Frage nicht … Aber sie wurde hier in Batzingen beigesetzt.«

»Danke. Ist Ihr Vater denn derzeit in Weimar anzutreffen?«

»Äh, nein. Der ist hier bei uns. Aber wir fahren Sonntagabend nach Weimar zurück. Mein Vater hat bald einen runden Geburtstag. Am 12. April. Da gibt es noch einiges vorzubereiten.«

»Gut. Dann schlage ich vor, dass wir uns am Montag bei Ihrem Vater in Weimar treffen. Wo wohnt er, bitte?«

Adrian nannte ihm die Adresse der Villa am Park an der Ilm.

»Aber, Herr Kommissar, sagen Sie mir doch bitte endlich, was passiert ist. Wer hat Bruno in Ettersburg begraben? Und wie ist er gestorben?«

»Das kann ich Ihnen alles noch nicht beantworten. Sicher wissen wir am Montag mehr. Danke für das Gespräch. Auf Wiederhören.«

Remde legte den Hörer auf und schlug mit der flachen Hand auf den Schreibtisch.

»Sapperlot! Das ist ja ein Ding! Ich habe da so einen Verdacht, was die Knochen in Belvedere betrifft!«

Hoppe und Woltmann nickten zustimmend.

»Wissen wir denn schon, woran der Hund gestorben ist?« Scholz blickte konzentriert zu Remde.

»Ja, gute Frage, Moment!« Remde quetschte sich an den anderen vorbei zu seinem Schreibtisch, setzte sich vor den Computer und klickte mehrmals auf die rechte Maustaste.

»Hier. Der Bericht von Seifert ist gerade vorher gekommen. Tod durch Intoxikation. Eine Überdosis Rattengift.«

»Das hat dem jemand ins Futter getan!« Scholz nickte zu seinen eigenen Worten.

»Nicht zwangsläufig.« Woltmann räusperte sich. »Rattengift streuen die Leute auch in Gärten. Und Adrian van Bruns hat doch gesagt, dass Bruno ein ziemlicher Streuner war und immer wieder mal verschwand. Da kann's doch gut sein, dass er auf die Aromastoffe des Rattengifts reingefallen ist, wenn er Hunger hatte.«

»Die Ehefrau von dem alten van Bruns.« Remde drehte einen Bleistift zwischen den Fingern, den er ab und zu auch in den Mund nahm. »Die ist vor vier Jahren gestorben. Sie war damals sechsundsechzig Jahre alt. Die Knochen, die wir im Park gefunden haben, befanden sich seit ungefähr vier Jahren in einem Grab und gehören einer Frau zwischen fünfundsechzig und fünfundsiebzig Jahren. Das kann kein Zufall sein!«

»Wir müssen jetzt erst einmal abwarten, was die Leute von der Batzinger Friedhofsverwaltung herausfinden.« Hoppe gab Woltmann ein Zeichen zum Aufbruch. »Wir jedenfalls knöpfen uns derweil noch mal die beiden Parkarbeiter vor, wenn das recht ist, Chef.«

»Diesen Droste und diesen Falk?«

Hoppe nickte, während sie aufstand, streifte sich Pistolenholster und Jacke über.

»Gut. Dann macht ihr das. Und Sie, Scholz, machen in Neu-Ehringsdorf mit den Befragungen weiter. Oder haben die bisherigen schon neue Erkenntnisse gebracht?«

Scholz schüttelte missmutig den Kopf. Die erfolgversprechendere Aufgabe hatten aus seiner Sicht Hoppe und Woltmann. Das schmeckte ihm gar nicht.

»Und ich, ich ruf gleich den Kripochef in Stuttgart an. Der ist für Batzingen zuständig. Der soll denen von der Friedhofsverwaltung dort mal Beine machen. Wir brauchen schnell Ergebnisse.«

»Dabei würde uns doch auch eine Speichelprobe von Adrian van Bruns weiterhelfen, oder?« Woltmann stand schon im Türrahmen.

»Woltmann, hören Sie! Da merkt man doch, dass Sie keine Kripo-Erfahrung haben.« Remde lachte spöttisch. »Eine Speichelprobe bedeutet die Preisgabe von Identität. Das ist Ultima Ratio, wenn wir sonst nicht weiterkommen. Geht normalerweise, außer wenn Gefahr in Verzug ist, nur mit richterlichem Beschluss und ist nach Paragraph einundachtzig Strafprozessordnung nur bei einem der Straftat Beschuldigten unter strengen Auflagen möglich.«

Die kann doch der van Bruns freiwillig abgeben, dachte sich Woltmann, ist doch in seinem eigenen Interesse. Danach wird die DNA zerstört. Aber er zog es vor, Remde nicht zu widersprechen.

»Um eine Speichelprobe zu bekommen, brauchen wir triftige Gründe!« Remde gab den Oberlehrer. »Bisher haben wir nur ganz dünne Indizien. Als ich damals den Kettensägenmörder im Kirschbachtal gestellt habe, da …«

»Chef, wir müssen los.« Hoppe drängte Woltmann aus der Tür.

»Wir sehen uns spätestens Montag!«, rief Remde ihnen nach, der jetzt nur noch Scholz als Zuhörer hatte. »Wenn wir einen Mordfall hätten, würden wir das Wochenende durcharbeiten. Aber bisher haben wir nur ein paar Knochen. Ich vermute Störung der Totenruhe. Mehr nicht. Und einen toten Hund. Dessen Mörder zu suchen, ist nicht unser Job. Oder nur bedingt.«

»Ja, Chef, das meinen auch manche Berliner Journalisten.« Scholz zwinkerte Remde zu. Aber der verstand, was die GIGA-Revue betraf, keinen Spaß und starrte auf den Monitor seines Computers.

* * *

»Hallo! Herr Falk? Herr Droste?«

»Ja, hier!«

»Können Sie mal aus dem Labyrinth rauskommen?«

Die beiden Parkarbeiter schnitten gerade die Hecken des im Jahre 1843 angelegten Irrgartens im Belvederer Schlosspark. Hoppe und Woltmann sahen nur ihre Sägen inmitten des Heckenwirrwarrs auf und nieder gehen. Zwei, drei Minuten verstrichen.

»So, da bin ich!« Falk schüttelte einige Blätter von seiner blauen Arbeitshose und blickte die beiden Polizisten unsicher an. Wenige Sekunden später stand auch Droste neben ihm, die Arme vor der Brust verschränkt.

»Herr Falk, Herr Droste! Wir möchten noch mal mit Ihnen über Ihre Funde in den Parks reden.« Woltmann stellte die ersten Fragen. So hatte er es mit Mandy Hoppe abgesprochen.

»Wieso? Was gibt es denn da noch zu besprechen? Wir haben doch alles gesagt«, hielt Droste entgegen.

Woltmann legte eine kleine Pause ein und sah Falk so lange in die Augen, bis der seinem Blick auswich.

»Sie haben uns aber nur einen Teil der Wahrheit erzählt!«

Falk nahm seine Schildmütze vom Kopf und fingerte nervös an ihr herum. Droste blickte zu Boden und drehte sich ab und zu um, wenn er irgendein Geräusch hörte.

»Erzählen Sie doch noch mal, wie das mit dem Hund in Ettersburg ablief.«

Mürrisch begann Falk, das Geschehen zu schildern. Droste blieb weitgehend stumm. Nur ab und zu grummelte er etwas Zustimmendes.

»Soso. Gut. Und was haben Sie uns bisher noch gar nicht erzählt?«, schaltete sich nun Mandy Hoppe mit ihrer dunklen und ruhigen Stimme ein.

»Wie? Was sollen wir denn verschweigen?«

Die Stimme Falks war brüchig. Er merkte wohl selbst, wie unglaubwürdig er in diesem Augenblick klang.

»Komm, Heiner, hat doch keinen Sinn.« Droste schüttelte sich. »Also, es gab da noch so eine Sache …«

Droste beschrieb den beiden Beamten den Fund der Puppe im Tiefurter Park. Das Hochgrab. Die Entsorgung von Holzkiste und Puppe auf dem Gelände der *Gartenlust GmbH*. Hoppe hörte gebannt zu. Woltmann überprüfte, ob sich die Schilderung des Vorfalls mit der deckte, die ihm Falk auf dem Polizeiparkplatz gegeben hatte.

»Und gab es noch weitere Funde, meine Herren?« Hoppe stellte die Frage ganz beiläufig.

»Nein, gab es nicht, echt nicht!« Droste blickte sie entschieden an.

»Okay. Gibt es noch irgendetwas zur Puppe zu sagen?«

»Nein, ich wüsste nicht …« Droste spielte mit seinem Arbeitshandschuh.

»Nein … oder warten Sie, doch. Natürlich!« Falk setzte sich die Schildmütze wieder auf den Kopf. »Natürlich! Da waren doch diese Buchstaben auf der Holzkiste.« Das hatte Falk Woltmann auf dem Parkplatz damals nicht erzählt.

»Ja, Heiner, stimmt! Ich glaube 1520 oder so!«

»Ja, oder 1525. Vielleicht auch 1524. Und TOM stand da! Genau!«

»Sicher, Heiner? War es nicht TIM? Oder TAM?«

»Ja, kann auch sein.«

Hoppe bat die beiden, noch einmal ganz scharf nachzudenken. Sie kamen aber nicht über die vage Angabe der Zahlen und Buchstaben hinaus.

»Gut. Danke! Aber warum haben Sie die Puppe und die Holzkiste beim letzten Gespräch mit Herrn Woltmann nicht erwähnt?«

»Weiß nicht.« Falks Antwort kam schnell. Droste schwieg. Hoppe trat mit Woltmann ein Stück zur Seite und besprach sich mit ihm, ehe sie sich wieder den beiden Parkarbeitern zuwandte.

»Also gut, meine Herren. Zuletzt würden wir gerne noch wissen, wo die Puppe und die Holzkiste abgeblieben sind?«

»Also, die Holzkiste, die ist beim Brennholz«, sagte Droste, der sie selbst entsorgt hatte. »Wir haben eine Verbrennungsanlage in unserer Firma, ein ökologisches Verfahren, Brennstoffe …«

»Gut, Herr Droste. Das werden wir gleich prüfen. Und die Puppe?«

»Ähm, die ist in der Fundkiste. Wir finden ja viel bei unserer Arbeit. Handschuhe, Mützen, Schals …«

»Gut.« Hoppe wunderte sich ein wenig, wie gesprächig die beiden Männer plötzlich waren.

»Die Fundkiste befindet sich also in Erfurt in Ihrer Firma?« Woltmann wusste, was sie als Nächstes tun würden, und griff schon nach dem Autoschlüssel.

»Ja, genau, im Bürotrakt. Fragen Sie im Sekretariat von Dr. Horstmüller an. Die rufen dann den Hausmeister, der sie Ihnen zeigt.«

»Danke. Meine Herren, bitte rufen Sie selbst in der nächsten Stunde dort nicht an. Wir können Ihre Telefonate überprüfen. Sollten Sie es tun, haben Sie ein Problem.«

»Aber wieso sollten wir denn dort anrufen?«

»Tun Sie es einfach nicht!« Hoppe sah nicht ein, warum sie Falk und Droste erklären sollte, was sie unbedingt vermeiden wollte: dass irgendein Hausmeister die Puppe vorweg schon einmal aus der Kiste holte und dabei eventuell vorhandene Fingerabdrücke verwischte.

Sie verabschiedeten sich von den beiden Parkarbeitern und baten sie, sich zu melden, sollte ihnen noch etwas einfallen oder sie wegen der Funde noch von sonst jemandem kontaktiert werden. Hoppe überreichte ihnen ihre Visitenkarte.

Woltmann steuerte das Auto nach Erfurt zur Firma *Gartenlust GmbH*. Als sie auf das Betriebsgelände fuhren, kam ihnen Konrad Horstmüller persönlich entgegen.

»Bitte, bitte, können Sie nicht außerhalb des Betriebsgeländes parken?« Gequält blickte er in gebeugter Haltung zu ihnen durch das Fahrerfenster. »Sie wissen doch, dass ich im Wahlkampf bin. Da ist Polizei immer schlecht! Sobald das die Presse mitbekommt, bastelt die irgendeine Story draus. Was wollen Sie eigentlich hier?«

Horstmüller war nervös. Er trug ein Bündel Post unter dem Arm.

»Schlechte Nachrichten?« Woltmann nickte in Richtung des wattierten Umschlags, der sich zuoberst befand. Darauf stand gut in großen Schablonenbuchstaben zu lesen: DAS IST KEIN APRILSCHERZ.

»Äh, wieso? Ach, Quatsch, das ist nur irgendein Blödsinn.«

Horstmüller gab sich jetzt freundlich, wirkte aber gekünstelt. »Sie können sich gar nicht denken, wie viele Irre einem prominenten Politiker und Mann des öffentlichen Lebens wie mir schreiben. Also, was kann ich für Sie tun?«

Woltmann trug ihr Anliegen vor, dass sie die Fundkiste einsehen wollten, ohne dass ihnen diese zuvor gebracht oder von jemandem eingesehen wurde. Horstmüller nickte, griff nach seinem Handy und veranlasste das Notwendige, um sich dann stehenden Fußes von den beiden Beamten zu verabschieden. Nach einer Weile des Wartens erschien der Hausmeister auf dem Parkplatz und begleitete die Polizisten in einen schummrigen, nur von einer schwachen Glühbirne erleuchteten Kellerraum. Hoppe streifte sich Handschuhe über, entdeckte in der recht überschaubaren Fundkiste sofort die Puppe und steckte sie in einen Asservatenbeutel. Die Holzkiste war bereits vom Brennholzstapel in die Verbrennungsanlage gewandert. Woltmann ging kurz den Kellerflur entlang und entdeckte auch einen Kühlraum.

»Hier bewahren wir bestimmte Pflanzensamen auf. Zum Beispiel die der Schwarzkiefer«, erläuterte ihnen der Hausmeister. »Um den Winter zu simulieren, wenn Sie verstehen, was ich meine.«

Woltmann nickte. »Sie tricksen die biologisch aus, verstehe!«

Auf dem Rückweg nach Weimar brachten sie die Puppe zur kriminaltechnischen Untersuchung im Landeskriminalamt vorbei. Per Funk informierten sie Remde über die neuen Erkenntnisse. Im Augenblick gab es für sie nichts weiter zu tun. Aber die Gespräche und Ergebnisse des Tages beschäftigten sie.

»Mandy, glaubst du, dass es bei dem toten Hund und der Puppe bleibt? Und das mit den Knochen. Ist das lediglich ein Fall von Störung der Totenruhe?«

Sie fuhren durch Nohra. Obwohl Woltmann die Antworten bereits zu kennen glaubte, wollte er sie aus Mandys Mund hören.

»Also, ich glaube, dass das dicke Ende erst noch kommt. Puppe, Hund, Menschenknochen. Drei Hochgräber. Und überall dieser Code aus Buchstaben und Zahlen. TIM 1524. Da will uns jemand was demonstrieren.«

»Und es liegt eine offensichtliche Steigerung vor: Gegenstand – Tier – Menschenleiche. Im nächsten Grab …«

»… wird eine menschliche Leiche sein. Ja, Sascha, die Befürchtung habe ich auch.«

»Ich beschäftige mich seit längerem mit den Methoden der Mafia, der Camorra und anderer krimineller Vereinigungen. Ich habe auch ein Buch von Roberto Saviano zu diesem Thema gelesen. Dort werden mit Morden Signale gesetzt. Sie sollen einschüchtern. Könnte es nicht sein, dass mit den bisherigen Hochgräbern ebenfalls jemand in Angst und Schrecken versetzt werden soll?«

»Das wäre in unserem Fall die Familie van Bruns, gegen die irgendein Vorwurf bestehen muss. Vielleicht von Angehörigen eines Patienten, der an einem Medikament der Brunshelp AG gestorben ist. Ein Mitarbeiter, der gefeuert, oder ein Konkurrent, der aus dem Markt gedrängt wurde.« Hoppe schneuzte sich die Nase. »Es könnte aber auch ein weiteres Familienmitglied sein, das sich wegen des Erbes oder sonst irgendeiner Geschichte benachteiligt fühlt.«

»Aber dann müsste dieses Familienmitglied ja die Knochen seiner eigenen Verwandten ausgegraben haben, Mandy?«

»Merk dir, Sascha, bei der Kripo gibt es nichts, was es nicht gibt. Aber ob hinter den Gräbern und dem Code gleich die Mafia oder die Camorra stecken, da wäre ich vorsichtig. Was sollten die denn, außer Drogen oder das große Geld spielen eine Rolle, mit der Familie van Bruns zu schaffen haben?«

»Aber du weißt doch, dass Erfurt ein wichtiger Knotenpunkt im europäischen Netzwerk der ’Ndrangheta ist. Außerdem ist van Bruns Juniorchef einer großen Pharmafirma. Da sind Drogengeschäfte doch durchaus naheliegend.«

»Nicht nur Erfurt spielt da eine Rolle, auch in Weimar gibt es Verbindungen zur 'Ndrangheta. Die Mafiamorde von 2007 in Duisburg weisen direkt in diese Richtung. Aber dennoch halte ich deine Ermittlungsansätze für sehr spekulativ. Was wir brauchen, sind konkrete Spuren und Befragungsergebnisse. Nur so kommen wir weiter!«

»Wenn Remde und du am Montag bei den van Bruns seid, müsst ihr sie unbedingt nach familiären Streitigkeiten befragen.«

Hoppe lächelte. »Das werden wir tun, Sascha.« Sie räusperte sich. »Was machst du am Wochenende?«

Woltmann war von ihrer Frage überrascht. Im Dienst vermied es Mandy sonst, über Privates zu reden. Auch war ihm aufgefallen, dass sie ihn kaum jemals nach seiner Familie fragte. Vielleicht, weil er das ebenfalls nicht tat? Obwohl sie sich zwanzig Jahre aus den Augen verloren hatten, versäumte er es bei ihren ersten Begegnungen, sich nach ihrem Privatleben zu erkundigen. Und einige Wochen später war es ihm zu peinlich gewesen, dieses Thema doch noch aufzurufen. Er hoffte, dass Mandy von sich aus einmal darauf zu sprechen kommen würde.

»Ich geh vielleicht im Park joggen. Und du?«

Sie passierten das Weimarer Ortsschild. Hoppe drosselte die Geschwindigkeit.

»Ich? Ähm, weiß noch nicht. Vielleicht geh ich in Jena auf eine Party.«

Eine Ü30-Party, dachte Woltmann spontan. Entsprechende Plakate hingen überall an den Laternenmasten. Aber es kann auch eine ganz normale Feier sein, korrigierte er seine Überlegung.

»Gehen wir irgendwann mal wieder einen Wein trinken?«

»Ja, Sascha, irgendwann.«

MONTAG, 7. APRIL 2014

Häberle hier. Gemeinde Batzingen. Grüß Gott, Herr Remde.«

»Ja, Tach, Frau Häberle. Was können Sie mir zum Grab von Erika van Bruns berichten?«

Remde stand an seinem Schreibtisch und starrte auf den hochfahrenden Computer. Der Bildschirmschoner zeigte ein Löwenrudel, das über eine Antilope herfiel.

»Wie meinet Se? Ob i was zu berichte hädd? Ja, bei Gott, das kann man wohl sagen.«

Frau Häberle erläuterte umständlich, wie sie die Grabstätte Erikas van Bruns im Gemeindearchiv eruiert hatte. Das Grab befand sich in einem der Gemeinde gehörenden und von ihr vermieteten, privat betriebenen Ruhewald.

»Wisset Se, wir sind damit Vorreiter in ganz Deutschland. Die Ruhewälder werdet immer beliebter. Isch ja auch was Schönes. Der Leichnam geht wieder in den Kreislauf der Natur zurück. I find das gut!«

»Aber das tut er doch auch, wenn er verbrannt wird!«

»Scho, aber wisset Se, wie lange das dauert, bis eine moderne Urne verrottet?«

»Gut, Frau Häberle, das mag ein spannendes Thema sein. Aber eigentlich telefonieren wir ja wegen was anderem. Was ist nun mit dem Grab von Frau van Bruns? Irgendwelche Auffälligkeiten in den letzten Wochen oder Monaten?«

Am anderen Ende der Leitung war das Rascheln von Papier zu hören.

»Also, passet Se auf, Herr Remde. Es gibt da erstaunliche Ergebnisse von einer Ortsbegehung. Frau Erika van Bruns, geboren am 12. Oktober 1944 in Stuttgart, isch auf dem Batzinger Ruhewald im Areal Hochfichte in der Parzelle 299/13a beigesetzt.«

»Gut, gut!« Remde räusperte sich. »Das können Sie mir per Mail zukommen lassen. Für die Akte. Aktuell interessiert mich nur, was mit dem Grab ist.«

»Gemach, gemach, Herr Remde.« Die Gemeindeangestellte war durch nichts aus der Ruhe zu bringen. Sie berichtete von ihrer Kontaktaufnahme mit der Firma, die den Ruhewald betrieb. »Wisset Se, wir könnat da net so einfach jemanden hinschicken, der die Gräber aufmacht. Auch wenn der Gemeinde der Grund gehört, mir verhaltet uns korrekt gegenüber unseren Vertragspartnern.«

Hoppe betrat das Büro. Remde drückte die Lautsprechertaste. Dabei verdrehte er die Augen.

»Also, Herr Remde, Sie sehet, mir henn am Freitagnachmittag die ersten Schritte eingeleitet und den Kontakt zum privaten Betreiber …«

Remde hielt die Sprechmuschel zu und zischte der Kommissarin ein paar genervte Worte zu. Frau Häberle monologisierte unverdrossen weiter, kam aber endlich auf den entscheidenden Punkt.

»Also, Herr Remde, und jetzt kommet mer zum Zustand des Grabs der Erika van Bruns von heute Morgen, Montag, 7. April 2014, 8.27 Uhr.«

Die Stimme verstummte. Remde und Hoppe starrten auf das Telefon und glaubten schon, die Verbindung wäre ausgerechnet jetzt, wo es endlich interessant wurde, abgebrochen. Aber ein Schluckgeräusch verriet, dass Frau Häberle ihren Kaffee trank.

»So, also, das Grab ist deutlich eingesackt.«

»Wie eingesackt? Was bedeutet das?«

»Aber Herr Remde! Unterbrechet Se mich doch net dauernd!«

Remde ballte die Hände zu Fäusten. Hoppe versuchte, eine Haarsträhne, die ihr ins Gesicht gefallen war, wegzublasen.

»Eing'sackt isch das Grab um gute zwanzig Zentimeter. Nun kann das durchaus ein biologischer Prozess sein. Zum Schutz vor Grabverwüstung durch wilde Tiere isch bei uns die Mindestgrabtiefe … Ach, habet Se bei sich da drüben im Osten mitbekommen, dass es bei uns in Schwaben wieder Wölfe gibt?«

Remde zog es vor, einfach zu schweigen.

»Na gut, das interessiert Se offensichtlich net. Aber ich finde …, ach, i mach dann mal weiter. Also, wie g'sagt, das Einsacken des Grabs könnte biologische Ursachen haben. Allerdings, und das isch jetzt entscheidend, allerdings isch der Waldboden auf dem Grab frisch festgetreten. Das isch unnatürlich. Das hat ein Mitarbeiter des Pächters festgestellt. Also einer von der Betreiberfirma des Ruhewalds.«

Remde gelang es, von der Batzinger Gemeindeangestellten den Namen der Firma und des Mitarbeiters zu bekommen. Er dankte ihr, bevor er auflegte, und bat dann Hoppe, alle weiteren Details zum Grab von dem besagten Mitarbeiter des Ruhewaldpächters zu erfragen. Auch ein Foto vom Grab wäre gut für die weiteren Ermittlungen. Außerdem sollte sie den Kontakt zum zuständigen Richter betreffs einer Exhumierung aufnehmen.

* * *

Um zehn Uhr dreißig saßen Remde, Scholz, Hoppe und Woltmann im Besprechungsraum der Kripo. Vor sich hatten sie die Berichte des Landeskriminalamts, Fotos von den Fundorten in Weimar und vom Grab im Batzinger Ruhewald sowie eine Liste der Vermissten in Weimar und Umgebung aus den letzten zehn Jahren. Remde fasste die bisherigen Erkenntnisse zusammen.

»Kann gut sein, dass sich unser Fall schon bald erledigt hat. Im Fall der menschlichen Knochen in Belvedere deutet alles auf eine Grabschändung hin. Die Knochen von Erika van Bruns sind aus ihrem Grab im Ruhewald in Batzingen ausgegraben worden. Die bereits beantragte Exhumierung wird uns das sicher bestätigen. Danach hat der Täter sie im Hochgrab von Belvedere erneut bestattet. Wenn uns der Sohn freiwillig mit einer Speichelprobe seine DNA zur Verfügung stellt, haben wir mit dem leeren Grab und dem DNA-Test zwei Beweise dafür, dass es sich um die Knochen der Frau van Bruns handelt.«

Woltmann sah verdutzt zu Remde. Genau das, was er Remde letzte Woche vorgeschlagen hatte, gab dieser jetzt als seine Idee aus: von Adrian van Bruns eine Speichelprobe zu nehmen. Nur den Gedanken, van Bruns solle das freiwillig tun, hatte er, Woltmann, damals nicht ausgesprochen, weil es gar zu naheliegend war.

»Ehrlich gesagt, Chef, sehe ich ein schnelles Ende des Falls noch nicht gekommen.« Hoppe erläuterte die Gedanken, die sie und Woltmann auf der Rückfahrt von Erfurt miteinander ausgetauscht hatten. »Wir müssen nachher bei van Bruns die familiäre Situation klären. Auch nach außerfamiliären Streitigkeiten müssen wir fragen, und ob es gegen die Pharmafirma und gegen die Familie van Bruns irgendwelche Erpressungsversuche gibt.«

»Stimmt schon, Hoppe. Theoretisch könnte jemand mit diesen Gräbern die Familie zunehmend unter Druck setzen. Aber am Telefon klang dieser Adrian van Bruns ziemlich gelassen. Allerdings hat es sich damals auch nur um seinen Hund gedreht.«

Remde sah in die Runde. Alle blickten auf ihre Kaffeetassen hinab.

»Hat jemand schon mal was von diesen Ruhewäldern gehört? Erika van Bruns wurde in so einem Ruhewald beigesetzt. Ich kann zwar nicht erkennen, inwiefern sich daraus ein Motiv für die Hochgräber in Weimar ableiten lässt. Nur dass wir es mit zwei ungewöhnlichen Bestattungsformen zu tun haben. Diese Ruhewälder sind ein echtes Problem. Die sind außerhalb bewohnter Gebiete. Irgendwo in der Pampa. Nachts kriegt niemand mit, wenn da jemand die Gräber plündert und Satanisten ihre Messen feiern. Oder wenn Tiere die Gräber aufwühlen.«

»Ja, Chef, deswegen gibt's in Thüringen auch keine.« Scholz klopfte mit den Fingern auf die Tischplatte und richtete sich auf.

»Noch nicht, Kollege Scholz, noch nicht.« Hoppe steckte einige widerspenstige Strähnen in ihren Pferdeschwanz zurück. »In der Zeitung hab ich gelesen, dass es eine Initiative in dieser Richtung gibt.«

»Jaja, gut und schön, Leute. Das bringt uns in unserem Fall aber nicht weiter.« Remde duldete es nicht, wenn sich Diskussionen verselbständigten. »Also, tragen wir zusammen, was wir sonst noch an Ergebnissen haben. Was haben die Befragungen in Neu-Ehringsdorf ergeben?«

Scholz blätterte in seinem Notizbuch. Auf der letzten Seite standen einige Kritzeleien, die er zu entziffern versuchte.

»Scholz?«

»Ähm, ja, also, in der besagten Nacht, also der Nacht, bevor die Parkarbeiter Sören Droste und Heiner Falk die Leichenteile fanden, das war am …«

Wenn Remde etwas nicht ausstehen konnte, dann war es Umständlichkeit. Und mit der sah er sich nach dem Gespräch mit Frau Häberle heute schon zum zweiten Mal konfrontiert. Nur brauchte er, was Scholz betraf, keine Rücksichten zu nehmen.

»Scholz, Ergebnisse!«

»Ähm, tja, ein Mann ist in der besagten Nacht von Vollersroda kommend nach Neu-Ehringsdorf gefahren. Er hat auf dem Parkplatz zwei parkende Autos bemerkt. Er will einige Jugendliche mit einer Kiste Bier gesehen haben. Das war so gegen zwanzig Uhr. Die hatten extra die Autoschweinwerfer eingeschaltet gelassen.«

»Weiß man, wer die Jugendlichen waren? Autokennzeichen, Kleidung, sonstige Auffälligkeiten?«

»Nein, weiß man nicht.«

»Und das ist alles?«

Scholz drückte mehrmals auf seinen Kugelschreiber und ließ die Mine ein- und ausfahren.

»Ja.«

»Gut. Oder nicht gut. Das ist ja mehr als dürftig. Oder hatten Sie den Eindruck, dass uns die Leute dort etwas verschweigen?«

»Kann sein, Chef. Kann aber auch nicht sein.«

»Herrje! Kann sein. Kann aber auch nicht sein. Das sind mir vielleicht Ergebnisse! Wie sollen wir damit weiterkommen? Kann sein. Kann aber auch nicht sein. Ich fass es nicht!«

»Tut mir leid, Chef. Aber auch die Vermisstenliste bietet keinen Ermittlungsansatz. Allerdings dürfte sich die sowieso erledigt haben, wenn definitiv geklärt ist, dass die Knochen im Grab von Erika van Bruns stammen.« Hoppe blickte auf Remdes nach Luft schnappenden Mund.

»Sie meinen die Liste mit den Vermissten der letzten zehn Jahre in Weimar? Sagen Sie trotzdem mal, Hoppe, was Sie da in der Pipeline haben.«

»Ja, vor fünf Jahren verschwand eine Mutter spurlos. Sie hat ihr Kind in den Kindergarten gebracht. Als sie es nicht mehr abgeholt hat, hat die Kindergartenleiterin den Vater alarmiert. Der hatte aber seit Monaten keinen Kontakt mehr zu seiner Frau und dem Kind.«

»Ja, Hoppe, ich erinnere mich natürlich!« Remde schlug sich mit der flachen Hand an die Stirn. »Das Auto hatten wir in der Rießnerstraße gefunden. Die Frau ist nie wieder aufgetaucht.«

»Richtig. Aber für unseren Fall kommt sie nicht in Frage. Die Frau war achtunddreißig. Die in Belvedere gefundenen Knochen stammen dagegen von einer mindestens fünfundsechzigjährigen Frau.«

»Ja, weiß ich doch. Also gut. Wir gehen davon aus, dass die Knochen die von Erika van Bruns sind. Nur ein Motiv haben wir noch nicht. Das wird uns die Familie van Bruns liefern. Die suchen wir gleich nachher auf.«

Woltmann hatte die ganze Zeit stumm in der Runde gesessen, die Hände vor dem Bauch gefaltet. Jetzt hob er den Finger wie ein Schuljunge. Einfach das Wort zu ergreifen, traute er sich als ein zum Ermittlungsteam Hinzugerufener nicht. Zumal er die autoritäre Art des Polizeichefs kannte.

»Ja, was ist?« Remde sah Woltmann an.

»Mich beschäftigt diese Formel, die wir in allen drei Hochgräbern gefunden haben. Vermutlich lautet sie überall gleich: TIM 1524.«

»Ja, Woltmann, das ist bekannt. Und? Haben Sie denn eine Idee, oder wissen Sie gar, was das bedeutet?«

»Nun, wo tauchen vierstellige Zahlen normalerweise auf? Das könnte eine Jahreszahl sein. Dann würde man uns auf ein Geschehen verweisen, das sich vor nahezu fünfhundert Jahren abgespielt hat und einen Bezug zu heute aufweist. Ich habe mal nachgeschaut, was 1524 los war. Da haben zum Beispiel die

Spanier Mexiko erobert. Der Bauernführer Thomas Müntzer hat soziale Missstände angeprangert. Dann gab ein Gelehrter namens …«, Woltmann sah kurz in seine Papiere, »… Erasmus von Rotterdam ein Buch über die Frage heraus, ob es einen freien Willen gibt, und …«

»Stopp! Woltmann, wir sind hier nicht in der Volkshochschule! Was bringt uns das denn für einen konkreten Erkenntniswert? Verstehen Sie: *konkret?*« Remde schob sich die Lesebrille auf die Stirn. In seinem Blick lag etwas Herausforderndes. Wie die Ansage zu einem Duell.

»Nun, ich dachte, daraus lassen sich viele Motive ableiten. Nehmen wir zum Beispiel den Bauernführer Thomas Müntzer. Der hat sich gegen die Herrschaft der Fürsten radikal für soziale Gerechtigkeit, eine rechtliche Aufwertung und bessere Entlohnung der Bauern eingesetzt.«

»Und?« Remde starrte Woltmann an.

»Da tut sich ein weites Feld auf. Ein eventueller Erpresser könnte die traditionelle Landwirtschaft gegen die genmanipulierte Lebensmittelindustrie verteidigen wollen. Also die Pharmaindustrie erpressen. Oder ein früherer Mitarbeiter hat soziale Missstände in der Brunshelp AG aufgedeckt, ist deshalb rausgeflogen und versucht, sich jetzt dafür zu rächen.«

»Und deswegen errichtet er in Weimar drei Hochgräber und legt die Botschaft TIM 1524 hinein? Also, Woltmann, beim besten Willen, aber das ist so was von weit hergeholt.«

»Mag sein, Chef, aber ich habe auch zu der Buchstabenkombination TIM einiges herausgefunden. Das ist zum Beispiel das Kürzel einer italienischen Telefongesellschaft. TIM ist aber auch die Kurzform des griechischen Namen Timotheus. Übersetzt heißt dieser Name ›der Gottesfürchtige‹. Ich meine, weil Sie vorhin die Satanisten angesprochen haben. Die Gräber erinnern sowieso an Sekten …«

»Ach ja, Woltmann, das ist ja alles schön und gut. Sie können in Ihrer Freizeit gerne weiter spekulieren. Aber merken Sie sich, bei der Kripo zählen Fakten. Wir sind keine Yogagruppe und auch kein Literaturkränzchen.«

Woltmann sah zu Mandy Hoppe. Die nickte kurz.

»Chef, gesetzt den Fall, wir kommen über die Familie van Bruns nicht auf die Bedeutung von ›TIM 1524‹. Dann müssen wir wohl oder übel solchen Spuren nachgehen, wie sie der Kollege Woltmann gerade aufgeführt hat. Irgendeinen Schlüssel zu dieser Formel müssen wir finden.«

»Jaja, ist ja gut, Leute!« Remde nahm die Fotos vom Tatort zur Hand und besah sie lange, danach auch die Ergebnisse der Spurenermittler. Hoppe lag der Bericht ebenfalls vor, und sie blätterte darin.

»Auf der Puppe finden sich nur Spuren von Droste, Falk und einem Kind«, sprach sie in die Runde. »Demnach haben wir es mit einem Täter zu tun, der überlegt vorgeht. Nicht spontan, impulsiv. Er muss Handschuhe getragen haben.«

»Ja, das Gleiche hab ich mir auch gedacht.« Remde rieb sich die Augen. »Und ich denke über den Befund nach: Tod durch Rattengift. Nehmen wir mal an, der Hund hat das Zeug nicht zufällig gefressen. Dann hätten wir es mit einem Täter zu tun, der mit Vorsatz tötet.«

»Sie meinen, Chef, es wäre denkbar, dass der Täter auch ein potenzieller Mörder von Menschen ist?«

Scholz' ungelenke Formulierung »Mörder von Menschen« holte Remde in die Wirklichkeit zurück.

»Auf, los geht's, Kollegin Hoppe, wir fahren zur Familie van Bruns.« Er sprang auf, schlüpfte in seinen aschgrauen Sakko. Dann eilte er zusammen mit Hoppe hinaus.

Woltmann und Scholz hatten beide keine neuen Aufgaben von Remde bekommen. Scholz erhob sich, ging zu den anderen

Ermittlern der Weimarer Kripo ins Großraumbüro und nahm sich vor, Vorfälle mit Jugendlichen zu recherchieren, die wilde Partys in Belvedere, im Kirschbachtal oder an anderen einschlägigen Orten in Weimar feierten. Er ging davon aus, dass diese Jugendlichen untereinander vernetzt waren und ihm eventuell Hinweise auf die Gruppe auf dem Belvederer Parkplatz gegenüber von Neu-Ehringsdorf geben konnten. Woltmann beschäftigte das kurze Gespräch über die Ruhewälder. Erika van Bruns war in einem solchen beigesetzt worden. Die Hochgräber in Tiefurt, Ettersburg und Belvedere erinnerten in gewisser Weise an solche Ruhewälder. Er erinnerte sich zudem an den Firmenchef der *Gartenlust GmbH* in Verbindung mit Ruhewäldern. Aber ihm fiel der genaue Zusammenhang nicht mehr ein. Und so ging auch er ins Großraumbüro, setzte sich an einen freien Computer und begann, sich über Ruhewälder in Thüringen kundig zu machen.

* * *

Der Gong tönte lange nach im weitläufigen Treppenhaus der Villa Helmut van Bruns'. Mandy Hoppe stellte den Kragen ihrer hellbraunen Wildlederjacke hoch und trat von einem Bein aufs andere. Remde schniefte mehrmals, ihn plagte eine Pollenallergie. Gerade wollte er zum zweiten Mal auf die Klingel drücken, da öffnete sich die Tür. Vor ihnen stand ein in einen hellbeigen Anzug gekleideter Mittvierziger mit violettem Halstüchlein. Er verströmte den Geruch frisch aufgetragenen Rasierwassers der teureren Sorte.

»Guten Tag. Sie sind die Herrschaften von der Kripo?«

Der Kripochef setzte zu einer Antwort an, doch van Bruns kam ihm zuvor und bat beide Beamten, ihm ihre Dienstausweise zu zeigen.

»Sie müssen verstehen, meine Dame, mein Herr. Aber wer so wohlhabend ist wie wir, muss vorsichtig sein. Es wäre nicht das erste Mal, dass jemand unter Vorgabe einer falschen Identität bei uns vorstellig wird.«

»Äh, verstehe ich das richtig, Sie sind schon einmal bedroht worden? Von angeblichen Polizisten?« Remde runzelte die Stirn.

»So ähnlich, Herr Kommissar, so ähnlich. Aber, bitte, die Ausweise.«

Nachdem er die Dienstausweise penibel untersucht hatte, bat er die beiden Polizisten herein. Sie betraten die Vorhalle mit dem Treppenaufgang, der in eine Loggia im ersten Stockwerk überging. Von dort zweigten Gänge ab, und lederbeschlagene Türen waren zu sehen. Der junge van Bruns führte sie ins Wohnzimmer. Die Gestalt, die die Beamten dort im tiefen Ledersofa erblickten, kam ihnen verloren vor. Einen langjährigen Konzernchef hatten sie sich unwillkürlich groß und von imponierendem Auftreten vorgestellt. Aber Helmut van Bruns war schmächtig, fast zart.

»Bitte, nehmen Sie Platz!« Der alte van Bruns wies ihnen mit zittriger Hand die Plätze zu.

Hoppe übernahm die Gesprächsführung, um mit ihrem weiblichen Instinkt und ihrer warmen Stimme möglichst viel an privaten Informationen aus dem alten van Bruns herauszuholen. Darin war sie Remde überlegen, der oft unbeherrscht lospolterte und seine Gesprächspartner damit in die innere Emigration trieb. Die jahrelange Zusammenarbeit mit ihrem Chef brachte Routine, vieles mussten sie nicht mehr eigens absprechen.

Der Seniorchef der Brunshelp AG erzählte von seiner Weimarer Kindheit und Jugend, vom Studium und dem Wechsel in die BRD, vom Aufbau der Brunshelp AG und seiner Eheschließung mit Erika van Bruns.

»Sie war die schönste junge Frau von Batzingen!« Seine Augen leuchteten. »Ich habe ihr den Hof gemacht, ganz alte Schule. Beim Tanzen haben wir uns kennengelernt.«

»Ihre Frau war jünger als Sie, Herr van Bruns?«

»Ja, zehn Jahre. Diesen Oktober hätten wir ihren siebzigsten Geburtstag gefeiert. Hätten ...«

»Der Tod Ihrer Frau kam überraschend?«

»Ja, sehr. Ich hatte wegen des Altersunterschieds doch nie gedacht, dass sie vor mir geht. Zumal sie so was von fidel und lebensfroh war.«

»Woran ist Ihre Frau denn gestorben?«

Helmut van Bruns fingerte ein riesiges Stofftaschentuch aus seiner Hosentasche heraus und schneuzte sich.

»An einer Lungenentzündung. Eine verschleppte Lungenentzündung. Hat sie sich im Krankenhaus geholt. Dort war sie wegen eines Routineeingriffs. Gallenblase. Ich kann es auch heute noch nicht fassen.«

Remde beugte sich in seinem Sessel nach vorne. Er war unruhig. Gefühlige Szenen hielt er kaum aus. Aber er spürte, dass seine Kollegin auf dem richtigen Weg war. Nur so erfuhren sie vielleicht Dinge, die man ihnen bei einer konfrontativen Befragung gewiss nicht erzählen würde.

Helmut van Bruns berichtete von den Trauerfeiern vor vier Jahren. Einer kleinen – die Sargfeier – in der Weimarer Friedhofshalle und einer großen – die Urnenbeisetzung – im Batzinger Ruhewald.

»Ähm, Herr van Bruns, warum haben Sie Ihre Frau im Ruhewald beigesetzt?«

»Ich glaube, das hätte sie sich so gewünscht. Wenn wir doch nur früher darüber gesprochen hätten! Aber wir haben das Thema Tod so gut wie ausgespart. Natürlich hatten wir die finanziellen Dinge geregelt, ein Testament geschrieben. Aber über die Beerdigung, nein, darüber haben wir nicht wirklich gesprochen.«

»Eine Bestattung im Wald. Das war der Wunsch Ihrer Gattin, meinen Sie?«

»Ja, das glaube ich. Als der Batzinger Ruhewald eröffnet wurde, hat sie sich sehr positiv darüber geäußert. Wir bekommen ja hier das ›Batzinger Tagblatt‹ zugestellt. Und als sie davon gelesen hat, meine ich, dass sie gesagt hat, da auch mal liegen zu wollen.«

»Aha. Gut.« Die Kommissarin beobachtete das herabrieselnde Wasser des Springbrunnens.

»Wir sind sogar ein Mal dort gewesen und haben uns den Ruhewald angeschaut.« Der alte van Bruns wirkte ein wenig so, als müsse er sich rechtfertigen. »Auch da hat sie gesagt, dass sie solche Bestattungen in der freien Natur gut findet.«

»Hören Sie, Frau Hoppe, das Ganze strengt meinen Vater sehr an. Weshalb sind Sie eigentlich …«

»Lass gut sein, Adrian.« Der Vater griff nach dem Arm seines Sohnes, der neben ihm auf dem Sofa saß. »Das geht schon. Ja, vielleicht noch so viel: Ich werde, wenn ich das Zeitliche segne, auch im Batzinger Ruhewald beigesetzt werden. Neben meiner Frau …«

Die Stimme des alten Herrn geriet ins Stocken. Sein Sohn übernahm nun das Reden.

»Also, wenn ich das richtig sehe, sind Sie hier, um uns wegen Bruno zu befragen. Aber dazu habe ich Ihnen schon alles gesagt. Haben Sie denn mittlerweile eine Erklärung dafür, wie er nach Ettersburg gekommen ist? Und vor allem: Wie ist er gestorben?«

»Er ist an Rattengift gestorben.« Remde zog es vor, zunächst beim Thema Hund zu bleiben. Er berichtete von der Autopsie des Kadavers. Vater und Sohn van Bruns sahen Remde ungläubig an.

»Vergiftet?«

»Könnte sein. Andererseits sagten Sie, Ihr Hund sei ein Streuner gewesen …«

»Also, ich darf doch wohl bitten!«, wandte Adrian van Bruns ein. »Wir haben uns immer vorbildlich um Bruno gekümmert. Aber ein Tier ist eben ein Tier und hat einen Freiheitstrieb. Der ist, Gott sei Dank, nicht völlig einzudämmen. Ganz selten ist er mal für kurze Zeit verschwunden …«

»Wie dem auch sei, wir müssen davon ausgehen, dass der Hund gezielt vergiftet wurde!«

»Wie kommen Sie denn darauf?«

»Weil wir ein weiteres Hochgrab gefunden haben. In diesem Hochgrab befanden sich die Knochen Ihrer Mutter und …«, Remde nickte in Richtung des alten van Bruns, »Ihrer Ehefrau, so vermuten wir.«

Entgeistert starrten Vater und Sohn den Kripochef an. Ohne es zu bemerken, ergriff der alte van Bruns die Hand seines Sohnes.

»Sie haben die Knochen meiner Erika gefunden?«

Remde berichtete, wie sie auf die Knochen im Belvedere-Park gestoßen waren, von der Laboranalyse, den Anrufen im Batzinger Gemeindeamt.

»Das Grab in Batzingen ist eingesackt. Die Erde darauf frisch festgetreten. Wir müssen davon ausgehen, dass sich jemand daran zu schaffen gemacht hat.«

»Allmächtiger!« Der alte van Bruns griff zu einem Glas Wasser.

Von der Loggia her war eine Kinderstimme zu hören. Ein rotbackiges Mädchen im rosa Kleid und mit Zöpfen stürmte die Treppe hinunter.

»Maylin, behältst du die Kleine bitte oben!« Mit strengem Blick sprach Adrian van Bruns zu einer Asiatin. Sie war erstaunlich hochgewachsen, mit langem pechschwarzem, seidig glänzendem Haar.

»Mia, kommst du bitte hoch?« Die Asiatin kam nun gleichfalls die Treppe hinab, fing das Mädchen mit einer schwungvollen Armbewegung ein und trug es, halb über die Schulter gepackt, wieder nach oben. Das Kind strampelte wild, wehrte sich lautstark. Erst als die Schreie hinter einer Tür nur noch gedämpft zu hören waren, nahm Adrian van Bruns den Gesprächsfaden erneut auf.

»Das Grab in Batzingen kann doch auch von sich aus eingesackt sein. Und die festgetretene Erde, mein Gott, wer weiß, wer sich nachts dort rumtreibt.«

»Ja, sicher sind wir uns nicht. Aber Sie könnten uns diese Sicherheit verschaffen!«

Remde sah den jungen van Bruns erwartungsvoll an.

»Ich? Wie denn?«

»Indem Sie uns freiwillig eine Speichelprobe geben. Wir gleichen Ihre DNA dann mit der Knochen-DNA ab.«

»Verstehe.« Adrian van Bruns schenkte sich ein Glas Wasser ein und vergaß ganz, die Polizisten zu fragen, ob sie auch etwas trinken wollten. Er wirkte zerstreut, so als müsste er den Vorschlag Remdes erst einmal ernsthaft erwägen. Schließlich gab er nach einer Weile sein Einverständnis. Remde zog daraufhin ein eingeschweißtes Wattestäbchen aus der Tasche, öffnete die Verpackung, beugte sich zu Adrian van Bruns, der seinen Mund weit öffnete, und nahm eine Speichelprobe.

»Gut, das schicken wir gleich ins Labor. Bitte unterschreiben Sie uns auf diesem Blatt , dass Sie die Speichelprobe freiwillig abgegeben haben, Ihre DNA-Probe nur in Verbindung mit der Knochenanalyse verwendet und anschließend vernichtet wird.«

Adrian van Bruns las sich den Text auf dem Formular genau durch, ehe er unterschrieb.

»Unabhängig davon haben wir bereits einen richterlichen Beschluss zur Exhumierung des Batzinger Grabs beantragt. Auf diese Weise werden wir noch schneller absolute Sicherheit darüber haben, ob es sich um eine Störung der Totenruhe handelt. Ich habe Sie hiermit darüber informiert.«

Remde tippte etwas in den Kalender seines Smartphones.

»Sehe ich das richtig? Das Grab meiner Frau wurde geplündert, Herr Kommissar?«

»Vermutlich.«

»Dann werde ich also, wenn ich sterbe, alleine im Batzinger Wald liegen?« Dem alten Herrn kamen die Tränen. Remde zog es vor, lieber nicht auf seine Frage einzugehen, sondern meinte stattdessen:

»Meine Herren, ich hätte noch eine ganz wichtige Frage!« Dabei kramte er einen Zettel hervor, entfaltete ihn und schrieb mit Kugelschreiber »TIM« drauf. Kommentarlos hielt er das Papier erst dem jungen, dann dem alten van Bruns hin.

»Was … was soll das denn sein?«

»Sagt Ihnen das nichts?«

»Nein!«

»Gut, dann einen kleinen Augenblick!« Remde griff erneut zum Kugelschreiber und ergänzte die Buchstaben um die Zahlen »1524«. Vater und Sohn schauten ausdruckslos auf das Papier.

»Sagt Ihnen das auch nichts? Bitte überlegen Sie genau!«

»Nein, was soll das denn sein?«, wiederholte Adrian van Bruns, ohne von dem Blatt hochzusehen.

»Das wissen wir nicht. Aber das ist die Inschrift, die wir in den Hochgräbern gefunden haben. Als wollte jemand eine geheime Botschaft überbringen. Ihnen oder jemand anderem.«

»Uns?«

»Ja, vielleicht. Sie sind allem Anschein nach diejenigen, für die die Hochgräber angelegt wurden.«

»Das kann doch alles nicht wahr sein! Also, mit was Sie uns hier konfrontieren! Und dann noch so überfallartig. Ich dachte, es ginge um Bruno. Das wäre schon schlimm genug. Jetzt aber auch noch meine Mutter! Also nein!« Adrian van Bruns schüttelte heftig den Kopf.

»Noch eine Frage«, schaltete sich jetzt Hoppe ein. »Haben Sie Geschwister, Herr van Bruns?«

Kurz sah Adrian zu seinem Vater, dann schluckte er.

»Ja, einen Bruder.«

»Wo lebt er?«

»In den USA.«

»Wie lange schon und warum dort? Wollte er nicht wie Sie gleichfalls in der elterlichen Firma arbeiten?«

Adrian van Bruns schwieg einen Augenblick zu lange. Die Aufmerksamkeit der Kommissare war geweckt.

»Herr van Bruns, gab es Streit um die Nachfolge in der Firma? Seitens Ihres Bruders oder eines anderen Familienmitglieds?«

»Hören Sie!«, meldete sich jetzt der alte van Bruns zu Wort. »Das ist eine lange und schwierige Geschichte.«

Hoppe ermunterte ihn mit ihrer warmen Stimme, ihnen diese Geschichte zu erzählen. Sie hätten Zeit. So erfuhren die beiden Beamten von Tassilo van Bruns, dem gescheiterten Bruder. Er sei ein Lebemann gewesen, habe schon als Schüler in der Oberstufe Drogen konsumiert und deshalb seine Eltern bestohlen. Später habe er sich in zwielichtigen Kreisen herumgetrieben, vom Vater die Auszahlung seines Pflichtanteils vom Erbe verlangt. Irgendwann habe er Jenny kennengelernt, eine Amerikanerin. Sie sei bald danach schwanger geworden. Mit ihr lebe er jetzt in den USA, jobbe wohl in der Gebrauchtwagen-Szene.

»Sie wissen nicht genau, was er jetzt macht?«, hakte Hoppe nach.

»Nein, der Kontakt zu ihm ist vollständig abgebrochen.«

»Kommt er denn nicht einmal zu Ihrem großen Geburtstag?«

Der alte van Bruns sank in sich zusammen.

»Nein, mein Bruder kommt nicht, Frau Kommissarin. Ich glaube außerdem, dass das alles zu viel für meinen Vater wird.«

»Noch eine letzte Frage!« Hoppe sah jetzt Adrian van Bruns direkt in die Augen. »Sagen Sie, werden Sie etwa von jemandem wegen irgendeiner Sache erpresst?«

Der junge van Bruns wich ihrem Blick aus, ließ sich Zeit.

»Nein«, kam es schließlich, »absolut nicht. Nein.«

»Danke, das war es für heute. Sie hören von uns! Auf Wiedersehen, meine Herren!«, verabschiedete sich Remde ungerührt. Die beiden Kripobeamten verließen das Haus und das Grundstück, nicht ohne noch einen Blick in den Garten zu werfen, der eher an einen Park erinnerte mit seinem künstlich angelegten Teich, in dem selbst aus weiter Entfernung noch das schimmernde Rot unzähliger Koi-Flossen zu beobachten war.

»Der junge van Bruns wirkt komisch auf mich.« Mandy Hoppe schloss den Dienst-Opel auf.

»Ja, stimmt, die Empörung in seiner Stimme war künstlich. Und dann die Geschichte mit seinem Bruder. Dabei hat er demonstrativ genervt aus dem Fenster geschaut. Würde mich nicht wundern, wenn sich die Brüder hassen. Auf der einen Seite der erfolgreiche Firmenchef, auf der anderen der drogensüchtige Gebrauchtwagenhändler.«

Beide schwiegen kurz, dann setzte Remde seinen Gedankengang fort.

»Der junge van Bruns glaubt nicht wirklich, dass das die Knochen seiner Mutter sind.«

»Entweder das, Chef. Oder er hat bereits vor unserem Besuch erfahren, dass etwas mit dem Grab nicht stimmt. Und sich einen Reim darauf gemacht.«

»Wie soll er das denn erfahren haben? Wir haben doch keinen Maulwurf bei uns!«

»Muss ja nicht bei uns sein. Aber der ist doch in Batzingen eine sehr bekannte Person. Und Batzingen ist eine kleine Stadt. Vielleicht hat ihn die Angestellte vom Gemeindeamt angerufen. Oder die Betreiber des Ruhewalds haben es ihm weitererzählt.«

»Hm, ja, kann sein.«

»Aber es könnte noch ganz anders sein.«

»Wie denn?« Remde zog die Augenbrauen hoch.

»Als Sie den beiden den Zettel mit den Buchstaben und Zahlen gezeigt haben, habe ich Adrian van Bruns genau beobachtet. Mein Eindruck war, dass er mehr weiß, als er zugab.«

»Zugab!«, lachte Remde auf. »Der hat doch rein gar nichts zugegeben!«

»Eben. Da wird der Hund tot gefunden. Dazu diese Formel. Danach die Knochen, wahrscheinlich die der Mutter. Und wieder diese Formel …«

Die Kommissarin pfiff plötzlich leise durch die Zähne und packte Remde am Arm. Dass sie Körperkontakt aufnahm, passierte ihr öfters, wenn sie völlig in Gedanken war. Remde zog seinen Arm leicht weg.

»Was ist denn los, Frau Kollegin?«

Noch immer blickte Hoppe starr durch die Windschutzscheibe. Eine hinkende Katze lief über die Straße am Horn.

»Chef, wir müssen noch mal rein!«

»Warum denn? Eigentlich hab ich keinen Bock mehr …«

»Chef, die Puppe. Da war doch dieses Mädchen. Diese Mia!«

Sie blickten beide zur Villa van Bruns hoch. Ein Vorhang bewegte sich. Dahinter war schemenhaft eine Person zu erkennen. Sie drehten um und stiegen die Stufen zum Haus wieder hoch, drückten auf die Klingel. Wieder ertönte der Gong. Doch dieses Mal öffnete sich die Tür schnell.

»Herr van Bruns, war das vorhin Ihre Tochter, die die Treppe herunterkam?«

»Ja, wieso fragen Sie? Bitte ziehen Sie das Kind nicht in diese Geschichte mit hinein.«

»Bitte, können wir Ihre Tochter kurz sprechen?«

»Muss das denn wirklich sein?«

Adrian van Bruns ließ die Kripobeamten vor der Tür stehen und entfernte sich. Es dauerte lange, bis er mit dem Mädchen an der Hand wieder zur Eingangstür kam.

»Hallo, Mia!«

»Hallo.« Das Mädchen drehte sich auf den Fußspitzen hin und her.

»Mia, hast du denn eine schöne Puppe?«

Mia nickte.

»Holst du uns die bitte mal?« Die Kleine verschwand. Stumm stand Adrian van Bruns, bis Mia wiederkam, den Beamten gegenüber, und wusste nicht, wohin mit seinen Blicken.

»Hier!« Mia hielt der Kommissarin eine pausbäckige Puppe entgegen, die wie ihre Besitzerin ein rosa Kleid und Zöpfchen trug.

»Die ist aber hübsch, Mia.«

Hoppe nahm die Puppe in die Hand und hielt sie sich direkt vors Gesicht, so dass sie daran riechen konnte.

»Die ist ja noch ganz neu, Mia. Riecht nach Baby.«

»Jaaa, hab ich neu bekommen!«

»Sag mal, Mia, hast du denn vor dieser Puppe eine andere gehabt?«

»Ja. Aber die hab ich verloooren.«

»Verloren? Was heißt das?«

»Weiß nicht.«

Plötzlich stand die Asiatin hinter ihrer Tochter.

»Sie hat sie wirklich verloren. Ich bin Maylin van Bruns, Mias Mutter.« Erst jetzt erkannte Hoppe die asiatischen Züge auch in Mias Gesicht.

»Wann hat sie die andere Puppe denn verloren?«

»Hm, warten Sie. Das muss so etwa vor zwei Wochen gewesen sein. Wir waren auch damals hier bei Adrians Vater, um die Feier zu planen.«

»Das war vor drei Wochen, Maylin!« Adrian van Bruns sah seine Frau streng an.

»Kann sein, ja. Stimmt, wir waren sowohl vor zwei Wochen als auch vor drei Wochen hier. Ja, Adrian, das mit der Puppe war vor drei Wochen.«

»Wo hat Mia die Puppe zum letzten Mal gesehen?«

Maylin van Bruns erzählte von dem Puppenwagen, in dem ihre Tochter die Puppe spazieren fuhr. Den Puppenwagen hatte sie oft vor dem Haus des Großvaters im Vorgarten stehen, auch unbeaufsichtigt.

»Wer hätte denn gedacht, dass hier jemand Puppen klaut?« Adrian van Bruns sah genervt aus. »Sie war jedenfalls plötzlich nicht mehr im Puppenwagen. Vielleicht hat Mia sie verlegt, und sie taucht wieder auf. Oder hätten wir bei der Polizei eine Anzeige wegen Diebstahls aufgeben sollen? Warum fragen Sie nach dieser Puppe?«

Hoppe holte ihr Smartphone hervor und zeigte Mia das Foto mit der Puppe, die die Parkarbeiter im Tiefurter Park gefunden hatten.

»Ja, meine Romy, das ist sie. Wo hast du die gefunden?« Mia sprang aufgeregt mit beiden Füßen auf und ab.

»Die Romy ist noch bei uns, Mia. Die bekommst du wieder zurück. Das verspreche ich dir!« Hoppe drückte die neue Puppe wieder in Mias Arme. »Dann bekommt die hier ein Geschwisterchen! Hab vielen Dank und auf Wiedersehen!«

Ohne die Familie van Bruns aufgeklärt zu haben, fuhren die beiden Kriminalbeamten in die Polizeiinspektion zurück. Sollte es dazu überhaupt noch eines weiteren Indizes bedurft haben, stand spätestens jetzt eindeutig fest, dass die drei Hochgräber in einem Zusammenhang miteinander standen – auch wenn die Untersuchung der Speichelprobe und die Ergebnisse der Exhumierung noch ausstanden. Die Knochen im Hochgrab von Belvedere konnten nur die von Erika van Bruns sein!

DIENSTAG, 8. APRIL 2014

Die Weimarer Kripo bestand laut Stellenplan eigentlich aus fünfzehn Personen. Eigentlich. Denn zwei Planstellen waren seit langem unbesetzt. Der Ausschreibungstext blieb immer wieder in irgendeiner Abteilung des Innenministeriums hängen. Sowohl Remde, als Leiter der Weimarer Kripo, wie auch Rüdiger Vonhoff, der Leiter der Weimarer Polizeiinspektion, vermuteten dahinter eine bewusste Verzögerungstaktik. Jeder Monat, in dem die Stellen nicht besetzt waren, bedeutete einen Monat zwei Gehaltszahlungen weniger. Das polierte die Zahlen im Personalhaushalt auf, zeugte von einer scheinbar soliden und sparsamen Finanzpolitik im Innenministerium. Im politischen Raum, in dem es wenige Stellschrauben gab, um an den Haushalten wirklich etwas zu verändern, ohne dass es zu großen Konflikten und öffentlicher Kritik kam, war das ein beliebtes Verfahren. Vonhoffs Kollegen berichteten allenthalben von Vorgängen dieser Art. Alle Eingaben ans Ministerium, selbst die der Landespolizeiinspektion Jena, die Weimar übergeordnet war, blieben stets lange Zeit ohne Antwort.

Außerdem gab es gleich drei Langzeitkranke bei der Weimarer Kripo. Susanne Vieweg, achtunddreißig Jahre, Kriminaloberkommissarin, litt unter einer manischen Depression. Die Ärztin, die sie betreute, vermutete, die latent vorhandene Erkrankung sei durch eine Geiselnahme zum Ausbruch gekommen. Vieweg war an einem Samstagabend im Januar 2013 privat zum Einkaufen in einem Supermarkt. Sie war die letzte Kundin, als ein maskierter und bewaffneter Täter in den Verkaufsraum stürmte und sie und die beiden Mitarbeiterinnen in das Büro des Marktleiters einsperrte. Während er die Kasse plünderte, beobachtete ihn ein Passant und rief die Polizei, die sofort kam und das Gebäude abriegelte. Der Räuber verschanzte sich daraufhin mit seinen drei Geiseln mehrere Stunden im Büro, bis es einem Polizeipsychologen gelang, ihn zur Aufgabe zu bewegen. Bald danach litt Susanne Vieweg an Angstzuständen, Appetitlosigkeit und Schlafstörungen, kannte aber auch euphorische Phasen mit gehobener Stimmung bis hin zum Größenwahn. Seit dem Tag des Überfalls war sie nicht mehr im Dienst erschienen. Die Medikamente hatten noch nicht die Wirkung erzielt, die einen erneuten Einsatz in einem so sensiblen Gebiet wie der Kriminalpolizei zuließ.

Die beiden anderen Langzeitkranken waren René Schick, sechsundfünfzig Jahre, der »Rücken« hatte, und Günter Müller, neunundfünfzig Jahre, mit Lungenkrebs, lang anhaltender Therapie und ungewisser Prognose. Außerdem waren zwei junge Kolleginnen in Elternzeit, eine davon war Kriminalkommissarin Nicole Meisinger, die nun nach einem Jahr wieder ihren Dienst antrat. Auf ihrem Schreibtisch lag bereits ein dicker Aktenberg mit den unaufgeklärten Fällen der letzten zwanzig Jahre, die wegen neuer Ermittlungsergebnisse und modernerer kriminalistischen Methoden erneut auf den Prüfstein kamen. Solange Verbrechen nicht verjährt waren, sollte sich kein Täter sicher fühlen. Immer wieder kam es vor, dass Fälle erst Jahre oder sogar Jahrzehnte später ihre überraschende Aufklärung fanden. Meisinger erwies sich als prädestiniert für solche Aufgaben. Bei ihr paarten sich kriminalistischer Spürsinn mit zäher Geduld, gesunder Ehrgeiz mit großer Kombinationsgabe.

Mandy Hoppe freute sich, Nicole Meisinger wieder an ihrem angestammten Arbeitsplatz im Großraumbüro vorzufinden. Nicole war mehr als nur eine Kollegin. Sie waren privat befreundet, auch wenn sie sich manchmal wochenlang nicht sprachen. Sie umarmte Nicole herzlich, erkundigte sich, wie es ihrer Tochter Alma ging. Nicole hatte ihrer Freundin Mandy bei einem privaten Besuch anvertraut, wie es sich mit dem Erzeuger von Alma verhielt. Niemand sonst in der Arbeit sollte davon erfahren. Sie schämte sich, fürchtete das Gerede der Kollegen. Remde, der Chef, interessierte sich ohnehin wenig bis gar nicht für das Privatleben seiner Mitarbeiter. Der Erzeuger der kleinen Alma wollte nichts von seinem Kind wissen. Er war deutlich älter als Nicole, verheiratet, ein Manager aus Nordrhein-Westfalen. Über ein Internetportal hatte er einen One-Night-Stand gesucht, ohne das allerdings klar zu formulieren. Im Gegenteil hatte er im Portal sogar behauptet, ein ewiger Junggeselle zu sein, der die große Liebe noch nicht gefunden habe. Nicole, die Mitte dreißig und in Torschlusspanik hinsichtlich eines Lebenspartners war, fiel auf seine Liebesschwüre herein, die er ihr in Tausenden Mails und Mitteilungen leistete. Als er dann auf der Durchreise zu einem Geschäftstermin nach Dresden in Weimar eintraf, dauerte es nicht lange, bis er sie, die »Prinzessin«, die er schon immer gesucht hatte, in sein Hotelzimmer verfrachtete. Nach seiner Abreise am nächsten Tag nahm die Frequenz der Mails und Nachrichten merklich ab. Einen Monat später verstummte der Manager aus Gelsenkirchen völlig. Mit der Nachricht seiner Vaterschaft konfrontiert, stritt er diese zunächst ab. Nicole hatte ihm gegenüber vor dem Sex im Hotel behauptet, die Pille zu nehmen. Hatte sie aber nicht! Sie hatte seinen Liebesschwüren naiv geglaubt. Eine Turboliebesbekanntschaft, aus der gleich beim ersten Mal ein Kind hervorging, sah sie als ein höheres Zeichen an. Niemals hätte sie damit gerechnet, dass ihr »Prinz« sie so enttäuschen würde. Ihm war es nur um Sex gegangen, um nichts anderes. Als sie das merkte, war es jedoch schon zu spät für »die Pille danach« gewesen. Also machte sie ihm klar, dass ihn ein Vaterschaftstest überführen würde. Es könne gar keinen anderen Vater geben! So willigte er in die Unterhaltszahlung für das Kind, auf Höhe des gesetzlich vorgeschriebenen Niveaus und keinen Cent mehr, ein. Das Kind wollte er nie sehen und auch mit der Mutter keinen Kontakt mehr haben, außer über einen Anwalt. Sie habe ihn betrogen, behauptete er. Ein einziges Mal versuchte Nicole noch, ihn am Telefon zu erreichen. Doch als sie ihren Namen nannte, brüllte er nur »Du blöde Kuh« und drückte sie weg.

»Wenn du mal wegen Almas Betreuung in Not bist, sag mir Bescheid, Nicole. Ich werde dann sehen, wie ich dir helfen kann!«

Nicole strahlte Mandy an. Man sah ihr die Erleichterung förmlich an. An ihrem ersten Tag nach einem Jahr Pause war sie aufgeregt, auch etwas besorgt, ob sie wieder gut in den Arbeitsalltag hineinkommen würde. Sie unterhielten sich noch eine ganze Weile über die Kollegen bei der Kripo.

»Arbeite dich erst mal wieder ein!«

»Ja, mach ich, Mandy. Sag mal, was ist eigentlich mit diesen komischen Knochenfunden im Belvedere-Park? Hab in der Zeitung davon gelesen.«

Mit wenigen Sätzen setzte Hoppe sie auf den aktuellen Stand der Ermittlungen.

»Wenn du bei den alten Fällen auf Knochenfunde, Hochgräber oder Störungen der Totenruhe stößt, gib Bescheid, ja?«

»Mach ich, Mandy, ich leg jetzt mal los.«

Hoppe ging in ihr Büro. Sie trug die Ergebnisse des Gesprächs mit den van Bruns in die digitale Akte ein. In ihrem Notizbuch fand sie Stichworte vor, die sich jetzt, beim strukturierten Aufschreiben, zu einem eindeutigen Bild zusammensetzten. Drei Fälle von Hochgräbern kannten sie. In allen drei Fällen gab es, setzte man voraus, dass die Knochen die von Erika van Bruns waren, einen Bezug zur Familie van Bruns. Verbunden waren alle drei auch durch die rätselhafte Formel »TIM 1524«. Drei Ermittlungsansätze gab es bislang: Mike Scholz konzentrierte sich auf Jugendliche, um Zeugen für die Vorgänge in Belvedere zu finden; Woltmann machte sich zum Thema »Ruhewald« kundig; Nicole Meisinger durchforstete eher nebenbei alte Fälle nach vergrabenen Knochen, Hochgräbern und Störung der Totenruhe. Doch den Ermittlungen fehlte nach wie vor der rote Faden, das konkrete Ziel. Das lag auch daran, dass es kein eigentliches Opfer gab, sah man einmal von der gestörten Totenruhe der Erika van Bruns ab.

Doch die stand nun fest. Der Laborbericht aus Erfurt lag vor: Die DNA, die aus den Knochen des Belvedere-Grabes gewonnen worden war, und die von Adrian van Bruns belegten die Verwandtschaft ersten Grades. Wegen eines Hundes und einer Puppe weiter zu ermitteln, dafür wäre der Aufwand entschieden zu groß gewesen. Jetzt aber hatten sie Hinweise, dass noch größeres Unheil geschehen könnte, weshalb sie den oder die Täter der Hochgräber unbedingt vorher finden mussten. Hoppe dachte an Woltmanns Hinweis auf die Mafia und deren Methoden. Dort war es üblich, missliebigen Personen nicht gleich das Leben zu nehmen. Das wäre ein zu schneller, schmerzloser Tod, den sie nach Ansicht der Mafia nicht verdient hätten. Sie sollten zuvor noch möglichst lange leiden und Ängste ausstehen, bevor sie starben. Darum nahm man ihnen zuerst das, was ihnen am liebsten war. Man setzte Warnzeichen. Die Puppe, der Hund, die gestörte Totenruhe waren vielleicht solche Warnzeichen. Warnzeichen an die Familie van Bruns. Wovor aber wollte der Täter die Unternehmerfamilie warnen? Erpresste er sie? Stellte er Geldforderungen? Dann wären Vater und Sohn van Bruns jedenfalls gute Schauspieler, die die Möglichkeit, die Polizei einzuweihen, selbst dann nicht ergriffen, wenn diese schon einmal bei ihnen im Haus war. Sie sah vor ihrem inneren Auge noch einmal die Mimik und Gestik der beiden Männer. Sie waren entsetzt, ehrlich entsetzt über das gewesen, was Remde und sie ihnen offenbart hatten. Auch wenn sie irgendetwas am Verhalten des jungen van Bruns irritierte und sie das Gefühl hatte, dass er sehr wohl wusste oder zumindest ahnte, was der Code bedeutete.

Sie dachte an Woltmann. So wie sie ihn und seinen Ehrgeiz kannte, würde er schon bald die digitale Akte studieren und vom Gespräch im Hause van Bruns erfahren. Woltmanns Kombinationsgabe schätzte sie seit dem letzten Fall, an dessen Aufklärung er maßgeblich beteiligt gewesen war. Sie rief ihn an und verabredete sich mit ihm für den nächsten Tag beim Bäcker Baum, im Stehcafé am Frauenplan. Woltmanns liebster Platz in Weimar, so schien es ihr jedenfalls.

* * *

Henry Mahler sah in die blassen Gesichter der Anwesenden. Sie kannten das Procedere. Erst redete er ihnen ins Gewissen, forderte von ihnen Gehorsam. Die Stadt unterhalb des Berges war ein Sündenpfuhl, ein Sodom und Gomorrha der Neuzeit. Beim Ausmalen des Bösen, beim Beschreiben der Sünden wie sexuelles Begehren, Geldgier, Ungehorsam gegenüber dem Ehemann oder Blasphemie bebte seine Stimme, klang herrisch. Wild schossen seine Blicke umher und trafen auf lethargische, leblos vor sich hin starrende Augenpaare. Im weiten Rund des Saales, den Mahler an Sonn- und Feiertagen zum Abhalten ihrer Messen für den späten Nachmittag mietete, hallte seine Stimme wie ein sich nahender Donner, der den Untergang ankündigte. Nur das Scheppern eines Lüftungsschachts lenkte die Zuhörer gelegentlich von Mahlers Wortsalven ab.

Die Sektenmitglieder wussten, was nach der Rede geschehen würde. Mahler bat seinen Sohn Kai, einen schmächtigen Jungen mit pickeligem Gesicht und pomadigem Haar, den Korb in den

Raum zu tragen und ihn vorne auf dem altargleich angeordneten Tisch abzustellen. Mahler entnahm dem Korb einen hohen Glasbehälter voll trüben Wassers. Als er das Glas auf den Tisch stellte, war ein schmatzendes Geräusch zu hören. In die sich darin befindliche glitschige grüngraue Masse, die träge dalag, kam ganz langsam Bewegung. Einige Seufzer, leise Schreie des Entsetzens. In die gut zwei Dutzend Anwesenden schien wieder Leben einzukehren. Ein scharfer Blick Mahlers ließ das Gemurmel ersterben. Wieder schmatzte es aus dem Glas.

Mit einem Wink wies Mahler Kai an, sich ein Paar Gummihandschuhe überzustreifen. Während der Sohn seiner Aufforderung nachkam, blickte Mahler in die Runde. Niemand hielt seinem Blick stand, so dominant und fordernd war er. Aber auch noch aus einem anderen Grund wichen sie ihm aus: Wie bei einem Elternabend, wenn die Klassenlehrerin die Frage nach Kandidaten für den Elternsprecher stellt, schauten auch hier alle zu Boden, damit es sie nur ja nicht träfe. Sie wussten nur zu genau, was Mahler gleich von ihnen fordern würde. Nachdem er den Raum durchschritten hatte, ging er zum Rednerpult zurück. Bedächtig schlug er ein großformatiges, schwarz gebundenes Buch auf und las vor, wie Gott das Volk der Ägypter plagte.

»Dieser Gott straft. Dieser Gott plagt. Und wir sind berufen, die Stadt Weimar und ihre Bewohner zu plagen. Wir müssen uns frei machen von allen Ängsten, das Böse zu tun!«

Mit einem neuerlichen Wink forderte er seinen Sohn dazu auf, ins Glas zu greifen. Kai hatte Mühe, die glibbrige Masse auseinanderzunehmen. Es dauerte eine Weile, dann hielt er einen gräulichen Frosch in der Hand, der seine Schallblasen aufpumpte und aussah, als habe man ihn aus einem hundertjährigen Schlaf erweckt. Mahler musterte ganz langsam die Versammelten. Ein junger Kerl in Kais Alter sah zu Boden, stampfte mit den Füßen auf und rannte dann hinaus. Wenig später hörte man die Toilettenspülung rauschen. Er schien sich übergeben zu haben. Mahler gab sich unbeeindruckt und nahm jetzt eine vielleicht vierzigjährige Frau in den Blick, die wohl an Adipositas erkrankt war und gleich zwei Stühle auf einmal einnahm. Sie hatte pechschwarzen Lidschatten aufgetragen, nicht an Kajal gespart und sich kräftige Striche unter die Augen gemalt. Auch die Wimpern waren mit Mascara der gleichen Farbe betont. Das weite Kleid, die Bluse, das Halstuch, alles schwarz. Ihr Anblick hatte etwas Diabolisches. Sie hieß Sonja Tonmann und war häufig in psychiatrischen Kliniken gewesen, einmal sogar für ein ganzes Jahr in der geschlossenen Abteilung wegen akuter Selbstgefährdung. Mit noch nicht einmal vierzig Jahren Frührentnerin, wegen ihrer Leibesfülle und psychischer Probleme schon immer ohne jegliche partnerschaftliche Beziehung, war sie im Internet auf die verschlüsselten Botschaften des Henry Mahler gestoßen. Seit einigen Monaten nahm sie an seinen Messen teil. Allerdings zählte sie zu denen, die noch das Aufnahmeritual hinter sich bringen mussten. Heute war sie fällig. Das wusste sie, als Mahlers Blick auf ihr ruhen blieb.

Ein Kopfnicken Mahlers in ihre Richtung, und Kai ging auf sie zu. Den Frosch hielt er mit beiden Händen an den Beinen. Die Augen des Tiers waren geweitet, das Aufpumpen der Schallblasen beschleunigte sich, gerade so als erahnte es, was ihm bevorstand. Hinter Kai zog sich eine Spur von Schleim. Sekrete, die der Frosch ausstieß, gepaart mit modrigem Tang, der einen üblen Geruch verströmte.

»Wir müssen die Plagen in uns aufnehmen. Nur so werden wir zur Plage für die Stadt, die so verrucht ist. Nur so können wir sie reinigen. Bist du bereit, Sonja Tonmann?«

Mahler nagelte die Angesprochene mit seinem Blick fest. Die nickte kaum merklich. Ganz langsam öffnete sie ihren, angesichts ihres voluminösen Körpers vergleichsweise schmalen Mund. Ihre Lippen bebten vor Erregung.

»Gut so. Du wirst die Kraft Satans aufnehmen. Du wirst das Böse nach dieser Prüfung besser leben können.«

Mahler wusste, mit welcher Aufgabe er das neue Mitglied seiner Sekte nach bestandener Prüfung betrauen würde. Sonja Tonmann lag den ganzen Tag zu Hause auf dem Sofa und surfte im Internet. Sie kannte alle gängigen sozialen Netzwerke und hatte sich dort mit vielen verschiedenen Identitäten eingeloggt. Vor einigen Tagen hatte sie ihm bei einem Treffen in ihrer Wohnung gezeigt, wie sie schon jetzt die Menschen in Weimar geißelte, sie mit Spott und verbaler Gewalt überzog und daraus Genugtuung schöpfte. Sie kompensierte ihre eigene gescheiterte Existenz mit Ersatzerfolgen, indem sie sich daran versuchte, andere zu vernichten. Sie organisierte Shitstorms gegen unbescholtene Persönlichkeiten, tobte sich mit frei erfundenen Skandalbehauptungen gegen angesehene Politiker oder Ärzte aus. Mahler gefiel das außerordentlich. Er erkannte das Potenzial der Sonja Tonmann für seine Vorhaben. Aber ohne Aufnahmeritual ging es auch bei ihr nicht.

»Los!«, forderte er Kai auf, der sogleich mit dem übelriechenden Frosch vor die korpulente Frau trat. Sie hatte sich zwar von ihrem Stuhl erhoben, war aber, da sie extrem kurze Beine hatte, kaum größer als vorher.

»Los!« Mahlers Befehl richtete sich diesmal nicht an seinen Sohn, sondern an Sonja Tonmann. Deren Pupillen rollten nach unten, als sie sah, wie der eitrige Kopf des Frosches ganz langsam in ihre Mundöffnung glitt. Mit nervösen Blicken beobachteten die anderen Teilnehmer das Geschehen. Einige wandten sich mit lauten Schreien ab. Sonja Tonmann stand unter Medikamenten, das kam ihr jetzt zugute. Geradezu gemächlich schloss sie die Lippen, nachdem Kai das glitschige Tier in ihren

Mund geschoben hatte, das Hinterteil sogar mit Gewalt. Waren die Schallblasen des Frosches soeben noch aufgeblasen gewesen, so waren es jetzt ihre Backen. Ganz langsam fing sie an zu kauen …

In der Tür, von den anderen unbemerkt, stand der Jugendliche, der zuvor auf die Toilette gestürmt war. Doch er war nicht mehr allein. Neben ihm befand sich ein Erwachsener, der die Szene im vorderen Bereich des Saals ungläubig beobachtete. Während Sonja Tonmann kaute, schoss er ein Handyfoto. Leise verließ er zusammen mit dem Jugendlichen wieder den Raum. Erst als die Tür ins Schloss fiel, drehte sich Mahler Richtung Eingang. Er erwachte aus der Trance, in die er sich und alle anderen versetzt hatte. Eine Trance der Angst und des Schreckens. Der Triumph des Bösen. Erst als Kai Sonja Tonmann in Richtung Toilette führte und die Anwesenden im Saal von dort Würge- und Spuckgeräusche hörten, kamen sie alle wieder vollends in der Realität an.

* * *

Er parkte den Mercedes S-Klasse in einer Seitenstraße, sah sich um, ob ihn jemand beobachtete, stellte dann den Kragen seines Mantels hoch und zog sich die Baseballmütze tief in die Stirn. Vor der Eingangstür wartete er, bis ein Bewohner, dessen Tritte im Treppenhaus zu hören waren, das Haus verlassen hatte. Er stürmte die Treppen nach oben, verschnaufte kurz und lächelte in Richtung des Türspions, während er klingelte.

»Aber Schatzi, wir haben doch gar keinen Term…«

Mit Gewalt schob er Danuta in die Wohnung zurück und schlug die Tür hinter sich zu. Die Domina war schon lange im Geschäft und auf solche Situationen vorbereitet. Dennoch starrte sie Horstmüller jetzt erschrocken an.

»Wer hat diese Fotos gemacht?« Der Eindringling hielt ihr die Aufnahmen entgegen, auf denen sie seitlich von hinten zu sehen war. Auch die, auf denen er das Haus betrat. Er bebte vor Wut.

»Keine Ahnung, Mann, was soll das? Ich rufen die Polizei gleich!« Hinter ihrem Rücken versuchte Danuta, heimlich einen Gegenstand auf der Kommodenablage zu ertasten.

»Das muss einer deiner Freier sein! Der erpresst mich! Wer ist es? Steckt ihr vielleicht unter einer Decke, hä? Verdienst du mit daran? Dann sag mir: Wie viel Geld wollt ihr?«

Danuta bog ihren Oberkörper immer weiter nach hinten, so nah rückte ihr der vor Wut schäumende Horstmüller. Sie versuchte, ihn wegzuschieben.

»Lass das, oder ich schreien ganz laut! Leute auf Straßen es hören!«

Horstmüller blinzelte in Richtung Wohnzimmer und sah, dass dort die Balkontür offen stand. Wenn jetzt auch noch jemand von seinem Besuch Wind bekäme, wäre das der Super-GAU für seine Wahlambitionen. Der Wohnungsschlüssel steckte von innen. Er schloss die Tür ab, zog den Schlüssel heraus, rannte dann zum Balkon und schob die Tür zu. Währenddessen schnappte sich Danuta den Gegenstand auf der Kommode und verbarg ihn in der Faust.

»So. Und jetzt drehen wir den Spieß einmal um!« In seiner Hand hielt er ein wuchtiges Lederpaddel, ein Folterwerkzeug der Domina, das er im Vorbeigehen aus einer Wandhalterung gerissen hatte.

»Wer hat diese Fotos gemacht? War es etwa dieser Iffland?« Er zeigte ihr erneut die Fotos, außerdem einen Zeitungsartikel mit einem Bild von Lothar Iffland in seiner Funktion als Kämpfer für Ruhewälder in Thüringen. Danuta schien eingeschüchtert zu sein.

»Ich nicht wissen! Bin doch mit dem Rücken auf Foto. Die hat heimlich gemacht ein Mann! Niemand darf fotografieren mich, niemandem ich hab erlaubt das. Und die anderen Fotos, ich hab selbst ins Internet gestellt!«

Horstmüller stutzte und sah sich die Bilder wieder an. Was die Prostituierte da sagte, stimmte. Auch die Bilder vom Eingang mussten nicht auf einen Hinweis Danutas hin entstanden sein. Vielleicht hatte ihn der Erpresser nur zufällig aus ihrem Haus gehen sehen, ihn dabei erkannt und es nächste Woche um die gleiche Zeit einfach wieder versucht. Gerade wollte er ein einlenkendes Wort sprechen, da schoss ein scharfer Nebel in seine Augen, der so sehr schmerzte, dass er zu Boden sank. Danuta trat mit ihren Lackstiefeln auf ihn ein, zielte auf den Genitalbereich. Sie stellte die kleine Dose mit Pfefferspray wieder auf der Kommode ab und wühlte danach in Horstmüllers Sakko.

»So, hab ich dich!« Sie hielt den Wohnungsschlüssel triumphierend wie Jeanne d'Arc in die Höhe. Horstmüller, der sich die Augen zuhielt, winselte wie sonst bei einer seiner bezahlten Sitzungen in Danutas Studio. Sie zerrte ihn durch die Wohnung zum Eingang.

»Du Schwein, du!« Danuta waren die Nachbarn, die diese Aktion vielleicht gerade durch ihre Türspione hindurch mitverfolgten, in diesem Augenblick egal. Sie zog so fest an Horstmüllers Sakko, bis dieses einriss. Irgendwann schaffte sie es, ihn so weit vorwärtszuschieben, dass er auf der Fußmatte vor der Studiotür lag.

»Hör mir gut zu, Schwein, du. Ich dich hier nie mehr wiedersehen wollen. Wenn du in einer Minute nicht bist verschwunden, ich rufen Polizei, verstanden?«

Ohne eine Antwort abzuwarten, knallte sie die Tür zu. So sah sie nicht, wie Horstmüller die Treppen hinuntertaumelte. Er wankte auf die Straße, seine Baseballmütze hatte er verloren.

»Nanu!«, hörte er plötzlich die Stimme einer alten Frau. Das musste die Nachbarin sein, die es sich in ihrem Wohnzimmerfenster immer mit einem Kissen gemütlich machte. Er erkannte nur verschwommen die Konturen von Straße, Bordstein und Bäumen. »Kenne ich den Herrn nicht von irgendwoher? War er nicht gestern im Fernsehen? Er ist doch dieser Politiker, dieser, ach, wie heißt er noch mal …?«

Horstmüller rannte davon, so schnell ihn seine Füße trugen. Seine Augen waren voller Tränen, die nicht nur vom Pfefferspray herrührten. Auch eine unbändige Wut raubte ihm die Fassung. Noch nie war er so gedemütigt worden. Er, der zukünftige Europaabgeordnete!

* * *

Yvonne Woltmann saß mit einem Cappuccino am Küchentisch und sah in die im Frühlingswind leicht schwankende Birke. »Den Alchimisten« von Paulo Coelho hatten sie heute im Lesezirkel besprochen. Yvonne fand das Buch furchtbar, traute sich aber nicht, in dem schon lange bestehenden Zirkel, an dem sie erst zum zweiten Mal teilnahm, eine Frontalkritik an einem Buch zu starten, das alle anderen »ganz, ganz wunderbar« fanden. Sie empfand Coelhos Roman als seicht, oberflächlich, im Grunde nichtssagend, voll leerer Bilder und mit der schlichten, überstrapazierten Botschaft: Der Weg ist das Ziel. Wenigstens war es ihr gelungen, für eines der nächsten Treffen Coelhos »Veronika beschließt zu sterben« vorzuschlagen, ein Buch, das die Chance barg, tiefgründiger über das eigene Leben zu diskutieren, als es bei den ersten beiden Treffen im Lesezirkel geschehen war.

Sie hatte die Teilnahme am Lesezirkel von Ottilie Griese-Kalbmann nicht nur zugesagt, weil sie die beste Kundin der

Buchhandlung nicht brüskieren wollte. Sondern auch, weil putzen, bügeln, kochen, einkaufen nicht das war, was sie ausfüllte. Die wenigen Tage, an denen sie in der Buchhandlung aushalf, forderten sie auch nicht wirklich, da sie nur an der Kasse oder zum Geschenkeverpacken eingeteilt war. Die vielen Anfragen an Volkshochschulen in ganz Thüringen, an denen sie Schreibkurse anbieten wollte, führten nicht zum Ziel. Entweder man sah keinen Bedarf, oder man hatte schon eine Lehrkraft. Die anderen Damen im Lesezirkel waren bis auf Cornelia von Lautz, die als Aushilfe stundenweise den rhythmischen Unterrichtsteil an der Oberweimarer Waldorfschule auf einem stark verstimmten Schimmel-Klavier begleitete, alle eine Generation älter als sie. Eine ehemalige Bibliothekarin der Jenaer Universitätsbibliothek war darunter, auch die Gattin eines nur Privatpatienten behandelnden Orthopäden sowie eine Dozentin für Fotokurse an der Mal- und Zeichenschule. In einsamen Stunden gestand sich Yvonne Woltmann ein, dass diese Frauen alle auf einer anderen Wellenlänge schwammen als sie. Sie waren wohlhabend, sei es durch Erbschaft, sei es durch eigene Einkünfte oder aber dank ihrer reichen Ehemänner. Sie dagegen hatte nichts geerbt, verdiente kaum etwas, und ihr Mann war ein ganz gewöhnlicher Streifenpolizist mit einem bescheidenen Einkommen. Insgeheim hoffte sie, über den Lesezirkel Beziehungen knüpfen zu können, die ihr beruflich weiterhalfen. Die Damen des Lesezirkels waren in kulturellen und sozialen Einrichtungen gut vernetzt. Man muss dem Schicksal auch Gelegenheiten verschaffen, sagte sich Yvonne.

Auch lenkten sie der Lesezirkel und das Bücherlesen etwas von ihrem Kummer ab, ihre Stelle in Berlin aufgegeben zu haben. Vielleicht hätte sie weiter dort arbeiten und pendeln – irgendein anderes Familienmodell mit Sascha und den Kindern leben sollen. Jetzt war sie dagegen mehr oder weniger in die

Hausfrauenrolle gedrängt. Das gab es doch nur noch in den alten Bundesländern, und selbst dort war dieses Frauenbild am Aussterben! Zu einem erfüllten Leben gehörte nun einmal auch für Frauen der Beruf, und zwar einer mit Perspektive. Manchmal ertappte Yvonne sich dabei, dass sie Sascha Vorwürfe machte. Warum nur hatte er an der Idee festgehalten, nach zwanzig Jahren nach Weimar zurückzukehren. Natürlich kannte sie die Antwort: wegen der älter werdenden Eltern! Schön und gut. Aber musste an erster Stelle nicht die eigene Familie, ja, das Glück der Ehefrau stehen?

Yvonne merkte, wie eine dunkle Macht in ihrem Inneren sie nach unten zog. Das geschah immer öfter in der letzten Zeit. Sie war deshalb auch schon bei einer Ärztin gewesen. Depressive Verstimmungen. Sie ging ins Bad, holte eine unscheinbare Packung und nahm eine von den Tabletten mit dem Johanniskrautextrakt. So richtig glaubte sie nicht an die Wirkung des homöopathischen Medikaments. Sie musste die Ursache ihrer Traurigkeit bekämpfen, nicht die Symptome. Irgendetwas Sinnvolles tun, wofür sie Anerkennung erhielt. Eine Arbeitsstelle, wo sie gebraucht wurde. Oder jemanden finden, der sich …

Sie erschrak. Sie wollte den Gedanken nicht zulassen, aber er kam immer wieder hoch. Je mehr sie ihn unterdrückte, desto stärker. Jemanden finden, dessen Leben sich hauptsächlich um sie drehte. Saschas Denken und Wollen hatte sich nur einmal um sie gedreht, damals, als sie sich kennenlernten. Aber jetzt war er meist so abwesend, sprach nur noch über seine Eltern, seine Absichten, zur Kripo zu wechseln, sich in Weimar irgendwo in einem Verein zu betätigen. Mit ihr aber, so kam es ihr vor, tauschte er nur noch Belanglosigkeiten aus. Sie waren sich fremd geworden. Oder lag es allein an ihrer derzeitigen Stimmung, dass sie die Dinge so negativ sah …

MITTWOCH, 9. APRIL 2014

Das Stehcafé von Bäcker Ingo Baum erwies sich einmal mehr als guter Gesprächsort. Hier war Kripochef Remde weit weg, der mit seiner bestimmenden Art oft keine differenzierten Diskussionen über anstehende Fälle zuließ. Genau dieses Diskutieren war aber besonders wichtig, wenn die Aufklärung eines Falls ins Stocken geriet. Gedanken entstanden oft erst beim Reden. Remde aber erwartete meist nur hieb- und stichfeste Ergebnisse, die in den kleinen oder großen Runden vorzutragen waren. Dann saßen sie nebeneinander im Besprechungsraum oder in Remdes engem Büro, kamen aber zu keinem produktiven Austausch von Thesen und Argumenten, weil der Chef wie ein Zirkusdompteur bei den Tigern darüber wachte, dass niemand aus der Reihe tanzte. Spontane Wortmeldungen, ohne gefragt worden zu sein, passten ihm nicht und bargen für ihn die Gefahr des Kontrollverlusts. Nur im Zweiergespräch war er manchmal anders, ging auch auf die Argumente des Gegenübers ein. Nachdem er die sechzig außerdem schon überschritten hatte, hegte in der Kripo auch niemand mehr die Hoffnung, dass sich sein Verhalten noch ändern würde.

Also musste man andere Wege außerhalb des Präsidiums suchen, um die Fälle zu erörtern, mit denen es nicht richtig voranging. Die mysteriösen Hochgräber waren so ein Fall. Mandy Hoppe hatte sich deshalb mit Woltmann im Stehcafé vor Dienstbeginn verabredet. Bäcker Baum war um diese Morgenzeit stark beschäftigt: Schüler, die noch kurz vor Unterrichtsbeginn eine Rosinenschnecke erstanden; Rentner, die schon morgens um fünf Uhr nicht mehr schlafen konnten und jetzt ihre Frühstücksbrötchen ergatterten; die Fleischerei in der Nachbarschaft, die belegte Brötchen anbot und bei ihm einkaufte. So konnten die beiden Polizisten sicher sein, dass der doch recht neugierige Bäcker nicht mithörte. Er schaffte es gerade einmal, ihnen zwei Tassen Kaffee mit wackligen Händen zu servieren, bevor die Ladenglocke erneut ertönte.

»Die Ergebnisse der DNA-Probe sind gekommen, Sascha.«

»Und? Sind die Knochen von Erika van Bruns?«

Woltmann sah Mandy mit seinem leichten Silberblick an. Ein kurzer angenehmer Schauder lief ihr den Rücken hinunter. Sascha, der Mädchenschwarm, dachte sie in Erinnerung an die gemeinsame Schulzeit, dann riss sie sich zusammen.

»Ja, eindeutig.«

»Folgendes habe ich mir überlegt, Mandy. Was braucht derjenige, der gezielt Frau van Bruns' Knochen in Batzingen ausgegraben hat?«

Woltmann schlurfte den wie immer viel zu heißen Kaffee. Baums Kaffeemaschine musste defekt sein.

»Dann schieß mal los!« Mandy tupfte sich mit einer Serviette die vollen Lippen ab. Sie hatte nur einen winzigen Schluck getrunken und sich trotzdem leicht verbrannt.

»Also, erstens muss der- oder diejenige gewusst haben, dass Erika van Bruns in Batzingen begraben ist. Und zwar im Ruhewald und in einem Einzelgrab. Es könnte folglich jemand gewesen sein, der an ihrer Beerdigung teilgenommen hat.«

»Das waren viele. Das hat uns der alte van Bruns erzählt. Die Sargfeier in Weimar war klein, die Urnenfeier in Batzingen dagegen groß. Kein Wunder, sie kam von dort und hatte in der Kleinstadt ihr soziales Umfeld. Mir fällt ein, ich habe dir ja noch gar nicht von unserem Gespräch mit Vater und Sohn van Bruns erzählt!«

Rasch berichtete ihm die Kommissarin, was sie und Remde dort erfahren hatten. Auch die Begegnung mit Maylin und Mia van Bruns schilderte sie.

»Aha! Damit haben wir glasklar eine Trilogie: Puppe – Hund – menschliche Knochen. Alles im Zusammenhang mit der Familie van Bruns. Das Mädchen liebt die Puppe. Die Familie liebt den Hund. Der alte van Bruns liebt seine verstorbene Ehefrau. Was, glaubst du, kommt als Nächstes?«

Hoppe schoss erneut ihr Gespräch mit Woltmann über die Mafia und die 'Ndrangheta durch den Kopf.

»Sag mal, Sascha, meinst du, wir sollten bei Remde wegen Personenschutzes für die Familie van Bruns anfragen?«

»Zumindest ein regelmäßiges Streifefahren im Umfeld der Villa van Bruns wäre sicher nicht verkehrt. Kann doch sein, dass die Familie erpresst wird und Angst hat, die Polizei einzuschalten, weil der Täter dann seine Drohungen in die Tat umsetzt. Auch das Batzinger Haus müsste beobachtet werden.«

»Nein, da ist doch zurzeit niemand. Die sind alle hier. Der Senior, du erinnerst dich, wird am Samstag achtzig.«

»Ach, die feiern hier?«

»Ja, ich weiß zwar nicht, wo. Aber das ist ja leicht rauszufinden.«

»Da kümmere ich mich drum, Mandy. Ich ruf die einschlägigen Restaurants und Hotels an. Oder soll ich van Bruns fragen?«

»Nein, nein. Die Familie ist sehr angespannt. Wir sollten sie daher nur mit wirklich wichtigen Dingen konfrontieren.«

Woltmann nickte und notierte sich etwas auf einen Zettel.

»Was anderes, Mandy. Ich habe über die Ruhewälder recherchiert. Es gibt dafür eine Initiative hier in Thüringen. Einer, der sich da mächtig ins Zeug legt, heißt Lothar Iffland. Der hat ein sehr persönliches Interesse daran, dass diese Form der Bestattung bei uns erlaubt wird, weil er eine Firma gegründet hat, mit der er solche Ruhewälder im Auftrag der Gemeinden betreiben will. Aber es gibt es auch zahlreiche Gegner: Die Steinmetzinnung zum Beispiel. Naturschützer. Oder die Gemeinden, die ihre Einnahmen schwinden sehen. Auch Politiker ... Ja, und einen dieser Gegner kennen wir.«

Woltmann kramte einen Zettel aus der Jackentasche hervor.

»Hier! Dr. Konrad Horstmüller.«

»Der Chef der *Gartenlust GmbH!*« Die Kommissarin sah abwesend aus dem Fenster des Cafés. Ein Bettler klaubte Pfandflaschen aus einem Mülleimer.

»Der kandidiert für das Europaparlament. Sein Gesicht ziert zurzeit viele Plakate. Der war auch zufällig auf Schloss Ettersburg und hat dort geredet. Genau zu der Zeit, als wir den Hund ausgegraben haben.«

»Zufällig?« Hoppe kniff die Augen zusammen.

»Weiß nicht. Möglich, vielleicht aber auch nicht. Kannst du dich noch an den Brief erinnern? Den er unter dem Arm trug, als wir wegen der Puppe auf seinem Firmengelände vorgefahren sind?«

»Ja, da stand doch irgendwas Komisches drauf.«

»Richtig. Da stand: DAS IST KEIN APRILSCHERZ.«

Beide schwiegen. Baum zählte die Cent-Stücke zweier Schülerinnen, die sich aus einer Glaskugel zwei Lakritz-Stäbchen angelten.

»Weißt du was, Sascha? Für mich sind die ganzen Ermittlungen bisher wie ein undefinierbares Bild mit vielen Farben. Die eine Farbe, das sind die drei Hochgräber in den Parks. Die andere Farbe steht für die Familie van Bruns. Die dritte Farbe ist das uns noch gänzlich unbekannte soziale Umfeld der Familie van Bruns in Weimar und Batzingen. Die vierte Farbe kommt jetzt hinzu, nämlich das Thema Ruhewälder und dieser Horstmüller. Und alle diese Farben verschwimmen ineinander. Nirgendwo sind klare Konturen zu erkennen.«

»Stimmt. Das mit den Farben ist ein guter Vergleich. Wir müssen jetzt Konturen in das Bild bringen. Ich such mal diesen Lothar Iffland auf. Bist du damit einverstanden?«

»Ja, okay. Ich sag Remde, dass wir das so abgesprochen haben. Und ich kümmere mich um eine weitere Farbe.«

»Weitere Farbe?« Woltmann runzelte die Stirn.

»TIM 1524. Da sind wir noch keinen Zentimeter weitergekommen.«

»Hm. Da hast du recht. Wenn wir das entschlüsseln, wird, glaub ich, vieles klarer sein.«

Woltmann sah zur Theke, wo Bäcker Baum Fitnessbrötchen wortreich an einen betagten Rentner mit Stock und Strickweste verkaufte.

»Ingo, du schreibst wie immer an, ja?« Woltmann zwinkerte dem Bäcker zu.

»Alles klar, Sascha. Nächstes Mal habe ich auch wieder mehr Zeit für euch!«

Woltmann tippte zum Abschied kurz mit dem Zeigefinger an die Schläfe und verließ dann mit seiner Kollegin das Stehcafé. Draußen zogen sie ihre Jacken zu. Die Sonne dieses Frühlingstags verteilte ihre Kraft nur halbherzig über die Stadt. Woltmann rieb sich die Hände und stieg zu Hoppe ins Auto.

* * *

Mike Scholz galt bei der Weimarer Polizei als Einzelgänger. Er lebte, trotz seiner achtundvierzig Jahre, immer noch bei seiner Mutter. Jeden Tag schmierte sie ihm treu sein Pausenbrot für die Arbeit. Niemals sah ein Kollege ihn in Begleitung einer weiblichen Person. Zur Weihnachtsfeier erschien er als einziger männlicher Polizist solo, genau wie sein weibliches Pendant Nicole Meisinger. Dass Scholz partnerlos war, hatte einen

Grund. Schon zu Schulzeiten verspürte er eine Neigung zum gleichen Geschlecht, ohne sich dies jedoch einzugestehen. Nie lebte er seine sexuelle Neigung aus. Nie redete er darüber. Jeden Gedanken daran versuchte er, gewaltsam zu unterdrücken, was ihn innerlich zerriss. Erst mit dem Aufkommen des Internets in den späten neunziger Jahren fand er Wege, seinen homosexuellen Vorlieben Nahrung zu geben. Allerdings blieb ihm über Jahre hinweg nur die Selbstbefriedigung beim Anschauen einschlägiger Videoseiten. Erst vor zwei Jahren, in seinem Urlaub, hatte er sich ein Bahnticket nach Berlin gekauft und dort die Schwulenlokale aufgesucht, die im Internet angezeigt waren. Mit einem älteren Mann geschah es dann zum ersten Mal, aber es verlief enttäuschend. Trotzdem fühlte er sich ermutigt, in Zukunft öfter in die Berliner Szene einzutauchen. Irgendwann würde er vielleicht sogar einen passenden Partner finden. Aber eines schwor er sich: Nie durfte seine Mutter davon erfahren. Und noch viel weniger einer seiner Kollegen bei der Polizei Wind davon bekommen. Dafür war das Thema für ihn mit viel zu viel Scham behaftet.

Scholz ahnte nicht, dass unter seinen Kolleginnen und Kollegen die Spekulationen schon lange in diese Richtung liefen. Wenn ein Mann immer alleine war, nie privat mit einer weiblichen Person gesehen wurde, lag die Vermutung eben nahe, dass er es lieber mit dem anderen Geschlecht hielt. Bei der Polizei war Homosexualität noch ein Tabuthema. Erst so langsam kam es im berufsethischen Unterricht auf den Stundenplan. Zwar war es längst nicht so stark tabuisiert wie zum Beispiel beim Profifußball, aber dennoch. Andererseits maß Scholz dem Thema ein zu großes Gewicht bei. Viele Kollegen interessierte die sexuelle Orientierung des anderen überhaupt nicht. Auf Streife fuhren sie ohnehin meist in gemischten Zweierteams, um bei Einsätzen flexibler zu sein.

An diesem Vormittag lief er nun durch die Weimarer Altstadt und hielt Ausschau nach Jugendlichen, die in Gruppen zusammenstanden. Immer wieder sprach er welche an, fragte sie, ob sie manchmal auf dem Parkplatz von Schloss Belvedere eine Kiste Bier leerten. Er war auch schon im Musikgymnasium in Belvedere gewesen und hatte die Internatsschüler dort ausgequetscht, jedoch ohne Ergebnis. Jetzt ging er über den Teichplatz Richtung Graben. Die Fassaden der Häuser in der Gerberstraße waren bunt bemalt. Von hinten war ein gestochen scharf gezeichneter Polizist mit Irokesenschnitt und einem Smiley unter dem Schriftzug »Polizei« zu erkennen. Manche der gemalten Parolen und Sprüche waren kunstvoll und kryptisch, andere forderten schlicht und eindeutig den Kampf gegen den Faschismus.

Ein Jugendlicher stand in der Eingangstür, über der das Wort WUNDERBAR prangte. Gerade wollte er sich ins Hausinnere zurückziehen, als Scholz ihn ansprach. Doch der Heranwachsende mit dem blassen Teint und den vielen Pickeln im Gesicht gab ihm nur ausweichende Antworten. Auch wenn Scholz keine Uniform trug, war der Junge misstrauisch und fragte den neugierigen Besucher unvermittelt, ob er ein »Bulle« sei. Scholz lief rot an und öffnete den Mund zum Protest, doch da fiel die Tür schon ins Schloss. Es war wie verhext. Warum bekam immer nur er die undankbaren Aufgaben? Wenn er nicht aufpasste, profilierten sich noch andere vor ihm bei Remde. Vor allem Woltmann fürchtete er. Der hatte ganz eindeutig Ambitionen, und die Hoppe protegierte den Kollegen, das war ihm nicht verborgen geblieben. Zum Glück hatte er bei Remde einen Stein im Brett. Die nächste Planstelle bei der Kripo wollte er bekommen. Als Kripobeamter gab es viele Gelegenheiten, Überstunden anzuhäufen. Überstunden, die er dann mit Kurzurlauben in Berlin abbauen würde.

* * *

Woltmann wusste nicht genau, was er sich von einem Gespräch mit Lothar Iffland versprach, entschied sich aber dafür, den Mann in jedem Fall in Zivilkleidung aufzusuchen. Das Büro der *Dein Grab unter Bäumen GmbH* befand sich im ersten Stock eines Gebäudes in der Bodelschwinghstraße, über einem Copy-Shop.

Iffland machte einen insgesamt schmuddeligen Eindruck. Sein Haar glänzte fettig, als habe es seit Monaten kein Shampoo mehr gesehen. Das Kinn war mit Bartstoppeln überzogen. Zwischen den Lippen steckte ein Zigarillo, an dem er immer wieder zog. Die Fingernägel zeigten schwarze Ränder, wie bei einem Autoschlosser. Abgestandene Luft durchmiefte den Raum. Doch der Kämpfer für Ruhewälder machte keinerlei Anzeichen, ein Fenster zu öffnen, nachdem Woltmann eingetreten war.

»Nehmen Sie Platz, bitte.« Iffland bot seinem Besucher einen Stuhl gegenüber seinem Schreibtisch an. Woltmann tat, wie ihm geheißen, besaß aber kaum Beinfreiheit. Pappkartons, ein Anglerkasten und ein Notfallkoffer engten ihn ein.

»Ich interessiere mich für ein Grab in einem Ruhewald.«

Iffland musterte ihn mit strengem Blick und blies eine Rauchwolke über den Schreibtisch.

»Soso. Ist denn die Person schon tot?«

Woltmann sah ihn fragend an. Er überlegte, wie er Ifflands Vertrauen gewinnen könnte. Da hatte er eine Idee.

»Nein, nein, ganz und gar nicht. Also, ich bin hier wegen meiner Eltern. Die leben noch. Aber, man weiß ja nie. Vorbeugen ist besser.« Er lächelte nervös.

»Aha, soso. Na, wie alt sind denn die Herrschaften?«

Woltmann erzählte vom gerade begonnenen Ruhestand der Eltern, von ihrer Weigerung, sich mit dem Älterwerden auseinanderzusetzen. Immerhin rang er Iffland mit seiner Besorgnis um die Eltern ein kurzes Lachen ab.

»Sie sind mir aber sehr fürsorglich, Herr, äh …«

»Woltmann!«

»Ja, also passen Sie mal auf!« Iffland holte aus. Er berichtete von der Idee der Ruhewälder, von den bereits in anderen Bundesländern bestehenden Ruhewäldern und von den politischen Schwierigkeiten, diese auch in Thüringen durchzusetzen.

»Sie sehen, im Moment kann ich Ihnen noch gar keinen Platz für Ihre Eltern in Aussicht stellen! Ich kann Sie höchstens vormerken. Wenn es dann einen Ruhewald hier geben sollte, stehen Sie auf der Liste weit oben. Oder aber, Sie möchten Ihre Eltern in Hessen oder anderswo beisetzen. Da könnte ich Ihnen was vermitteln.«

Woltmann fühlte sich unwohl dabei, hier und jetzt vor diesem Mann über die Beerdigung seiner Eltern zu sprechen! Wenn die das wüssten! Aber er brauchte endlich einen Ermittlungserfolg, wenn er als Schutzpolizist jemals zur Kripo wechseln wollte. Er beobachtete, wie Iffland sich den nächsten Zigarillo anzündete, obwohl der andere noch glimmte.

»In anderen Bundesländern ginge das?«

»Na, ganz so einfach ist es auch dort nicht. Sie kennen ja die deutsche Bürokratie und Gesetzlichkeit. Aber ich habe da so meine Kontakte …«

»Ginge auch was in Baden-Württemberg, im Stuttgarter Raum? Da hat meine Mutter mal gelebt.« Woltmann spürte, wie sich sein Kopf erhitzte.

»Stuttgart? Da kenn ich nur den Ruhewald in Batzingen. Der ist ganz in der Nähe von Stuttgart.«

»Batzingen? Haben Sie dort schon mal jemanden bestattet?« Woltmann hatte die Frage etwas zu schnell gestellt. Iffland lehnte sich in seinem Stuhl zurück und zog so kräftig am Zigarillo, dass er hinter einer Rauchwolke verschwand. Es dauerte lange, zwanzig, dreißig Sekunden, dann kam die Antwort.

»Sonst noch was?« Woltmanns Frage blieb unbeantwortet.

* * *

Das Gespräch mit Lothar Iffland beschäftigte Woltmann den ganzen Nachmittag. Er suchte Mandy Hoppe auf und berichtete ihr davon. War es ein Zufall, dass Iffland den Ruhewald in Batzingen kannte? Allerdings gab es noch nicht sehr viele Ruhewälder in Deutschland. Insofern war es auch nichts Besonderes, wenn er als einer der Vorkämpfer für diese Bestattungsform den in Batzingen kannte. Aber seltsam war es schon, dass sie im Rahmen ihrer Ermittlungen bereits zum zweiten Mal auf diesen Ort stießen. Iffland war jemand, der sich mit Friedhöfen und Gräbern auskannte. Er wusste vom Batzinger Ruhewald. Sollte er derjenige sein, der die Knochen exhumiert und in Weimar beigesetzt hatte? Waren die Hochgräber Teil seiner Kampagne für die Ruhewälder? Auf seiner Homepage warb er mit den Namen und Berufen akademisch gebildeter Personen aus vielen Ländern, die sich ein Grab in klassischer Umgebung in Weimar wünschten. Auch so etwas wie Hochgräber waren in seiner Bildergalerie zu sehen. Aber warum sollte er ausgerechnet Erika van Bruns deswegen ausgebuddelt und so weit transportiert haben? Warum die anderen Hochgräber, die alle eine Verbindung zur Familie van Bruns aufwiesen? Bislang fehlte jeglicher Bezug zwischen Iffland und der Familie van Bruns. Um diesbezüglich weiterzukommen, müssten ihn Hoppe und er noch einmal ganz offiziell danach befragen, ob er die Familie van Bruns kannte.

Woltmann machte sich zu Fuß auf den Heimweg. Sein Škoda war bis morgen früh in der Werkstatt. Erst wollte er den Weg durch den Park an der Ilm nehmen, aber eine innere Stimme riet ihm, durch die Stadt zu gehen und dabei auch die Schillerstraße abzulaufen, wo Yvonne heute in der Buchhandlung aushalf. Vielleicht könnte er sie besuchen, selbst wenn sie das nicht so gerne sah. Denn manchmal tauchten Ronny und Laura bei ihr auf, und sie hatte so selten Dienst, dass zu viele private Gespräche leicht einen schlechten Eindruck bei ihrer Chefin hinterlassen konnten – was sie vermeiden wollte. Aber bei meinem Besuch braucht sie keine negativen Auswirkungen zu fürchten, sagte sich Woltmann. Er war Ermittler bei der Kripo, zumindest im Augenblick. Da gehörte es zu seinem Job, sich unsichtbar zu machen und trotzdem da zu sein.

Woltmann schlenderte über den Marktplatz. Als er gerade in die Schillerstraße einbiegen wollte, sah er die Rückenpartie einer Frau mit langem kastanienbraunem Haar, das zu einem Knoten hochgebunden war. Die feinen Flaumhärchen im Nacken kannte er nur zu gut. Schon wollte er den Schritt beschleunigen, ihr auf die Schulter klopfen und sie fragen, ob sie noch einen Cappuccino zusammen trinken wollten, da schrak er zusammen. Yvonne lief nicht alleine in Richtung Frauenplan. Sie unterhielt sich angeregt mit dem Mann, den er schon einmal bei ihr in der Buchhandlung gesehen hatte – mit dem gegelten Schönling! Der damals seine Hand auf ihren Rücken gelegt hatte. Woltmann hielt Abstand, sah mit einem Stich im Herzen, wie Yvonnes Mandelaugen im Profil aufleuchteten. So hatte sie ihn schon lange nicht mehr angelächelt! Sie strebte mit ihrem Gesprächspartner auf das italienische Café am Frauenplan zu, das Ingo Baums Stehcafé gegenüberlag. Jetzt hielt dieser Lackaffe Yvonne auch noch die Tür auf! Woltmann versteckte sich hinter dem Pfeiler der Loggia auf dem Frauenplan und traute seinen Augen nicht: Der Schönling half Yvonne aus der Jacke und setzte sich ihr gegenüber an einen winzigen Tisch. Da mussten sich ihre Beine doch zwangsläufig berühren! Tatsächlich! Dieser Kerl umrahmte mit seinen Beinen die ihren! Schweiß trat ihm auf die Stirn, sein Herz pochte heftig. Nein, so ging das nicht weiter. Er musste unbedingt mit Yvonne reden! Bei nächster Gelegenheit! Oder vielleicht erst mal mit Mandy? Dieses Mal nicht als Kollegin, sondern als Frau und

Freundin? Ein Grönemeyer-Lied breitete sich in seinem Kopf aus.

Ich lass dich viel zu oft allein, aber der muss es doch nun wirklich nicht sein. Was soll das?

Was soll das? Was soll das? Was soll das? Woltmann stampfte zurück zur Wohnung in der Belvederer Allee. Ein Fahrradfahrer mit gelbem Anorak schüttelte den Kopf, als er ihn so laut und wütend vor sich hin schimpfen sah.

DONNERSTAG, 10. APRIL 2014

Dominik Ferber und Gernot Seidel saßen in einem Café auf einer der Freiflächen im großen Einkaufszentrum der Weimarer Innenstadt. Überall schnurrten die Rolltreppen. Ein Stockwerk tiefer befand sich Seidels Buchhandlung. Die winzige Buchhandlung, die er bis vor einigen Jahren in der Windischenstraße geführt hatte, musste er schweren Herzens schließen, weil sie sich finanziell nicht mehr trug. Eine Zeitlang jobbte er danach für einen Kurierdienst. Aber tief in seinem Herzen liebte er den Buchhandel. Als dann das große Einkaufszentrum eröffnete, hielt er seine Chance für gekommen. Er setzte die Mittel aus einer kleinen Erbschaft ein, um die Miete für die ersten beiden Jahre vorzufinanzieren. Sein Konzept sah vor, die vielen Bustouristen abzugreifen, die bei ihrer Ankunft als Erstes durch das Einkaufszentrum geschleust wurden und sich zur Abfahrt wieder dort trafen. Zum anderen setzte er auf unkonventionelle Veranstaltungen. Gemeinsam mit einer belesenen und ortsbekannten Bibliothekarin stellte er regelmäßig belletristische Neuerscheinungen mit Humor und Begeisterung vor, kombiniert mit einem üppigen Käsebuffet und Wein aus der Region. Kriminächte, Literaturfrühstücke, Poetry-Slam-Wettbewerbe von Weimarer Schulen – Seidels Buchhandlung lief schon bald den öffentlich subventionierten Literaturreihen der Stadt den Rang ab. Ab und zu steuerte auch Dominik Ferber Lesungen mit seinen Biographien von Jubilaren bei. Eine gute Buchhandlung brauchte ein Stammpublikum. Seidel baute seine Klientel von Monat zu Monat weiter aus, auch mit wohldosierten und witzigen Postings bei Facebook. Auch verfügte er über ein engagiertes Team: eine ausgebildete Buchhändlerin, zwei Doktorandinnen der Bauhaus-Universität, eine Umschülerin, die ihm das Arbeitsamt geschickt hatte. Trotz Internet-Buchhandel und E-Book-Verkäufen stieg sein Ladenumsatz kontinuierlich. Immer weniger musste er auf seine Erbschaft zurückgreifen, um die Ladenmiete zu refinanzieren.

»Gernot, ich muss noch mal mit dir über den Auftrag der Familie van Bruns sprechen.« Ferber räusperte sich. »Dieser Pharmaunternehmer feiert übermorgen seinen achtzigsten Geburtstag.«

»Ja, weiß ich doch. Willst du nach wie vor auf die Kohle verzichten? Nur weil dich dein Gewissen plagt?« Seidel stieß einen Pfiff aus, der sein Unverständnis für diese Entscheidung verriet.

Ferber schilderte seinen Besuch beim alten van Bruns, ebenso den Bestechungsversuch des Sohnes.

»Und du bist nicht drauf eingegangen? Ich versteh dich nicht. Das ist doch alles schon so lange her. Und wo kein Kläger, da kein Richter. Niemand interessiert sich noch für diese Pharmaversuche. Warum willst du das alles wieder aufrühren?«

»Weil ich Historiker und damit der Wahrheit verpflichtet bin.«

»Jaja, immer schön die Welt verbessern. So kenne ich dich!«

Sie verstummten für eine Weile und nippten an ihren Espressotässchen.

»Hat sich denn einer der Verlage bei dir gemeldet, denen du das Manuskript angeboten hast?« Ferber bemühte sich, beiläufig zu sprechen.

»Ja, da gibt es schon Interesse. Aber du weißt auch, was das bedeutet?«

Ferber nickte. Er war sich durchaus darüber im Klaren, dass ein Buch über die deutsch-deutsche Wirtschaftszusammenarbeit während des Kalten Krieges, in dem die Firma Brunshelp nur noch eine untergeordnete, wenn auch exemplarische Rolle spielte, noch viel Zeit in Anspruch nehmen würde. Das gründliche Lektorieren des Manuskripts, die sorgfältige Vorbereitung von Marketingmaßnahmen, die langfristige Planung des Verlagsprogramms, das alles würde ein Erscheinen des Buchs frühestens zur übernächsten Frankfurter Buchmesse möglich machen. Noch ungewisser war der Erfolg eines solchen Buchs. Selbst die größten und erfolgreichsten Verlage produzierten nicht nur Bestseller. Letztlich gehörte immer auch eine gute Portion Glück dazu, wenn ein Buch gut lief. Auch waren Faktoren wie die aktuelle politische Situation oder die Frage, ob ein Thema »dran« war, wichtig. Oft verdankte sich der Erfolg eines Buchs sogar nur dem prominenten Namen des Autors. Doch diesen Bekanntheitsgrad besaß Dominik Ferber nicht.

»Pass auf, Dominik, ich mach dir ein Angebot.«

Ferber beugte sich nach vorne.

»Also, ich bin bereit, gleich nach unserem Gespräch die Familie van Bruns aufzusuchen.«

Ferber runzelte die Stirn.

»Wieso denn das?«

»Nun, ich sage ihnen, dass du dir das Ganze noch einmal überlegt hast. Und du nimmst dir heute das ursprüngliche Manuskript erneut vor. Ich habe es mir genau angeschaut. Du musst nur die Stellen überarbeiten, die die Pharmaversuche betreffen. Einfach einiges weglassen. Das kostet dich drei, vier Stunden. Wir können das heute Abend hier bei mir ausdrucken. Du weißt, die Qualität meines Druckers ist eins a. Ich rede mit unserem Buchbinder. Der bindet uns gleich morgen die hundert Exemplare. Qualitativ hochwertig. Mehr braucht es nicht für die Feier. Dann haben wir erstens eine wunderschöne Geburtstagsfeier für den alten Herrn. Hee, deine Biographie wird der Höhepunkt sein! Und zweitens hast du noch diese Woche zwanzigtausend Euro mehr auf deinem Konto. Dafür sorge ich. Vielleicht ist die Familie van Bruns sogar so begeistert, dass sie dir noch mehr überweist …«

»Gernot, ich bin nicht käuflich, ich …«

»Schscht!« Seidel legte die Hand beruhigend auf Ferbers Arm. »Das bist du ja auch nicht wirklich. Du erfüllst lediglich den Vertrag. Oder rührt sich in diesem Sinne dein Gewissen nicht? Pacta sunt servanda. Wie sieht's damit aus, Herr Historiker? He?«

Ferber blickte besorgt zur Kellnerin. Sie stand gelangweilt am Tresen. Durchaus möglich, dass sie ihre Unterhaltung mithörte.

»Ich kann der Familie van Bruns auch sagen: ›Zahlen Sie dem auf keinen Fall mehr als die vereinbarte Summe!‹ Wenn sie es dann trotzdem tun, ist das nur eine Anerkennung deiner tollen Arbeit. Du hast ja wirklich großartig recherchiert, dazu einen vorzüglichen Schreibstil, baust Spannung auf, bringst gute Sprachbilder. Ein wahrer Genuss zu lesen, was du …«

»Ich mach das nicht. Und ich möchte nicht, dass du mit der Familie van Bruns Kontakt aufnimmst!«

Ferber stellte die Espressotasse ab. Jetzt saßen sich die beiden wie zwei fremde Menschen gegenüber, fast feindlich.

»Okay, okay!« Seidel zog seine Hand abrupt von Ferbers Arm zurück. »Wie du meinst!«

»Was heißt das jetzt? Dass du dich nicht weiter um einen Verlag für das Manuskript kümmerst?«

»Lass mir etwas Zeit. Ich verstehe nicht, warum du so bockig bist. Irgendwie bist du manchmal schon ein komischer Typ. Das sag ich dir ganz ehrlich.«

Die Bedienung kam.

»Noch einen Espresso?«

»Nein, zahlen!« Seidel kramte seinen Geldbeutel hervor.
»Zusammen oder getrennt?«
»Getrennt!«

* * *

In der Villa von Helmut van Bruns herrschte reges Treiben. Die ersten Gäste zur großen Feier am übernächsten Tag würden am Abend aus Batzingen eintreffen. Ein Weimarer Schulfreund von Helmut van Bruns, der am Samstag zu einer eigenen Familienfeier nach Oberhausen reisen musste, war heute schon zum Frühstück erschienen, um den Geburtstag wenigstens ein bisschen vorzufeiern. Maylin van Bruns hatte Canapés und Champagner vorbereitet. Die Gespräche des alten van Bruns mit seinem Schulfreund brachten viele schöne Erinnerungen zurück.

Adrian van Bruns war währenddessen im Sophienhof gewesen, um die Abläufe des Geburtstages im Detail durchzusprechen. Die Feier würde mit einer Kaffeetafel beginnen, die man bei gutem Wetter im Freien aufbaute. Thüringer Blechkuchen stand auf der Karte, ein ausdrücklicher Wunsch des Jubilars, der diese klein portionierten und kunstvoll angeordneten Kuchenstücke schon als Kind geliebt hatte. Auch die einzelnen Gänge des festlichen Abendmenüs ging Adrian van Bruns mit dem Chefkoch durch. Als studierter Pharmazeut war der Chef der Brunshelp AG akribisch sorgfältig.

In die Villa van Bruns zurückgekehrt, beruhigte er seinen sichtlich aufgeregten Vater, der im Sofa versunken war. Er hatte sich mit seinem Schulfreund ein zweites Gläschen Veuve Clicquot gegönnt. Seine Wangen waren gerötet. Gerade hatte er den Freund verabschiedet.

»Papa, alles wird gut. Das Restaurant kennt alle Details. Ich habe ein gutes Gefühl.«

Helmut van Bruns zog die Augenbrauen nach oben.

»Es läuft eben nicht alles gut, Adrian!«

»Was denn nicht?«

Der alte van Bruns schwieg und schlug mit der Hand in sanftem Rhythmus auf die Lehne des Sofas.

»Papa, was läuft denn nicht?«

»Ach, das weißt du doch!«

»Das mit der Biographie?«

Adrian van Bruns ließ sich neben seinem Vater auf dem Sofa nieder.

»Ja, stimmt, Papa. Aber das wäre doch nur eine Zugabe gewesen. Wart mal ab, ich glaub, deine Schulfreunde haben was anderes vorbereitet! Mehr kann ich dir dazu nicht sagen.«

Helmut van Bruns seufzte tief. Insgeheim hoffte er auf solche Beiträge. Nur zusammenzusitzen, gemeinsam zu essen und zu trinken, wäre langweilig.

»Ja, danke, ich weiß, ihr bereitet das gut vor. Trotzdem … Was wird eigentlich mit den Aufzeichnungen von diesem, wie hieß er noch mal?«

»Ferber. Egal. Ich habe Dr. Weidermann eingeschaltet. Seine Kanzlei hat diesem Ferber einen Brief geschickt. Darin untersagt er ihm, auch nur einen Satz aus unserem Familien- oder Firmenarchiv zu veröffentlichen.«

»Und, hält sich Ferber dran?«

»Dafür werde ich schon sorgen, Papa. Du kennst mich doch!«

Der Zimmerspringbrunnen rieselte leise und monoton. Vater und Sohn waren in Gedanken versunken. Im Garten war das lustige Lachen von Mia zu hören. Erst der sonore Klang der Türglocke holte Vater und Sohn wieder in die Wirklichkeit zurück.

»Wer kann das denn zu dieser Stunde sein, Adrian?«

Der Sohn zuckte die Schultern und erhob sich. Er öffnete die Tür. Der mittelgroße Mann auf der Eingangsstufe sah ihn mit wachen Augen an.

»Guten Tag! Herr van Bruns?«

Adrian van Bruns zeigte keine Regung.

»Ich weiß, Sie haben wegen einer Familienfeier denkbar wenig Zeit. Aber ich habe etwas Wichtiges mit Ihnen zu besprechen.«

»So? Ähm, würden Sie mir erst einmal sagen, wer Sie sind?«

»Oh, ja. Entschuldigung! Ich bin Buchhändler. Mein Name ist Gernot Seidel.«

* * *

»Auf Stoffels ist Verlass!«

Remde warf die aktuelle Ausgabe der »Thüringer Rundschau« auf den Tisch des Besprechungsraums. »TIM 1524« prangte in großen Lettern über einem Artikel zu den drei rätselhaften Funden in den Weimarer Parks. In allen Einzelheiten berichtete der Reporter darüber und bat die Weimarer Bevölkerung um Mithilfe bei der Entschlüsselung des Codes. Die entsprechenden Informationen hatte ihm Remde gesteckt.

»Entweder wir bekommen in den nächsten drei Tagen eine schlüssige Erklärung für diesen Code. Oder …«

Remde sah zu Woltmann, dann zu Scholz.

»Oder wir schließen die Ermittlungen ab, und Sie beide fahren wieder Streife.«

Woltmann warf Hoppe einen fragenden Blick zu. War Remde vielleicht noch gar nicht über ihre letzten Ermittlungen unterrichtet?

»Also, Chef, vielleicht sollten wir noch mal zusammentragen, was wir bisher herausgefunden haben.«

Remde kratzte sich im Nacken. Dann schlug er den Aktendeckel auf, der vor ihm lag.

»Schon klar, Kollegin, schon klar. Das macht aber nur Sinn, wenn es *neue* Erkenntnisse gibt. Verstehen Sie? Neue!«

Remde fing an, in den Unterlagen zu blättern.

»Die Knochen sind die von Erika van Bruns. Das steht jetzt fest. Aber das habe ich schon vorher gewusst. Wie sollte es auch anders sein! Bei den ganzen Indizien!«

Hoppe schlug ihr Notizbuch auf.

»Ja, wir haben drei Hochgräber. Die stehen alle in Verbindung mit der Familie van Bruns. Das ist klar. Aber wir haben auch noch zwei Nebenschauplätze. Der Kollege Scholz hat unter Jugendlichen ermittelt. Sie taugen eventuell als Zeugen für das Geschehen in Belvedere. Und der Kollege Woltmann hat sich um das Thema Ruhewälder gekümmert. Schließlich entsprechen diese Hochgräber ja exakt der Bestattungsform, für die sich die Befürworter der Ruhewälder starkmachen.«

»Jaja, weiß ich doch alles. Also, Scholz, was gibt's Neues?«

Scholz rutschte unruhig auf seinem Stuhl hin und her. Auch dieses Mal konnte er keine Ergebnisse präsentieren.

»Na also!« Remde schob sich die Lesebrille auf die Stirn. »Warum sollen wir mit solchen Nicht-Ergebnissen unsere Zeit vergeuden? Woltmann, Sie haben doch auch nichts Neues, oder?«

Woltmann zögerte einen Augenblick. Dann schilderte er seine Begegnung mit Lothar Iffland und was er sonst noch über die *Dein Grab unter Bäumen GmbH* herausgefunden hatte. Auch von Dr. Konrad Horstmüller als einem erklärten Gegner solcher Ruhewälder berichtete er.

»Iffland kennt den Ruhewald in Batzingen. Ich hab ihn gefragt, ob er dort schon mal eine Bestattung vorgenommen hat. Da hat er die Antwort verweigert.«

»Für mich ein Grund, den offiziell zu verhören, Chef«, warf Hoppe ein. »Woltmann ist bei Iffland als Privatperson, als Interessent, aufgetreten.«

»Warum denn das?«, knurrte Remde.

»Weil wir keine Zeit hatten, zu zweit dort hinzugehen, und weil Woltmann keinen Kripoausweis besitzt.«

»Ja, ich dachte«, fügte Woltmann hinzu, »dass ich als Privatperson mehr von ihm erfahre. Also als Kunde, meine ich. Ich interessiere mich wirklich für diese Ruhewälder, weil meine Eltern …«

»Papperlapapp, Woltmann, bleiben Sie beim Thema«, fuhr Remde dazwischen. »Hoppe, Woltmann, Sie fahren bei nächster Gelegenheit noch mal zu diesem Iffland und befragen ihn. Ob er die Familie van Bruns kennt. Und machen Sie ihm Druck. Der scheint ja nicht sehr gesprächig zu sein.«

Das Telefon klingelte.

»Remde! … Ja? … Oh! … Besten Dank!«

Der Kripo-Chef legte den Hörer in die Station und blickte zu Woltmann, dann zu Hoppe und Scholz.

»So, Leute, wenigstens ich kann weiterführende Erkenntnisse beisteuern. Das war gerade der Betreiber des Ruhewalds in Batzingen. Vor vier Jahren ist die Leiche von Erika van Bruns vom Bestattungshaus ›Ruhesanft‹ nach Batzingen überführt worden. Das Bestattungshaus ist bald darauf in die Insolvenz gegangen. Und was hier alle interessieren dürfte: Der damalige Besitzer des Bestattungshauses ›Ruhesanft‹ war Lothar Iffland!«

Das Ermittlerteam staunte jetzt im Kollektiv. Stille trat ein, die Gedanken rasten bei allen. Demnach gab es sehr wohl eine Verbindung zwischen Iffland und der Familie van Bruns. Und Iffland wusste ganz genau, wo das Grab Erika van Bruns' im Ruhewald von Batzingen lag.

»Aber was könnte er von der Familie van Bruns wollen? Womit sie eventuell erpressen?«, durchbrach Hoppe das Schweigen.

Remde faltete die Hände vor dem Bauch und drehte Däumchen, während Hoppe weiter laut vor sich hin überlegte.

»Iffland ist in die Insolvenz gegangen, will jetzt Ruhewälder betreiben. Dazu braucht er Startkapital. Die Familie van Bruns ist reich. Das dürfte ihm in Batzingen klargeworden sein.«

»Schon klar, Kollegin, Gründe für eine Erpressung könnte der haben. Aber wie Sie eingangs selbst schon sagten: Was für ein Druckmittel soll er in der Hand haben, um die Familie van Bruns zu erpressen?«

Wieder schwiegen alle und hingen ihren Gedanken nach.

»Also, Hoppe, Woltmann, Sie suchen den Iffland möglichst bald auf. Gemeinsam! Fragen ihn, was er mit TIM 1524 anfangen kann, und vor allem, warum er mit seiner Firma ›Ruhesanft‹ in Insolvenz gegangen ist. Das dürfte ja der entscheidende Punkt sein, der vielleicht zu einer Erpressung der van Bruns geführt hat.«

Remde verstaute die Lesebrille in einem Etui. Mit der rechten Hand klopfte er laut auf den Tisch.

»Also, Leute, wir haben mal wieder viel geredet. Aber weitergekommen sind wir kaum. Ich bleibe dabei: Nur wenn wir wissen, was hinter TIM 1524 steckt, geht es voran. Wenn wir bis Montag aufgrund von Stoffels' Bericht keine entscheidenden Hinweise bekommen, stellen wir die Ermittlungen ein. Die Staatsanwaltschaft beißt nicht an. Kein Wunder. Für die geht es um eine Puppe und einen Hund. Und für die Störung der Totenruhe in Batzingen ist die Staatsanwaltschaft in Baden-Württemberg zuständig.«

Remde klemmte sich den Aktendeckel unter den Arm und erhob sich.

»Ach, und übrigens. Auch gestern gab es wieder einen Einbruch in ein Privathaus, dieses Mal in Ehringsdorf. Die Suche nach dieser Einbrecherbande hat spätestens ab Montag wieder Priorität. Puppen und Hunde hin oder her. Wir müssen unsere eigentliche Arbeit tun.«

Sagte es und verschwand. Sein Kurs war klar, verbindlich. Die Runde löste sich auf.

* * *

»Ich brauche viele, mein Sohn. Verstehst du, viele?« Henry Mahler sah den Jungen scharf an.

Kai bückte sich zu den Behältern mit dem Trockeneis hinab. Sie stammten, wie der Rest eines Etiketts verriet, aus einem Labor. Sein Vater hatte sie heute mitgebracht. Wie er an diese Flaschen gekommen war, wusste Kai nicht. Das Trockeneis setzte Kohlendioxid frei. Stechmücken und andere blutsaugende Insekten ließen sich auf diese Weise anlocken. Kohlendioxid war der Stoff, den sie brauchten, um einen Wirt zu finden. Mittels spezieller Fallen an den Einsaugöffnungen der Trockeneis-Behälter gerieten sie in Gefangenschaft.

»Ja, Vater. Aber es sind nun mal noch nicht so viele unterwegs!«

Die Anrede »Vater« hatte sich Mahler ausbedungen. Er war ein Verfechter des Patriarchats, das auch in ehrfurchtsvollen Bezeichnungen zum Ausdruck kommen sollte. Statt der verweichlichten Anrede »Papa« oder »Vati« sollten die Kinder von klein auf wissen, dass die Autorität des Vaters entscheidend war. Die Anrede »Vater« brachte das seiner Meinung nach am besten zum Ausdruck.

»Mein Sohn, war das etwa ein Aufbegehren gegen mich?«

Der Junge zuckte zusammen. Ungehorsam gegenüber dem Vater zog immer unangenehme Konsequenzen nach sich. Die körperliche Züchtigung war eine der beliebtesten Erziehungsmethoden von Henry Mahler.

»Nein, Vater!« Ängstlich blickte Kai in Richtung seines Erzeugers, vermied aber jeden Blickkontakt mit ihm.

»Dann geh mit den Behältern nach draußen und fang mir so viele Insekten wie möglich bis zum Abend. Ich überlege …« Mahler fasste sich ans Kinn. »Nimm von mir aus auch Hornissen, Wespen oder … Wir brauchen aggressive Tiere, die zustechen. Auch für die vierte Plage. Bei der sind in der Bibel Stechfliegen genannt. Nicht nur blutsaugende Stechmücken. Wir müssen das also steigern! Zur Not müssen wir improvisieren … Die Prüfung muss in jedem Fall hart und schmerzhaft sein!«

Kai wusste, was sein Vater beabsichtigte. Die zehn biblischen Plagen als Zeichen der bösen Mächte sollten die Mitglieder der *Axt Satans* nacherleben, in einer aktualisierten und den örtlichen Gegebenheiten angepassten Form. Alle waren mit mindestens einer Plage dran. Das Entscheidende war der mit einer solchen Aktion verbundene seelische, manchmal auch physische Schmerz für die Beteiligten. Die Kinder waren bei Mahlers Messen in Schöndorf nicht dabei. Die Eltern parkten sie unter einem Vorwand bei den Großeltern. Bei den Messen würden sie mit ihrem Geschrei nur stören. Aber auch die Kinder sollten abstumpfen, verrohen, positive Gefühle abbauen. Deshalb führte Mahler eine Aktion an der Ilm durch. In der Bibel war davon die Rede, dass der Nil sich in Blut verwandelte. Das Wasser der Ilm in Blut zu verwandeln, legte Mahler nun so aus, dass er die Mitglieder aufforderte, an einer unbeobachteten Stelle des Flusses zusammenzukommen – und zwar in der Nähe des Viadukts, auf halber Strecke zwischen Weimar und Tiefurt. Es dämmerte bereits, als die Eltern die Haustiere aus den Körben holten, vor den Augen ihrer Kinder. Mahler selbst behielt es sich vor, den Hamstern, Kaninchen, Wellensittichen oder Katzen mit einem langen Schlachtermesser die Kehle aufzuschlitzen. Kai forderte er dazu auf, die noch zuckenden Körper der Tiere über die Ilm zu halten und sie wie eine Zitrone auszupressen, so dass ihr Blut in die Fluten strömte. Ein fürchterliches Gemetzel, das unter dem lauten Geschrei der Kinder ablief. Ihre Eltern hielten die verzweifelten Kleinen fest und zwangen sie, das Blutbad mit anzusehen.

Bei der letzten Messe war das Los auf Sonja Tonmann gefallen, die, in Aufnahme der zweiten biblischen Plage, einen lebendigen Frosch verspeist hatte. Für den kommenden Sonntag stand nun die Plage mit den Stechmücken auf dem Programm. Mahler würde sich wieder ein Opfer aussuchen. Er wollte den Auserwählten, nackt bis auf die Unterhose, in einen vollkommen dunklen Raum mit allerlei Stechmücken einschließen. Mit einem großflächigen Pinsel sollte Kai den Körper des Opfers zuvor mit Zuckersirup einschmieren, bevor er dieses dann den Stechmücken überließ.

Mahler wusste, sie würden alle kommen. Denn wer sich vor einer der Plagen drückte, sie nicht ansehen oder sich ihr gegebenenfalls nicht selbst aussetzen wollte und auszuweichen versuchte, der musste mit seinem Zorn rechnen. Und den Zorn eines Henry Mahler zu erleben, war alles andere als vergnügungssteuerpflichtig. Nur mit absolutem Gehorsam konnte er das Reich Satans aufrichten. Er würde sie sich alle genauso gefügig machen wie Kai. Erst wenn sie alle völlig willenlos und von ihm abhängig wären, könnte er die nächsten Schritte gehen und konkrete Aktionen gegen einzelne Personen in Weimar unternehmen. Doch nicht er selbst würde sich dabei die Hände schmutzig machen, nein. Dazu hatte er seine willenlosen Geschöpfe, die Diener ihres Herrn waren, des satanischen Meisters Henry Mahler.

»Los, mein Sohn, ich brauche aggressive Tierchen. Viele! Hast du verstanden?«

»Verstanden, Vater!«

FREITAG, 11. APRIL 2014

Seitdem der Artikel zu den drei Hochgräbern in der »Thüringer Rundschau« erschienen war, stand das Telefon der Kriminalpolizei nicht mehr still. Vor allem wegen des Kürzels TIM 1524 meldeten sich zahlreiche Weimarer Bildungsbürger, die der Kripo Hinweise gaben. Von der Eroberung Mexikos im Jahr 1524 war die Rede, von Thomas Müntzers Wirken und von Erasmus von Rotterdams Thesen zum freien Willen. Besonders beharrlich war ein früherer Kulturamtsleiter, der von seinen Besuchen in Leo Tolstois russischem Landgut »Jasnaja Poljana« berichtete. Dort befände sich auch das Grab des Dichters, das sich in der parkähnlichen Anlage des Landguts mitten auf einer Waldlichtung befinde und genau so wie die Hochgräber aussehe, die jetzt in den Weimarer Parks aufgetaucht waren. Beeindruckend wäre vor allem der über das Grab gewachsene Rasen, der der letzten Ruhestätte Tolstois das vollkommene Aussehen eines natürlichen Ruhewalds gäbe.

Als Scholz die Ergebnisse der Telefonate in der kleinen Runde an diesem Vormittag zusammenfasste, verzog Remde ärgerlich das Gesicht. Mit Kultur hatte er es, obwohl er in der Kulturstadt Weimar lebte, nicht so sehr. Auch jetzt wusste er nicht so richtig, was er mit all diesen Hinweisen anfangen sollte.

»Es gibt einen Nachfahren dieses Tolstoi«, referierte Scholz, »der ist in regelmäßigem Kontakt mit der Klassik Stiftung und häufig Gast in Weimar. Das hat zumindest dieser frühere Kulturamtsleiter behauptet.«

»Ja, und? Scheint mir einer dieser Klugscheißer zu sein. Wir brauchen aber etwas Konkretes! Tolstoi, Erasmus von Amsterdam, die Spanier in Mexiko, das ist doch alles nur Wischiwaschi. Für mich ist der Vorgang damit durch. Schluss. Aus. Finito.«

Remde stand abrupt auf und verließ zur Verblüffung der anderen den Raum.

»Ich kann den Chef schon verstehen«, sprach Hoppe nach einer Weile in die Stille des Raums hinein. »Der hat keine Lust, sich mit solchen Dingen zu beschäftigen. Dem macht der Artikel des Berliner Journalisten noch zu schaffen.«

»Du meinst den von dieser GIGA-Revue?« Woltmann schaukelte mit seinem Stuhl leicht nach hinten und hielt sich mit den Händen am Besprechungstisch fest. Hoppe sah ihn streng an. Er hatte sie in Anwesenheit von Scholz geduzt und damit gegen ihre Vereinbarung verstoßen, im Dienst das förmliche »Sie« beizubehalten.

»Ja, wenn wir uns hier um begrabene Puppen und Hunde kümmern, wird schon bald die Frage kommen, ob wir nicht zu viele Planstellen haben. Verstehen Sie das, Kollege Woltmann?«

Woltmann dämmerte sein Fehler. Er nickte eifrig.

»Klar verstehe ich Sie.«

Scholz sah zwischen den beiden hin und her wie bei einem Tischtennisspiel. Dann zog er es vor, noch einmal die bisher vorliegenden Hinweise anzusprechen.

»Kollegen, die Telefonate machen sich alle an der Jahreszahl 1524 fest. Zu TIM hat sich noch niemand geäußert. 1524 war die Reformation auf ihrem Höhepunkt. Viele Anrufer meinen, das hätte was mit dieser Zeit zu tun. Wir leben in Thüringen, in einem der beiden Kernländer der Reformation.«

»Welches ist das andere?«, wollte Woltmann, dessen Religionskenntnisse nicht besonders profund waren, neugierig wissen.

»Sachsen-Anhalt!« Scholz blickte den Kollegen misstrauisch an.

»Ah, ja, klar!«

»Das bringt uns jetzt nichts«, winkte Scholz ab und schaute griesgrämig drein. »Mir leuchtet nicht ein, was diese Hochgräber fünfhundert Jahre später mit Luther und seiner Zeit zu tun haben sollen.«

»Stimmt!« Hoppe blätterte in ihrem Notizbuch. »Ich glaub auch, dass wir eher in der Gegenwart suchen müssen. Vor allem hängt die Formel mit der Familie van Bruns zusammen. Aber die behauptet ja, mit TIM 1524 nichts anfangen zu können.«

»Kommen Sie, Kollege Woltmann, wir fahren jetzt zu diesem Iffland. Vielleicht bringt uns das ja weiter.«

Hoppe erhob sich, und Woltmann tat es ihr gleich. Da stürmte plötzlich Remde mit den Worten: »Der Fall ist nicht beendet!«, in den Raum.

Alle sahen ihn fragend an. Sie hörten seiner Stimme an, dass etwas passiert war.

»Ja, der Fall ist nicht beendet. Wir fahren in den Park an der Ilm. Dort gibt es ein weiteres Hochgrab! Von einem Spaziergänger entdeckt!«

»Was? Ein weiteres Hochgrab? Und was ist drin?« Hoppes Stimme überschlug sich.

»Eine Leiche!« Remde biss sich auf die Lippen. »Männlich!«

Damit bekam die Sache mit den Gräbern eine ganz andere Dimension. Jetzt hatten sie ihren richtigen Kriminalfall!

* * *

Noch vom Büro aus rief Remde im Erfurter Landeskriminalamt an und forderte speziell ausgebildete Spurenermittler zur Untersuchung des Hochgrabs und der Leiche an. Als Remde, Hoppe, Scholz und Woltmann am Liszt-Haus auf der Parkzufahrt ihre Autos abstellten und den Weg zum Fundort entlangeilten, sahen sie schon von weitem eine Menschentraube. Sie hatte sich hinter den rot-weißen Absperrbändern gebildet, die die Streifenpolizistinnen Daniela Klein und Jessica Storch provisorisch um das Hochgrab gezogen hatten. Das Grab lag an der Mauer des Russischen Friedhofs, nur wenige Meter von der Ruine des Tempelherrenhauses entfernt. Und es war groß, viel größer als die bisher gefundenen Hochgräber. Ein richtiger Hügel, keine sanfte Erhebung, keine Bodenwelle. Die Erde des Grabhügels war mit einem Spaten festgeklopft worden. Entdeckt hatte das Hochgrab ein Rentner, oder vielmehr dessen elegant frisierter Foxterrier. Der hatte sich laut bellend mit seiner Schnauze in die Erde gewühlt und zunächst eine Hand, dann einen nackten Arm freigegraben. Als sein Herrchen, ein Herr Waldemar Müller, dies erkannte, leinte er ihn, wie es der Parkordnung entsprach, an. Weil er kein Handy mit sich führte, eilte er zu den Jugendlichen auf der Kiwi, eine Abkürzung für die bei gutem Wetter von vorwiegend jungen Menschen belegte sogenannte Kifferwiese. Er bat sie, die 110 zu wählen.

Jetzt stand Herr Müller mit seinem schwanzwedelnden Foxterrier am Rande der Szenerie, etwas abgesetzt von der Menschenmenge, die sich aus Jugendlichen, einigen Rentnern und vielen Touristen zusammensetzte.

Die Kriminalpolizisten musterten den Fundort und sahen sich die unmittelbare Umgebung an. Wenig später trafen die Erfurter Spurensicherer ein. Sie vergrößerten den Radius des Sperrgebiets, baten auch die Weimarer Kollegen, den Fundort zu verlassen, und stellten erste Täfelchen mit Zahlen auf, um das Geschehen zu rekonstruieren.

In der Zwischenzeit war auch Stoffels eingetroffen. Er setzte ein großes Objektiv auf und wartete offensichtlich darauf, dass die Leiche ganz von der Erde befreit wurde, um sie zu fotografieren. Doch dem beugten die Erfurter Landeskriminalisten vor, indem sie eine Spanische Wand um das Hochgrab aufstellten. Beinahe jede Erdkrume untersuchten sie. Es dauerte lange, bis sie das Gesicht der Leiche freigelegt hatten. Jürgen Seifert vom LKA winkte Remde und Hoppe heran. Woltmann und Scholz folgten den beiden. Eindringlich betrachteten die vier Weimarer Kriminalisten das von Erde verschmierte Antlitz. Über dem Mund klebten kreuzweise zwei schwarze Gewebebänder. Die Augen der Leiche waren weit aufgerissen, das Augenweiß war vor lauter Erde nicht mehr zu erkennen. Die Haare, soweit sie nicht von Erdklumpen verschmutzt waren, schienen rotblond zu sein. Ein fetter Regenwurm kroch über die Nase, als ob diese ein Hindernisparcours wäre.

»Den kenn ich nicht!« Remde wirkte ratlos.

Auch die anderen Polizisten vor Ort wussten nicht, wer der Mann war. Der Polizeifotograf schoss einige Porträtbilder.

Das Opfer, so sah es zumindest aus, war bei lebendigem Leib begraben worden. Das Klebeband verhinderte, dass irgendjemand seine Schreie hörte. Der getötete Mann war mit Jeans und einem blauen Baumwollpullover bekleidet, schätzungsweise fünfundvierzig Jahre alt. Vorsichtig öffnete Jürgen Seifert den aufgequollenen Mund des Toten. Mit einer Pinzette zog er eine zusammengeknüllte Plastikhülle daraus hervor, die die Funktion eines Knebels erfüllt hatte. Im Verbund mit den Klebestreifen raubte sie dem Mann jede Möglichkeit, durch den Mund zu atmen. Als dann die Erde Schaufel für Schaufel auf ihn fiel, schaffte er es auch nicht mehr, durch die Nase Luft zu holen. Die Ergebnisse der KTU waren abzuwarten. Aber vieles deutete darauf hin, dass der Mann einen langsamen und grauenvollen Tod gestorben war.

Seifert öffnete mit weißen Einweghandschuhen vorsichtig die Plastikhülle. Ein Stück Papier kam zum Vorschein, das er langsam auseinanderfaltete. Er hielt es den Kripobeamten hin, die fast im Chor flüsterten, was dort geschrieben stand: TIM 1524.

Einige Zeit später kam ein Mercedes Kombi mit abgedunkelten Fenstern angefahren: das städtische Bestattungsunternehmen. Die beiden Bestatter sahen selbst morbide aus, mit schütterem Haar, traurigem Schnurrbart und dürr der eine, der andere mit kantigem Gesicht und blauroter Trinkernase. Sie legten die Leiche behutsam auf ein grünes Tuch in einen Sarg. Ihr nächster Weg führte sie zur Obduktion in die Rechtsmedizin des Universitätsklinikums Jena.

* * *

Die Ilm schimmerte silbern im Licht des fast vollen Mondes. Nur noch aus wenigen Restaurants drangen die frohen Stimmen von Touristen ins Freie, die sich bei Klößen und Schwarzbier auf ein Wochenende in Weimar einstimmten. In den Büros der Kripo brannten alle Lampen. Mit starkem Kaffee kämpfte so mancher Beamte gegen die aufkommende Müdigkeit an. Aus der scheinbaren Störung der Totenruhe, einem Puppen- und einem Hundegrab war ein veritabler Mordfall geworden. Um dreiundzwanzig Uhr lud Remde schließlich zu einer großen Runde in den Besprechungsraum ein. Das hieß, dass zumindest Jürgen Seifert und Jenny Ehrentraut vom LKA in Erfurt mit dabei waren, um die ersten Ergebnisse der KTU zu präsentieren. Remde seinerseits konnte mit einem vorläufigen Bericht aus der Jenaer Gerichtsmedizin aufwarten. Er setzte seine Lesebrille auf.

»Todeszeitpunkt war vermutlich zwischen zwei und drei Uhr nachts am Freitag, dem 11.04.2014.« Er kaute am Bügel seiner Brille. »Das war also heute. Hm.« Er setzte die Brille wieder auf. »Todesursache sind Erdpartikel in den Atemwegen, die zum Ersticken geführt haben.«

»Der oder die Täter haben ihn also wirklich lebendig begraben?« Die dunkle Stimme von Mandy Hoppe vibrierte sanft. Trotz ihrer vielen Jahre bei der Kripo machte ihr die Vorstellung, dass das Opfer auf so grauenhafte Weise erstickt war, zu schaffen.

»Ja, es sieht danach aus.«

»War er bei Bewusstsein?«

Remde blätterte im Bericht der Gerichtsmedizin.

»Tja, das kann ich dem Bericht nicht genau entnehmen. Ist ja auch ein vorläufiger. Hier steht aber, dass sich in seinem Magen Reste eines Mittels finden ließen, das Übelkeit und Brechreiz verursacht.«

»Warum hat er sich nicht gewehrt? Der Täter hat ihm zwar den Mund fest zugeklebt. Er konnte nicht mehr laut schreien. Aber er wird sich doch nicht freiwillig ins Grab gelegt haben?«

»Er muss betäubt gewesen sein«, warf Scholz ein. »Wenn Erdpartikel in seiner Lunge sind, ist er wahrscheinlich am Fundort gestorben. Der hat Erde eingeatmet!«

Remde überflog das Fax aus Jena. Nur einige Stichworte las er halblaut vor: »Äußere Leichenschau ergab keine Tätowierungen, Piercings, sonstige Auffälligkeiten – die kleinen Zehen ohne Nägel – Blutprobe – Gewebeprobe – Laborergebnisse frühestens morgen Abend ... Schätze mal, dann erfahren wir definitiv, ob das stimmt, was Scholz sagt. Also, dass das Opfer betäubt war.«

»Chef, ich kann mir nicht vorstellen, dass das einer alleine getan hat.« Hoppe zeichnete einige Striche auf ein Papier, eine Skizze oder Tabelle. »Einer war nötig, um die Leiche zu schultern. Ein andrer musste einen Spaten tragen, auch eine Lampe. Das waren mindestens zwei Täter.«

»Er kann das betäubte Opfer zuerst im Park versteckt haben. Dann ist er noch mal weggegangen und hat das Werkzeug geholt. Aber stimmt schon, Kollegin. Ich glaube auch, dass es kein Einzeltäter war.«

»Kaum vorstellbar, dass den ganzen Vorgang niemand gesehen haben soll. Wir sollten nach Zeugen suchen.«

»Mit Verlaub, Frau Hoppe, ich glaube nicht, dass wir Zeugen finden werden. Um diese Uhrzeit ist normalerweise niemand mehr im Park unterwegs.« Woltmann hatte die Beine übereinandergeschlagen, wirkte lässig. »Die Kneipen sind unter der Woche alle schon um diese Uhrzeit geschlossen. Auch sonst ist nix mehr los in der Stadt. Von Freitag auf Samstag ist das was anderes. Da treiben sich die jungen Leute von der Uni überall rum, auch nachts. Aber eben nicht von Donnerstag auf Freitag. Die Studierenden haben Freitag früh noch Vorlesungen. Wenn da überhaupt um diese nachtschlafende Zeit jemand Richtung Belvedere unterwegs ist, dann auf dem Fußweg an der Allee, nicht auf den dunklen Parkwegen. Ich wohne ja in der Belvederer Allee. Bin schon öfters um diese Zeit nach Hause gegangen.«

»Durch den Park?«

»Nein, Chef, eben gerade nicht. Sondern auf dem Fuß- und Fahrradweg an der Allee. Im Park ist es sehr dunkel.«

»Gut, gut. Was wir als Erstes hinbekommen müssen, ist die Identifizierung der Leiche. Wie weit sind wir damit?«

Seifert und Ehrentraut vom LKA berichteten. Es gab nur wenige DNA-Spuren, noch weniger Fingerabdrücke an der Leiche und im Umfeld des Hochgrabs. Kein Ausweis, kein Führerschein, kein Geldbeutel.

»Der offenbar zuvor betäubte Mann ist in einem ganz gewöhnlichen Plastiksack zum Tatort transportiert worden.« Seifert las die handschriftlichen Notizen eines seiner Kollegen, der bereits nach Erfurt ins LKA zurückgefahren war, von einem Blatt Papier ab.

»So ein blauer Sack? Wie beim Müll?«

»Ja, Herr Remde, wahrscheinlich. Die Farbe ist hier nicht aufgeführt.«

»Das hilft uns aber nicht weiter, was die Identität des Mannes betrifft.«

»Vielleicht kommen wir so weiter!« Hoppe zog den Ausdruck einer aktuellen Anzeige hervor, die bei der Polizei Weimar eingegangen war. Am Nachmittag hatte sich eine Frau bei ihnen gemeldet, die ihren Mann vermisste, den sie gestern Vormittag beim Frühstück zum letzten Mal gesehen hatte. Er war abends nicht von der Arbeit nach Hause gekommen. Nie verreiste er, ohne dass sie davon wusste. Auch in seinem Büro traf sie ihn nicht an. Seit gestern Mittag war der Anrufbeantworter an. Er hatte sich nicht zurückgemeldet. Auch sein Handy reagierte nicht und war offenbar abgeschaltet.

»Hatten wir so etwas nicht schon mal in Weimar?« Remde grübelte. »Ich meine die Frau, deren Auto wir in der Rießnerstraße gefunden haben?«

»Richtig. Die war auch von heute auf morgen spurlos verschwunden. Aber die hat alleine gelebt. Das ist bei diesem Mann anders. Er hat Familie.«

»Dann sollten wir schleunigst seine Frau aufsuchen und ihr ein Foto des Opfers zeigen!« Remde blickte zu Hoppe und Woltmann. Die streiften sich ihre Jacken über und erhoben sich.

»Und Sie, Scholz, veranlassen bitte umgehend, dass alle Weimarer Parks ab sofort so oft wie möglich bestreift werden, klar?«

Scholz nickte pflichtergeben.

»Vor allem, wissen wir denn, ob mit diesem Mord Schluss ist? Als ich damals den Serienmörder gestellt habe, der seine Opfer erst mit den Händen, dann mit einem Metalldraht und dann mit einem Gartenschlauch …«

»Chef, wir fahren dann mal los!« Hoppe würgte Remde einfach ab. Das konnte nur sie sich erlauben.

»Stopp, bevor hier alle abhauen! Die Kollegin Meisinger soll in alten Unterlagen schauen, ob es schon einmal solche Hochgräber in Zusammenhang mit einem Mord gegeben hat. Wer sagt ihr das?«

Mandy Hoppe fiel ein, dass sie ihre Freundin Nicole schon längst darum gebeten hatte.

»Mach ich, ich sag's ihr Montag!«

»Montag! Montag!« Auf Remdes Stirn bildete sich eine zornige Falte. »Wir können nicht trödeln, Hoppe. Holen Sie die Meisinger spätestens morgen früh aus dem Wochenende!«

Mandy dachte an Nicoles Situation als alleinerziehende Mutter. Wo sollte sie so schnell jemanden herbekommen, der auf ihre Alma aufpasste? Die Eltern der Kollegin verreisten oft am Wochenende und standen eventuell nicht zur Verfügung.

»Ich kümmere mich drum.« Sie sah den Chef streng an. Nicht allzu oft durfte sie das tun, sonst verlor der Blick seine Wirkung. Aber heute war so ein Tag. Sie musste sich nur für morgen etwas einfallen lassen, wenn Nicole nicht käme und Remde sie daraufhin befragte. Aber so, wie sie ihren Chef kannte, hatte der die Sache mit Nicole morgen schon wieder vergessen. Es genügte völlig, wenn die Kollegin am Montag die Akten durcharbeitete. Erst einmal mussten sie die Frau befragen, die ihren Mann vermisste. Sie wohnte in einem Dorf südlich von Weimar.

Es war schon nach dreiundzwanzig Uhr, als Hoppe und Woltmann bei ihr klingelten. Der Klingelton hallte leise durch die wenigen Straßen des Ortes, verursachte aber ein vielstimmiges Hundegebell, das nur ganz langsam wieder abebbte.

* * *

Das Licht im Flur ging an. Der Schemen einer korpulenten Frau bewegte sich hinter dem Sichtschutzglas der Eingangstür auf die beiden Beamten zu. Die Frau nestelte an einem Schlüsselbund herum, dann öffnete sie schlaftrunken die Tür. Hoppe und Woltmann stellten sich ihr vor und hielten ihr die Dienstausweise entgegen. Mehrere Angstfurchen bildeten sich auf der Stirn der Frau. Unwillkürlich fasste sie nach hinten, hielt sich an der Garderobenwand fest, um nicht das Gleichgewicht zu verlieren.

»Was ist, sagen Sie mir, was, was ist mit meinem Mann?«

»Dürfen wir reinkommen?«

Die Frau nickte und führte Hoppe und Woltmann in das schlichte, aber geschmackvoll eingerichtete Wohnzimmer. Die Wände waren komplett mit Bücherregalen zugestellt.

»Sie sind Frau Bornemann?«

»Ja!«

»Frau Bornemann, wir müssen Ihnen jetzt Fotos zeigen. Fotos, die nicht schön sind. Sollen wir einen Arzt rufen, der Ihnen etwas zur Beruhigung gibt?«

»Nein, es geht schon. Habe schon eine Tablette genommen. Bitte, zeigen Sie mir endlich die Fotos!«

Hoppe öffnete die Fotogalerie in ihrem Smartphone und zeigte der Frau die betreffenden Aufnahmen. Frau Bornemann starrte in das Gerät, als ob der Teufel selbst ihr von dort entgegenspringen würde. Ihre Lippen bebten, sie transpirierte stark.

»Frau Bornemann, ist das Ihr Ehemann?«

Lange dauerte es, bis die Angesprochene ein kaum hörbares »Ja« hauchte.

»Gegenüber unseren Kollegen haben Sie einen anderen Namen genannt als Bornemann. Nämlich …« Die Kommissarin blätterte in ihrem Notizbuch, ohne fündig zu werden. »Sie tragen nicht denselben Nachnamen wie Ihr Mann?«

Die Angesprochene nickte nur leicht. Im selben Augenblick zuckten Woltmann und Hoppe zusammen. Die Tür hatte sich geöffnet. Vor ihnen stand ein Jugendlicher in blauem Schlafanzug und mit Flaumbart.

»Was ist denn hier los, Mama?« Er setzte sich neben sie aufs Sofa und beäugte argwöhnisch die beiden Polizeibeamten. Sie stellten sich ihm vor.

»Darf ich Sie um Ihren Namen bitten?«, fragte Hoppe.

»Ich?« Der Jugendliche tippte sich auf die Brust, obwohl klar war, dass nur er gemeint sein konnte.

»Also, ich heiße Fabian. Fabian Ferber.«

Nach einigen Fragen, die so gut wie keine neuen Erkenntnisse brachten, schrieb die Kommissarin TIM 1524 auf einen Zettel und hielt ihn Mutter und Sohn hin. Sie schüttelten apathisch den Kopf. Der Zustand von Nadine Bornemann verschlechterte sich zusehends. Sie begann, am ganzen Körper zu zittern. Hoppe bot ihr erneut an, einen Arzt oder eine Psychologin zu verständigen.

Als sie in die Polizeiinspektion zurückfuhren, war ihnen klar, dass sie in dieser Nacht kaum Schlaf finden würden. Sie mussten über das Opfer im Internet recherchieren, seinen Arbeitsplatz aufsuchen, sich in seinem sozialen und beruflichen Umfeld nach ihm erkundigen. Von Nadine Bornemann hatten sie nur erfahren, dass ihr Mann ein Schreibbüro in der Weimarer Altstadt führte. Immerhin war die Leiche im Park an der Ilm nun identifiziert: Dominik Ferber, Biograph und Autor.

SAMSTAG, 12. APRIL 2014

Obwohl es Samstag war und viele Kollegen von der Landespolizeiinspektion Jena das Wochenende genossen, forderte Remde von dort Verstärkung an. Ein Mord mit so vielen Verflechtungen, wie sie sich jetzt abzeichneten, benötigte ein größeres Team. Die auf diese Weise entstandene Sonderkommission bekam den Namen »Hochgrab«.

In aller Frühe durchsuchten Spurenermittler das Büro Ferbers. Woltmann und Hoppe waren zugegen und fanden auf dem Schreibtisch drei Mappen: Eine enthielt Unterlagen zur Familie van Bruns und der Firma Brunshelp. Die zweite beinhaltete verschiedene Zeitungsartikel, Kopien, Briefe, Manuskripte und Faltblätter zum Thema Sekten. Die dritte umfasste ein Konvolut von Gedrucktem, das sich mit Ruhewäldern in Thüringen beschäftigte. Woltmann und Hoppe überflogen das gesamte Material etwa eine Stunde lang. Ein IT-Spezialist nahm Computer und Laptop mit, um sie in Erfurt auszuwerten. Mit einem Stick zogen sie die Dateien herunter und überließen sie den Weimarer Ermittlern, so dass diese sie in der Zwischenzeit gleichfalls nach Hinweisen durchforsten konnten.

Auch im Park an der Ilm ging kurz nach Sonnenaufgang die Spurensuche weiter. Nach einigen Stunden orteten die Kriminaltechniker das Smartphone Ferbers. Der oder die Täter hatten es in die Ilm geworfen, vorher aber alle Daten gelöscht und die Apps entfernt, außerdem das Gehäuse durch Tritte oder Schläge mit einem harten Gegenstand zu zerstören versucht. Das träge Wasser hatte das Smartphone entweder ans Ufer einer der Flusswindungen geschwemmt, oder die Täter hatten es in der Dunkelheit nicht weit genug ins Wasser geworfen.

Vom Erfurter LKA und von der Rechtsmedizin der Universitätsklinik Jena trafen weitere Ergebnisse ein. Erste Berichte tauchten im Internet und im Radio auf. Bei Facebook kursierten zahlreiche Fotos und Filme vom Tatort, die, kurz bevor die Polizei eintraf, aufgenommen worden waren. Darauf zu sehen: der Erdhaufen, aus dem die Hand des Toten herausschaute. Daneben der schnüffelnde Foxterrier und sein Herrchen Waldemar Müller, der mit einem Stock im Hochgrab stocherte. Die Absender dieser Fotos und Filme waren Jugendliche von der Kifferwiese, die solch ein Spektakel auch nicht alle Tage geboten bekamen. Für ihre Beiträge ernteten sie eine Vielzahl von »Gefällt mir«-Klicks. Die Weimarer Jugend hatte ihr Wochenendthema gefunden.

Mehrere Augenzeugen meldeten sich. Darunter ein Kellner des italienischen Restaurants »Valpolicella« am Frauenplan und ein älterer Herr, der im Haus gegenüber von Ferbers Büro wohnte. Beide hatten das Mordopfer am Donnerstag noch gesehen. Aus allem ergab sich der ungefähre Verlauf der letzten Stunden im Leben des Dominik Ferber. Demnach war er am Donnerstag bis gegen einundzwanzig Uhr in seinem Büro gewesen. Beim Italiener am Frauenplan speiste er dann alleine. Dabei verließ er einmal für einige Minuten seinen Tisch, um draußen vor der Tür ein Telefonat zu führen oder jemanden zu treffen. Waren diese Aussagen des italienischen Kellners zutreffend, könnte das ein geeigneter Augenblick gewesen sein, ihm heimlich ein Mittel ins Essen oder in den Rotwein zu kippen. Jedenfalls hörte ein Restaurantbesucher eine halbe Stunde später, als Ferber mit dem Essen bereits fertig war, einen zweiten Rotwein trank und sich danach zur Toilette begab, hinter der geschlossenen Toilettentür Würgegeräusche. Auf seine Frage, ob er helfen könne oder einen Arzt rufen solle, habe der Mann im WC geantwortet, alles sei in Ordnung. Ferber kam von der Toilette aber nicht mehr ins Restaurant zurück. Er musste sich durch den Hinterausgang entfernt haben, ohne zu zahlen. Ein anderer Restaurantbesucher berichtete dem wegen der Zechprellerei verärgerten Kellner, es sei im Vorraum der Toilette bei den Waschbecken zu einer verdächtigen Situation gekommen: Dominik Ferber habe kreidebleich und benommen am Waschbecken gestanden, während sich zwei Personen am Hinterausgang aufhielten, scheinbar um eine Zigarette zu rauchen. Dass die Zigarette allerdings wohl nur ein Vorwand gewesen war, ließ sich aus der Aussage eines Gastes im benachbarten Hotel schließen: Der sah im Halbdunkel des Hinterausgangs, wie zwei Gestalten einen großen Gegenstand in den Kofferraum eines dunklen Kombiwagens hievten und davonfuhren. Gut möglich, dass dieser Gegenstand Ferber war, den sie vielleicht mit einem Schlag auf den Hinterkopf außer Gefecht gesetzt hatten.

Den Anwohnern von Ferbers Büro war außerdem ein Mercedes mit dem Kennzeichen EF-KH-111 aufgefallen, der in der kleinen Gasse frech auf dem Bürgersteig parkte und die Fußgänger zu einem kleinen Umweg nötigte. Es war ein Leichtes herauszufinden, dass dieses Auto dem Unternehmer und Kandidaten für das Europäische Parlament, Dr. Konrad Horstmüller, gehörte. Wieder kreuzte er, wie schon in Ettersburg, den Weg der Ermittler. Allerdings hatte er ein Alibi: Die Thüringer Parteispitze tagte an diesem Abend bei einem Mexikaner im Haus gleich neben Ferbers Büro. Horstmüller hielt sich dort fast bis Mitternacht auf. Anschließend ließ er sich von einem Fahrer nach Hause chauffieren, da er reichlich Rotwein getrunken hatte.

Für die Weimarer Kripo ergaben sich dadurch mehrere Ermittlungsansätze. Zum einen war die Familie van Bruns mit Dominik Ferber eng verbunden. Am heutigen 80. Geburtstag des Seniorchefs sollte Ferber dessen Biographie präsentieren. Zwar fanden sich eine Fülle von Materialien aus der Familien- und Firmengeschichte der van Bruns und auch eine Datei, die die Biographie enthielt, in Ferbers Unterlagen. Aber eine gedruckte und gebundene Ausgabe gab es nicht.

Eine andere Ermittlungsrichtung leitete sich von Ferbers Materialsammlung zu Sekten in Thüringen ab. Wer sich mit bestimmten Sekten anlegte, galt als gefährdet. Scientology, Satanisten, Zeugen Jehovas, die Zwölf Stämme – zu diesen und vielen anderen hatte Ferber Unterlagen und entlarvende Aussteigerberichte gesammelt, die brisant waren und an deren Veröffentlichung den Sekten nicht gelegen sein konnte.

Und noch eine dritte Spur ergab sich in diesen Stunden. In den Unterlagen aus Ferbers Büro tauchte abermals ein Mann auf, den Hoppe und Woltmann, kurz bevor die Leiche im Park an der Ilm gefunden worden war, aufsuchen wollten: Lothar Iffland war nicht nur in dieselbe Schule wie Dominik Ferber gegangen, sondern ihm auch vor zwei Monaten bei einem Klassentreffen wiederbegegnet. Was hatten die beiden da besprochen? Wieso lagen Ifflands Visitenkarte und die Einladung zum Klassentreffen ganz oben auf Ferbers Schreibtisch? Mittlerweile wussten die Ermittler ja auch, dass Iffland vor vier Jahren die Leiche der Erika van Bruns von Weimar nach Batzingen zur Bestattung im Ruhewald gebracht hatte. Kurz darauf war seine Bestattungsfirma »Ruhesanft« pleitegegangen. Die Weimarer Ermittler waren sich einig, Iffland schnellstmöglich einen Besuch abzustatten. Auch die Familie van Bruns verdiente keine Schonung, trotz des achtzigsten Geburtstags. Sie wusste vermutlich viel mehr, als sie bei den bisherigen Gesprächen zugegeben hatte.

* * *

»Ja?«

»Kripo Weimar!«

Der Türöffner summte. Hoppe und Woltmann hatten Glück, Iffland am Samstagnachmittag in seinem Büro in der Bodelschwinghstraße anzutreffen. Von hier aus waren es gerade einmal zweihundert, dreihundert Meter Luftlinie bis zur Fundstelle von Ferbers Leiche.

»Hoppe lautet mein Name. Das ist mein Kollege Woltmann.«

Mit einem süffisanten Lächeln blickte Iffland Woltmann in die Augen.

»Wir kennen uns bereits. Und dass der Herr kein interessierter Kunde war, sondern ein Bu…, pardon, ein Kriminalbeamter, war nicht besonders schwer zu merken.«

Woltmann kniff die Augen zusammen. In den Worten Ifflands lag etwas Beleidigendes, Herablassendes, das sich jedoch nicht konkret festmachen ließ. Er entschied daher, nicht darauf zu reagieren, und nickte Hoppe kurz zu. Die begann mit der Befragung. Iffland erläuterte die Geschäftsidee seiner *Dein Grab unter Bäumen GmbH*, zeigte Fotografien von anderen Ruhewäldern und informierte über den Stand der Thüringer Anträge. Im Gegensatz zu Woltmanns erstem Besuch zeigte sich Iffland diesmal deutlich gesprächiger. Während er sprach, examinierte Woltmann den Raum, den Schreibtisch. Er sah Klebestifte, Scheren, einen Stapel Zeitungen.

»Gut, danke.« Hoppe hatte sich geduldig Ifflands Monolog zu den Ruhewäldern angehört. »Sagen Sie, Sie haben doch Erika van Bruns nach ihrem Tod nach Batzingen überführt und ihre dortige Beisetzung in einem Ruhewald organisiert.«

Iffland nickte, zündete sich einen Zigarillo an und blies den Rauch in Richtung der Polizisten.

»Ja und, ist das verboten?«

»Lief damals alles nach Ihrem Wunsch?«

»Ja, Frau Kommissarin, warum die Nachfrage?«

Hoppe und Woltmann sahen sich kurz an. Sie hatten beide ein kurzes Zögern sowie ein Zucken in Ifflands Gesicht bemerkt, bevor er antwortete.

»Wir wissen, Herr Iffland, dass Ihre Bestattungsfirma ›Ruhesanft‹ kurz nach der Batzinger Beerdigung in Insolvenz gegangen ist.«

Hoppe blickte Iffland direkt in die Augen und hielt den Blickkontakt so lange aufrecht, bis Iffland den Kopf wandte und einige Schlucke Wasser aus einer Flasche trank.

»Sie wollen darüber nicht reden, Herr Iffland? Gut, dann werden wir eben auf anderem Weg herausfinden, was damals geschehen ist.«

Jetzt sah Iffland sie wieder an. Er zeigte keine Regung. Kein Schulterzucken, kein Nicken, keine Geste. Starr saß er auf seinem Schreibtischstuhl und schaute der Kommissarin über den Tisch hinweg in die Augen. Allerdings schien er mit seinen Gedanken weit weg zu sein. Woltmann ignorierte er völlig, bis dieser sich direkt an ihn wandte.

»Herr Iffland, in der vorletzten Nacht ist Dominik Ferber ermordet worden. Wann haben Sie ihn zuletzt gesehen?«

»Keine Ahnung!« Iffland erwachte aus seiner Lethargie. »Oder warten Sie, doch, jetzt fällt's mir wieder ein. Vor einigen Monaten war ein Klassentreffen, an dem hat er teilgenommen.«

Woltmann nickte Hoppe zu. Iffland bestätigte, was sie den Unterlagen auf Ferbers Schreibtisch bereits entnommen hatten.

»Und wie war dieses Klassentreffen? Speziell Ihre Begegnung mit Ferber?«, hakte Woltmann nach.

»Och, ich würde mal sagen: Kühl!«

»Kühl? Sie haben sich nicht gemocht?«

Iffland lachte auf. »Gemocht? Nein, wirklich nicht. Wir waren immer Konkurrenten. Im Unterricht, im Sport, auf dem Schulhof. Ja, einmal haben wir uns sogar in dasselbe Mädchen verliebt. Dominik Ferber suchte die Herausforderung. Meistens verlor er gegen mich, konnte mit der Verliererrolle aber nicht besonders gut umgehen. Deshalb der ständige Konkurrenzkampf in der Schule. Immer wieder wollte er mich besiegen. Tja, das hätte er mal besser gelassen.«

»Und wegen dieser frühen Konkurrenz sind Sie lebenslang Feinde gewesen?«

»Ach, Herr Woltmann, Feinde ist dafür ein zu hartes Wort. Sagen wir mal, Gegner. Allerdings hatten wir in den letzten Jahren kaum noch Kontakt.«

»Sie wissen, dass Ferber eine Biographie über Helmut van Bruns geschrieben hat?«

»Ach ja, hat er?«

»Sie wussten davon?«

»Äh, nein, wieso sollte ich?«

»Herr Ferber sollte die Biographie heute Abend auf der achtzigsten Geburtstagsfeier von Helmut van Bruns präsentieren. Wozu es jetzt ja nicht mehr kommt.«

Iffland zündete sich einen Zigarillo an und blies den Rauch in Wölkchen nach oben.

»Wissen Sie eigentlich, werte Polizei, dass mir der Tod von Ferber, vielmehr die Art und Weise, wie er bestattet wurde, geschäftliche Vorteile verschafft?«

Iffland erläuterte seine Pläne, Plätze für die letzte Ruhe auch an klassischen Orten, in den Parks in und um Weimar anzubieten.

»Eigentlich könnte ich ein Foto von Ferbers Hochgrab als Werbemotiv verwenden. Damit lässt sich das Potenzial von Ruhewäldern an klassischen Orten bestens demonstrieren. Das

Ferber-Grab neben dem Sowjetischen Friedhof, der Tempelherrenruine und nur wenige Meter von den Parkhöhlen, dem Liszthaus und der Bauhaus-Universität entfernt. Auch zum Goethe-Gartenhaus ist es nicht weit. Genauso können exklusive Gräber aussehen. Solche hätte ich gerne in meinem Portfolio! Natürlich nur einige wenige. Aber genau solche Orte, nicht direkt an der Touristenstrecke, wären denkbar. Einen besseren Ort für Ferbers Leiche hätte man nicht finden können. Der Weimarer Schöngeist. Jetzt hat er alle Bezüge an seiner letzten Ruhestätte vereint. Jaja, früher hat der Ferber mich geärgert. Jetzt, mit seinem Tod, hilft er mir. Irgendwann gleicht sich eben alles aus.«

»Herr Iffland, wo waren Sie vorgestern Abend ab circa einundzwanzig Uhr?«

Iffland drehte sich mit seinem Schreibtischstuhl zur Seite und sah ausdruckslos zur Fensterbank, wo eine Amsel aufgeregt hin und her hüpfte.

»Zu Hause!«

»Kann das jemand bezeugen?«

»Nein. Ich lebe alleine.«

»Sind Sie vielleicht von einem Ihrer Nachbarn gesehen worden? Oder haben Sie mit jemandem telefoniert?«

Iffland sah die beiden Beamten weiterhin nicht an und schüttelte nur leicht den Kopf.

»Herr Iffland. Was sagt Ihnen dieses Kürzel?« Woltmann hielt ihm einen Zettel mit der Formel TIM 1524 hin. Iffland musterte den Schriftzug lange und zog immer wieder an seinem Zigarillo.

»Nichts.«

»Wirklich gar nichts? Auch in Zusammenhang mit Ruhewäldern sagt Ihnen die Formel nichts?«

»Nein, sagt mir nichts.«

Woltmann bat Hoppe mit einem Blick, das Gespräch weiterzuführen.

»Dr. Konrad Horstmüller ist gegen die von Ihnen geplanten Ruhewälder. Kennen Sie ihn persönlich?«

»Nein. Persönlich nicht. Eigentlich komisch. Wo wir doch ein großes gemeinsames Thema haben.«

»Die Ruhewälder!«

»Ja! Wir reden oder besser streiten indirekt in der Presse, im Internet oder mittels Leserbriefen miteinander oder vielmehr gegeneinander. Er ist mein Gegenspieler, wenn Sie so wollen. Allerdings nur einer von vielen.«

Von der Straße her waren durch das gekippte Bürofenster laute Stimmen zu hören. Leute stritten miteinander, ein Hund bellte aufgeregt. Hoppe sah zu Woltmann, dann auf die Uhr.

»Gut, Herr Iffland, wir werden uns sicher nicht das letzte Mal gesprochen haben. Auf Wiedersehen«, verabschiedete sich Hoppe. Woltmann nickte nur kurz.

Stumm gingen sie zum Dienstwagen, stiegen ein.

»Na, was hast du für einen Eindruck von dem, Sascha? Glaubst du, dass er etwas mit dem Tod von Dominik Ferber zu tun hat?«

»Hm. Dazu fehlt mir ein eindeutiges Motiv. Die frühere Konkurrenzsituation aus der Schulzeit reicht dazu nicht aus, die gibt's in jeder Klasse.«

»Wenn er aber gewusst hat, dass Ferber eine Biographie über van Bruns schreibt? Das könnte Ferber beim Klassentreffen ausgeplaudert haben.«

»Ja, schon. Aber warum sollte Iffland ein Problem damit haben, dass Ferber eine Biographie über van Bruns schreibt? Das ist doch kein Grund, ihn umzubringen!«

»Aber du hast vorhin doch auch Ifflands Zögern und das Gesichtszucken bemerkt, als ich ihn nach van Bruns gefragt habe!«

»Ja, stimmt!«

»Ich glaube, Ifflands Beziehung zu van Bruns ist eine viel persönlichere, als er uns gegenüber zugegeben hat.«

»Wir müssen van Bruns junior und senior in dieser Sache hart angehen.«

»Am achtzigsten Geburtstag?«

»Tja, wir haben uns das Timing nicht ausgesucht. Auch an van Bruns Achtzigstem müssen wir unsere Arbeit tun!«

Hoppe startete den Motor und meinte dann:

»Mir ist noch was aufgefallen. Als du den Namen Horstmüller erwähnt hast.«

»Ja, was?«

»Er hat ganz kurz nach links geschaut.«

»Was war da?«

»Ein Zeitungsstapel, seitlich auf dem Schreibtisch.«

»Und?«

»Aus dem Stapel schaute ein Stück Zeitung raus, aus der ein Teil rausgeschnitten war.«

»Sicher ein Artikel über die Ruhewälder.«

»Nein, es war nur eine Überschrift.«

Woltmann dämmerte, worauf Mandy hinauswollte.

»Du meinst, Buchstaben, aus denen er DAS IST KEIN APRILSCHERZ zusammengesetzt hat? Die Buchstaben auf Horstmüllers Umschlag? Du glaubst, er droht ihm?«

»Könnte sein. Vielleicht hat er ja irgendetwas gegen ihn in der Hand.«

»Dürfte bei einem Politiker nicht so schwer sein, Mandy. Die sind ja unter Dauerbeobachtung. Wenn die mal was falsch machen, beginnt die öffentliche Jagd.«

»Oder eine Erpressung, Sascha.«

* * *

Der Sophienhof, über der Stadt gelegen, bot ein herrliches Panorama. *Weimar ist eigentlich ein Park, in welchem eine Stadt liegt* – die Worte des Schriftstellers Adolf Stahr aus der Mitte des neunzehnten Jahrhunderts drückten gut aus, was man als so wohltuend in dieser Stadt empfand. Durch glückliche Fügungen und ästhetisch sensible Persönlichkeiten gedieh die Stadt im Laufe der Jahrhunderte nicht nur zu einem herausragenden Ort bedeutender Künste, sondern war auch eine Pilgerstätte für Gartenfreunde und Parkliebhaber. Kaum eine Stadt in Deutschland bot ihren Einwohnern so viele abwechselnde Landschaftsformen und Gartenstile mit großflächigen Wiesen, altem Baumbestand, künstlichen Ruinen und der sanft dahinfließenden Ilm wie Weimar. Von einem vielgliedrigen Fahrradnetz durchzogen, radelten Bewohner wie Gäste der Stadt mit größter Lust an sonnigen Tagen durch die ineinander übergehenden Parks, die vom Geist englischer Landschaftsarchitekten des 18. und 19. Jahrhunderts inspiriert worden waren.

Für die Geburtstagsgesellschaft von Helmut van Bruns waren die Parkanlagen aber allenfalls eine, die allgemeine Feststimmung steigernde Kulisse, auf die sie durch einen kleinen, schattenspendenden Kastanienbaum-Hain des Sophienhofs hinabschaute. *Hier bin ich Mensch, hier darf ich's sein*, die Worte Goethes aus dem Osterspaziergang in Faust I standen als Motto über dem Speise- und Programmblatt zu den Tages-Feierlichkeiten. Nach dem Kaffeetrinken an einer festlich gedeckten Tafel im Freien begab sich die überwiegend aus Damen und Herren gesetzten Alters bestehende Gesellschaft ins Innere des Restaurants, das sich auf französische Speisen spezialisiert hatte. Was ganz den Wünschen von Helmut van Bruns entsprach, der seit Jahrzehnten ein Haus in der Dordogne besaß und dort seinen frankophilen Leidenschaften frönte. Erst im letzten Jahr hatte er auch diese Immobilie an seinen Sohn übertragen. Der

Weg ins südwestliche Frankreich war ihm zu weit und beschwerlich geworden.

Was der Jubilar heimlich erhofft hatte, trat ein. Einige seiner früheren Klassenkameraden stellten sich vor den leise blubbernden Cateringpfannen am Ende der Tischreihen auf und trugen Anekdoten aus der Schulzeit vor. In einer Mischung aus Heiterkeit und Wehmut erinnerten sich die Herrschaften an ihre Jugendstreiche. Mias kindliche Fragen, die sie halblaut einwarf, lockerten die anfangs etwas steife Atmosphäre zusätzlich auf.

Bevor er das Buffet eröffnete, wandte sich Helmut van Bruns mit einer Rede an seine Gäste. Er setzte sich die Lesebrille auf, kramte einige handgeschriebene Zettel hervor und begann, die Anwesenden einander tischweise vorzustellen. Mal waren es die Schulkameraden, mal die Sportgruppe von einst, mal die Batzinger Bekannten, denen er für die lange Anreise dankte. Zum Schluss begrüßte er die wenigen Familienmitglieder: Adrian, Maylin, Mia und einen Cousin aus Mannheim, der mit seiner Tochter angereist war.

»So, meine lieben Gäste. Ich freue mich sehr, dass ihr alle gekommen seid.« Die Rede neigte sich dem Ende zu. Niemand bemerkte, als am gegenüberliegenden Ende des Saales zwei Kriminalbeamte in der Eingangstür auftauchten.

»Bevor ich jetzt das Buffet eröffne, meine Lieben, möchte ich noch etwas erklären.«

Van Bruns berichtete von seinem Plan, eine Biographie schreiben zu lassen.

»Leider, so muss ich sagen, leider haben wir uns auf einen Biographen verlassen, der mit dieser Aufgabe überfordert war.«

Ein Tuscheln und Raunen ging durch den Saal, dem van Bruns mit einer Handbewegung Einhalt gebot.

»Noch ist Polen aber nicht verloren, meine Lieben. Wir haben uns dazu entschieden, den Verfasser der Biographie auf die Herausgabe aller Dokumente zu verklagen.«

Hoppe stupste Woltmann an. »Entweder die wissen noch nichts von Ferbers Tod, oder sie verfügen über herausragende schauspielerische Gaben!«, flüsterte sie.

»Jener Autor hat nämlich auch viele Interviews mit uns und mit Firmenangehörigen geführt. Wir haben ihm viel Geld bezahlt. Darum sind wir der Meinung, einen Anspruch auf diese Interviews zu haben.«

Wieder hob ein Raunen an. Dieses Mal wartete van Bruns, bis es von alleine abebbte.

»Ich bin sehr froh, meine lieben Gäste, in meinem Sohn einen treuen Kämpfer für meine Interessen zu haben.« Die Stimme des Jubilars begann zu brechen. »So treu, wie es in meinem bisherigen Leben nur meine Erika war.« Er zog ein blau-weiß kariertes Stofftaschentuch aus der Hose und schneuzte sich. »Meine Erika, von der ihr sicherlich gelesen habt, dass irgend so ein Lump, so ein gemeiner Kerl, so ein …«

Adrian van Bruns stand auf und flüsterte seinem Vater etwas ins Ohr, das trotz der eingetretenen Stille niemand im Saal verstand. Der alte van Bruns fasste sich und hob das Glas.

»Lasst uns nun, liebe Freunde, im Gedenken an meine geliebte Erika trinken.«

Alle prosteten ihm und einander zu und nippten an den Champagnergläsern.

»Zum Schluss, meine Lieben, möchte ich mitteilen, dass wir uns um einen neuen Autor für meine Biographie bemühen. Wir werden das Buch allen hier Anwesenden zusenden. Aus der Not eine Tugend machen, das haben wir in unserem Leben gelernt, nicht wahr? So wird es auch diesmal sein. Wir werden die Biographie noch um einige Bilder von dieser Feier zusammen mit der heutigen Gästeliste erweitern.«

Erst jetzt bemerkten viele den professionellen Fotografen, einen untersetzten Mann mit weißem Knebelbart, der still im Hintergrund Fotos vom Redner und der Festgesellschaft machte.

»Also, meine Lieben, freut euch auf Post in den nächsten Monaten. Für heute noch einmal ›Zum Wohl‹. Lasst es euch bei geselligen Gesprächen gutgehen!«

Erneut prosteten alle dem Jubilar zu. Ein Pianist betrat den Raum und begann, am Blüthner-Flügel zu spielen. Die laut parlierenden Gäste gingen zum Buffet, um sich von Servicekräften mit weißen Bistroschürzen scharfe Miesmuscheln aus Marseille, Fleisch aus dem provenzalischen Schmortopf und Kartoffeln à la Bocuse auf den Teller servieren zu lassen.

»Komm, wir lassen uns hier noch mal in zwei Stunden blicken.« Woltmann und seine Kollegin waren bislang unbemerkt geblieben und standen nun wieder im Vorraum. Hoppe überlegte, ob sie einen Fehler machten, wenn sie die Familie van Bruns nicht gleich befragten. Zwischen der Familie und Dominik Ferber zeichnete sich ein klarer Konflikt ab, von dem ihnen weder Vater noch Sohn van Bruns beim letzten Gespräch etwas erzählt hatten. Aber schließlich gab sie Woltmann recht. Wenn die beiden van Bruns nichts mit dem Tod von Dominik Ferber zu tun hatten, würden sie ihnen ohne Grund die Feier zerstören. So entschieden sie sich, um zweiundzwanzig Uhr wieder im Sophienhof zu erscheinen. Auf ihren Schreibtischen wartete an diesem Samstagabend ohnehin noch genügend Arbeit auf sie. Vor allem die Dateien von Ferbers Computer wollten sie sich in der Zwischenzeit vornehmen.

* * *

Als Hoppe und Woltmann um zweiundzwanzig Uhr erneut vor dem Sophienhof vorfuhren, stiegen bereits viele Gäste in die ersten Taxis ein. Für Achtzigjährige stellte es eher eine Ausnahme dar, sich um diese Uhrzeit noch nicht innerhalb der eigenen vier Wände zu befinden. Ein langer Tag neigte sich für sie dem Ende zu. Helmut und Adrian van Bruns verabschiedeten sie am Eingang. Kurz überlegten die beiden Polizisten, ob sie in der Dunkelheit noch warten sollten, bis alle Gäste abgefahren und nur noch der Jubilar und sein Sohn übrig waren. Aber auch sie hatten die letzte Nacht kaum geschlafen und wollten nach Hause, zumal Remde für morgen früh um sieben schon die nächste Runde anberaumt hatte. So passten sie einen Augenblick ab, in dem sich die beiden van Bruns gerade nicht mit Gästen im Gespräch befanden, und näherten sich ihnen. Adrian van Bruns erkannte sie zuerst und flüsterte seinem Vater etwas zu. Mit finsteren Blicken starrten Vater und Sohn die Polizisten an.

»Also wirklich, meine Dame, mein Herr, das ist jetzt ein denkbar ungünstiger Augenblick, um …«

»Herr van Bruns, wir wären nicht hier, wenn es nicht dringlich wäre«, hielt Hoppe entgegen.

Adrian van Bruns blickte zur Garderobe am Ende des Eingangsbereichs. Aber dort stand niemand mehr, den sie noch verabschieden müssten. Er ging mit seinem Vater einige Schritte auf die Polizisten zu. Woltmann bemerkte, dass der junge van Bruns schwankte.

»Nun, was gibt es denn so Dringliches?« Er lallte ein wenig.

»Sie kennen Dominik Ferber!« Hoppe sah den beiden Männern abwechselnd fest in die Augen.

»Wenn Sie diesen Schreiberling meinen, diesen Versager, der unserem Vater eine Biographie schreiben …, ich mein, dieses Dreckschwein …«

»Sind Sie betrunken, Herr van Bruns?«

»Das geht euch doch nichts an, was ist mit dem … dem … Dreckschwein?« Van Bruns junior hatte immer größere Schwierigkeiten, sich zu artikulieren.

»Dominik Ferber ist ermordet worden!«

Adrian van Bruns machte eine weit ausholende Handbewegung. Dabei verlor er fast das Gleichgewicht. Seinen Vater, den er untergehakt hatte, riss er dabei um ein Haar mit sich.

»Ermordet? Na und?«

»Herr van Bruns!«, wandte sich Hoppe an den Jubilar. »Ist eigentlich Ihr anderer Sohn heute nicht gekommen? Ich meine, an so einem Tag überwindet man doch mal die familiären Gräben, oder?«

Helmut van Bruns schüttelte den Kopf, grummelte etwas in sich hinein.

»Herr van Bruns senior und junior, wir bitten Sie beide, morgen um zehn Uhr zu uns in die Polizeiinspektion zu kommen. Ich schreibe Ihnen den Termin auf meine Karte. Damit Sie ihn morgen früh noch wissen!«

Hoppe und Woltmann gingen grußlos.

Es war fast Mitternacht, als Woltmann in seiner Wohnung in der Belvederer Allee eintraf. Yvonne war noch wach und saß still, mit angewinkelten Beinen, auf dem Sofa, die Tür zum Balkon geöffnet. Über ihre Beine hatte sie eine Decke gelegt.

»Sag mal, möchtest du einen Rustico in Ligurien besitzen?« Sie schaute Woltmann herausfordernd an. Auf ihren Wangen zeigten sich Grübchen.

»Einen was?«

»Einen Rustico in Ligurien.«

Yvonne erzählte von ihrem Treffen im Lesezirkel. Man war nicht dazu gekommen, Coelhos Roman »Veronika beschließt zu sterben« zu besprechen, weil man sich verplaudert hatte.

Frau Griese-Kalbmann hatte zum Prosecco auf der Terrasse Oktopus-Carpaccio an Rucola angeboten und von ihrem neu erworbenen Rustico in Ligurien erzählt. Zurzeit bauten ihn Handwerker so aus, dass auf vier Stockwerken jeweils ein Zimmer mit Doppelbett und kleinem Bad entstand. Sie fände es »ganz, ganz reizend«, wenn der Lesezirkel dort mal zu einem Intensivwochenende hinführe, hatte sie hinzugefügt.

»Und möchtest du dahin?«

»Sascha, wie gut kennst du mich? Du müsstest doch wissen, dass das nicht unsere Preisklasse ist.«

Yvonne hatte »unsere« gesagt. Nur ihr Unterton spielte auf die finanziellen Probleme an, die durch ihr weitgehend fehlendes zweites Gehalt entstanden waren.

»Frau Griese-Kalbmann wartet noch, bis die Terrakotta-Vase eingetroffen ist. Die passt so gut zu den altrömischen Fliesen auf der Terrasse. Die Terrasse geht um den ganzen Rustico herum. Ohne diese Vase fände sie es ›sehr, sehr schade‹, wenn wir kommen. Denn dann fehlt etwas ganz Entscheidendes am Rustico, meint sie.«

Yvonne prustete vor sich hin, aber ihr Lachen klang auch melancholisch, ein bisschen verbittert. Die Damen des Lesezirkels waren ihr nicht unsympathisch. Aber deren Lebensstil, ja ihre ganze Lebensweise befremdete sie. Noch eine Weile saßen sie stumm nebeneinander und schauten in den Nachthimmel. Sterne wie goldenes Konfetti. Als Woltmann sich zu Yvonne hinüberbeugte und sie küsste, um sich für die Nacht zu verabschieden, sog er ihren wunderbaren Körpergeruch ein. Für einen Augenblick dachte er an den Schönling, mit dem er sie beobachtet hatte. Er spürte einen Stich in der Brust. Doch er war hundemüde, wollte eine bessere Gelegenheit abwarten, um sie darauf anzusprechen. Morgen um sieben musste er im Büro sein.

SONNTAG, 13. APRIL 2014

Mit verschlafenen Gesichtern saßen die Ermittler um sieben Uhr früh im Besprechungsraum. Nachdem Carola Weber nur in absoluten Ausnahmefällen am Wochenende arbeitete, setzte Remde heute höchstpersönlich den Kaffee für die Runde auf. Die Sonderkommission »Hochgrab« umfasste nunmehr fünfzehn Personen. Neben den Weimarer Ermittlern waren einige erfahrene Kräfte aus Jena dazugestoßen.

Auch Dr. Pfeiffer, der Rechtsmediziner, war schon zu dieser frühen Stunde zugegen. Er berichtete ausführlich, wie sich ihm der Ablauf der letzten Stunden im Leben des Dominik Ferber nach den neuesten Laborergebnissen darstellte. In Kombination mit den Befragungen im »Valpolicella« durch die Ermittler aus Jena klärte sich so manches, was am Vortag noch mit einem Fragezeichen versehen gewesen war. So hatte Ferber dem Kellner gegenüber geäußert, er warte noch auf eine zweite Person. Nachdem diese nicht kam, bestellte er sein Essen, das er unterbrach, um vor die Tür zu gehen, als sein Handy klingelte. Dort hatte ein Raucher Ferbers Telefonat ungewollt mitgehört. Ferber war irritiert über den Anruf, fragte die Person am anderen Ende immer wieder, wer sie sei und was sie eigentlich von ihm wolle. Irgendwann drückte er das Gespräch weg und kehrte wieder ins Restaurant zurück. Dort waren fast alle Plätze belegt. Es war also gut möglich, dass jemand im allgemein herrschenden Trubel die Möglichkeit nutzte, um Ferber etwas ins Essen oder Trinken zu mischen.

»Und das ist genau der Punkt, wo es spannend wird.« Dr. Pfeiffer wartete auf Remdes Nicken, dann fuhr er fort: »Das Mittel, das dem Opfer verabreicht wurde, ist ein Emetikum, das den Mageninhalt entgegen der gewöhnlichen Peristaltik nach oben transportiert, also ein Antiperistaltikum. In unserem Fall handelt es sich um einen Ipecacuanha-Sirup.«

»Ähm, Herr Doktor, geht's auch ein bisschen weniger fachsprachlich?« Remde schenkte sich einen Kaffee ein.

»Durch dieses Mittel wird der Parasympathikus gereizt. Der Parasympathicus ist Teil des vegetativen Nervensystems. So etwas ist Schulstoff in der Sekundarstufe Biologie.«

Dr. Pfeiffers Laune war nicht die beste. Aber Remde hatte keine Lust, auf dessen Spitze einzugehen, und bedeutete den anderen stattdessen, sich an der Kaffeekanne zu bedienen.

»Sagen Sie, Doktor, wie lange dauert es, bis so ein Sirup, also dieses Brechmittel, wirkt?«

»Nun, im Unterschied etwa zu einem Brechmittel wie Kupfersulfat setzt die Wirkung verzögert ein. Man kann von plus/minus dreißig Minuten ausgehen.«

»Das passt! Ein Zeuge hat Würgegeräusche hinter der Toilettentür gehört, ungefähr eine halbe Stunde, nachdem Ferber das Restaurant wieder betreten hatte«, mischte sich einer der Jenaer Ermittler ein, dessen Name sich Remde nicht eingeprägt hatte. »Der hat ausgesagt, dass das kurz vor zweiundzwanzig Uhr war. Das wusste er deshalb so genau, weil er sich für diese Zeit ein Taxi bestellt hatte.«

»Gut. Wissen wir Genaueres über den Todeszeitpunkt?« Die Uhrzeit stand zwar im Bericht, aber Remde erinnerte sich nicht mehr daran.

»Da hat sich gegenüber dem vorläufigen Bericht nichts geändert«, meinte Hoppe und sprang damit ihrem Chef bei, da Dr. Pfeiffer keine Anstalten machte, ihm die Zeit zu nennen.

»Zwischen zwei und drei Uhr früh.«

»Dann frag ich mich: Wo war Ferber zwischen zweiundzwanzig und zwei Uhr morgens?«

Stille trat ein. Niemand hatte eine Antwort auf Remdes Frage. Doch dann meldete sich überraschend der Rechtsmediziner zu Wort.

»Wir können davon ausgehen, dass der Mund des Opfers längere Zeit mit Klebeband verschlossen war. Zwei, drei Stunden etwa. Dafür sprechen starke Hämatome und eingetrocknete Schürfwunden im Lippenbereich und an den Mundwinkeln. Das extrem stark klebende Band muss ihm gewaltsam und sehr straff auf den Mund gedrückt worden sein.«

»Das heißt, der Ferber konnte sich nicht bemerkbar machen! Aber warum hat er sich nicht mit Händen und Füßen gewehrt? Vor allem als sie ihn in dieses Grab gelegt haben? Da musste er doch ahnen, was auf ihn zukommt?«

»Nun, Herr Kriminalhauptkommissar, dazu kann ich Ihnen noch nichts Endgültiges sagen. Dass er sich beim Abtransport aus dem Restaurant nicht gewehrt hat, ließe sich mit Chloroform erklären.«

»Haben die Täter das benutzt?«

»Das weiß ich nicht. Chloroform atmet man wieder aus. Ein paar Stunden später ist es nicht mehr nachweisbar. Ich wollte nur eine von vielen möglichen Erklärungen genannt haben.«

»Wie kommt man denn an Chloroform?«

»Apotheken, Labors, Intensivstationen. Es gibt viele Wege.«

»Und da kommt jeder ran?«

»Natürlich nicht. Hängt vom Beruf ab. Aber das Chloroform ist weniger interessant für diesen Fall!«

Remde und die anderen Ermittler sahen Dr. Pfeiffer fragend an. Hatte er noch einen Pfeil im Köcher? Der Mediziner genoss die allgemeine Spannung sichtlich.

»Ich will es mal so ausdrücken, mit aller Vorsicht: Ich schließe nicht aus, dass die Bewegungsfähigkeit des Opfers durch toxische Einwirkung reduziert bis gar nicht mehr vorhanden war.«

»Wie? Heißt das, dass seine Motorik durch die Verabreichung eines Mittels gelähmt wurde?«

»Abwarten, abwarten. Ich habe Ihnen schon mehr gesagt, als ich eigentlich sollte. Sie werden morgen oder in den nächsten Tagen mehr von mir hören. Dann sind alle Labormitarbeiter wieder da. Noch ist es nicht mehr als eine Theorie, die ich habe.«

Die Worte Dr. Pfeiffers hatten etwas Endgültiges, Abschließendes. Remde wandte sich wieder an die Runde. Hoppe und Woltmann berichteten, was sie in Ferbers Dateien am Abend zuvor entdeckt hatten, als sie vom Sophienhof noch mal ins Büro gefahren waren, um die Feier nicht zu zerstören.

»Haben Sie die beiden van Bruns denn auf den Pharmaskandal angesprochen?« Remde sah die beiden Kollegen gespannt an.

»Nein, haben wir nicht. Dazu war der junge van Bruns zu betrunken. Und der alte war geistesabwesend. Machen wir heute!«

Remde verteilte die Aufgaben für den Tag. Mit dem Sprecher der für Weimarer Kriminalfälle zuständigen Abteilung für Öffentlichkeitsarbeit der Landespolizeiinspektion Jena vereinbarte er einen Pressetermin für den nächsten Morgen. Hoppe und Woltmann berichteten von der Begegnung mit Vater und Sohn van Bruns am Vorabend.

»Mal sehen, ob die um zehn Uhr kommen.« Remde blickte skeptisch drein. »Wenn nicht, lassen wir sie holen.«

Sein Diensthandy klingelte, und er ging mürrisch dran.

»Ja?«

»Hier ist die Einsatzzentrale. Bei uns steht ein Mann, der eine Aussage im Fall Dominik Ferber machen möchte.«

»Na, dann bringt ihn mal rauf. Am besten gleich in den Verhörraum.« Remde erhob sich.

»Da will einer was im Fall Ferber aussagen. Hoppe, Sie und ich führen das Gespräch. Scholz und Woltmann, Sie hören im Nebenraum mit.« Damit war die Runde endgültig aufgehoben.

Zwei Minuten später sah Woltmann durch den Einwegspiegel einen hageren Mann Ende vierzig, der den beiden Beamten erzählte, dass er vom Mord an Ferber im Internet gelesen habe. Er sei Buchhändler. Mit Ferber sei er in engem geschäftlichen Kontakt gewesen.

Ein Buchhändler. Woltmanns Gedanken schweiften ab. Er dachte an Yvonne, den Schönling, ihre Teilnahme am Lesezirkel. Eigentlich brauchte sie einen richtigen Job. Ob dieser Typ im Verhörraum vielleicht eine feste Anstellung für sie hätte, auch wenn sie keine Buchhändlerausbildung hatte? Eine befriedigende Arbeit. Das war, was ihr fehlte. In Berlin die berufliche Erfüllung, und jetzt hier in Weimar …

»… ja, genau, das kann man schon einen richtigen Pharmaskandal nennen, dem der Ferber da auf der Spur war. Auch wenn ich die Details nicht so kenne. Nur den Teil, den er in diese Biographie aufnehmen wollte …«, hörte er Gernot Seidel sagen und konzentrierte sich wieder auf den aktuellen Mordfall. »Der Dominik wollte das nicht mehr aus der Biographie rausnehmen. Weil er Wissenschaftler war, wie er immer wieder betonte.«

»Also wollte er einen Eklat am Geburtstag von Helmut van Bruns produzieren?«

»Ich weiß nicht. Vielleicht hätte er darüber auch mit sich verhandeln lassen. Er hätte an der Geburtstagsfeier diese Passagen ja nicht vortragen müssen. Es gab genügend andere spannende Phasen im Leben des alten van Bruns.«

»Aber für den Druck hätte er den Pharmaskandal nicht aus dem Buch herausgenommen?«

»Richtig! Er war fest entschlossen, den Skandal im Buch anzusprechen. Er hatte dazu auch Zeugen von damals befragt.«

»Wen zum Beispiel?«

»Weiß ich nicht. Das hat er mir nicht gesagt.«

Hoppe hielt einen Moment inne. Auch Remdes Gedanken überschlugen sich. Woltmann hörte gebannt hinter dem Einwegspiegel zu. Scholz notierte sich mit nur so dahinfliegender Schrift die Aussagen des Buchhändlers in sein Notizbuch.

»Sagen Sie, Herr Seidel«, nahm Hoppe den Gesprächsfaden wieder auf, »was wäre passiert, wenn die Familie van Bruns Ferbers Plan abgelehnt hätte?« Hoppe blies sich eine Haarsträhne aus dem Gesicht. »Das wäre doch die normale Reaktion gewesen, wenn der alte van Bruns die Biographie extra zu seinem achtzigsten Geburtstag beauftragt, der Auftragnehmer bei seinen Recherchen aber einen Skandal aufgedeckt hat. An dem die Familie van Bruns einen entscheidenden Anteil hat. Der Auftragnehmer will diesen Skandal öffentlich machen. Ob am Geburtstag selbst oder danach, spielt erst mal keine Rolle. Er besteht auf der gedruckten Fassung, mit dem Skandal drin. Diese sollen die Geburtstagsgäste bekommen. Da ist der Konflikt doch vorprogrammiert.«

»Ja«, klinkte sich Remde ein, »wissen Sie, was ich da tun würde, wenn ich die Familie van Bruns wäre? Ich würde Ferber ein paar Anwälte auf den Hals jagen und ihm die Veröffentlichung untersagen.«

»Kann ja sein, dass sie das gemacht haben.« Seidel tippte mit den Fingern auf die Tischplatte, als würde er Klavier spielen.

»Noch mal: Was hätte Ferber getan, wenn die Familie sein Buch abgelehnt hätte? Jedenfalls solange er nicht dazu bereit war, den Abschnitt über den Pharmaskandal herauszulöschen?«

Seidel spitzte den Mund und beugte sich zu Remde vor.

»Er hatte einen Plan B.«

»Welchen?«

»Er wollte das Buch in diesem Fall bei einem Verlag veröffentlichen. Allerdings mit einem viel weiter gefassten Thema, bei dem es um die deutsch-deutsche Wirtschaftszusammenarbeit im Kalten Krieg insgesamt gehen sollte. Die Brunshelp AG wäre darin nur ein Beispiel unter vielen anderen gewesen. An den Pharmatests mit DDR-Bürgern haben sich ja auch andere West-Firmen beteiligt.«

Woltmann sah, wie Remde sich erhob und auf und ab zu gehen begann, um besser nachdenken zu können. Auch ihm schossen viele Gedanken durch den Kopf. Die Zahl derer, die aufatmeten, wenn Ferber tot war, wurde immer größer. Wenn es eine ganze Reihe von Pharmafirmen gab, deren skandalöses Verhalten Ferber aufzudecken bereit gewesen war, mussten sie auch diese näher durchleuchten.

»Halten Sie es für möglich, dass Ferber die Familie van Bruns erpresst hat?«

Seidel schluckte bei Remdes Frage, massierte sich die Schläfen mit den Fingerknöcheln.

»Nein, eher nicht. Dazu war Dominik nicht der Typ.«

Woltmann erinnerte sich an Ifflands Aussagen über Ferber als einen Mitschüler, der keinem Konkurrenzkampf aus dem Wege ging. Eine Einschätzung, die sich in keiner Weise mit der von Seidel deckte.

»Wirklich nicht, Herr Seidel? Überlegen Sie noch mal!«

Eine kurze Zeit verstrich, in der Seidel den Kopf mehrfach hin und her wog.

»Nein, kann ich mir nicht vorstellen. Er hätte eine Erpressung gar nicht nötig gehabt. Wenn er das Kapitel mit dem Pharmaskandal weggelassen hätte, wäre er ein reicher Mann gewesen.«

»Wie kommen Sie denn darauf?«

Seidel sah auf den Boden.

»Herr Seidel, wie kommen Sie darauf? Haben die beiden van Bruns versucht, Ferber zu bestechen?«

Seidel sah noch immer auf den Boden, begann aber zu sprechen. »Ja, das hat er mir erzählt. Die haben ihm viel Geld angeboten, wenn er den Pharmaskandal außen vor lässt. Aber er wollte nicht.«

Hoppe sah unmerklich in Richtung des Einwegspiegels. Wenn die beiden van Bruns Ferber zu bestechen versucht hatten, lag hier ein weiteres Motiv vor, weshalb sie als Mörder oder Auftraggeber für einen Mord an Ferber in Frage kamen. Wenn Ferber diesen Bestechungsversuch abgelehnt, vielleicht sogar noch heimliche Tonaufnahmen davon gemacht hatte, die er zusätzlich noch veröffentlichen wollte, wären van Bruns senior und junior endgültig erledigt gewesen. Für den alten Pharmaskandal, der auf Bestechung basierte, konnten sie nach dreißig Jahren zwar nicht mehr belangt werden. Für die Bestechung Ferbers jedoch sehr wohl. Vom Imageverlust ganz zu schweigen, wäre herausgekommen, dass die Firma auch heute noch schnell dabei war, unangenehme Stimmen mit Geldzahlungen zum Schweigen zu bringen. Eine solche Geschichte wäre für die Sensationspresse wie geschaffen!

»Sagen Sie, Herr Seidel, was sagt Ihnen diese Formel?« Hoppe hielt dem Buchhändler einen Zettel hin, auf dem handgeschrieben »TIM 1524« stand.

»Ja, über den Code habe ich schon in der Zeitung gelesen. Ich habe auch drüber nachgedacht, kann Ihnen da aber leider nicht weiterhelfen. Kann ich jetzt gehen?«

Remde stutzte. Warum wollte Seidel so plötzlich weg?

»Herr Seidel, wo waren Sie eigentlich zur Tatzeit, also in der Nacht von Donnerstag zu Freitag?«

»Ich? Warum fragen Sie mich das?«

»Beantworten Sie bitte einfach die Frage.«

Seidel überlegte.

»Also, ich war bis einundzwanzig Uhr im Geschäft und habe dort die Buchhaltung gemacht. Danach bin ich nach Hause gefahren. Meine Frau hatte am Freitag Geburtstag. Wir haben um Mitternacht ein Gläschen Sekt getrunken und sind dann ins Bett.«

»Gut, Herr Seidel, das genügt.«

Remde und Hoppe verabschiedeten Seidel und traten dann in den Nebenraum zu Woltmann und Scholz.

»Höchste Zeit, dass wir mit den beiden van Bruns sprechen.« Remde sah auf die Uhr. »Und dieser Seidel hat sich am Schluss auch ein bisschen komisch verhalten.« »Schon, das muss aber weiter nichts bedeuten, Chef«, gab Hoppe zu bedenken, »Scholz sollte aber in jedem Fall sofort mal die Ehefrau des Buchhändlers anrufen, bevor der ihm zuvorkommt und sie dementsprechend instruiert.«

»Bin schon dabei«, meinte Scholz und tippte die private Nummer von Seidel in sein Smartphone.

»Die beiden van Bruns müssten in zehn Minuten kommen. Wenn der junge van Bruns in seinem Suff den Termin nicht vergessen hat.« In Hoppes Miene lagen Zweifel.

* * *

Adrian und Helmut van Bruns waren auf die Minute pünktlich. Obwohl der Sohn verkatert aussah, waren seine Aussagen klar und nachvollziehbar. Sein Vater wirkte dagegen völlig geistesabwesend. Adrian van Bruns schilderte, wie die Idee zu einer Biographie entstanden war und auf welchem Weg sie an Dominik Ferber gelangt waren. Beim Gespräch mit Remde und Hoppe in der Villa am Horn hatte er das Thema nicht für relevant gehalten und deswegen nicht angesprochen. Er räumte ohne weiteres ein, mit Ferber in einen Konflikt geraten zu sein, weil der einen angeblichen Skandal der Brunshelp AG aufdecken wollte. Das Wort »angeblich« stellte van Bruns jedes Mal dem Wort Skandal voran. Er sah diesen mittlerweile als eine Ausgeburt von Ferbers Phantasie an, der Fakten falsch interpretiert und damit eine Verfälschung der Tatsachen heraufbeschworen habe, die einer genauen Untersuchung nicht standhalte. Man habe sich jedenfalls geeinigt, die Biographie nicht erscheinen zu lassen. Ferber, so hätte die Zusage der Familie van Bruns gelautet, könne die bereits gezahlten zehntausend Euro behalten. Das wäre der Deal gewesen.

»Das können Sie gerne anhand seiner Kontenbewegungen prüfen. Er hat das Geld noch. Jetzt profitieren seine Erben davon. Hat er eigentlich Familie? Das wäre ja schlimm!«

Weder Hoppe noch Remde nahmen Adrian van Bruns die demonstrative Teilnahme ab, die er anlässlich Ferbers Tod zeigte.

»Wo waren Sie beide zur Tatzeit, meine Herren? Also in der Nacht von Donnerstag auf Freitag zwischen einundzwanzig Uhr dreißig bis drei Uhr morgens?«

Adrian van Bruns sah die Kriminalbeamten ernst an. Eine Falte auf seiner Stirn zeigte an, dass er sich ärgerte.

»Ich? Bin ich jetzt etwa des Mordes verdächtig?«

»Wo waren Sie?«

»Na, wo wohl. Im Haus meines Vaters. Wir haben den Geburtstag vorbereitet. Gegen dreiundzwanzig Uhr bin ich ins Bett gegangen. Sie können meine Frau fragen.«

»Und Sie?«, wandte sich Remde an den alten van Bruns.

»Ich, also was soll denn diese Frage?«

»Mein Vater war …«

»Lassen Sie Ihren Vater gefälligst selbst antworten!«

Einen Augenblick trat völlige Ruhe ein, dann antwortete van Bruns senior, dass er in besagter Nacht das Haus nicht verlassen habe und um zweiundzwanzig Uhr schlafen gegangen sei.

»Ich habe Sie gestern Abend etwas gefragt, meine Herren«, meldete sich nun Hoppe zu Wort, »das vielleicht in der allgemeinen Aufregung untergegangen ist. Darum jetzt noch einmal: War nun Ihr Bruder beziehungsweise Ihr anderer Sohn, der in den USA lebt, gestern auf Ihrer Feier?«

»Mein Bruder existiert nicht mehr für uns!«, kam es scharf von Adrian van Bruns. »Selbst wenn er gestern gekommen wäre, hätte es ihm nichts genutzt. Wir hätten ihn hochkant rausgeworfen. Nicht wahr, Vater?«

Der alte van Bruns nickte pflichtschuldigst.

»Meine Herren, was sagt Ihnen der Name Lothar Iffland?« Hoppe blickte abwechselnd vom Vater zum Sohn.

Die Miene von Adrian van Bruns verfinsterte sich.

»Wie kommen Sie denn jetzt auf diesen Geldschneider?«

»Geldschneider? Das müssen Sie uns jetzt aber schon genauer erläutern!«

Adrian van Bruns berichtete mit angewiderter Miene von dem »Reinfall«, den sie mit Iffland erlebt hätten. Er war von ihnen beauftragt worden, die Sargfeier für Erika van Bruns in Weimar, die Überführung der Leiche nach Batzingen und die dortige Urnenbeisetzung im Ruhewald zu organisieren.

»Und? Was lief dabei schief?«

»Der hat uns danach eine Rechnung serviert, die war unter aller Kanone, Frau Kommissarin. Wir zählen ja nicht zu den Armen im Land. Aber ausnehmen wie eine Weihnachtsgans lassen wir uns auch nicht.«

»Haben Sie ihm die Rechnung gekürzt?«

»Wir haben gegen ihn geklagt, weil er wegen angeblicher Sonderkosten das Vierfache von dem verlangt hat, was wir vorher vereinbart hatten.«

»Und hatten Sie Erfolg mit der Klage?«

»Ja. Selbstverständlich. Iffland hat danach sogar überhaupt

kein Geld mehr von uns bekommen. Er war nämlich zwischenzeitig in die Insolvenz gegangen.«

»Wegen Ihnen?«

»Was heißt hier *wegen Ihnen*? Hätte er nicht so überzogene Forderungen gestellt, hätten wir sofort gezahlt. Ich bitte Sie, es ging doch um meine Mutter, die Frau meines Vaters.«

»Was, wenn er das nun aber anders sieht und glaubt, dass sein Geschäft letztendlich wegen Ihnen den Bach runtergegangen ist. Erpresst er Sie?«

»Nein!«

»Hat Dominik Ferber Sie erpresst?«

»Nein! Wir werden von niemandem erpresst!«

»Soso. Haben Sie denn versucht, den Herrn Ferber zu bestechen? Damit er den Pharmaskandal verschweigt?«

»Also erlauben Sie mal …« Adrian van Bruns blies die Backen auf.

»Haben Sie?« Hoppe blieb unerbittlich.

»Nein, haben wir nicht!«

Hoppe warf dem jungen van Bruns einen strengen Blick zu, der sogleich zu seinem kreideweißen Vater blickte. Für den alten Mann waren die Ereignisse der letzten Tage offenkundig zu viel.

»Meine Herren, ich muss Sie bitten, sich zu unserer Verfügung zu halten«, übernahm Remde das Wort.

Adrian van Bruns blies wieder die Backen auf.

»Ich muss morgen nach Batzingen zurück. Die Firma läuft nicht von alleine weiter. Und ich bin schon seit …«

»Sie bleiben hier, bis wir Ihnen etwas Anderweitiges mitteilen! Ich kann sonst auch mit einem Haftrichter sprechen.« Remde war zu keinerlei Zugeständnissen bereit.

Nachdem die beiden van Bruns gegangen waren, werteten Remde, Hoppe, Woltmann und Scholz das mit ihnen wie mit

Seidel geführte Gespräch aus. Die Ehefrau des Buchhändlers hatte Scholz telefonisch die Zeiten bestätigt, die Seidel den Beamten genannt hatte: Um einundzwanzig Uhr zwanzig war er am Donnerstag nach Hause gekommen, um Mitternacht tranken sie ein Glas Sekt auf ihren Geburtstag, danach gingen sie ins Bett.

Den Verdacht, Ferber habe die Familie van Bruns erpresst, wollten sie noch nicht aufgeben, auch wenn Seidel und die beiden van Bruns das abstritten. Seinen Forderungen konnte Ferber Nachdruck verliehen haben, indem er zuerst die Puppe von Mia van Bruns entwendete. Das war nicht schwierig, da sie im Puppenwagen lag, der unbeobachtet im Vorgarten der Villa am Horn stand. Ferber hatte problemlos Zugang zum Anwesen von van Bruns gehabt. Hätte man ihn erwischt, hätte er leicht eine Ausrede parat gehabt, zum Beispiel dass er noch einmal über die Biographie sprechen wollte. Auch den Hund mit Rattengift zu ködern, zu entführen und schließlich zu töten, wäre Ferber möglich gewesen. Sie mussten daher umgehend auch Ferbers Auto auf Spuren untersuchen. Aus seinen PC-Dateien ging hervor, wie er der Brunshelp AG und ihren dunklen Machenschaften zu DDR-Zeiten auf die Spur gekommen war. Auch ein Brief vom Landesbeauftragten der Stasi-Behörde in Magdeburg auf Ferbers Schreibtisch wies in diese Richtung.

Was gleichfalls dafürsprach, dass Ferber die Familie van Bruns mit den ersten drei Hochgräbern erpresst hatte: Ferber war aufgrund seiner Recherchen häufiger in Batzingen und kannte sich dort aus. Wo das Grab von Erika van Bruns lag, war ihm sicher nicht verborgen geblieben. Also war auch denkbar, dass er das Grab geöffnet und die Knochen nach Weimar geschafft und im Belvedere-Park verscharrt hatte. Die Idee zu den Hochgräbern könnte er sich wiederum von seinem alten Kontrahenten Lothar Iffland abgeschaut haben, dem er auf diese Weise wie nebenbei demonstrieren wollte, wie man mit entschlossenem Handeln Fakten in Richtung einer Genehmigung von Ruhewäldern schafft. Da Ferber ein Geisteswissenschaftler und Schöngeist war, bestünde möglicherweise sogar eine Verbindung zu dem früheren Kulturamtsleiter und dem Grab des Dichters Leo Tolstoi in »Jasnaja Poljana«.

Aber es gab auch Gründe, die gegen eine Täterschaft Ferbers sprachen. Fraglich war, ob er als Akademiker in der Lage war, das Grab der Erika van Bruns professionell zu öffnen und wieder zu schließen. Auch war es ein erheblicher Aufwand und mit hohem Risiko verbunden, die Knochen der Verstorbenen dreihundert Kilometer weit zu transportieren. Aus den Schilderungen des Buchhändlers Seidel war nicht hervorgegangen, dass Ferber eine kriminelle Ader besessen hatte. Eine Prüfung im Bundeszentralregister hatte keine Einträge von Vorstrafen ergeben. Ferber war nach Seidels Darstellung ein Wissenschaftler, der es sich nicht vorrangig zum Ziel gesetzt hatte, Geld zu horten, sondern der sich seriös mit dem Pharmaskandal auseinandersetzen und ein Buch über die deutsch-deutschen Wirtschaftsbeziehungen im Kalten Krieg verfassen wollte. Dazu passte das Bild eines eiskalten Erpressers, der sich nicht davor scheute, Tote auszugraben und für seine Zwecke zu benutzen, schlichtweg nicht. Auch tauchte der Code TIM 1524 nirgends in Ferbers Dateien oder Unterlagen auf. Außerdem hatte die Spurensicherung denselben Code auch bei Ferbers Leiche gefunden. Und den hatte er sich wohl kaum selbst dort hineingesteckt. Insofern musste jemand anders mit diesem Code ein Zeichen setzen wollen. Doch ein Zeichen wofür? Und vor allem für wen? Der Code war in allen vier Hochgräbern gefunden worden. Im Fall der ersten drei Gräber wies er eindeutig auf die Familie van Bruns hin. Aber im Fall Ferber? Sie mussten endlich diesen Code entschlüsseln, das war den Ermittlern klar.

Lothar Iffland war aus dem Kreis der Verdächtigen für die Hochgräber eins bis drei noch nicht ausgeschieden, im Gegenteil. Er hatte ebenfalls ein Motiv, die Familie van Bruns zu erpressen. Ihre Klage gegen die von ihm erhobenen Bestattungskosten war wohl der Tropfen gewesen, des das Fass zum Überlaufen gebracht und ihn in den finanziellen Ruin getrieben hatte. Jetzt, da er eine neue Firma zur Betreibung von Ruhewäldern aufbauen wollte, hatte er eine aus seiner Sicht moralische Rechtfertigung dafür, sich einen Teil des dazu notwendigen Startkapitals bei der Familie van Bruns zu holen. Aber wo war die Verbindung zwischen Iffland und TIM 1524?

Vor allem aber: Ferber und Iffland mochten zwar beide als Erpresser der Familie van Bruns in Frage kommen. Aber wer hatte dann Ferber umgebracht und mit ihm die Serie der drei angelegten Hochgräber samt Beigabe des Codes TIM 1524 fortgesetzt? Denkbar war ein Trittbrettfahrer, der dazu nur die Informationen, die Stoffels in der »Thüringer Rundschau« ausgebreitet hatte, nutzen musste. Oder aber die van Bruns, die mit den ersten drei Gräbern gezielt eine Spur zu sich selbst legten, nur damit diese Spur, nachdem sie Ferber ermordet hatten, automatisch wieder von ihnen wegführte.

In der Tat kamen nach der Gesamtbetrachtung aller Ereignisse und bisheriger Indizien für den Mord an Ferber nur Helmut und Adrian van Bruns als Hauptverdächtige in Frage. Ferber war im Begriff, das Lebenswerk von Adrians Vater zu ramponieren, wenn nicht gar zu zerstören. Aber auch das Ansehen der heutigen Brunshelp AG stand auf dem Spiel. Man wusste ja von Skandalfällen anderer Pharmafirmen, wie lange es dauerte, bis ein angekratztes Image wieder einigermaßen hergestellt war und die Kunden wieder Vertrauen fassten. Nicht dass einer der beiden van Bruns unbedingt selbst Hand angelegt, Ferber entführt und bei lebendigem Leib begraben hatte. Leute wie Helmut oder Adrian van Bruns machten sich nicht selbst die Hände schmutzig. Und Auftragskiller ließen sich heutzutage schon über das Internet finden.

Rätselhaft erschien weiterhin die Art, wie Ferber umgebracht worden war. Geschah es bei lebendigem Leibe, dann wollten die Täter ihn und auch die, die den Toten fanden, auf etwas hinweisen. Die kriminelle Energie und Abgebrühtheit, einen Menschen lebendig zu begraben, sprach ebenfalls für einen Auftragskiller.

Remde legte die nächsten Schritte fest. Die Spurensicherung musste heute oder spätestens morgen gleich zwei Aufgaben erledigen: Zum einen die ganze Villa van Bruns auf den Kopf stellen und nach Spuren durchsuchen, die für oder gegen eine Täterschaft Helmut oder Adrian van Bruns' sprachen. Würden sie nichts Belastendes finden, sprach das trotzdem nicht gegen eine Mittäterschaft der beiden van Bruns, da auch die Variante mit dem Berufskiller denkbar war. Gleichermaßen stand Dominik Ferber im Fokus, nicht nur Opfer, sondern auch Täter gewesen zu sein, nämlich ein Erpresser der Firma Brunshelp. Hatten sie bisher nur seine Büroräume untersucht, mussten nun auch sein Wohnhaus und vor allem sein Auto auf Spuren hinsichtlich der drei ersten Hochgräber überprüft werden.

»Ich kümmere mich gleich um die entsprechenden Durchsuchungsbefehle bei der Staatsanwaltschaft. Auch den Haftrichter informiere ich vorsorglich. Gut möglich, dass wir heute noch den Durchbruch schaffen. Oder im morgigen Tagesverlauf.«

Remde strahlte Selbstvertrauen aus. Woltmann dachte an den ersten Fall zurück, bei dem ihn Remde ins Ermittlungsteam berufen hatte. Auch damals zeigte der Kripochef den Drang, sich schnell auf einen Täter festzulegen. Woltmann war ein solches Vorpreschen fremd. Doch sollte er es jemals schaffen, zur Kripo zu kommen, musste er sich wohl daran gewöhnen. Skrupel, vielleicht die falsche Person zu verdächtigen, hatte Remde entweder nicht, oder er wischte sie zur Seite. Aber bedeutete professionelles Arbeiten nicht auch, verschiedene Motive gegeneinander abzuwägen und alle in Frage kommenden Verdächtigen gleichermaßen im Auge zu behalten? Oder verursachte der ständige Erfolgsdruck von höherer Seite und seitens der Öffentlichkeit, gerade bei Gewaltverbrechen, Remdes Verhalten?

Es war um die Mittagsstunde, als Mandy Hoppe ins Großraumbüro kam. Woltmann war alleine, die anderen Ermittler waren entweder essen gegangen oder nach Hause gefahren.

»Ich glaube, du kannst jetzt auch mal nach Hause.« Sie legte ihm die Hand auf die Schulter.

»Meinst du, das geht?«

»Ja. Wir müssen sowieso auf den Durchsuchungsbefehl und weitere Ergebnisse aus Jena und Erfurt warten. Alles andere läuft.«

»Na gut, ist vielleicht nicht verkehrt. Die wissen zu Hause schon bald nicht mehr, wie ich aussehe.«

Mandy lächelte ihn an.

»Halt dich bereit. Kann sein, dass ich dich heute noch mal reinrufe.«

»Okay.« Woltmann zog sich seine schwarze Lederjacke an. »Ach, übrigens, Mandy, glaubst du auch, dass der Schlüssel für die Auflösung des Falles im Code liegt? TIM 1524?«

Sie zog die Augenbrauen nach oben.

»Ja, das glaub ich.«

»Ich habe da eine Idee, wie wir in dieser Frage vielleicht weiterkommen.«

* * *

Mahler sah seine Jünger gereizt an. Während er die Welt in ihrer Verdorbenheit geißelte und die Rettung durch das Böse pries, wanderte sein Blick von Augenpaar zu Augenpaar. Der Blick der meisten war starr, voller Angst, willenlos. Ihren Körpern fehlte jegliche Anspannung. Ausgerechnet das Augenpaar eines jungen Mannes vermisste er. Für ihn hatte er die heutige Prüfung vorgesehen.

Kai trat aus dem Nebenraum und ging leisen Schrittes zu Mahler. Der bückte sich, hielt ihm das Ohr hin.

»Es ist alles bereitet, Vater!«

Wieder schweifte Mahlers Blick über die Anwesenden. Der junge Mann schien nicht zu kommen. Nach ein, zwei Minuten absoluter Stille baute er sich vor einem Endfünfziger mit hoher Stirn und breiten Schultern auf. Er starrte ihn so lange an, bis dieser seinem Blick auswich.

»Holger Pietsch! Los!«, herrschte er ihn an.

Die Lippen des Mannes bebten. Er ahnte, was auf ihn zukam. Langsam erhob er sich. Kai führte ihn vor die verschlossene Tür zum Nebenraum. Wie in Zeitlupe zog sich Pietsch aus und legte seine Kleidungsstücke auf einen weißen Holzstuhl vor der Eingangstür. Nur die weiß gerippte Unterhose behielt er an. Kai ergriff einen breiten Pinsel mit gelben Borsten, tauchte ihn in ein Gefäß. Langsam strich er den Zuckersirup auf Füße, Beine und Bauch des Opfers. Nach einer Weile bückte sich Pietsch. Der Junge pinselte Rücken, Brust, Schultern ein, zum Schluss das Gesicht. Die Augenlider verklebten von der schmierigen Masse. Mahler beobachtete das Schauspiel. Als Kai fertig war, schubste er Pietsch in den dunklen Raum hinein. Dann stocherte er mit einem Stock durch den Spalt der Eingangstür in den Raum. Mit einem lauten Knall fiel etwas zu Boden, worauf Kai schnell von außen die Tür verschloss, vollkommene Stille trat ein. Nach einer Weile war durch die geschlossene Tür ein leises Stöhnen zu hören. Minuten vergingen, das Stöhnen nahm weder zu noch ab. Die im Saal Versammelten starrten mit weit aufgerissenen Augen auf den Boden. Nur Mahler ging jetzt auf und ab, stampfte gelegentlich mit dem Fuß auf und grummelte aggressiv vor sich hin.

»Verdammt!«, brach es schließlich aus ihm heraus. Er stürmte auf Kai zu, zog ihn so fest am rechten Ohr, dass der Junge in die Knie ging. »Da sind viel zu wenige Stechmücken in den Behältern! Der schreit ja gar nicht!«

»Aber ich habe doch sogar eine Vogelspinne herbeigeschafft und …«

»Hast du gerade *aber* gesagt?« Mahler schlug mit der Faust heftig auf seinen Sohn ein. Keiner der Anwesenden sprang dem Kind zu Hilfe. Alle fixierten mit leerem Blick irgendwelche Punkte im Raum, der im Schein der Kerzen gespenstisch wirkte. Aus dem Nebenraum war nur ein leises Winseln zu hören. Ab und zu ein Klatschen, wenn Pietsch sich schlug, um sich seiner Plagegeister zu entledigen.

»Hol ihn raus!« Mahler tobte. Kai stolperte zur Tür des Nebenraums, öffnete sie. Holger Pietsch stürzte heraus und atmete schwer. Angstschweiß perlte von seiner Stirn. Er kratzte sich unter den Achseln, rieb sich den Rücken an der Saalwand. Einige Stiche hatte er abbekommen. Die Vogelspinne hatte sich an seiner baumwollenen Unterhose festgesaugt, was Pietsch nicht sah. Seine Augen klebten immer noch vom Sirup zusammen. Ganz langsam kroch die Spinne mit ihren haarigen Beinen von Pietschs Hintern nach vorne, auf sein Geschlecht zu. Jetzt kam es doch zu einigen unterdrückten Lauten aus den Reihen der Anwesenden. Die Laute schwollen weiter an, als die Vogelspinne das Gleichgewicht verlor und auf den Boden fiel. Von dort kroch sie zum Nebenzimmer, angelockt vom Sirup-

Duft und verfolgt von Dutzenden entsetzt blickenden Augenpaaren.

Aber Mahler war das zu wenig. Für Karfreitag, zur vierten Plage, den Stechfliegen, bedurfte es einer viel stärkeren Prüfung. Ihm musste etwas einfallen. Er wollte seine Leute viel stärker leiden sehen. Gebeugt und innerlich gebrochen sollten sie aus den Prüfungen hervorgehen. Sein Herz war verhärtet. Das seiner Getreuen sollte es gleichfalls werden.

MONTAG, 14. APRIL 2014

Schon seit Tagen war Woltmann nicht mehr im Stehcafé von Ingo Baum gewesen. Er hielt Baum nicht nur für den besten Schmandkuchen-Bäcker der ganzen Stadt. Auch seinen Instinkt in kriminalistischen Fragen, seinen gesunden Menschenverstand und seine Kontakte zu fast ganz Weimar wusste er zu schätzen. So nahm er sich in aller Frühe die Zeit, um wenigstens kurz bei seinem Freund auf eine Tasse Kaffee vorbeizuschauen.

»Welche Ehre! So früh schon? Das muss doch einen Grund haben, Sascha!«

Woltmann redete nicht lange um den heißen Brei herum.

»Du hast doch sicher von den Hochgräbern in den Weimarer Parks gehört oder gelesen, Ingo.«

»Ja, beides!«

»Wie beides?«

»Gehört und gelesen!«

Woltmann schlürfte den wie üblich viel zu heißen Kaffee.

»Ja, hier, ist ja nicht zu übersehen!« Baum hielt Woltmann die aktuelle Ausgabe der »Thüringer Rundschau« hin. Auf deren Vorderseite war groß das Foto des von einer spanischen Wand verdeckten Hochgrabs abgedruckt. *Jetzt also auch der erste Mord!*, stand darunter, dazu eine Chronologie der bisherigen Hochgräber in den Weimarer Parks. Auch das Hochgrab mit der Puppe war aufgelistet. Einmal mehr zeigte sich, dass Stoffels beste Beziehungen zum Leiter der Kripo unterhielt.

»Ingo, sag mal, hast du eine spontane Idee, was der Mörder mit diesen Hochgräbern beabsichtigen könnte?«

Baum wog den Kopf nachdenklich hin und her.

»Nee, Sascha, weiß ich nicht.«

Woltmann war etwas enttäuscht. So ideenlos kannte er den Bäcker gar nicht.

»Weißt du, Sascha, früher wär so was nicht passiert.«

»Wie meinst du das?«

»Na, wie ich es sage. Früher, da gab es mehr Kontrolle in den Parks. Dass da vier Mal ein Grab angelegt wird, das wäre dem Parkwächter nicht entgangen.«

»Dem Parkwächter?«

»Jawohl, dem Parkwächter!«

Woltmann fragte sich, ob er eine Bildungslücke hatte, so selbstverständlich sprach Ingo Baum vom Parkwächter.

»Los, Ingo, erklär mir das. Was hat es mit dem Parkwächter auf sich?«

Baum wartete noch einen Augenblick, wischte ein paar Krümel von der Theke, dann legte er los. Parkwächter zu sein, war ein Ehrenamt, das es in Weimar schon zu Zeiten der Weimarer Republik gab. Den Titel bekam nur verliehen, wer sich für die klassischen Parks in seiner Freizeit engagierte. Dazu zählten praktische Tätigkeiten wie Laub kehren oder die Pflege der Wege. Aber auch die Abfassung wissenschaftlicher Abhandlungen zu den Weimarer Parks und ihrer Geschichte fielen bei der Jury, die den Titel des Parkwächters alle fünf Jahre neu verlieh, ins Gewicht. In DDR-Zeiten setzte sich die Jury aus Vertretern des Rats der Stadt und der Nationalen Forschungs- und Gedenkstätten zusammen.

»Mit dem Ende der DDR ist dann dieses Ehrenamt erloschen, glaub ich. Heute gibt's einen Verein, der sich unter anderem auch um die ehrenamtliche Pflege der Parks kümmert. Grüne Saalverwandtschaften nennen die sich.«

»Warum Saalverwandtschaften?«

Baum stutzte. Jetzt, wo er das Wort aus Woltmanns Mund hörte, klang es komisch.

»Oder nennen die sich Grüne Wahlverwandtschaften?«

»Egal.« Woltmann machte sich zum Aufbruch bereit. »Könntest du mir noch ein paar Infos zu den früheren Parkwächtern besorgen, Ingo? Ein paar Namen vielleicht?«

»Klar, kein Problem. Nur nicht verzagen, den Ingo fragen!«

Woltmanns Hand lag bereits auf dem Griff der Ladentür, als ihm noch eine Frage einfiel.

»Ähm, Ingo, sagt dir das was?« Er hielt ihm den Zettel hin, auf dem TIM 1524 stand.

»Weiß schon. Da habt ihr keine Erklärung für. Hat ja in der Zeitung gestanden. Tut mir leid, Sascha, aber da muss ich gleichfalls passen. Weiß nur, dass um 1524 herum die Reformation war.«

Seufzend verließ Woltmann das Stehcafé und fuhr eilends zur Polizeiinspektion.

* * *

Die Karwoche war angebrochen. Weimar rüstete sich für eines der besucherstärksten Wochenenden im Jahr. Der Osterspaziergang Goethes mit seiner anheimelnden Beschreibung des städtischen Lebens wirkte nach und zog Scharen von Touristen in die Stadt. Ein Toter im Park an der Ilm, zwischen altem Sowjetischem Friedhof und Tempelherrenruine, verlieh der Woche, in der an Jesu Tod gedacht wurde, etwas Morbid-Schauerliches. Aber bekanntlich zog dies die Menschen eher an, als dass es sie abschreckte.

Die Weimarer Kripobeamten fanden keine Zeit, an das bevorstehende Osterfest zu denken. Seit Sonntag fuhren mehrere Streifenwagen die Parks ab. Sogar Bereitschaftspolizisten hatte

Remde dafür angefordert. Sie durchkämmten die klassischen Parks und suchten nach weiteren Hochgräbern, ohne jedoch fündig zu werden.

Bei der Staatsanwaltschaft hatte Remde gleich im Anschluss an die letzte Runde einen Durchsuchungsbefehl für die Villa von Helmut van Bruns erwirkt. Einen zweiten versuchte er, über die Batzinger Staatsanwaltschaft für das Anwesen von Adrian van Bruns zu erhalten. Mit seinem Kollegen bei der Stuttgarter Kripo besprach er ausführlich, auf was die Beamten im Hause von Adrian van Bruns besonders zu achten hätten, falls die Durchsuchung genehmigt werden würde.

Die Spurenermittler trafen am späten Vormittag in Dominik Ferbers Haus im Weimarer Land ein, wo sie die Witwe bereitwillig zum Carport neben dem Haus führte. Ferbers Auto fanden sie dort nicht vor und auch sonst keine verdächtigen Gegenstände, die auf Knochengrabungen in Batzingen oder das Anlegen von Hochgräbern hindeuteten. Den Opel Astra Ferbers entdeckte Daniela Klein beim Streifefahren in der Weimarer Schubertstraße. Wie viele andere, die in der Innenstadt arbeiteten, stellte auch Ferber sein Auto auf diesen gebührenfreien Parkplätzen ab, wenn er im Büro war. Die Erfurter Spezialisten untersuchten den Kofferraum und das ganze Wageninnere, nahmen Gewebeproben mit nach Erfurt und faxten noch am frühen Abend erste Ergebnisse an die Weimarer Kripo. Haare oder Blutspuren eines Golden Retriever fanden sich keine, wohl aber vertrocknete Lehmreste sowie ein rostiger Angelhaken unter der Seitenverkleidung. Nadine Bornemann konnte das schlüssig erklären. Ihr verstorbener Mann war ein passionierter Angler, der ihres Wissens zum letzten Mal vor etwa zwei Wochen an einem versteckten Ort im Ilmtal geangelt hatte. Beweise dafür, dass Ferber van Bruns erpresst und die ersten drei Hochgräber angelegt hatte, gab es also keine.

Währenddessen widmeten sich die IT-Experten intensiv den Dateien auf Ferbers Computer. Der Biograph stand gut im Geschäft, fanden sie doch mehrere Biographien beruflich erfolgreicher und wohlhabender Persönlichkeiten, die teils begonnen, teils weit fortgeschritten, teils abgeschlossen waren. Akribisch hatte Ferber auf der ersten Seite jeder Biographie vermerkt, an welchem Tag sie erscheinen würde und welche Form des Auftritts sich der Jubilar von Ferber wünschte. Auch die Biographie von Helmut van Bruns enthielt diese Einträge. Als Thomas Mann sollte Ferber die Biographie in Auszügen vorstellen, stand da, und zwar am 12. April 2014. Außerdem stießen Hoppe, Woltmann und die IT-Experten auf den Dateiordner »Biographie Helmut van Bruns – Verlag«, in dem einige Kontaktdaten von Verlagslektoren enthalten waren sowie ein Manuskript mit dem Thema *Deutsch-deutsche Wirtschaftszusammenarbeit im Kalten Krieg. Eine Studie am Beispiel der Pharmaindustrie*. Das deckte sich mit den Aussagen des Buchhändlers Seidel.

Wesentlich ausführlicher als in der Mappe auf dem Schreibtisch in Ferbers Büro waren die Dateien zu den Sekten, die sich in Thüringen ansiedelten und über die Ferber in einer Artikelserie der »Thüringer Rundschau« berichten wollte. Vor allem zu zwei Sekten fand sich eine Fülle von Material: *Scientology* und *Die Axt Satans*. Mit einer Mischung aus Faszination und Abscheu las Woltmann, welche Praktiken *Die Axt Satans* an den Tag legte, während sich Hoppe *Scientology* und deren konspirativem Netz widmete.

Auch zu den Ruhewäldern entdeckten sie eine umfangreiche Datei. Abfällige Bemerkungen über Lothar Iffland und dessen Pläne standen da neben kritischen Kommentaren zum Lobbyismus eines Dr. Konrad Horstmüller, der sich nicht scheute, für seine politischen Ambitionen den Leuten nach dem Munde zu reden, die ihm die meisten Stimmen einbrachten. Steinmetze, Bürgermeister, Grabpflegefirmen – wie er selbst eine besaß –, sie alle brachten ihm mehr Stimmen als die wenigen Lobbyisten für Ruhewälder. Wie aus den Notizen Ferbers hervorging, hatte er sich in dieser Frage eindeutig in einem Leserbrief positionieren wollen, in dem er beide Seiten in ihrer Borniertheit bloßgestellt hätte.

Hoppe telefonierte mit Sektenexperten und eruierte, welche Ziele *Scientology* in Thüringen verfolgte. Gleichzeitig notierte sich Woltmann einige Stichpunkte zur *Axt Satans:* Bibel, Buch Mormon, Wicca-Religion. Nach einigen Recherchen und Telefonaten hatte er den Namen des Sektenführers gefunden: Henry Mahler. Aber er war sich nicht sicher, ob das nicht ein Pseudonym war. Eine Adresse ließ sich unter diesem Namen jedenfalls nicht herausfinden. Selbst der Ort, an dem sich die Sekte traf, war geheim.

* * *

Trotz des aktuellen Falls kam Woltmann um neunzehn Uhr nach Hause. Immerhin war er zwölf Stunden im Dienst gewesen. Außerdem befand er sich in steter Bereitschaft, zur Polizeiinspektion zu fahren. Mit dem Auto brauchte er am Abend nur fünf Minuten. Die Sache mit dem Parkwächter beschäftigte ihn gedanklich ebenso sehr wie *Die Axt Satans*. Auch als er sich an den Tisch setzte, wo Yvonne mit den Kindern zu Abend aß, war er unkonzentriert und hörte nur mit halbem Ohr zu, was Laura und Ronny von der Schule und ihren Plänen für die bald beginnenden Ferien erzählten.

»Du, Papa, ich glaub das ja nicht. Aber gefragt haben will ich wenigstens. Kann es sein, dass einer von deinen Kollegen letztens in der Gerberstraße rumgeschnüffelt hat? In einem von unseren Häusern? Einer, der eine ganz komische Frisur hatte, mit nur wenigen Haaren vorne auf der Glatze?«

Scholz, schoss es Woltmann durch den Kopf. Der suchte doch nach Jugendlichen, die etwas auf dem Parkplatz in Belvedere beobachtet hatten. Sollte er sogar in den Häusern der Gerberstraße gewesen sein?

»Ähm, nicht dass ich wüsste. Hat jemand von euch schon mal etwas von der *Axt Satans* gehört?«

Laura schüttelte den Kopf und widmete sich wieder ihrem Nudelsalat. Auch Yvonne wusste nichts damit anzufangen. Nur Ronny zeigte Interesse.

»Klingt wie eine Sekte, Papa.«

»Wow, gut, Ronny, ist es auch.«

»Und was machen die so?«

»Tja, also ihre Lehre speist sich aus verschiedenen Religionen. Zum Beispiel aus dem Buch Mormon. Und der Wicca-Religion.«

»Wicca kenne ich. Du sprichst das falsch aus. Witscha ist korrekt. Kommt aus dem Englischen. Bedeutet Hexer.«

Woltmann staunte. Was sein Sohn alles wusste! Unterschätzten Eltern manchmal ihre Kinder, nur weil sie jung waren?

»Woher weißt du das denn?«

»Tja, die Häuser in der Gerberstraße sind richtige kleine Bildungszentren, Papa. Aber das bekommt ihr ja alle nicht mit, weil ihr nur mit Klischees lebt. In dem Fall mit dem Klischee, dass in der Gerber nur Chaoten hausen.«

Woltmann zog es vor, sich nicht auf diese Diskussion einzulassen. Yvonne erkannte das und blickte ihn mit ihren warmen Augen dankbar an.

Ronny gab noch einige andere Informationen zur Wicca-Religion preis, die als neuheidnische Religion in den USA sogar staatlich anerkannt war.

»Aber *Die Axt Satans* sagt dir nichts, Ronny, oder?«

»Nein, aber ich kann mich ja mal umhören. Die gibt es echt in Weimar?«

»Ja, sieht so aus.« Woltmann schmierte sich ein Brot mit Frischkäse und wollte das Thema auf sich beruhen lassen, da fiel ihm noch etwas ein.

»Ach, Ronny, wenn du dich sowieso umhörst. Könntest du deine Experten in der Gerber auch mal fragen, was das hier bedeutet?« Einmal mehr zückte er den Zettel, auf dem TIM 1524 stand. Ronny musterte das Blatt lange.

»Okay. Geht klar, Papa. Gibt's denn eine Prämie, wenn ich das rausfinde?«

Yvonne lachte angesichts von Ronnys Geschäftstüchtigkeit laut auf.

»Ja, klar.« Woltmann war sich sicher, die Prämie nie zahlen zu müssen. Da konnte er ruhig großzügig sein.

EISNACHT

Die Dunkelheit bot genügend Schutz. Sie stellten das Auto am oberen Ende der Schlachthausstraße nahe an den Bahngleisen ab. Dort, wo niemand das Kennzeichen erkennen konnte, weil es keine Straßenbeleuchtung gab.

Sie hievten den blauen Müllsack aus dem Kofferraum und sahen die Straße auf und ab. Aber um diese Zeit war niemand mehr in dem abgelegenen Viertel unterwegs. Nach fünf Minuten erreichten sie ihr Ziel. Das rostige Schloss quietschte leise. Sie warteten, bis das Gebell eines Hundes in der Ferne verstummte. Dann betraten sie die Halle und gingen zielstrebig zur Kellertreppe.

Unten angekommen, schleiften sie den Müllsack zu den hinteren Räumen. Mit einem Messer öffneten sie den Sack. Sie hörten, wie er tief atmete. Die Tropfen wirkten noch. Dennoch mussten sie sich beeilen. Sie streiften sich die bis zum Ellbogen reichenden Schutzhandschuhe, die Schürzen und den Gesichtsschutz über. Bei der fast zweihundert Grad kalten Flüssigkeit ging es nicht ohne diese Sicherheitskleidung. Sie zogen ihm die Strickweste, die Cordhose, die weiß gerippte Unterwäsche aus. Nackt lag er jetzt auf dem vor Schmutz starrenden Boden, leicht gekrümmt wie ein Embryo.

Sie nahmen eine Rasierklinge, befreiten die Stirn des Opfers von Schmutz und Schweiß und ritzten die Buchstaben und Zahlen in seine Haut. Immer wieder mussten sie austretendes Blut abtupfen.

»Schau, der zuckt schon!«

»Ja, hol den Stickstoff.«

Die rostige Fleischerwanne, in die sie ihn warfen, war etwa doppelt so groß wie eine herkömmliche Badewanne. Sie drehten das Opfer auf den Rücken, öffneten den Kryobehälter aus Stahl. Mit einer Entnahmelanze verteilten sie den Flüssigstickstoff über dem nackten Körper in der Wanne. Ein Blubbern und Zischen, kalter Nebel stieg auf. Das Opfer begann zu zittern, riss die Augen auf und starrte entsetzt um sich.

»Los, weiter!«

Nach einigen Sekunden nahmen die Zuckungen ab. Nur noch die Augen quollen aus ihren Höhlen. Kurz hob er den Arm, aber nach wenigen Sekunden blieb er in dieser Bewegung stecken. Festgefroren. Wie ein erfrorener Bergsteiger am Nanga Parbat. Überall Eisnebel. Bald lag das Opfer reglos vor ihnen. Herzstillstand. Tot.

»Los, hol den Schlauch!«

Sie ließen Wasser in die Wanne einlaufen, bis sie fast bis an den Rand gefüllt war. Wie eine Puppe schwamm der reglose Körper darin herum. Die Räder der Fleischerwanne ächzten laut, als sie sie in Richtung Kühlzelle bewegten. Schon am frühen Morgen, noch im Schutz der Dunkelheit, hatten sie die Kühlung angeworfen. Jetzt zog ihnen ein eisiger Hauch aus der Zelle entgegen, während sie die Wanne mit der Leiche hineinschoben.

»Moment, wir haben den Haken vergessen!«

Sie rannten in den Vorraum und rissen mehrere gigantische S-förmige Haken von der Metallstange. Früher, als der Schlachthof noch in Betrieb gewesen war, hingen Schweinehälften an diesen Haken. Sie rammten das eine Ende eines Hakens mit Wucht in den Hinterkopf des Toten. Dabei achteten sie darauf, dass das andere Ende des Hakens auf dem Badewannenrand zum Liegen kam und nicht im Wasser einfrieren konnte. Ebenso verfuhren sie auch mit den weiteren riesigen Haken, die sie ihrem Opfer in Schultern und Oberarme schlugen.

Sie verschlossen die Kühlzelle und drehten den Temperaturregler auf minus zwanzig Grad. Kurz vor Morgengrauen öffneten sie die schwere Zellentür wieder. Das Wasser in der Fleischerwanne war vollständig gefroren. Sie kippten die Wanne um und rüttelten so lange an ihr, bis der Eisblock aus ihr herausfiel. Mit einem Seil und Hebelgesetzen kamen sie zu ihrem Ziel. Sie befestigten den Eisblock mittels Seilen an den freien Hakenenden an einer Deckenschiene. Danach zogen sie ihre Schutzkleidung aus, packten sie zusammen und stahlen sich mit dem fahrbaren Kryobehälter genauso unauffällig davon, wie sie gekommen waren.

DIENSTAG, 15. APRIL 2014

Streifenwagen patrouillierten stündlich am Park an der Ilm sowie den Parks in Tiefurt, Ettersburg und Belvedere, unterstützt von der Bereitschaftspolizei, die zu Fuß unterwegs war. Letztere suchte nach weiteren Hochgräbern, hielt aber auch Ausschau nach verdächtigen Personen im Umfeld der bisherigen Hochgräber. Remde und sein Team waren sich zwar sicher, dass die Serie der Hochgräber mit der demonstrativen Bestattung von Dominik Ferber ein Ende gefunden hatte. Nur durchschauten sie nach wie vor nicht die gedankliche Intention, die von der Puppe zum menschlichen Mordopfer führte. Dennoch mussten sie vorbauen. Der oder die Täter liefen noch frei herum. Niemand kannte ihre genauen Pläne.

»Was? Wieder ein Hochgrab?« Remde schrie fast, so sehr entsetzte ihn die Nachricht aus der Einsatzzentrale. So viel Polizeipräsenz in der Stadt! Und trotzdem ein neues Hochgrab! Wieder war es ein Spaziergänger, der in den frühen Morgenstunden das Grab entdeckt hatte. Und wieder in einem Park mit klassischer Garten- und Landschaftsarchitektur, auch wenn viele Menschen diesen Aspekt gar nicht wahrnahmen. Die bisherigen Fundstellen der Hochgräber hatten sich allesamt in Parks befunden, die offiziell Teil des Klassischen Weimar waren, das von der UNESCO zum Weltkulturerbe erklärt worden war. Der Park mit dem fünften Hochgrab besaß jedoch etwas, was für ein Weltkulturerbe undenkbar war: einen Spielplatz und ein modernes Gebäude mit breiten Terrassen, das oberhalb von ihm lag: die Weimarhalle. Als herzoglicher Baumgarten bereits vor mehr als einem halben Jahrtausend erwähnt, hatte jedoch erst der Unternehmer Friedrich Justin Bertuch dem Park seine Prägung verliehen. Bertuch lebte in der sogenannten Goethezeit. Die Grabstätte seiner Familie lag unter Eiben versteckt an der südwestlichen Ecke des Parks.

Wie viele Weimarer hatte auch Remde diesen Ort nicht auf dem Schirm gehabt, als er für die Bestreifung der klassischen Parks entsprechende Hilfe über Rüdiger Vonhoff, den Leiter der Polizeiinspektion, anforderte. Mit dem kleinen Park mitten im Stadtzentrum hatten der oder die Täter die Kripo ausgetrickst. Zumindest empfand es Remde so. Mit Mandy Hoppe begab er sich unverzüglich zum Weimarhallenpark, nur wenige hundert Meter von der Polizeiinspektion entfernt.

Zwei Streifenpolizisten sperrten gerade das Gelände ab, streiften ein rot-weißes Band um die Eiben, die das Bertuchsche Familiengrab einrahmten. Das neu angelegte Hochgrab befand sich direkt neben der historischen Grabanlage.

»Ein Ruhewald.« Hoppe blickte fast andächtig auf die Fundstelle.

»Ja, zwei Gräber unter Bäumen.« Remde wirkte angespannt, zündete sich eine Zigarette an, was er nur selten tat.

Woltmann und Scholz trafen ein. Die Spurensicherer aus Erfurt waren benachrichtigt. Die Größe des Grabs erinnerte an das von Waldemar Müller entdeckte im Park an der Ilm mit der Leiche Dominik Ferbers. Aber dieses Mal hatte kein Hund eine Hand oder einen Arm freigebuddelt. Mit seiner festgetretenen Erde lag das Grab noch völlig unschuldig vor ihnen. Doch die Blicke der Ermittler verrieten, was sie befürchteten: dass sie wieder eine menschliche Leiche darin finden würden. Remde lief nervös auf und ab. Er sah in alle Richtungen, aus denen er einen Laut vernahm. Endlich traf der Bus der Spurensicherung aus Erfurt ein.

Nur langsam trugen die Tatortspezialisten mit kleinen Schaufeln die Erde ab. Remde und Scholz stellten sich auf Zehenspitzen, um aus zwei, drei Metern Abstand erkennen zu können, was vor sich ging. Daniela Klein und einige andere Streifenpolizisten hielten die immer größere Schar von neugierigen Passanten auf Abstand zur Fundstelle.

Plötzlich hielten die Erfurter Kriminalisten inne. In der Erde fand sich eine Papierrolle von der Länge eines Kugelschreibers, die mit einem Bindfaden umwickelt war. Jenny Ehrentraut, die schwarze Lederstiefeletten und ein lila Top trug, eilte herbei und packte die Rolle in einen Klarsichtbeutel.

»Hallo, Moment, könnten Sie wohl kurz das Papier aufrollen und uns zeigen?« Remde fiel es sichtlich schwer, die ihm suspekte Kollegin um etwas zu bitten.

»Schon mal was von bitte gehört?« Ehrentraut zögerte, erfüllte dann aber doch Remdes Wunsch.

Die Weimarer Kripobeamten ahnten, was auf dem Blatt stehen würde, das die Kollegin aus Erfurt gerade aus dem Beutel holte. Sekunden später sahen sie sich bestätigt: TIM 1524. Zusammengesetzt aus ausgeschnittenen Zeitungsbuchstaben.

Nach einer weiteren halben Stunde war die Erde des Hochgrabs weitgehend abgetragen. Die Anspannung der Ermittler verwandelte sich in ungläubiges Staunen: Keine weitere Leiche fand sich in der Erde, auch keine Puppe, kein Hund, keine alten Knochen.

»Nichts!«, stieß Remde beinahe hysterisch aus. Einige Passanten zuckten zusammen, obwohl sie sich in weitem Abstand zur Fundstelle befanden. »Nichts! Das gibt es doch nicht! Da nimmt uns einer auf den Arm!«

»Sie meinen, ein Trittbrettfahrer, Chef?« Hoppe selbst war wenig überzeugt von dieser These, versuchte aber, Remde mit dieser Frage wieder auf eine sachlichere Ebene zu bringen.

»Ja, was weiß denn ich? Da hat einer in der Zeitung von den Gräbern gelesen und ahmt das nun nach. Weil er will, dass wir hier wie die Trottel der Nation dastehen!«

Remde trat an eine der Eiben und fluchte weiter vor sich hin. Aus dem VW-Bus der Erfurter Spurensicherer trat Jenny Ehrentraut heraus und ging auf Remde zu. Jetzt explodiert er, dachte sich Hoppe, die wusste, wie sehr die Erfurter Tatortspezialistin Remde auf die Nerven ging.

»Was wollen Sie«, begann der auch schon prompt zu schreien. Doch seine Stimme erstarb sofort, als er sah, was ihm die Kollegin mit Samthandschuhen entgegenhielt. Auch Hoppe beugte sich jetzt über das Papier. Es war ein Ausschnitt aus einem Weimarer Stadtplan. An einer Stelle befand sich ein roter Punkt, wie ihn Galeristen bei Ausstellungen auf bereits verkauften Bildern anbrachten.

»Klebte auf der Rückseite der Rolle mit der Formel TIM 1524«, erläuterte Ehrentraut.

»Vielleicht ein Hinweis, wo wir die Leiche finden«, sagte Remde tonlos.

»Vielleicht.« Hoppe wusste, was zu tun war. Sie telefonierte umgehend mit dem Verantwortlichen der Bereitschaftspolizei. Die Ortsangabe auf dem Papier war nur vage. Markiert war das alte Industriegelände südlich der Bahnlinie. Dort, wo auch der alte Schlachthof lag.

* * *

Eine Hundertschaft Bereitschaftspolizei traf bald darauf im Industriegelände mit seinen verfallenen Hallen und löchrigen Asphaltzufahrten ein. Auch die Hundestaffel war dabei. Gleich mehrere nicht mehr betriebene Fabriken durchkämmten sie, ebenso einen Lokschuppen, der nur noch von Hobbyeisenbahnern für ihre Treffen genutzt wurde. Remde, Hoppe, Woltmann und Scholz befanden sich auf dem alten, nicht mehr betriebenen Schlachthofgelände, das, zwischen Bahn und Jobcenter gelegen, eine einzige große Baustelle war. Mehrere Fabrikhallen waren verwaist, mit Graffiti überzogen und versprühten einen morbiden Charme. Bagger und Planierraupen deuteten eine baldige Umnutzung des weitläufigen Areals an. Die Ermittler warteten auf das Signal eines Suchtrupps. Nach einer Viertelstunde schlug einer der Schäferhunde an. Er zerrte seinen Führer und die Kripobeamten zur Kellertreppe in einer der früheren Viehhallen. Am Ende der Treppe fanden sie einen blauen Müllsack, den der Hund anbellte, bevor er sie weiter in den Raum hinein und vor eine alte Kühlzelle führte.

»Die ist an!« Remde wies auf die rote Kontrolllampe, die über der schweren Tür der Zelle leuchtete.

»Dass die noch funktioniert«, staunte Scholz. »Der Schlachthof ist doch schon seit zwanzig Jahren nicht mehr in Betrieb.«

»Vielleicht hat sie jemand wieder auf Vordermann gebracht.«

Der Schäferhund bellte unentwegt. Mit einer Kopfbewegung gab Remde seinem Führer zu verstehen, dass sie ihn nicht mehr brauchten.

»Wir müssen die Tür öffnen.« Scholz flüsterte fast.

»Ja, und warum tun Sie es dann nicht?«, herrschte Remde ihn an. Er konnte nicht verbergen, dass er selbst dies nur ungern übernehmen wollte. Aber er war der Chef. Folglich streifte er sich ein Paar Handschuhe über. Festen Schrittes ging er auf die Kühlzelle zu und legte den schweren Hebel um. Seine Kollegen versammelten sich hinter ihm wie zu einem Selfie, nur dass sie keiner Handykamera gegenüberstanden, sondern einer bedrohlichen Tür, die Remde mit einem Quietschen öffnete.

Wie angewurzelt und mit offenem Mund sahen sie auf das Bild, das sich ihnen darbot: Die Zelle, so groß wie ein Wohncontainer, wurde von einer grünen Neonröhre an der Decke erhellt. Eisiger Nebel waberte ihnen entgegen. Als der Nebel sich etwas verzog, entdeckten sie in der Mitte des Raumes eine Säule oder eher einen Block aus Eis. Inmitten dieses glitzernden Eisquaders gefangen, war gestochen scharf der nackte Leichnam eines alten Mannes zu erkennen. Das Eis brach wie ein Prisma das Grün der Deckenlampe in verschiedene Abstufungen.

»Eisesgrün!«, murmelte Woltmann.

»Wie der Ötzi«, murmelte Scholz. »Eine Leiche im Eis!«

Sie hörten weder das Knacken noch das Reißen, das immer mehr zunahm.

»Achtung, Chef!« Der Schrei Mandy Hoppes riss sie alle aus der Betrachtung der unwirklichen Szenerie wie der Kuss des Prinzen Dornröschen aus dem scheinbar ewigen Schlaf. Aus dem Eisblock ragten Seile an Haken, die sie erst jetzt wahrnahmen. Die Leiche im Eis war mit Hilfe dieser Haken und Seile an einer Deckenschiene befestigt. Das langsame Auftauen lockerte die Haken.

»Scheiße!«, brüllte Remde. Doch es war zu spät. Der mehr als zweihundert Kilogramm schwere Eisklotz stürzte hinab und traf ihn dabei an der Schulter, bevor er neben ihm auf den Boden knallte und zersprang.

»Was soll das alles?« Remde fluchte und hielt sich die Schulter. »Das ist doch alles völlig bekloppt und bescheuert!«

Eiswasser drang durch die Schuhe der Kripobeamten, die ein paar Schritte nach hinten gesprungen waren, um sich in Sicherheit zu bringen. Kurz schien keiner von ihnen zu wissen, was in so einer unerwarteten Situation zu tun war. Woltmann zückte sein Handy und fotografierte den Toten, solange das Eis noch nicht geschmolzen war. Sonst würden sie später vielleicht noch glauben, dies alles hier wäre nur ihrer Einbildung entsprungen, so surreal, wie das Ganze war. Hoppe näherte sich dem Mann im Eis. Sie band sich die Haare zum Zopf und fragte:

»Hatte den einer von euch nach Ferbers Tod noch auf der Rechnung? Ich meine als potenzielles Mordopfer?«

Die Kollegen, ja selbst Remde blickten ratlos zu Boden, wo das Wasser immer stärker in kleinen Bächen aus der Zelle hinaus in Richtung des dunklen und ohnehin schon feuchten Gangs der Halle floss.

Nein, keiner von ihnen hatte damit gerechnet, ihn hier und in diesem Zustand vorzufinden. Ihn hatten sie als Verdächtigen für den Mord an Ferber im Blick. Jetzt war er selbst das Opfer: Der Seniorchef der Brunshelp AG.

* * *

Gegen Mittag meldete sich der Polizeidirektor der Jenaer Landespolizeiinspektion bei Remde auf dem Smartphone. Auch aus dem Innenministerium kam ein Anruf. Zwei Morde in Weimar in so kurzer Zeit, noch dazu mit einer spektakulär konservierten Leiche im alten Schlachthof, das war ein gefundenes Fressen für die Sensationspresse, die den Druck auf alle für die Sicherheit Verantwortlichen erhöhte. In Kombination mit einer Störung der Totenruhe in Batzingen ohne jede klar erkennbare Spur und dem Phantombild eines potenziellen Täters ohne konkrete Fahndungsaufrufe, sorgte dies für Nervosität. Auch dass die Parks nach dem ersten Mord nicht besser observiert worden waren, bekam Remde aufs Butterbrot geschmiert. Gegenargumente fielen ihm nicht ein. Seine Hoffnung ruhte allein auf Stoffels, der als regionaler Berichterstatter den Druck, der auf den Kriminalern lastete, zumindest vor Ort nehmen konnte. Wer aber wusste schon, wie lange sich Stoffels noch so wohlwollend geben würde. Die Schuld, die er aus DDR-Zeiten gegenüber Remde empfand, war schließlich auch irgendwann einmal abgetragen.

Ein Mercedes-Kombi mit abgedunkelten Scheiben kam auf das alte Schlachthofgelände. Er brachte die Leiche von van

Bruns, die immer noch im nicht zur Gänze aufgetauten Eisblock steckte, zur Rechtsmedizin nach Jena. Remde und Hoppe machten sich auf den Weg zur Villa van Bruns, wo sie aber niemanden antrafen. Über Handy erreichten sie Adrian van Bruns, der sich seit gestern Abend in Jena aufhielt. Nachdem er sich zur Verfügung der Polizei halten musste und nicht in seine Firma nach Batzingen zurückreisen konnte, hatte er dort kurzfristig ein Geschäftsessen mit mehreren Pharmareferenten einberufen. Einige Gläser Soave hatte er sich dazu munden lassen. Das war auch der Grund, weshalb er nicht nach Weimar zurückgefahren war, sondern in einem Jenaer Hotel übernachtete. So lautete jedenfalls seine Version gegenüber der Polizei. Dass er in Jena eine gewisse Danuta auf sein Hotelzimmer bestellt hatte, die ihm dort zu Diensten war, dieses Mal zwar nicht als Domina, sondern als devote Rubensdame, sozusagen als direktes Gegenbild zu Maylin van Bruns, enthielt er der Polizei vor. Wozu hätte er ihr das auch erzählen sollen, wenn er sich zuvor doch tatsächlich mit seinen Geschäftspartnern getroffen hatte?

Maylin van Bruns war am Montag mit Mia nach Batzingen zurückgereist, um dort Termine beim Friseur und im Nagelstudio wahrzunehmen, und ihre Tochter war außerdem auf einen Kindergeburtstag eingeladen. So war der alte van Bruns an diesem Abend alleine gewesen.

»Was sagen Sie da? Das ist doch völliger Unsinn! Mein Vater ist zu Hause. Ich bin mit ihm zum Kaffee um drei verabredet!«

»Nein, Herr van Bruns. Ihr Vater ist schon in der Rechtsmedizin.«

Remde telefonierte mit dem Staatsanwalt und erwirkte, aufgrund des neuerlichen Mords, schnell den gewünschten Durchsuchungsbefehl für die Villa van Bruns. Als Adrian van Bruns eintraf, warteten die Ermittler aus Jena und die Erfurter Spurensicherer schon auf ihren Einsatz. Remde und Hoppe schilderte er den letzten Kontakt mit seinem Vater, gestern Abend gegen zwanzig Uhr am Telefon. Sein Vater sei wie immer gewesen, er habe ihm gesagt, er wolle noch ein Glas Bier trinken und dann früh ins Bett gehen. Noch während er das erzählte, tauchte einer der Ermittler auf und bat Hoppe, kurz mit ihm zur Terrasse zu kommen. Dort zeigte er ihr den Rahmen der Glastür. Die Einbruchsspuren waren nicht zu übersehen. Ganz offensichtlich waren die Täter hier ins Haus eingedrungen. Nachdem es nirgendwo Kampfspuren gab, mussten sie den alten van Bruns überrascht haben und dann entweder betäubt, niedergeschlagen oder aber mit einer Waffe bedroht haben, um ihn aus dem Haus zu schaffen. Routiniert widmete sich die KTU in der riesigen Villa daher akribisch einem Raum nach dem anderen.

Adrian van Bruns wirkte wie ein von Jägern gehetztes Wildtier. Der Tod seines Vaters schockierte ihn, vor allem die entsetzliche und würdelose Art des Sterbens, das gezielte Erfrieren. Er bat Remde um ein Glas Wasser. Mehrere Stunden belagerte die Polizei die Villa. Er informierte währenddessen seine Frau und einige der engsten Freunde des Vaters. Entgegen seinem sonstigen forschen Auftreten wirkte er vollkommen kopflos, als sei eine Welt für ihn zusammengebrochen.

* * *

Remde berief gegen achtzehn Uhr die große Runde ein, an der auch die zur Verstärkung herangezogenen Ermittler aus Jena und Erfurt teilnahmen. Ein erster Bericht der Jenaer Rechtsmedizin war gerade als Fax eingetroffen.

»Kollegen, ich bitte um eine konzentrierte Besprechung.« Remde nestelte an seinem schlecht gebügelten Hemdkragen. »Ich darf den vorläufigen Bericht der Rechtsmedizin zusammengefasst wiedergeben. Demnach fanden sich im Blut von Helmut van Bruns Spuren von K.o.-Tropfen.«

»Also kein Brechmittel wie bei Ferber?«

»Nein, Hoppe. Aber lassen Sie mich erst mal ausreden.«

Remde las einige Stichworte aus dem Jenaer Bericht vor und bat dann Jenny Ehrentraut und Jürgen Seifert um ihre Ergebnisse. Aus alledem ergab sich folgender Tatablauf: Irgendwann am späteren Abend des gestrigen Tages waren der oder die Täter über die Terrasse in die Villa van Bruns eingedrungen. Der alte Herr hatte das wohl nicht mitbekommen, auch nicht, dass sie ihm eine starke Dosis K.o.-Tropfen in sein Bier füllten. Vermutlich war das geschehen, als er den Raum einmal kurz verlassen hatte. Nachdem er das Bewusstsein verloren hatte, wurde er wohl am späten Abend im Schutz der Dunkelheit zum Gelände des alten Schlachthofs transportiert. Zuvor oder aber auch kurz nach der Aktion im Schlachthof musste dann das Grab im Weimarhallenpark angelegt worden sein. Im Schlachthof jedenfalls verfrachteten sie den alten van Bruns in den Keller der früheren Haupthalle. Eine der dortigen Kühlzellen hatten die Täter wieder funktionsfähig gemacht und mindestens schon einen Tag vorher erprobt, um die anschließende geplante Aktion konzentriert und sicher durchführen zu können. In einer einzigen Nacht wären die Vorkehrungen zeitlich auch gar nicht zu bewerkstelligen gewesen: der Generator, der wegen der Stromversorgung eigens dorthin geschafft worden war; die vorgebohrten Öffnungen in der Decke der Kühlkammer, durch die ein Wasserschlauch eingelassen war; der Anschluss dieses Schlauches an einen Hydranten weit außerhalb der Halle. Hier waren technische und planerische Profis am Werk gewesen, so viel stand fest. Was aber hatte die ungewöhnliche Todesart des alten van Bruns mit den bisherigen Fällen zu tun?

»Hat jemand eine Idee, warum sich die Täter so viel Mühe gemacht haben, den alten van Bruns auf diese Weise umzubringen? Warum, verdammt noch mal, haben sie ihn tiefgefroren?«

»Der Schlüssel zu dieser Frage liegt im Code TIM 1524«, warf Woltmann ein.

»Der Code, jaja, jetzt fangen Sie gleich wieder mit der Reformation und der Eroberung Mexikos und was weiß ich an!«

»Nein, tue ich nicht. Aber das ist nun mal die auffälligste Übereinstimmung zwischen allen Gräbern.«

Remde blätterte in seinen Unterlagen. Der Obduktionsbericht lag auch den Kollegen vor. Darin stand, dass dem alten van Bruns das Kürzel TIM 1524 in die Stirn geritzt worden war.

»Also, der Code war im Hochgrab, gemeinsam mit dem Stadtplanausschnitt, der uns zum Industriegelände geführt hat«, lenkte Remde ein. »Er stand außerdem auf der Stirn des Alten. Aber das bringt uns nicht weiter, solange wir nicht wissen, was TIM 1524 heißt. Die spielen doch Katz und Maus mit uns, verdammt noch mal!« Der Kripochef schlug mit der Faust so heftig auf den Tisch, dass es laut schepperte.

Woltmann überlegte. Dass das Kürzel TIM 1524 Ferbers Leiche demonstrativ in den Mund gesteckt worden war, hatte Stoffels in der »Thüringer Rundschau« geschrieben. Was eine deutliche Parallele zur Ermordung von van Bruns darstellte, in dessen Fall dem Täter die Formel anscheinend besonders wichtig gewesen war, hatte er sie hier doch gleich zwei Mal hinterlassen: eingeritzt in van Bruns' Stirn und auf der Papierrolle, die sie im Grab des Weimarhallenparks gefunden hatten. Zudem hatte der Täter bei van Bruns noch ein weiteres Zeichen gesetzt: Tod durch Erfrieren, die Leiche im Eis! Eine solche Eisleiche im Park zu vergraben, wäre technisch schwierig gewesen. Bis man sie entdeckt hätte, wäre das Eis womöglich schon geschmolzen gewesen – die Kälte- und Eissymbolik nie an die Öffentlichkeit gelangt. Wer aber konnte deren Bedeutung entschlüsseln? Für wen war dieses Zeichen der Täter bestimmt? Sollte Adrian van Bruns damit gewarnt werden, dass er nie Ruhe finden würde, wenn er vorhatte, den Pharmaskandal wie sein Vater weiterhin totzuschweigen? Woltmann hatte zwar in Ferbers Biographie von den Pharmaversuchsreihen gelesen, die die Brunshelp AG in Absprache mit den DDR-Behörden durch korrumpierte Ärzte in Magdeburg und anderswo durchführte. Vor allem Herzpatienten waren davon betroffen. Aber um was für eine Art von Medikamententests es sich dabei handelte, ging aus Ferbers Biographie nicht hervor. Jedenfalls mussten sie irgendetwas mit Eis zu tun haben. Das lag jetzt auf der Hand. Er nahm sich vor, noch einmal Ferbers Dateien daraufhin zu prüfen und auch anderweitig zu recherchieren.

»Wir können nun sicher davon ausgehen, dass wir es mit mehreren Tätern zu tun haben, Leute!« Remde blickte jeden der Anwesenden der Reihe nach an. »Einer allein hätte den Transport von van Bruns und die Wiederinstandsetzung der Eiskammer mit all der Technik im alten Schlachthof nie geschafft. Der alte van Bruns war zwar schmächtig und klein, aber trotzdem. Das sieht mir nach mindestens zwei Tätern aus.«

Jenny Ehrentraut erklärte, sie habe keine verwertbaren Fingerabdrücke entdeckt.

»Ich sage nur: Handschuhe. Der oder die Täter haben gewusst, dass ich komme!«

Während Hoppe müde lächelte, gab Remde Jürgen Seifert das Wort. Der führte aus, er habe verschiedene DNA-Spuren an der Leiche von van Bruns gefunden. Allerdings stimmten diese in keinem einzigen Fall mit denen an Ferbers Leiche überein. Waren die beiden Morde also von unterschiedlichen Tätern begangen worden?

»Leute, was ist eigentlich mit dem anderen Sohn von Helmut van Bruns. Der in den USA lebt. Hat schon jemand überprüft, wo sich der zur Tatzeit aufhielt?«

»Sie meinen Tassilo van Bruns!«, meldete sich Scholz zu Wort. »Der lebt in Cecilia in Kentucky. Ich habe mit ihm gesprochen.«

»Ja, und?« Remde sah wohlwollend zu Scholz. So viel Eigeninitiative hätte er dem Mann gar nicht zugetraut.

»Die Tatsache, dass er keine zwei Stunden, nachdem wir van Bruns im Schlachthof gefunden haben, sofort am Telefon in Kentucky war – ich habe den Anschluss nachverfolgen lassen –, lässt ihn als Mörder seines Vaters ausscheiden. Das haut mit der Zeit sonst nicht hin. Ich habe ihm mitgeteilt, dass sein Vater ermordet wurde.«

»Und? Wie hat er reagiert?«

»Eigentlich gar nicht. Er blieb stumm. Ich dachte schon, die Leitung wäre unterbrochen. Dann habe ich ihn gefragt, wo er zu der Zeit war, in der Ferber ermordet wurde. Im Krankenhaus, sagte er. Eine Gallen-Operation in Louisville/Kentucky. Auch das habe ich überprüft. Es stimmt.«

»Gut, Scholz«, lobte Remde. »Dann können wir Tassilo van Bruns wohl als Mörder ausschließen.«

»Es sei denn, er hat Auftragskiller in Deutschland angeheuert«, entgegnete Hoppe.

MITTWOCH, 16. APRIL 2014

Woltmann saß im Großraumbüro und ging Ferbers Dateien durch. Auch bei Google und in Medizinforen suchte er nach Zusammenhängen zwischen Herzoperationen, -medikamenten und Kälte. Er prüfte, ob es in diesem Kontext irgendwelche Hinweise auf TIM 1524 gab. Zwar kam er, was den letzteren Punkt betraf, nicht weiter, erfuhr aber, wie wichtig die Absenkung der Körpertemperatur für Operationen am offenen Herzen ist. Seine neu gewonnenen Erkenntnisse fügten sich mit denen aus Ferbers Dateien zu einem immer klareren Bild.

Mandy Hoppe entwarf eine Skizze, auf der sie die Fundorte aller fünf Hochgräber markierte. Sie notierte jeweils die Besonderheiten. So vermerkte sie beim Hochgrab im Weimarhallenpark: *Direkt neben Familiengrab Bertuch = Ruhewald.*

Remde saß an seinem Schreibtisch, trank bitteren Kaffee und telefonierte mit seinem Batzinger Kollegen. Der wartete immer noch auf den Durchsuchungsbefehl. Remde erläuterte ihm noch einmal, wonach sie im Wohnhaus und Büro Adrian van Bruns' zu suchen hätten, sobald die Staatsanwaltschaft grünes Licht gab.

Scholz sprach auf einem Schulhof erneut einige Oberstufenschüler an und hatte Glück. Sie waren an jenem Abend, an dem die Knochen Erika van Bruns' im Park Belvedere verscharrt wurden, auf dem Parkplatz in der Nähe des Schlosses gewesen und feierten eine kleine Party. Sie behaupteten, ein Auto gesehen zu haben, das über den Parkplatz schlich und sich dann stadtauswärts entfernte. Sie beobachteten noch, wie das Auto auf dem Bergkamm von Belvedere in Richtung Possenbachtal einbog, und vermuteten, es wäre ein Liebespaar, das ein ruhiges

Plätzchen suchte. Doch sie konnten sich weder an das Fabrikat noch an die Farbe des Autos erinnern.

Nicole Meisinger arbeitete noch immer den Aktenberg ab, den sie beim Wiederantritt ihrer Stelle vorgefunden hatte. Nur gelegentlich fand sie Zeit, Mandy Hoppes Wunsch zu entsprechen und nach zurückliegenden Fällen von Grabschändungen und Störung der Totenruhe zu suchen. Auch aus anderen Abteilungen und von benachbarten Polizeidienststellen lagen Aufträge auf ihrem Tisch. Niemand hatte diese Arbeit während ihrer langen Abwesenheit übernommen. Einmal mehr machte sich die chronische Unterbesetzung der Kripo bemerkbar. Nach den zwei Morden in Weimar stellte sie nun aber alle anderen Anfragen zurück und suchte in alten Akten sowohl in ganz Deutschland als auch international nach Parallelen zu den aktuellen Fällen.

Draußen begann ein milder Tag. Die Amseln probten ihre Frühlingslieder. Empfindsame Gemüter litten unter Migräne, bedingt durch den Wetterumschwung.

Woltmann glaubte, ein Schwirren in der Luft wahrzunehmen. Irgendwie hatte er den Eindruck, dass sich etwas zusammenbraute, ein Gefühl, das ihn selten trog. War es Telepathie, war es die Gabe, übersinnliche Schwingungen zu empfangen? Genau benennen konnte er es nicht. Er spürte nur, dass ihm in den vorliegenden Fällen bald etwas Entscheidendes zufliegen würde. Er las ein weiteres Mal die Biographie des alten van Bruns quer, glich sie mit seinen Erkenntnissen ab, die er zu den Herzoperationen erlangt hatte. Der Name eines Oberarztes tauchte bei Ferber in diesem Zusammenhang auf, allerdings lagen die Ereignisse dreißig Jahre zurück. Er machte sich einige Notizen und widmete sich dann den Bilddateien, die Ferber den jeweiligen Themen seiner Reden, Artikel und Biographien direkt zugeordnet hatte. Unter »Helmut van Bruns« fand er Fotos von Maylin und Mia, im Garten spielend, ein Porträtfoto von Adrian mit dem strengen Blick des Firmenchefs, von Helmut van Bruns als Konfirmand, Student und Bräutigam. Er klickte auf eine andere Datei, die den Namen »Iffland« trug. Hier fand er eingescannte Zeitungsartikel zum Thema Ruhewald, auch ein Interview mit Dr. Konrad Horstmüller. Woltmanns Augen flogen fast wie im Fieberwahn über die Fotos und Artikel hinweg, dann öffnete er die nächste Datei. Sein Blick blieb an einer Aufnahme hängen, die ihn erschauern ließ. Als Streifenpolizist war er einiges gewohnt. Aber so etwas Gruseliges hatte er noch nie gesehen. Gerade wollte er aufstehen und Mandy Hoppe rufen, da hörte er die auffällig hohe Stimme eines älteren Herrn, der bei Remde vorsprach. Da Remde seine Tür nicht schloss, staunte Woltmann kurze Zeit später ebenso wie die zwei Zimmer weiter in ihrem Büro sitzende Hoppe über das, was der Besucher zu erzählen hatte.

* * *

Der Rentner hatte an die offenstehende Tür von Remdes Büro geklopft und sich als Waldemar Müller vorgestellt. Er hatte bei der Wache am Eingang der Polizeiinspektion vorgesprochen, die ihn dem Kripochef als einen Herrn ankündigte, der aufgrund der Zeitungsberichte eine wichtige Aussage im Zusammenhang mit den beiden Morden zu machen habe.

»No klar les ich die Zeitung jeden Tag.«

»Gut, Herr Müller. Aber von irgendwoher kenne ich Sie doch, wie mir scheint?«

»No, no, Herr Kommissar. Da haben Sie recht. Ich habe die erste Leiche entdeckt.«

»Sie meinen das Hochgrab im Park an der Ilm? Ach ja, jetzt erinnere ich mich. Was haben Sie denn heute Neues, weswegen Sie extra hierhergekommen sind?«

Waldemar Müller nahm Platz, wischte sich mit einem rotblau karierten Stofftaschentuch über die Lippen und stützte sich auf seinem Stock ab.

»Also, Herr Kommissar. Ich bin nicht wegen dem Grab im Park da. Da habe ich schon alles gesagt. Also, ich meine, wie mein Addi die Leiche damals entdeckt hat.«

Remde drehte seinen Kugelschreiber in der Hand hin und her.

»Nein, nein, heute bin ich wegen was anderem hier. Sie suchen doch nach diesem Code …«

»TIM 1524! Wissen Sie denn etwa, was das bedeutet?«

»Leider nicht.«

Remde sah ihn verblüfft an. »Aber wieso sind Sie dann hier und kommen von sich aus auf den Code zu sprechen?«

»Wollte ja nur sagen, dass ich Ihnen da nicht weiterhelfen kann. Aber mit den Hochgräbern sieht es anders aus. Da habe ich mich an dieses Büchlein erinnert.«

Er streckte Remde ein verblichenes schmales Bändchen entgegen.

»Hat mir mein Bruder geschenkt!«

Meine schwierigsten Fälle, las Remde auf dem Buchdeckel.

»Das sind die Erinnerungen eines Magdeburger Kripochefs.« Müller drückte sich kurz die dritten Zähne fest. »Der hat zu DDR-Zeiten viele Mordfälle bearbeitet. Im Jahr 2000 hat er zu seinem Fünfundsiebzigsten das Buch hier erscheinen lassen. Im Selbstverlag, erschien nie richtig im Buchhandel. Die Auflage war klein. Mein Bruder lebt in Magdeburg und hat es mir mitgebracht. Der Kripochef hat das Buch in einer Magdeburger Buchhandlung vorgestellt. Da war mein Bruder dabei. Schauen Sie, sogar mit Widmung. Das Buch war mehr für die Verwandten gedacht, und für den Freundeskreis des Kripochefs.«

»Aha. Und was hat das jetzt mit den Hochgräbern zu tun?«

»Wenn Sie mal die Seite vierundfünfzig aufschlagen, Herr Kommissar!«

Remde blätterte, dann las er die Überschrift: *Der Mord, der nie aufgeklärt wurde.*

»Hören Sie, Herr Müller, ich kann jetzt nicht den ganzen Artikel …«

Während er das sagte, blätterte er weiter und brach mitten im Satz ab, als er ein Foto sah. Das Foto eines Grabs unter Bäumen in einem Park. Ein Hochgrab, die Erde aufgeschüttet und festgetreten, das genauso aussah wie die Gräber in den Weimarer Parks.

»Das ist ja ein Ding!« Remde begann, den Artikel zu überfliegen. Ein Oberarzt namens Robert Selcher war 1984 von heute auf morgen spurlos verschwunden. Drei Tage später fand man in den Goetheanlagen nahe der Schrote, versteckt unter einem großflächig wuchernden Hartriegelbusch, ein Hochgrab mit seiner Leiche.

»Na, sehen Sie, war doch eine gute Idee, Ihnen das zu zeigen, Herr Kommissar!« Waldemar Müllers Augen glänzten, so sehr freute er sich über die Wirkung seines Mitbringsels.

»Ich behalte das noch eine Weile, ja?« Remdes Frage war mehr rhetorischer Natur.

»Schon, klar, aber …« Der Rentner sah Remde herausfordernd an.

»Was, aber?«

»Nun, verstehen Sie mich nicht falsch, Herr Kommissar. Aber ich bekomme nur eine kleine Rente und, ich mein, also bei Aktenzeichen XY, da gibt es doch immer eine Belohnung für diejenigen, die den entscheidenden Hinweis …«

»Tja, Herr Müller, ich glaube, die Staatsanwaltschaft hat in dieser Hinsicht noch nichts verlauten lassen. Auch sind die beiden Morde noch keine Woche her. Ich glaube, da ist noch keine Belohnung ausgelobt worden.«

»So?« Die Enttäuschung stand dem Rentner ins Gesicht geschrieben. Remde verabschiedete ihn und rief dann Hoppe, Woltmann und Scholz zu sich. Obwohl die beiden Ersteren das meiste bereits durch die offene Tür mitgehört hatten, erzählte er ihnen noch einmal ganz genau, was er von Waldemar Müller erfahren hatte. Das Buch lag aufgeblättert vor ihm.

Kaum hatte er seine Rede beendet, erschien Nicole Meisinger in der Tür und bat den Kripochef, kurz etwas mitteilen zu dürfen. Woltmann betrachtete die Kollegin, die er bisher nur auf dem Flur gesehen und manchmal flüchtig gegrüßt hatte, aufmerksam.

»Was ist los, Kollegin Meisinger? Eigentlich haben wir jetzt keine Zeit. Aber wenn es wichtig ist.«

»Ja, ist es, glaub ich.«

»Na, dann los!«

Meisinger berichtete von ihren Aktenstudien, bei denen sie ihr Augenmerk auch auf Fälle mit Grabschändung und Störung der Totenruhe richten sollte.

»Ich bin ja noch nicht richtig dazu gekommen. Ich musste ja erst mal den ganzen übrigen Aktenberg auf meinem Schreibtisch abarbeiten. Aber angesichts der beiden jüngsten Morde habe ich mich da jetzt draufgestürzt. Ich hatte auch eine unbestimmte Erinnerung an einen schon lange zurückliegenden ähnlichen Fall.«

»Soso. Gut. Und weiter?«

»Jetzt weiß ich wieder, was das für ein Fall war. Ich wusste, er fand an einem Ort statt, der nach Goethe benannt ist. Und der nicht in Weimar liegt!«

Hoppe, Woltmann, Scholz und Remde staunten sie an.

»Also, in Magdeburg gibt es einen Park, die Goetheanlagen. Dort hat man 1984 ein Hochgrab gefunden. Darin vergraben war ein Dr. Robert Selcher, Oberarzt am Magdeburger Klinikum …«

Verunsichert sah die Kriminalbeamtin in die ungläubigen Augen ihrer Kollegen.

»Ist irgendwas?«

Remde kniff die Augen zusammen und fragte sie dann direkt: »Haben Sie eben den Rentner mitbekommen, der bei mir war?«

»Nein, was für ein Rentner denn?«

»Sie haben nicht zufällig mitgehört, was der erzählt hat?«

»Nein!«

Remde schüttelte den Kopf. Hoppe lachte als Erste, und gleich darauf fielen auch die anderen ein. Selbst Remde prustete los. So ernst die Situation auch war, und es um zwei Morde ging, wirkte ihr Lachen doch befreiend angesichts der bis zu diesem Zeitpunkt lahmenden Ermittlungen.

»Da suchen wir stundenlang, tagelang nach einem weiterführenden Ermittlungsansatz. Und dann bekommen wir ihn in zweifacher Ausfertigung geliefert!« Remde wurde wieder ernst. Er las einige Passagen aus dem Buch vor. Meisinger, die noch etwas verunsichert wirkte, ergänzte den Bericht des früheren Magdeburger Kripochefs mit einigen Fakten aus den ihr zugänglichen Unterlagen. Auch wenn sich der Fall 1984 im Bezirk Magdeburg abgespielt hatte, waren damals auch kriminalpolizeiliche Informationen zu den Kollegen anderer DDR-Bezirke gelangt. Der Fall blieb dennoch unaufgeklärt.

»Moment mal! Ich glaube, darüber war auch etwas in Ferbers Dateien zu lesen!« Woltmann sprang, ohne Remdes Erlaubnis abzuwarten, auf und spurtete ins Großraumbüro. Sein Auftritt war so überzeugend, dass der Kripochef auf einen Ordnungsruf verzichtete und ihm, zusammen mit den anderen, sogar hinterhereilte. Dort angekommen, beugten sie sich über Woltmanns Schulter. Der rief im Computer gerade Ferbers Biographie von Helmut van Bruns auf. Mit zitternder

Hand scrollte er rauf und runter, bis er die gesuchte Passage fand.

»Hier …« Er zeigte auf den Monitor und las vor: »… nutzte die Firma Brunshelp einen Stuttgarter Kardiologenkongress im Januar 1984 zur Kontaktaufnahme mit Dr. S. aus M.«

»Selcher aus Magdeburg!« Remde wirkte wie paralysiert, so rasant fügten sich die Mosaiksteine zusammen.

»Was ich nicht gefunden habe, ist, wer die konkreten Verhandlungen mit dem Oberarzt aus der DDR geführt hat. Dazu stand offenbar nichts im Firmenarchiv.« Woltmann merkte, dass ihm alle gespannt zuhörten. »Fakt aber ist, dass dieser Dr. S. auf dem Rückweg vom Stuttgarter Kongress im Zug mehrere tiefgekühlte Flaschen einer kardioplegischen Lösung entgegengenommen hat. Von einem Boten. Der stieg in Bebra kurz vor der Grenzkontrolle in den Zug, übergab die Ware und verließ ihn sofort wieder. Diese Infos hatte Ferber aus einem Brief des Stasi-Beauftragten in Magdeburg. Der hatte das wiederum aus den Stasi-Akten dieses Dr. Selcher entnommen. Der Oberarzt war IM bei der Stasi und trug den Decknamen ›Eismann‹.«

»Das passt ja, der Eismann. Da war die Stasi mal kreativ!«, warf Hoppe ein.

»Was für eine Lösung war das noch mal, Woltmann?«

»Das ist ein Präparat, das man bei Herzoperationen verwendet, Herr Remde. Hab ich im Internet nachgelesen. Das führt zum vorübergehenden Herzstillstand bei einer Operation. Ohne diese Lösung kann man nicht am offenen Herzen operieren.«

»Gut, gut. Weiter, Woltmann.«

»Entscheidend ist: Diese chemische Lösung hatte damals keine Arzneimittelzulassung. Es gibt eine Art Übergabeprotokoll. Der Doktor aus Magdeburg hat fünftausend West-Mark bekommen. Dafür hat er sich verpflichtet, das Medikament über einen Zeitraum von drei Monaten an einigen chronisch kranken Herzpatienten im Klinikum zu testen. Diese haben allerdings nicht davon erfahren, dass sie Teil eines Tests sind. Selcher musste nach jeder Operation dokumentieren, wie die Lösung unter bestimmten Bedingungen wirkt. Nach der Testphase hat er die Ergebnisse über einen Kurier nach West-Berlin weitergeleitet. An eine Mittelsperson der Brunshelp AG …«

Woltmann brach ab und trommelte mit den Fingern auf die Handauflage der Tastatur.

»Moment!« Er klickte verschiedene Dateien an, scrollte erneut und pfiff dabei durch die Zähne.

»Hier!« Mit dem Zeigefinger wies er die Umstehenden auf eine Stelle hin, die sich nicht in der Biographie fand, dafür aber in dem Dateiordner »Wirtschaft Kalter Krieg – Verlagssuche« als Worddatei abgespeichert worden war. Nur einige Stichworte standen da, die Woltmann jetzt langsam vorlas:

Todesfälle im Magdeburger Klinikum 1984. Kardiologische Abteilung. Drei Fälle in den Klinikakten mit dem Vermerk Sel/ OP. *Reiner Schwegler. Lisa Koch. Hilde Katzmann.*

* * *

»Hoppe, Scholz! Sie finden mir schnellstmöglich heraus, ob es noch Nachkommen dieser drei verstorbenen Patienten gibt, wo sie leben und so weiter.« Remde wirkte aufgekratzt. Endlich ging es voran. Er verließ das Großraumbüro und eilte zurück in sein Zimmer, um dort mit dem Staatsanwalt zu telefonieren. Gut möglich, dass sie bald Zugang zu den Klinikakten in Magdeburg, oder wo immer diese heute lagerten, brauchten.

Die Ereignisse überschlugen sich. Dr. Pfeiffer, der Rechtsmediziner, berichtete am Telefon von einer kleinen, aber wichtigen Entdeckung an der Leiche von Dominik Ferber. Im selben Augenblick betrat Woltmann Remdes Büro. Remde stellte das Gespräch laut.

»An der Leiche von Ferber habe ich am Rückenmarkskanal einen Einstich entdeckt. Und zwar ganz weit oben. Also im Bereich der oberen Brustwirbelsäule.«

Remde wartete ab, aber als es am anderen Ende stumm blieb, hakte er nach, was das zu bedeuten habe.

»Nun, der Einstich deutet auf eine rückenmarksnahe Anästhesie, zum Beispiel auf eine Spinalanästhesie oder einen Periduralkatheter hin. Mit dieser Spritze wurde dem Opfer ein Lokalanästhetikum verabreicht.«

»Ja, und? Was heißt das für unseren Fall?«

»Nun, Sie suchen doch nach einer Erklärung, warum sich das Opfer nicht gewehrt hat, Herr Kriminalhauptkommissar.«

»Ja, tu ich.«

»Nun, mit einem Lokalanästhetikum in diesem Bereich ist es möglich, einen Menschen an Beinen und Armen zu lähmen. Bei einer Spinalanästhesie kann es allerdings auch zu einer Atemlähmung kommen. Die führt nach einigen Minuten zum Tode. Darum ist ein Periduralkatheter in unserem Fall wahrscheinlicher. Über diesen sehr dünnen Schlauch kann das Anästhetikum nachgespritzt werden. Die Lähmung der Atemmuskulatur ist dann nicht so ausgeprägt.«

»Herr Doktor, wenn ich Sie richtig verstehe, hat da jemand über fundierte Anästhesie-Kenntnisse verfügt. Der hat das Opfer gelähmt, aber bei Bewusstsein gehalten.«

»Richtig. Das Opfer bekam alles mit, hat sich aber nicht wehren können. Und so eine Spritze setzen kann nur jemand, der vom Fach ist.«

»Und das Klebeband hat ihn mundtot gemacht!« Remde sah die Abläufe bei der Ermordung Ferbers wie in einem Film ablaufen. »Noch eine Frage, Doktor, wie lange hält die Wirkung dieser Spritze an?«

»Ich sagte bereits, dass man das Mittel nachspritzen kann. Wenn man das behutsam angeht und die Atemlähmung nicht eintritt, funktioniert das über mehrere Stunden hinweg.«

»Würde also bis zum Todeseintritt Ferbers reichen. Ähm, sagen Sie, war das bei van Bruns auch so?«

»Ich habe mir dessen Leichnam daraufhin natürlich angeschaut!«

»Und?«

»Nichts. Kein Einstich. Bei van Bruns war es die große Dosis K.o.-Tropfen, die ihn benommen machte. Und gestorben ist er wegen Herzstillstands.«

»Wegen der Kälte?«

»Ja, er ist erfroren.«

Remde beendete das Gespräch. Mit Woltmann trug er zusammen, was diese Erkenntnisse für die Ermittlungen bedeuteten. Ferber und der alte van Bruns waren lebendig begraben bzw. eingefroren worden. Ein Mal lag das Opfer selbst in einem Hochgrab, das andere Mal lag der Hinweis, wo das Opfer zu finden war, in einem Hochgrab. Die Anlage der Hochgräber war sehr ähnlich. Der Code TIM 1524 fand sich bei beiden Opfern in spektakulärer Weise; Mund und Stirn konnten symbolhaft gewählt worden sein: Rede nicht mehr so, wie du es bisher tust! Denke nicht mehr so, wie du es bisher tust! Beide Morde und alle fünf gefundenen Hochgräber standen in Verbindung mit der Familie van Bruns. Doch trotz der vielen Parallelen gab es auch markante Unterschiede zwischen den beiden Morden. Das Klebeband, mit dem Ferber und van Bruns der Mund verklebt wurde, war unterschiedlich in Farbe und Struktur. Die bei beiden Morden nachgewiesenen DNA-Spuren stimmten nicht überein.

Eine wichtige Rolle spielten offensichtlich die Vorgänge am Magdeburger Klinikum vor dreißig Jahren. Kardioplegische Lösungen, so wussten die Ermittler jetzt, setzte man bei Herzoperationen ein. Mit Hilfe eines Wärmetauschers an der Herz-Lungen-Maschine fuhr man die Körpertemperatur des Patienten während einer Herzoperation stark herunter. Den Herzschlag stoppte man bis zu eine Stunde lang mit Hilfe der kardioplegischen Lösung, die eiskalt sein musste. Entscheidend war dabei, wie tief die Körpertemperatur abgesenkt wurde. Flaschen mit solch einer kardioplegischen Lösung hatte Dr. Selcher in Magdeburg für die Brunshelp AG an Patienten ausprobiert. »Der Eismann hat zugeschlagen«, sagte Remde. »Im grünen OP-Kittel. Eisesgrün!«

Hoppe kam hinzu, und sie überlegten gemeinsam weiter, ob die beiden Morde trotz unterschiedlicher DNA-Spuren und Klebebänder von den gleichen Tätern begangen worden sein könnten. Sie spielten noch einmal durch, ob Lothar Iffland weiterhin verdächtig war. Nicht ins Bild passte, dass er erst jetzt, vier Jahre nach seiner Insolvenz und der Auseinandersetzung mit der Familie van Bruns, als Erpresser und Mörder in Erscheinung treten sollte. Auch waren Ifflands Motive, um Ferber zu ermorden, zu schwach. Der frühere Konkurrenzkampf der beiden und eine eventuell positiv ausfallende Van-Bruns-Biographie waren kein Mordgrund. Ferber wollte außerdem einen Van-Bruns-Skandal aufdecken, was ganz in Ifflands Sinn gewesen wäre, hätte er Rachegedanken gehegt.

Noch einmal gingen die Kripobeamten in ihren Ermittlungen einen Schritt zurück: Welche Bedeutung hatten die ersten drei Hochgräber? Wozu hatte der Täter erst Puppe, Hund und Knochen der Erika van Bruns begraben? Wen wollte er damit warnen? Wäre Ferber nicht zu Tode gekommen, wäre die Reihenfolge plausibel: Jemand, der die Familie van Bruns bedrohte, steigerte die Aktionen, bis er schließlich den Seniorchef ermordete. Ferber selbst hätte dafür ein Motiv haben können: Er wollte eine hohe Geldsumme erpressen. Aber das passte irgendwie nicht. Außerdem lenkten der Rentner Waldemar Müller und die Kriminalbeamtin Nicole Meisinger die Ermittlungen in eine andere Richtung. Genauer gesagt: in das Jahr 1984.

Der Staatsanwalt rief bei Remde an. Woltmann verließ den Raum. Er setzte sich wieder an den Computer. Gedankenverloren starrte er auf den Bildschirmschoner. Im Geiste ging er noch einmal alle Spuren durch. Für ihn zeichnete sich zumindest ein deutliches Täterprofil ab, was den Mord an Helmut van Bruns betraf: Ein Betroffener der Pharmaversuchsreihen in Magdeburg im Jahr 1984, vermutlich ein Verwandter der verstorbenen Patienten, sann auf Rache, nachdem er den eigentlichen Verursacher der falschen Behandlung ausfindig gemacht hatte. War der Oberarzt Selcher vom Täter schon damals, 1984, als Verantwortlicher eruiert und ermordet worden, so hatte er erst jetzt durch Dominik Ferber vom eigentlichen Auftraggeber der Versuchsreihe erfahren. Ferber war bei seinen Recherchen auf die drei Opfer von 1984 gestoßen. Er tat das, was die Kripo jetzt tat, nämlich nach ihren Familienangehörigen und ihnen nahestehenden Personen suchen. Die hatte er schließlich gefunden – ob einen oder mehrere, blieb unklar – und das Gespräch mit ihnen gesucht. Dabei erfuhren sie auch, wer neben Dr. Selcher mitverantwortlich für den Tod ihres Angehörigen war: die Brunshelp AG. Einer der Betroffenen schritt dann zur Tat und knüpfte mit dem Hochgrab an die demonstrative Aufbahrung von Selcher an. Aber warum ein Hochgrab? Warum dieses weithin sichtbare Zeichen in der Natur?

Aber dieser Betroffene handelte nicht alleine. Er suchte sich einen oder mehrere Komplizen, um den alten van Bruns auf brutale Art zu ermorden. Dieser nach Rache dürstende Angehörige und seine Komplizen wollten die Familie van Bruns mit den ersten drei Hochgräbern in Angst und Schrecken versetzen. Der Tod im Eis sollte ein Zeichen sein: So wie mit der Körpertemperatur seines Angehörigen damals bei der Operation in Magdeburg etwas schiefgelaufen war – vielleicht sogar vorsätzlich, um die noch nicht zugelassene kardioplegische Lösung auszuprobieren, sollte nun auch bei van Bruns etwas schieflaufen und dieser dadurch zu Tode kommen.

Woltmann rieb sich die Augen, er fühlte sich für einen Augenblick müde. Doch wer war dann der Mörder von Dominik Ferber? Denn wenn seine Theorie mit den Angehörigen stimmte, machte es andererseits keinen Sinn, diese auch für den Mord an Ferber verantwortlich zu machen. Sie hätten ihm im Gegenteil eher dankbar für seine Offenlegung sein müssen!

Neue Ergebnisse von Dr. Pfeiffer trafen ein. Jetzt stand fest: In beiden Fällen war es darum gegangen, dass die Opfer bei vollem Bewusstsein starben. Ein höchstes Maß an Qual! Der bloße Tod genügte nicht. Dahinter stand Hass. Vielleicht eine schon lange andauernde Feindschaft, die nach Satisfaktion verlangte? Oder war es ein tiefer Wunsch nach Rache, der sich hier Bahn brach? So wie es bei einem Hinterbliebenen der Magdeburger Opfer einleuchtete? Aber war der Wunsch nach Rache selbst dreißig Jahre nach den Ereignissen noch am Lodern? Wenigstens für diese Frage bot sich eine Erklärung an: Erst durch Ferber war herausgekommen, wer den Oberarzt Selcher damals mit der kardioplegischen Lösung bedient hatte: die Brunshelp AG beziehungsweise van Bruns senior.

Im Fall Ferber dachte Woltmann noch einmal alle Varianten durch und blieb bei der entscheidenden Frage stecken: Was bedeutete TIM 1524? Da waren sie noch keinen Schritt weitergekommen. War es vielleicht eine Zimmernummer im Magdeburger Klinikum? 1. Stock, Zimmer 524? Steckte eine Person namens Tim dahinter, die sie noch nicht kannten und zuordnen konnten? Der Oberarzt war 1984 in den Goetheanlagen in Magdeburg verscharrt worden. Goetheanlagen. Ausgerechnet Goethe. Und dreißig Jahre später die Weimarer Gräber in den Parks, die mit Goethe eng verbunden waren. War der Mörder ein Goethefetischist? Und musste er nicht zwangsläufig ein Mediziner sein? Jemand, der Injektionen gezielt ins Rückenmark setzen konnte? Eine Person mit diesem Profil war ihnen während ihrer Ermittlungen noch nicht aufgefallen.

Woltmann knabberte am Griffende des Kugelschreibers. Gedankenverloren klickte er auf einige Dateien Ferbers, die er sich heruntergeladen hatte. Da war wieder dieses gruselige Bild. Er hatte es aufgrund der rasanten Entwicklung in den letzten Stunden ganz vergessen. Jetzt schauderte ihn wieder. Eine sehr beleibte Frau mit weit aufgerissenen, gruselig schwarz umrandeten Augen war darauf zu sehen. Aus ihrem Mund ragten zwei glitschige Froschschenkel hervor.

* * *

Draußen war es bereits dunkel geworden. Woltmann gähnte mehrmals. Die letzten Nächte hatte er kaum geschlafen. Jetzt überkam ihn das Gefühl, mit der Aufklärung der Morde ein paar wichtige Schritte vorangekommen zu sein. Dennoch fehlten ihm noch einige entscheidende Verbindungen. Oder, wie er und Mandy es mit einem Bild auszudrücken pflegten: Sie saßen zwar immer noch vor einem Gemälde mit ineinander verschwimmenden Farben. Aber einige Konturen, also konkrete Spuren, traten bereits deutlich hervor.

Pling, meldete sich sein privates Smartphone. Eine Nachricht über WhatsApp war eingegangen.

Melde Vollzug. Ronny

Seine Familie hatte er in den letzten Tagen sträflich vernachlässigt. Hoffentlich klärten sich die Fälle bis Ostern, damit er ein bisschen freie Zeit mit ihnen verbringen konnte.

Was heißt das, Ronny?,

schrieb er zurück.

Tim 1524,

war die Antwort.

Bin gleich zu Hause.

Er packte seine Lederjacke über den Arm und informierte Remde darüber, dass jemand behauptete, etwas über TIM 1524 zu wissen. Der Kripochef winkte müde ab. Zu viele Informationen zu diesem Kürzel hatten sich in den letzten Tagen als Wichtigtuerei oder bildungsbürgerliche Exkurse erwiesen, die sie in der Aufklärung der Fälle kein Stück weitergebracht hatten.

»Gehen Sie mal, Woltmann. Sie haben Familie.« So viel Empathie war bei Remde eher selten. »Heute kommen wir eh nicht mehr weiter. War zudem ein ergiebiger Tag. Aber halten Sie sich in Bereitschaft. Morgen um sieben treffen wir uns wieder hier.«

* * *

Kurz vor Mitternacht ließ sich Woltmann auf die Wohnzimmercouch fallen. Mit gierigen Zügen trank er ein eiskaltes Apoldaer aus der Flasche. Ronny hatte morgen, am letzten Tag vor den Ferien, die ersten beiden Stunden frei, weil ein Lehrer erkrankt war. So saß er in Jogginghosen vor dem Fernseher und schaute eine Talkshow, stellte aber sofort leiser, als er die erwartungsvoll auf ihn gerichteten Augen seines Vaters sah.

»Los, erzähl!«

Ronny berichtete von einer ausgiebigen Diskussion in der »Gerber«, also einem der Weimarer Häuser, in der die alternative Szene zu Hause war. Dort verkehrten auch einige, die getauft und konfirmiert waren und in der Schule den Religionsunterricht besuchten. Von ihnen kam der Hinweis auf den frühen Christen Timotheus. Zwei Briefe an ihn standen in der Bibel. Die geläufige Abkürzung für diese Briefe lautete TIM.

»Wenn man nun die Zahl 1524 nicht als Einheit versteht, Papa, sondern auseinandernimmt, ergibt sich folgender Sinn: 1. Brief an Timotheus, 5. Kapitel, Vers 24. Der Vers lautet: *Etlicher Menschen Sünden sind offenbar, dass man sie zuvor richten kann; bei etlichen aber werden sie erst mit dem Tode offenbar.*«

»Wahnsinn!« Woltmann atmete tief durch. Er bewunderte seinen Sohn aufrichtig. Ich unterschätze ihn, dachte er sich einmal mehr und strich ihm anerkennend übers Haar, eine vertraute Geste, die er sich bei dem Pubertierenden seit Jahren nicht mehr erlaubt hatte. Ronny ließ ihn gewähren.

»Sag, was ist jetzt mit der Prämie, Papa?«

Das hörte Woltmann heute schon zum zweiten Mal.

»Bist ja wie der Rentner!«

Ronny sah ihn fragend an.

»Der Rentner?«

»Ach, vergiss es. Ja, mit der Prämie, mal sehen. Ich lass mir was einfallen.«

Er verabschiedete seinen Sohn ins Bett. Yvonne schlief schon, Laura sowieso. Er griff zum Telefon und ging mit Mandy Hoppe flüsternd noch einmal alle Ergebnisse durch, samt der Neuigkeit, die er eben von Ronny erfahren hatte. Die Kommissarin berichtete von ihren Recherchen zu den drei vermutlichen Opfern der Pharmaversuche, deren Namen sie in Ferbers Datei gefunden hatten. Eine Spur schien nach Weimar zu führen. Aber erst morgen könnten sie aus dem Magdeburger Klinikarchiv sichere Informationen erhalten.

Um zwei Uhr schlich sich Woltmann ins Bett, machte aber kein Auge zu. Yvonne atmete gleichmäßig. Nur manchmal drehte sie sich unruhig um und sprach einige unverständliche Wörter. Er war bereits um sechs Uhr früh mit Mandy verabredet, noch vor der großen Runde mit Remde und den anderen. Von Ingo Baum erhofften sie, ein paar entscheidende Informationen zu bekommen.

DONNERSTAG, 17. APRIL 2014

Mit verschlafenen Augen, aber trotzdem hellwach, hörten Woltmann und Hoppe zu, was Bäcker Baum herausgefunden hatte. Auf einem Zettel präsentierte er ihnen mehrere Namen von ehemaligen Parkwächtern in Weimar, jenem Ehrenamt, von dem er Woltmann bereits in einem früheren Gespräch erzählt hatte. Eine, die das Amt über zehn Jahre hinweg ausgeübt hatte, hieß Lisa Koch. Bei der Nennung dieses Namens blickten sich Woltmann und Hoppe mit leuchtenden Augen an. Lisa Koch tauchte in Ferbers Datei als eines der Opfer der Magdeburger Pharmaversuche von 1984 auf. Für die beiden anderen, von Ferber genannten Opfer, Reiner Schwegler und Hilde Katzmann, hatten Scholz und Hoppe bisher keine Verbindung zu Weimar und der Gegenwart gefunden. Für Lisa Koch gab es diese Verbindung aber sehr wohl, wie ihnen jetzt klarwurde. Aus Baums Befragungen, Ferbers Recherchen und ihren eigenen Erkenntnissen ergab sich für Hoppe und Woltmann nun ein Bild mit immer klareren Konturen: Viele Jahre lang war Lisa Koch als Biologin in einem Labor beschäftigt gewesen. Einen großen Teil ihrer Freizeit verbrachte sie in den Weimarer Parkanlagen, hegte und pflegte nachwachsende Bäume und schrieb auch kleinere Abhandlungen über die Flora und Fauna. Nur folgerichtig und verdient war es daher, dass ihr der Ehrentitel der Parkwächterin 1972 zuerkannt wurde. Wenn überhaupt, dann hatte bei dieser Entscheidung der Gremien ihr intimes Verhältnis zu Georg Reder mit eine Rolle gespielt. Reder war ein hoher Parteifunktionär mit einem Sitz im Rat der Stadt und im Führungsstab der Nationalen Forschungs- und Gedenkstätten. Er war verheiratet. Ein Jahrzehnt dauerte es, bis seine Ehefrau Margot vom Verhältnis mit Lisa Koch erfuhr, durch den Hinweis eines ihr unbekannten Mannes im grauen Trenchcoat. Sie stellte Georg Reder vor die Entscheidung, sich entweder für sie oder seine Geliebte zu entscheiden, wohl wissend, dass Reder aufgrund seiner gesellschaftlichen Stellung und politischen Ambitionen keine Wahl hatte. Margot Reder war nicht umsonst die Tochter eines der Gründungsväter der DDR. Das Pendel würde gegen ihren Mann ausschlagen, wenn er sie oder sie ihn wegen einer anderen Frau verließ. Sie saß am längeren Hebel. Auf diese Weise erzwang sie das Ende der Beziehung zwischen Lisa Koch und Georg Reder. Aber das genügte ihr nicht. Sie war tief in ihrer weiblichen Ehre gekränkt. Lisa Koch hatte es gewagt, in ihre Ehe einzudringen. Ihr Mann in den Armen einer anderen Frau, die Bilder gingen ihr nicht mehr aus dem Kopf. Sie waren der Grund für den Wunsch nach gnadenloser Rache. Um ihre Nebenbuhlerin am Boden zu sehen, drängte sie Georg Reder, Lisa Koch das Amt der Parkwächterin zu entziehen. Den Druck auf ihren Ehemann verstärkte sie mit Hilfe des Trenchcoat-Manns, der sich gelegentlich bei ihr meldete und sich schließlich als Mitarbeiter der Staatssicherheit aus der obersten Führungsebene in Berlin zu erkennen gab. Auch er drängte Reder zum Handeln. Alles lief nach Plan. Lisa Koch verlor ihr Ehrenamt, unter fadenscheinigen Begründungen. Sie habe es an der notwendigen Sorgfalt mangeln lassen und viele abgebrochene Äste, defekte Wegstellen und andere Mängel in den Parkanlagen nicht zur Beseitigung gemeldet.

Die geschasste Parkwächterin litt wegen dieser Demütigungen und öffentlichen Bloßstellung unter Herzattacken. Später wurde sie deswegen in die kardiologische Abteilung nach Magdeburg eingeliefert. In Weimar oder Bad Berka, nirgendwo im Bezirk Erfurt hatte sie zuvor Aufnahme gefunden. Selbst bis hierhin reichte der lange Arm von Georg Reder und des

Trenchcoat-Manns. Die Magdeburger Klinik war ihr dagegen ausdrücklich empfohlen worden, dort suche man geradezu nach Patienten mit Herzerkrankungen. Oberarzt Selcher hatte einige Kollegen in Thüringen angeschrieben und gebeten, man möge ihm Herzpatienten mit spezifischen Diagnosen, aber auch mit einer bestimmten Biographie und einem entsprechenden sozialen Umfeld zuweisen. Lisa Koch, die gesellschaftlich isolierte Frau, eignete sich offenbar bestens für das, was Dr. Robert Selcher plante.

* * *

Mike Scholz hatte die ganze Nacht über in der Polizeiinspektion durchgearbeitet. Er brütete über den Informationen aus dem Magdeburger Klinikarchiv und den verschiedenen Meldebehörden. Von den drei Namen, die sich in Ferbers Datei im Zusammenhang mit den Ereignissen von 1984 fanden, bestand im Falle von Lisa Koch eine direkte Verbindung nach Weimar. Etwa zur gleichen Zeit, als Ingo Baum Woltmann und Hoppe von Lisa Koch berichtete, stieß Scholz auf den Namen Ralf Koch. Er war der Sohn von Lisa Koch und wohnte laut Melderegister »Am Gehädrich«, ein den Hang hinaufsteigendes und von Datschen und Gärten gesäumtes Sträßchen am südlichen Ende der Stadt, das zugleich Teil des Goethewanderwegs von Weimar nach Großkochberg war. Ralf Koch, so erläuterte Scholz jetzt den gerade eingetroffenen Kollegen, wurde 1963 in Weimar geboren und war zeitlebens unter dieser Adresse gemeldet. Hoppe berichtete, was sie eben von Bäcker Baum über Lisa Koch erfahren hatten. Scholz hörte nur mit halbem Ohr zu. Er hatte noch einen Trumpf in der Hand.

»Leute, haltet euch fest. Wisst ihr, wo der Ralf Koch arbeitet?« Scholz sah triumphierend in die Runde.

»Na, kommen Sie, Scholz, jetzt keine Rätselspiele hier!« Remde mochte partout nicht, wenn man ihn auf die Folter spannte.

»Er arbeitet beim Friedhofsamt der Stadt. Hebt Gräber aus. Schüttet sie wieder zu. Pflegt Grabsteine und so weiter und so fort.«

»Hoppe, Woltmann, Sie fahren sofort zum ›Gehädrich‹. Ich kümmere mich in der Zwischenzeit um einen Haftbefehl!«

Scholz war enttäuscht. Schließlich war er derjenige gewesen, der den entscheidenden Hinweis gegeben hatte. Zu gerne hätte er den Zugriff auf den dringend Tatverdächtigen deshalb selbst vorgenommen.

»Scholz, Sie fahren zum Friedhofsamt der Stadt. Nehmen Sie sich eine Kollegin mit. Vielleicht ist dieser Koch ja auf Arbeit. Wir müssen aufpassen, dass er uns nicht abhaut.«

Und so fuhren wenig später zwei zivile Autos der Weimarer Kripo vom Parkplatz der Polizeiinspektion in unterschiedliche Richtungen davon.

Scholz fand Ralf Koch nicht an seiner Arbeitsstätte vor. Die junge, adrette und Fröhlichkeit versprühende Mitarbeiterin der Friedhofsverwaltung, die so gar nicht ins Ambiente des Vergänglichen und Morbiden passte, lächelte den Polizisten an. »Bedauere, Herr Koch hat schon die ganze Woche Urlaub. Er kommt erst in der übernächsten Woche wieder.«

»Wissen Sie, wo er seinen Urlaub verbringt?«

»Tut mir leid. Selbst wenn ich es wüsste, dürfte ich es Ihnen nicht weitersagen. Da müssten Sie sich an meinen Chef wenden.«

»Hören Sie, wir ermitteln in einem Mordfall!«

»Wenn ich es wüsste, habe ich gesagt. Ich weiß es aber nicht. Herr Koch ist ein ruhiger, sehr zurückgenommener Mensch. Er erzählt nichts über sein Privatleben.«

Woltmann und Hoppe fanden das flache Haus mit dem Teerdach lange nicht. Die Häuser »Am Gehädrich« waren von großen Grundstücken umgeben. Die Hausnummern besaßen oft ergänzende Buchstaben, ein Hinweis auf die sukzessive Bebauung des weiträumigen Areals, das in abgegrenzte Felder und kleine Wälder überging und bis hin zur Autobahn reichte. Manche Häuser waren zweistöckig und zeugten mit ihren Schaukeln, Sandkästen, gepflegten Rasen und modernen Carports davon, dass sie dauerhaft bewohnt wurden. Andere wirkten wie aus der Zeit gefallen, erinnerten eher reinen Sommerhäuschen, die noch auf den Frühjahrsputz warteten. In den Vorgärten sprießte es wild. Sogar einige Zuwege zu den weiter nach hinten gesetzten Häuschen waren zugewuchert.

In einem verwahrlosten Zustand fanden die Kripobeamten auch die Bleibe von Ralf Koch vor. Mehr als ein Schuppen, eine heruntergekommene Laube, war es nicht. Das Glasdach über der Veranda zeigte mehrere Sprünge. Die metallenen Rahmen, die das Dach trugen, waren mit Moos überzogen. Die alte Dachrinne hing herab und schepperte im Wind. Eine Klingel gab es nicht. Woltmann klopfte an die Holztür, deren ehemals kastanienbraune Farbe fast völlig abgeblättert war. Im Gebüsch seitlich der Eingangstür raschelte es. Woltmann und Hoppe griffen gleichzeitig nach den Waffen. Aber es war eine Katze, die nur noch drei Beine hatte und an ihnen vorbei zu einer Schale mit Regenwasser hinkte.

»Der ist nicht hier.«

»Sag mal, Sascha, dieser Ralf Koch ist jetzt doch unser Hauptverdächtiger. Der hat ein Rachemotiv. Seine Mutter ist ein Opfer dieses Oberarztes. Den hat er wahrscheinlich damals ermordet. Jetzt straft er die Familie van Bruns ab. Fällt dir dazu was ein?«

»Du meinst, wir brauchen Personenschutz für den jungen van Bruns?«

»Das hat Remde schon veranlasst. Ich meine etwas anderes.« Hoppe hustete. »Der Koch kommt in Frage für den Mord an van Bruns. Auch die ersten drei Hochgräber passen in dieses Schema. Er wollte die Familie einschüchtern. Die gleiche Masche wie bei der Mafia.«

»Hmm.«

»Gut. Und den Dominik Ferber könnte er umgebracht haben, weil der voraussichtlich eins und eins zusammengezählt und ihn bei der Kripo als potenziellen Mörder angezeigt hätte.«

»Ja, Mandy, das ist ein Motiv. Aber warum dann die unterschiedlichen DNA-Spuren?«

»Weil er uns austricksen will!«

Woltmann sah Mandy aufmerksam an.

»Du meinst, wir haben es in allen Fällen mit ein und denselben Tätern zu tun? Nur dass sie bei van Bruns absichtlich abgewichen sind, um uns in die Irre zu führen? Mit anderen Komplizen und darum anderen DNA-Spuren!«

Hoppe nickte und kramte eine Zigarette hervor.

»Vielleicht bringt uns das, was dein Sohn zu TIM 1524 rausgefunden hat, ja weiter?«

»Darüber denk ich auch schon die ganze Zeit nach. Kannst du dich noch an Pfarrer Lemke vom letzten Fall erinnern?«

»Den Pfarrer in Weimar-West?«

»Genau. Können wir den nicht mal fragen, wie diese Bibelstelle auszulegen ist?«

»Ja, gute Idee. Hier richten wir sowieso nichts aus. Jedenfalls nicht, solange wir keinen Durchsuchungsbefehl haben. Ich fordere eine Streife an, die soll das Häuschen hier bewachen und uns, sobald Koch auftaucht, benachrichtigen. Remde informiert uns sowieso, wenn der Durchsuchungsbefehl da ist.«

* * *

Sie trafen Pfarrer Lemke in einem ungünstigen Augenblick an. Er bereitete gerade das Tischabendmahl vor, das seine Gemeinde traditionell am Vorabend des Karfreitags in der Kapelle des Gemeindezentrums feierte.

»Bitte, ich helfe gerne. Aber ich kann mich höchstens zehn Minuten lang für Sie frei machen!«

»Das genügt uns. Vielen Dank!« Woltmann zeigte ihm den Zettel mit dem Zitat aus dem 1. Brief an Timotheus.

> Etlicher Menschen Sünden sind offenbar, dass man sie zuvor richten kann; bei etlichen aber werden sie erst mit dem Tode offenbar.

Lemke sprach die Zeilen mehrmals leise vor sich hin.

»Nun, was möchten Sie dazu wissen?«

»Was bedeutet dieser Satz, wenn er irgendjemandem als Nachricht zugestellt wird. In unserer Zeit. Wenn der Absender einen anderen tötet und das mit dieser Nachricht verbindet.«

Lemke kraulte sich den Bart, dann sah er die beiden Polizisten an.

»Der Briefschreiber sagt mit diesen Zeilen, dass manche Vergehen zu Lebzeiten gerächt werden, andere erst danach.«

»Wie, danach?«

»Na, erst mit dem Tod. Das Jüngste Gericht. Die Vorstellung, dass die Rache erst nach dem Todeseintritt beginnt.«

Woltmann dachte an Ferber und Helmut van Bruns. Beide erlitten Höllenqualen bei vollem Bewusstsein. Der eine war erstickt, der andere erfroren. Zwei besonders grausame Übergänge vom Leben zum Tod. Das war die Absicht des Mörders.

»Was heißt das, Herr Pfarrer? Ist der Satz so zu verstehen, dass diejenigen, denen so ein Satz zugewidmet wurde, zeit ihres

Lebens nicht die Strafe erfahren haben, die sie aus Sicht des Mörders verdient hätten?«

»Sieht ganz so aus. Ich würde sogar noch weiter gehen. Der Mörder führt mit seiner Tat das Gericht selbst herbei, weil aus seiner Sicht die Menschen, die er tötet, zu lange ohne Strafe waren. Wenn er sie daher besonders grausam und langsam tötet, vollstreckt er damit das Gerichtsurteil. Er quält besonders grausam, um etwas nachzuholen. Er macht sich selbst also zum Richter. Das ist Blasphemie!«

Woltmann überlegte kurz, was Blasphemie bedeutete. Lemke schien seine Gedanken zu erahnen.

»Gotteslästerung. Jemand schwingt sich zu Gottes Stellvertreter auf. Oder sagen wir doch gleich: Er erklärt sich selbst zu Gott!«

Lemke blickte auf die Uhr.

»Ich muss jetzt aber wirklich rüber in meine Wohnung und mich umziehen.« Lemke nickte noch einmal zum Abschied, dann war er verschwunden.

Eine einsame Glocke ertönte vom Turm neben dem Gemeindezentrum. Als Woltmann und Hoppe vorbeigingen, sannen sie noch immer über Lemkes Worte nach. Plötzlich packte Woltmann seine Kollegin am Arm.

»Mensch, das habe ich ganz vergessen. Ich muss dir etwas zeigen und hoffe nur, dass du starke Nerven hast.« Er tippte auf seinem Smartphone herum.

»Da, schau, aber Achtung, Mandy!« Er präsentierte ihr das Foto mit der Adipositas-Frau, die den lebendigen Frosch verschlang.

»Uaaa!« Hoppe wandte sich mit Entsetzen ab, nachdem sie einen kurzen Blick auf das Foto geworfen hatte. Woltmann sah erneut auf das Foto, zoomte eine Stelle etwas genauer heran. Und erstarrte.

»Das habe ich übersehen …«

»Was?« Mandy hatte noch immer einen angewiderten Gesichtsausdruck.

»Hier, Mandy, sieh dir das an. Das Gesicht da vorne links, direkt neben der Frau. Das von der Seite zu sehen ist. Das kennen wir doch!«

Hoppe biss sich auf die Lippen. Sie kniff die Augen zusammen, musterte die gezoomte Stelle. Irgendwann brauche ich eine Lesebrille, dachte sie. Endlich erfasste sie, was Woltmann meinte. Ein blasses Gesicht mit leeren Augen war im Profil zu erkennen.

»Ja, den kennen wir! Aber was ist das denn überhaupt für ein Foto? Woher hast du das?«

»Erklär ich dir beim Fahren. Los, komm, wir müssen ganz schnell nach Tiefengruben. Zu Frau Bornemann und ihrem Sohn!«

Woltmann und Hoppe unterhielten sich während der Fahrt wie zwei aufgeregte Teenager miteinander. Im Gespräch entwickelten sie die Motive, die den Mörder von Dominik Ferber bei seiner Tat möglicherweise geleitet hatten.

* * *

Nadine Bornemann putzte auf den Knien die steinernen Treppenstufen zur Eingangstür. Die Haare hatte sie unter einem blauen Kopftuch verborgen. Hoppe und Woltmann fuhren vor. Verstört sah sie die Polizisten an, als diese den Wunsch äußerten, ihren Sohn Fabian zu sprechen.

»Bitte lassen Sie Fabian in Ruhe. Wir haben doch schon alles gesagt, was wir wissen!«

Woltmann überlegte kurz, ob er der Witwe Dominik Ferbers das Foto mit der Frau und dem Frosch zeigen sollte, entschied sich dann aber dagegen.

»Hören Sie, Frau Bornemann, ich kann Sie gut verstehen. Aber Sie möchten doch auch, dass der Mörder Ihres Mannes gefunden wird, oder?«

Die Angesprochene zeigte keine Regung, ließ die Polizisten aber eintreten. Zu dritt stiegen sie die Treppe in den ersten Stock hoch, immer den hämmernden Rhythmen von Paul Kalkbrenners Techno-Musik folgend, die sie bis unters Dach führte. Hier fanden sie Fabian Ferber in einem heimeligen Zimmer mit abgeschrägten Wänden vor. Er zuckte zusammen, als er die Besucher wahrnahm, und drehte die Musik leiser.

»Ja?«

»Fabian.« Hoppe zog sich einen Stuhl heran. »Wir haben noch ein paar Fragen. War Ihr Vater ein religiöser Mensch?«

Die flatternden Augenlider verrieten die Nervosität des Jugendlichen.

»Weiß nicht.«

»Und Sie? Wie halten Sie es mit der Religion?«

Keine Antwort, nur ziellose Blicke zur Decke, an die Wand. Fabian Ferber mied den Augenkontakt mit der Polizistin, die ihre Frage wiederholte. Doch Fabian blieb stumm. Mit einem Kopfnicken gab Hoppe Woltmann ein Zeichen. Der öffnete das Foto mit der Froschfrau auf seinem Handy und hielt es dem Jugendlichen hin. Es dauerte eine Weile, bis dieser die Augen hob. Kaum erblickte er das Bild, begannen erst seine Lippen, dann die Knie, die Beine und schließlich der ganze Körper zu zittern. Dennoch blieb er stumm, sooft Hoppe auch nachhakte.

»Was machen Sie nur mit ihm?« Fabians Mutter war in die Tür getreten, lief zu ihrem Sohn und nahm ihn schützend in die Arme.

»Nicht wir machen etwas mit Ihrem Sohn, Frau Bornemann, sondern andere. Hat Ihr Mann nie mit Ihnen über eine Sekte geredet? Über eine Sekte, in die auch Ihr Sohn geraten ist?«

Verunsichert sah Nadine Bornemann Woltmann an. Ihr Mann habe immer mal wieder etwas von Sekten erzählt, meinte sie dann. Er habe auch den Auftrag erhalten, eine Artikelserie darüber zu schreiben. Über Sekten in Thüringen.

»Ja, das ist das eine. Aber er hat auch mitbekommen, dass Ihr Sohn in so einer Sekte war. Vielleicht wollte er ihn beschützen.«

»Wie kommen Sie denn darauf?«

Es half alles nichts, Woltmann konnte Fabians Mutter nicht länger schonen. Er zeigte ihr das Bild mit der Frau und dem glitschigen Frosch in ihrem Mund. Dann zoomte er Fabian näher heran. Nadine Bornemann war geschockt, stieß einen spitzen Schrei aus und packte verzweifelt mit beiden Händen den Kopf ihres Sohnes.

»Fabian, wo bist du da reingeraten?« Sie schluchzte jetzt und hörte erst beim zweiten Mal Woltmanns Aufforderung.

»Sagen Sie uns, Fabian, wo sich die Sekte trifft. Wie heißt sie? Wer sind ihre Anführer?«

Noch einige Male versuchte Woltmann, Fabian Ferber zum Reden zu bringen. Bis Hoppe ihre Hand auf Woltmanns Arm legte.

»Ich glaube, Fabian hat einen Schock. Und seine Mutter ebenfalls.«

Sie fragten Nadine Bornemann, ob sie einverstanden sei, wenn sie einen Krankenwagen riefen. Auch sie war völlig verstummt. Sie hielt ihren Sohn eng umschlungen, erinnerte fast an eine Madonna Michelangelos mit dem leidenden Christus.

Eine Viertelstunde später traf der Notarzt ein.

»Frau Bornemann, bitte informieren Sie uns, wenn Ihnen der Name der Sekte einfällt. Und wo sich deren Mitglieder treffen!«

Hoppe war sich nicht sicher, ob die Angesprochene ihre Worte überhaupt verstanden hatte. Ein Arzt setzte Nadine

Bornemann eine Beruhigungsspritze. Mit dem Notarztwagen wurden Mutter und Sohn in die Klinik zur stationären Aufnahme gefahren.

* * *

»Das ist einfach Scheiße, mein Sohn. Verstehst du das?«

Mahler packte den Jungen mit beiden Händen im Nacken und drückte ihn gegen die Wand der Garage. Dort standen zwei Terrarien, neben ihnen mehrere Gläser und Porzellanuntertassen mit Fettresten, Zucker und Honig. Außerdem zwei Behälter mit Trockeneis und Einsaugöffnungen, die als Fallen dienten. Doch nirgendwo waren die erwünschten Stechfliegen zu sehen, die für die vierte Plage am morgigen Karfreitag benötigt wurden. Mit düsterem Blick stieß Mahler Kai zu Boden. Diese Jahreszeit war für Stechfliegen einfach zu früh. Aber die vierte Plage ausfallen zu lassen, dazu noch am Karfreitag, war unvorstellbar. Für die fünfte Plage, die Viehpest, hatte er einen ausgefeilten Plan ersonnen. Doch woher die Stechmücken nehmen? Es musste umgehend etwas Vergleichbares her …

Während Mahler seinen Gedanken nachhing, rappelte sich Kai wieder auf und sortierte die Schalen und Gläser neu. Er kaute auf seiner Unterlippe. Mahler setzte sich auf einen Stapel Autoreifen und beobachtete geistesabwesend das Treiben seines Sohnes. So nahm er nur am Rande wahr, dass ein Insekt in die Garage flog und sich zielstrebig dem Honigglas näherte. Kai hingegen registrierte das Insekt aufmerksam, stülpte im richtigen Augenblick ein leeres Gurkenglas darüber und hielt das Tier so gefangen. Wie aus einem Traum erwachte Mahler, ging auf seinen Sohn zu und holte mit der rechten Hand aus. Aber dieses Mal war es kein Hieb, nicht die Eröffnung einer weiteren Prügelattacke. Der Schlag ging auf Kais Schulter nieder und drückte etwas aus, was dieser nur selten erfuhr: Anerkennung. Mahler hatte jetzt eine Idee, wie er die Stechmücken-Plage doch noch umsetzen konnte. Noch am Abend desselben Tages, nach Einbruch der Dunkelheit, musste er ins Museum einbrechen. Oder, noch besser, derjenige, der bei der dritten Plage so glimpflich davongekommen war, übernähme das an seiner statt. Nicht in das Gebäude, nur in den kleinen parkähnlichen Garten am Ufer der Ilm musste er gelangen. Auch diese Plage musste Mahler den Gegebenheiten in Deutschland anpassen. Man war nicht am Nil, nicht in Ägypten. Aber darauf kam es nicht an. Entscheidend waren allein die Schmerzen, das Leiden. Die Messe am Karfreitag war gerettet.

* * *

Der Durchsuchungsbefehl für das Anwesen von Ralf Koch traf am frühen Abend bei der Weimarer Kripo ein. Hoppe, Woltmann, weitere Ermittler aus Jena und die Erfurter Spurensicherung stellten die Laube auf den Kopf. Sie durchsuchten die rostigen Schubladen in der sich an den Wohnbereich anschließenden Werkstatt ebenso akribisch wie den altbarocken Kleiderschrank, der wuchtig die ganze Wand des niedrigen Schlafzimmers einnahm. Ein Computer fand sich nirgends. Da kein Router vorhanden war, schien Koch auch keinen Laptop zu besitzen, mit dem er sich ins Internet einwählte. Dass er dauerhaft einen Internet-Stick verwendete, war eher unwahrscheinlich.

Waren sie anfangs darüber enttäuscht, mittels eines Computers nicht an zielführende Dateien zu gelangen, wurden sie schon bald entschädigt. Seitlich des Nachttischs, bereits halb unter dem Bett, entdeckte Woltmann eine lockere Fußbodenplatte. Darunter versteckt lag ein dickes, mit akkurater Handschrift voll beschriebenes Heft. *Tagebuch*, stand auf der Vorderseite. Der erste Eintrag stammte aus dem Jahr 1981. Hoppe blickte Woltmann über die Schulter, als er vorsichtig darin blätterte und zu lesen begann.

Juni 1981. Gespräch mit Reder. Nur unter Vorwand zu ihm vorgelassen worden. Er, der große Parteimann! Anstatt sich zu Mutter zu bekennen, lässt er sie hängen. Er kann seine Familie nicht opfern, sagt er. Dieses Arschloch!

»Der hat den Reder gehasst, Mandy!« Sie merkten beide im ersten Moment nicht, dass Woltmann erneut das inoffizielle »Du« benutzt hatte. Aber die anderen Ermittler bekamen ohnehin nicht mit, was sie im Schlafzimmer Kochs entdeckt hatten.

August 1981. Reder auf der Straße angesprochen. Habe ihm erzählt, wie krank Mutter geworden ist, weil man ihr auch noch das Amt der Parkwächterin entzogen hat. Er tut erst so, als würde er mich nicht kennen. Dann sagt er, ich solle ihn in Ruhe lassen. Der Kummer meiner Mutter ginge sicher wieder vorüber. Dieses Schwein!

»Das steigert sich, Sascha. Klare Mordmotive. Schau doch mal hier!«

Mandy Hoppe hatte stumm weitergelesen und deutete jetzt mit dem Zeigefinger auf einen Eintrag weiter unten:

November 1984. Der Oberarzt S. sagt, Mutter sei herzkrank gewesen, man habe nichts mehr für sie tun können. Noch so ein Arschloch. Er war doch derjenige, der von ganz neuen, sensationellen Operationstechniken erzählt hat. Der hat Mutter als Versuchskaninchen benutzt. Der Schwester sei Dank. Ohne sie wüssten wir davon nichts.«

Woltmann setzte sich auf die Bettkante. Hoppe ließ sich neben ihm nieder.

»Hat der eine Schwester, Mandy?«

»Ich glaub eher, der meint eine Krankenschwester.«

Woltmann blätterte abwesend im Tagebuch weiter.

»Das muss ein Trauma für Ralf Koch gewesen sein – der Tod seiner Mutter!«

»Ja, Sascha, das war wohl so. Weder der Reder noch der Selcher haben irgendeine Schuld bei sich gesehen. Da ist in dem Koch der Wunsch nach Rache gewachsen.«

Woltmann kramte den Zettel hervor, den er bei Pfarrer Lemke mit dabeigehabt hatte. Er las laut vor:

»Etlicher Menschen Sünden sind offenbar, dass man sie zuvor richten kann; bei etlichen aber werden sie erst mit dem Tode offenbar. 1. Tim 5,24.«

Er faltete den Zettel wieder zusammen.

»Sag mal, Mandy, was glaubst du? Warum könnte der Koch die Formel immer in den Gräbern beziehungsweise an den Leichen hinterlegt und angebracht haben? Weil er selbst dieses Gericht vollziehen wollte?«

»Hm. Dazu müssten wir erst einmal wissen, ob er religiös war.«

»Ja. Der Koch war völlig unten. Seelisch am Ende. Nur noch auf Rache aus. Könnte also hinhauen mit dem Bezug zu der Bibelstelle.«

Hoppe zog ihr Handy raus und rief Scholz an. Der meldete sich sofort. Nach einigem Blättern in den Unterlagen fand er die Kopie von Kochs Lohnsteuerkarte. Bei der Angabe zur Religionszugehörigkeit angekommen, war da nur ein Strich. »Religionslos!«, gab er den Kollegen durch.

»Danke!« Sie drückte Scholz weg. »Also zumindest gehört er keiner der bei uns üblichen Kirchen an.«

Woltmann blätterte im Tagebuch Kochs weiter.

»Hier, schau dir das an!«

Er war auf einer Seite mit einem eingeklebten Zettel angekommen, auf dem aus Zeitungsbuchstaben zusammengesetzt stand: *Dein Vater ist Georg Reder*, darunter der Eintrag von Koch:

Januar 1985. Anonymer Zettel im Briefkasten. Mein Vater ist nicht in den Westen gegangen, wie Mutter behauptet hat. Mein Vater ist Georg Reder. Warum hat mir Mutter das nie gesagt?

»Von wem ist denn dieser Zettel? Das gibt's doch nicht!« Woltmann klatschte in die Hände.

»Der Reder war in der Partei ganz oben. Da ist die Luft dünn. Vielleicht einer, der ihm eins auswischen wollte. Der hat auf diese Weise den Ralf Koch gegen seinen Vater Georg Reder aufgestachelt.«

Hoppe nahm jetzt selbst das Tagebuch in die Hand und las es quer. Tatsächlich fand sie nach einigen Minuten, was sie vermutet und wonach sie gesucht hatte.

»Hier, schau, da haben wir's!«

Mai 1985. Reder ist mit seinem Wartburg im Morgengrauen von der Fahrbahn abgekommen und verunglückt. Unfallort ist die schmale Allee durch den Webicht zwischen Tiefurt und Weimar.

»Du meinst, bei dem Unfall hat der Koch seine Finger mit im Spiel gehabt?« Woltmann sah ungläubig zu seiner Kollegin.

»Ist zumindest nicht auszuschließen. Koch hatte ein Motiv.

Und wenn er den Selcher umgebracht hat, warum dann nicht auch den anderen Peiniger seiner Mutter? Vielleicht hat er Reders Auto präpariert oder …«

»Oder er hat ihn von der Straße gedrängt? Wir müssen uns die Unfallunterlagen von damals besorgen.«

»Aber ich frage mich, warum er den Mord an Selcher dann nicht in seinem Tagebuch erwähnt?«

»Ganz einfach. Wenn jemand das Tagebuch gefunden hätte, wäre das einem Geständnis gleichgekommen. Und davor wollte er sich schützen. Du siehst ja, wie neutral er den Tod von Reder kommentiert.«

»Ja, stimmt.«

Hoppe telefonierte mit Remde und informierte ihn über ihren Fund. Die Indizien waren ziemlich eindeutig. Koch war dringend verdächtig, Oberarzt Selcher und Helmut van Bruns ermordet sowie die drei anderen Hochgräber mit Puppe, Hund und Erika van Bruns' Knochen angelegt zu haben. Ob er auch für den Mord an Dominik Ferber in Frage kam, blieb vorerst offen, denn woher sollte Koch die Kenntnisse haben, seinem Opfer gezielt ein Anästhetikum zu spritzen? Wie sie von Dr. Pfeiffer erfahren hatten, war dazu nur jemand imstande, der medizinische Kenntnisse und Erfahrungen mit Anästhesie besaß. Auch stellte sich dann die Frage, warum Koch bei Helmut van Bruns nicht auf die gleiche Weise vorgegangen war.

Remde telefonierte mit dem Staatsanwalt und dem Haftrichter. Eine Stunde später lag der Haftbefehl gegen Koch vor, und mehrere Streifenwagen fuhren die weitere Umgebung seines Anwesens ab. An den Ortseingängen von Weimar führte die Polizei Personenkontrollen durch. Im Badezimmer von Kochs Behausung nahmen die Erfurter Spezialisten DNA und Fingerabdrücke. Damit hofften die Ermittler, ihn bald als Täter überführen zu können.

Scholz besorgte den Ermittlern aus der Personalakte des Friedhofsamts ein Passfoto von Koch, das auf einen Fahndungsaufruf kam. Als Hoppe das Foto im Anhang von Scholz' Mail sah, stutzte sie und hielt es Woltmann hin.

»Schau dir den mal genauer an, den kenn ich doch von irgendwoher.«

Woltmann zögerte. Dann fiel ihm ein, wo er das blasse Gesicht, dessen Trinkernase und kantige Züge ihn an einen Mäusebussard erinnerten, schon einmal gesehen hatte.

»Der war doch im Park an der Ilm dabei, als die den Ferber abgeholt haben!«

»Ja, das städtische Bestattungsunternehmen.«

»Wieso war der dort mit dabei, der arbeitet doch fürs Friedhofsamt?«

»Keine Ahnung. Vielleicht hat er beim Bestattungsinstitut ausgeholfen. Das gehört ja auch der Stadt.«

Woltmann und Hoppe hingen auf der Fahrt zurück in die Polizeiinspektion ihren Gedanken nach. War Koch ein besonders raffinierter und abgebrühter Täter? Einer, der Ferber zuerst ermordete, um dann seine Hände in Unschuld zu waschen und ihn als Angestellter des städtischen Bestattungsunternehmens unter den Augen der Spurenermittler sogar abzutransportieren? Aus Weimar-West hörten sie die Glocke durch das geöffnete Autofenster läuten. Dort feierte Pfarrer Lemke das Mahl des Herrn, am Vorabend des Tages, an dem man der Kreuzigung gedachte. Es war Gründonnerstag, ein Tag, dessen Name sich nicht, wie die meisten Leute dachten, von der Farbe herleitete, sondern vom mittelhochdeutschen Wort »Greinen«, das Weinen bedeutete. Zu weinen war in diesen Stunden auch die Hauptbeschäftigung einer Mutter und ihres leidenden Sohnes. Nadine Bornemann, die Madonna aus Tiefengruben, mit ihrem Schmerzenssohn Fabian Ferber.

FREITAG, 18. APRIL 2014 (KARFREITAG)

Sechs Uhr. Der Anruf aus der Klinik erreichte Hoppe noch vor Sonnenaufgang. Sie hatte die sogenannte Stallwache übernommen, während ihre Kollegen nach Hause gegangen waren, um sich für einige Stunden aufs Ohr zu legen. Nadine Bornemanns Stimme war ruhig, aber angespannt.

»Hören Sie, Frau Kommissarin, mein Sohn hat mir alles gebeichtet.«

»Aha. Und?« Hoppe fühlte, dass sie an einem entscheidenden Punkt der Ermittlungen angekommen waren.

»Er ist einige Monate zu den Veranstaltungen dieser Sekte gegangen. Und immer tiefer in ihren Sog geraten.«

Die Kommissarin wartete ab, doch da es am anderen Ende stumm blieb, hakte sie nach.

»Zu welcher Sekte ist Ihr Sohn denn gegangen?«

»Zur *Axt Satans*. So nennen die sich. Die machen ganz furchtbare Dinge. Der Anführer will, dass sie alle verrohen. Damit sie dann bereit sind, Gewalttaten zu begehen.«

Hoppe notierte sich einige Stichwörter, auch den Versammlungsort der Sekte, den ihr Fabians Mutter gleichfalls verriet. Sie erfuhr noch weitere wichtige Details. Als Fabian zum letzten Mal zur Versammlung der Sekte gegangen war, war Dominik Ferber seinem Sohn heimlich gefolgt und hatte vom Eingang aus unbemerkt beobachtet, welche grauenhaften Rituale sich dort abspielten. Nachdem sich Fabian auf die Toilette geflüchtet hatte und wieder in den Saal zurückwollte, hielt er ihn auf. Damals musste Ferber auch das Foto mit der stämmigen Frau und dem glitschigen Frosch geschossen haben. Fabian hatte er dabei im Profil mit aufs Foto genommen, um einen

Beweis zu haben. Wahrscheinlich wollte er, der Erziehungsberechtigte Fabians, Mahler anzeigen. Fortan untersagte er jedenfalls seinem Sohn die Teilnahme an den Versammlungen. Außerdem holte er mit seiner Artikelreihe in der »Thüringer Rundschau« zum publizistischen Schlag gegen die Sekte aus. Beide Maßnahmen, das väterliche Verbot, die Sekte weiterhin zu besuchen, wie die von Ferber geplante Veröffentlichung über ihre Geheimpraktiken, konnte ein Guru natürlich nicht durchgehen lassen. Auch den Namen des Gurus gab Nadine Bornemann an Hoppe durch: Henry Mahler.

Woltmann traf mit verschlafenem Gesicht kurz nach sechs Uhr ein. Als er die neuesten Nachrichten von Hoppe hörte, war er sofort hellwach.

»Den müssen wir sofort aufsuchen. Ich weiß, wo dieser Saal in Schöndorf ist!«

»Langsam, Sascha, langsam. Den treffen wir dort jetzt bestimmt nicht an, sondern nur zum Zeitpunkt der Versammlungen. Oder Messen, wie sie das nennen. Heute um fünfzehn Uhr haben sie wieder eine. Das hat seine Mutter aus Fabian herausgepresst.«

»Herausgepresst?«

»Ja, der muss um sein Leben fürchten. Wer die Geheimnisse einer Sekte ausplaudert, muss mit dem Schlimmsten rechnen. Das ist allgemein bekannt.«

»Wie Dominik Ferber!«

»Ja, der war zwar nicht in der Sekte. Aber wenn der seinen Artikel veröffentlicht hätte, hätte die Öffentlichkeit und damit auch die Staatsanwaltschaft von deren Machenschaften erfahren. Das wäre das Ende der *Axt Satans* gewesen!«

»Sag mir bitte noch mal den Namen des Anführers, Mandy.«

»Henry Mahler.«

Woltmann warf den Computer an, aber Mandy bremste ihn in seinem Elan.

»Den findest du nicht im Internet. Ist typisch für Sekten. Dieses Scheuen der Öffentlichkeit.«

»Ja, schon. Aber wir müssen doch rausfinden, wo der wohnt!«

Die Kommissarin lächelte, obwohl sie todmüde war und leichte Fältchen um ihre Augenwinkel herum zu sehen waren.

»Ich glaube, Henry Mahler ist ein Pseudonym, und ich schätze auch mal, dass der Mann ein Doppelleben führt. Er muss zudem eine medizinische Ausbildung haben. Denk doch nur an diese spezielle Art der Betäubung, von der Dr. Pfeiffer aus Jena gesprochen hat.«

»Du glaubst, dass sich der Mann in Wirklichkeit eine ganz normale Existenz aufgebaut hat und völlig unauffällig in unserer Mitte lebt?«

Mandy lächelte versonnen, trotz der Anspannung.

»Ach, Sascha, was bedeutet denn schon ganz normal?«

* * *

Sieben Uhr. Remde, Scholz und die Jenaer Ermittler trudelten nach und nach ein. Hoppe informierte ihren Chef über den Anruf von Nadine Bornemann, während der seinen Computer hochfuhr.

»So ein Mist!« Remde las als Erstes die frisch eingetroffene Mail der Erfurter Spurensicherung. Weder an der Leiche von Dominik Ferber noch an der von Helmut van Bruns fanden sich Fingerabdrücke oder genetische Spuren von Ralf Koch und Adrian van Bruns. Auch die gesicherten Spuren der ersten drei Gräber stimmten nicht mit denen des Friedhofmitarbeiters überein.

»So ein verdammter Mist!« Remde blickte missmutig auf den Bildschirm. »Es wird eng werden, Koch zu überführen, wenn wir überall nur fremde Spuren haben!«

»Vielleicht war er es gar nicht«, sagte Woltmann und fing sich dafür einen bösen Blick des Kripochefs ein.

»Hat er denn einen besseren Täter an der Hand, hä?«

»Nein, das nicht. Ich muss mich zudem korrigieren. Ich meinte: Vielleicht hatte Koch Komplizen, die er mit den Ermordungen und den Hochgräbern beauftragt hat.«

»Ja, schön, Komplizen! Wunderbar! Ein Friedhofsgärtner kann sich Auftragskiller plus entsprechendes technisches Know-how und Equipment leisten. Toll!«

Woltmann zog es vor zu schweigen. Er wusste: An eventuelle Komplizen kamen sie wahrscheinlich nur ran, wenn sie erstens Ralf Koch festnahmen und dieser zweitens aussagebereit war. Bisher aber zeitigte die Fahndung nach ihm keinerlei Ergebnisse. Nirgends ein Zeuge, der Koch gesehen hatte. Und das, obwohl sein Konterfei im MDR Fernsehen und in den Onlineportalen vieler Tageszeitungen zu sehen war. Woltmann überlegte, ob es sinnvoll wäre, Kochs Arbeitskollegen über sein soziales Umfeld zu befragen.

»Hoppe, bereiten Sie für fünfzehn Uhr den Zugriff auf diese Sekte vor. Die Aussage von diesem Fabian Ferber beziehungsweise von seiner Mutter ist doch belastbar, oder? Ich meine, wir haben es mit einem Sektenführer zu tun, der offenbar unter einem Pseudonym auftritt. Über unsere Systeme konnten wir ihn jedenfalls nicht finden. Wir müssen uns daher ganz auf Mutter und Sohn Ferber verlassen, wenn wir das große Kino vorbereiten.«

»Ich glaub schon, dass wir die Sekte heute in Schöndorf antreffen werden, Chef.«

»Ich informiere in der Zwischenzeit den Staatsanwalt. Mannomann! Mir sind da nach wie vor noch viel zu viele Fragen offen!«

Remdes Frust übertrug sich auf seine Mitarbeiter. Mit trüben Mienen saßen sie an ihren Computern. Woltmann nutzte die

Zeit, um noch einmal alle bisherigen Ergebnisse auf einem Zettel zusammenzutragen, den er in Form eines Lageplans gestaltete. Die fünf Hochgräber bildeten das Rückgrat, um das er die Gespräche mit Zeugen und Betroffenen gruppierte, danach rief er sich die Orte der Vernehmungen erneut in Erinnerung. Wieder und wieder zogen Bilder von Personen und Räumen an seinem inneren Auge vorüber. Er blätterte im Tagebuch von Ralf Koch, blieb immer wieder am Eintrag von Georg Reders Tod hängen: der Autounfall von 1985. Nicole Meisinger hatte heute keinen Dienst. Sie musste sich um ihr Kind kümmern, am Feiertag war die Krippe geschlossen. Aber jeder Mitarbeiter der Kripo kam in ihre Dateien. Woltmann öffnete Meisingers Ordner und darin die Datei »Reder/Unfall/1985«. Er fand nur wenige Sätze. Laut den noch vorhandenen Unterlagen zum Unfall war Reder mit seinem Wartburg in den frühen Morgenstunden eines nebligen Herbsttages von der Fahrbahn abgekommen. Reder, der in Tiefurt wohnte, fuhr diese Strecke immer, wenn er morgens in die Stadt oder zur Erfurter Bezirksverwaltung fuhr. An besagtem Herbsttag hatte sich dort ein hoher Funktionär aus Berlin angekündigt, der Reder treffen wollte. Das stand auch in der Zeitung. So konnte sich jeder unschwer ausrechnen, dass Reder an jenem Morgen die Straße von Tiefurt durch den Webicht nach Weimar nehmen würde. Ein später mit dem Fahrrad vorbeikommender Fabrikarbeiter fand Reders Wartburg jedenfalls mit rauchendem Motor und völlig eingedrückter Fahrerseite vor. Als er sich dem Wagen näherte, sah er zwei junge Männer davonrennen. Ob die beiden etwas mit dem Unfall zu tun hatten, wer sie waren und warum sie flohen, wurde nie herausgefunden. Spätere Untersuchungen des Unfalls ergaben, dass Reder das Steuer im Nebel ruckartig herumgerissen haben musste. Man vermutete, wegen eines Tieres, das die Fahrbahn gekreuzt hatte. Er kam von der Straße ab, das Auto überschlug sich und prallte schließlich mit der Längsseite gegen einen Baum.

Zwei damals junge Männer, grübelte Woltmann. Das könnten Koch und sein Komplize gewesen sein. Doch wer war der zweite Mann?

* * *

Acht Uhr dreißig. Er spazierte den Goethewanderweg entlang, als wäre nichts passiert. Selbst der Streifenwagen und die Polizistin Daniela Klein vor seiner Laube schienen ihn nicht zu irritieren. Hätte nur noch gefehlt, dass er, der fröhliche Wandersmann, ein Liedchen gepfiffen hätte.

Wenige Minuten nach dem Anruf von Daniela Klein kamen Woltmann und Hoppe angebraust. Sofort fiel ihnen die blaurote Trinkernase im blassen Gesicht von Ralf Koch auf. Der stand unter Strom, die letzten Tage musste er reichlich Alkohol zu sich genommen haben. Mit lallender Stimme erklärte er ihnen, er habe Urlaub und sei die letzten Tage auf dem Rennsteig und dann auf dem Goethewanderweg unterwegs gewesen. Sein Rucksack, den die Polizisten sogleich beschlagnahmten, und die darin befindlichen Karten, Alupapiere mit Krümelresten von Broten und eine Trinkflasche bestätigten diese Aussage. Ein Smartphone oder Handy fand sich nicht.

»Herr Koch, wo ist Ihr Handy?«

»Dieses Scheiß-Zeug brauch ich nicht!« Kochs Oberkörper schwankte hin und her. Schließlich hielt er sich an Woltmanns Schulter fest.

»Herr Koch, Ihre Mutter war Parkwächterin. Warum hat sie dieses Amt verloren?«

Koch konnte nicht wissen, dass Hoppe sein Tagebuch gelesen hatte und ihn auf die Probe stellen wollte. Er sah sie nur mit glasigen Augen an, rülpste laut und sabberte in eine Staude am Weg. Nach einer Weile forderte er, seinen Anwalt sprechen zu dürfen, und verstummte.

»Wir bringen den erst mal zum Ausnüchtern in die Arrestzelle«, entschied Hoppe. Daniela Klein und ein Kollege legten Ralf Koch Handschellen an und fuhren mit ihm davon.

»Und nun?« Hoppe sah Woltmann unschlüssig an. »Haben wir jetzt unseren Täter?«

»Ich weiß nicht, Mandy. Er hat zwar ein Motiv. Aber dafür, dass er den Mord begangen hat, haben wir keine Beweise. Und mir geht ständig dieser zweite Mann im Kopf herum.«

»Der zweite Mann?«

Woltmann erzählte Mandy, was er im Ordner von Nicole Meisinger entdeckt hatte.

»Und du glaubst, das waren Koch und ein anderer?«

»Ja, könnte doch sein. Sie haben gemeinsam diesen Oberarzt Selcher in Magdeburg ermordet. Und den Reder auch. Aus Rache für Lisa Kochs Tod.«

»Hmm. Das ist aber sehr spekulativ.« Hoppe öffnete die quietschende Tür zu Kochs Laube.

»Etlicher Menschen Sünden sind offenbar … TIM 1524. Das passt doch genau zu Koch. Und jetzt kannte er den nächsten Schuldigen am Tod der Mutter: Helmut van Bruns. Dank Ferber. Der hat ihn befragt und ihm bestätigt, was 1984 in der Magdeburger Klinik passiert war. Dort hat ihm schon zuvor jemand erzählt, oder zumindest vermutet, dass Selcher seine Mutter für medizinische Experimente benutzt hat. Im Tagebuch stand ja was von einer Schwester, von der er das weiß.«

* * *

Zehn Uhr. Sie betraten Kochs Schlafzimmer. Wegen der Ostertage und einer Messerstecherei rivalisierender Banden in Erfurt mit mehreren Schwerverletzten war die Spurensicherung nur mit einem kleinen Team und auch nur für eine Stunde in Kochs Haus zugange gewesen. Da muss noch etwas zu finden sein!, sagte sich Woltmann. Er bat Hoppe, ihm beim Auseinanderbauen des Betts behilflich zu sein. Sie trugen die Matratzen in den Vorraum, hängten die seitlichen Teile des alten Bauernbetts aus und klappten die Fuß- und Kopfteile zusammen. Platte für Platte des dunkelbeigen Veloursteppichbodens trugen sie in der Hoffnung ab, dort noch eine weitere Quelle gleich dem Tagebuch Ralf Kochs zu finden. Nachdem sich die Bodenaktion als erfolglos erwies, kramten sie noch einmal sämtliche Schubladen des Schlafzimmerschranks durch. Gerade als sie die Suche aufgeben wollten, bemerkte Woltmann beim Abklopfen eines Schubladenbodens einen hohlen Klang, so als befände sich darunter noch ein zweiter. Mit einem Schraubenzieher aus Kochs Werkstatt gelang es ihm, den doppelten Boden aufzubrechen. Zum Vorschein kamen einige vergilbte Blätter, handgeschriebene Zettel und Dokumente von DDR-Behörden.

Sie brauchten eine Weile, bis sie die Blätter in die richtige Reihenfolge gebracht hatten und deren Brisanz erkannten, die den betriebenen Aufwand mehr als wert war. Denn jetzt wussten sie, dass Lisa Koch nicht nur ein uneheliches Kind, Ralf Koch, sondern auch noch einen weiteren Sohn aus einer kurzen Ehe hatte. Ihr erster Mann war deutlich älter als die damals Achtzehnjährige gewesen und trank. Im Vollsuff schlug er sie immer wieder. Schon nach zwei Jahren kam es zur Scheidung, worauf sie wieder ihren Mädchennamen »Koch« annahm. Beim Versuch, aus der DDR zu fliehen, kam Lisa Kochs erster Ehemann, den sie aus ihrer Erinnerung löschen wollte, in einem ungarischen Hotel auf mysteriöse Weise ums Leben. Darum war auch sein Name in den Dokumenten nur ein einziges Mal zu finden und dort geschwärzt. Zu ihrem ersten Sohn fanden sich ebenfalls keine weiteren Angaben, nur ein Blatt, das aus einem Tagebuch herausgerissen zu sein schien. Darauf schrieb Lisa Koch, ihr erster Sohn solle nie etwas von seinem leiblichen Vater erfahren. Er habe es nicht verdient, mit so einem schweren Gepäck wie einem komplett versagenden Erzeuger durchs Leben zu gehen. Auch nach Lisa Kochs Tod hatte Ralf Koch den Wunsch seiner Mutter erfüllt. Den Wunsch, das Andenken an ihren ersten Ehemann so weit wie möglich auszulöschen: Er versteckte die wenigen Dokumente und Notizen über den Vater seines Halbbruders so gut, dass auch Woltmann und Hoppe sie um ein Haar nicht gefunden hätten.

»Warum haben Lisa und Ralf Koch die Dokumente nicht gleich vernichtet, Mandy?«

Hoppe blätterte gedankenversunken in den Blättern und Zetteln.

»Weiß ich nicht. Aber alles zu vernichten, ist ja doch ein endgültiger und irreversibler Schritt. Vielleicht haben sie das einfach nicht geschafft. Oder sie haben nicht die richtige Gelegenheit gefunden.«

Woltmann verstand den Gedankengang nicht ganz. Er packte die Funde in eine Plastiktüte. Gerade wollte er die Schublade wieder in den Schlafzimmerschrank schieben, da hielt ihn Hoppe am Arm fest.

»Da, schau, da ist noch ein Zettel!«

Ganz hinten an der Seitenwand des doppelten Bodens steckte eine vergilbte Karte mit schwarzer Umrandung:

Nach kurzer, schwerer Krankheit verstarb
unsere geliebte Tochter, Schwester, Cousine und Tante
Schwester Hanna Reimers
geb. 12.06.1947 gest. 01.01.1991
In tiefer Trauer
Linde und Horst Brüheim im Namen aller Angehörigen
Auf Wunsch der Verstorbenen findet die Trauerfeier
nur im engsten Familienkreis statt
Magdeburg, im Januar 1991

»Schwester Hanna!« Woltmann schluckte.

»Ja, das muss die Schwester sein, der Koch so dankbar war und die ihm und seinem Halbbruder wahrscheinlich erzählt hat, was der Oberarzt mit der Mutter getan hat.«

»Du meinst damit die Operation mit dieser neuen Methode … wie war doch noch mal das Wort dafür?«

»Kardioplegie. Ja, diese Lösung, die Selcher an Lisa Koch und anderen ausprobiert hat.«

»Und irgendwer hat ihnen die Trauerkarte geschickt.«

»Jedenfalls wissen wir jetzt, dass es zwei Personen gibt, die Mordmotive haben: Ralf Koch und sein Halbbruder.«

»Aber verflixt noch mal, wer ist der Halbbruder?«

»Komm, Sascha, am sinnvollsten ist es, wir bringen die Papiere hier gleich zur Spurensicherung. Die können den geschwärzten Namen herausfinden.«

Sie fuhren wieder zur Polizeiinspektion zurück. Unterwegs sahen sie Passanten mit ernsten Gesichtern aus einer Kirche kommen. Keine Glocken ertönten. Trotz des Feiertags. Wegen des Feiertags.

* * *

Zwölf Uhr. Die Ermittler trafen sich zu einer kurzen Besprechung in Remdes Zimmer. Die eingestaubte Birkenfeige wirkte heute noch trauriger als sonst.

Scholz konnte mit Ergebnissen hinsichtlich des Saales aufwarten, in dem *Die Axt Satans* ihre Messen im Weimarer Stadtteil Schöndorf abhielt. Normalerweise wurde dieser für alle Formen von Familien- und Vereinsfeiern gemietet; die Sekte war als Mieter nicht weiter aufgefallen, weil sie sich unter dem Namen »Freunde der Weimarer Natur« angemeldet hatte. Das ging aus einem Abgleich der Zeiten hervor, die ihnen Fabian Ferber für die Treffen der Sekte genannt hatte. Der Besitzer der Immobilie war den Ermittlern kein Unbekannter: Dr. Konrad Horstmüller.

»Das gibt es doch nicht. Schon wieder kreuzt der unseren Weg.«

»Muss aber nichts bedeuten, Kollegin Hoppe. Dr. Horstmüller besitzt allein in Schöndorf insgesamt, Moment, bitte ...« Scholz blätterte in seinem Notizbuch, »... siebzehn Immobilien!«

»Gute Arbeit, Scholz!« Scholz sah Remde ungläubig an. Lob von diesem Chef machte misstrauisch. Das schien diesmal aber ernst gemeint zu sein. »Wer verwaltet denn das Gebäude?«

Scholz nannte den Namen einer Weimarer Firma, die auch die Schlüssel für die Immobilie besaß.

»Versucht da, umgehend jemanden zu erreichen!«

»Am Karfreitag?«

»Ja, am Karfreitag! An welchem Tag denn sonst?« Schon war es wieder vorbei mit Remdes Lob.

Scholz verschwand sofort ins Großraumbüro, um dort zu surfen und zu telefonieren.

»Wir lassen in diesem Saal Kameras und Wanzen installieren. Wir nehmen auf, was die Sekte macht. Ich spreche gleich mit der Staatsanwaltschaft, damit die umgehend die Aktion genehmigt. Schließlich ist Gefahr im Verzug. Wer weiß schon, wen die noch alles ermorden wollen!«

Der Kripochef teilte den Ermittlern verschiedene Aufgaben zu, telefonierte mit dem Staatsanwalt und forderte vom Landeskriminalamt logistische Unterstützung für die geplante Aktion im Schöndorfer Saal an.

* * *

Dreizehn Uhr dreißig. Die Technikspezialisten aus dem Landeskriminalamt leisteten schnelle und präzise Arbeit. In neunzig Minuten begann die Messe, spätestens in einer Stunde konnten die ersten Besucher eintreffen, darunter auch Henry Mahler. Wanzen und Mikrokameras zu installieren, stellte sich in dem nüchternen, nur mit Tischen und Stühlen ausgestatteten Raum, der über ein leeres Nebenzimmer und eine kleine Küche verfügte, als schwierig heraus. Auch gab es einen personellen Engpass, da manche Kollegen am Feiertag verreist waren und keinen Bereitschaftsdienst schoben. Als Verstecke mussten daher die Leisten der schweren Kunststoffvorhänge herhalten. Außerdem das alte Klavier mit seinen vergilbten Tasten, das verloren in einer Ecke stand.

* * *

Vierzehn Uhr dreißig. Die Technik war installiert, und Remde, der Einsatzleiter, wies alle Kollegen an, den Saal zu verlassen und abzuschließen. Er und seine engsten Mitarbeiter begaben sich in einen VW-Bus mit getönten Scheiben, der eine Straßenecke weiter parkte. In seinem Inneren waren drei Monitore aufgebaut: Einer zeigte den Eingangsbereich, ein zweiter den

Saal, ein dritter den Nebenraum. Bereitschaftspolizisten befanden sich in mehreren Zivilfahrzeugen rund um das Gebäude verteilt, in dem sich *Die Axt Satans* versammelte.

Nach wenigen Minuten trafen die ersten Besucher ein, alle mit tief ins Gesicht gezogenen Baseballmützen oder Kopftüchern getarnt. Niemand sollte sie auf ihrem Gang zur Messe erkennen. Erst an ihren Plätzen legten sie die Tarnung ab. Irgendjemand kurbelte die Rollos herunter und zog den Kunststoffvorhang zu.

»Mist! Jetzt ist es so dunkel, dass wir fast gar nichts sehen können!« Remde öffnete die zwei oberen Hemdknöpfe und krempelte die Ärmel hoch.

Eine Kerze flackerte auf, in ihrem Schein wirkten die Gesichter der Sektenmitglieder auf unnatürliche Weise verzerrt.

»Haben wir denn keine andere Kameraeinstellung, verflucht?«

Der sich ebenfalls im Bus befindliche Techniker war die Ruhe selbst, er bediente einige Knöpfe und steckte ein Kabel um.

»Ja, schon besser!« Remde atmete auf. Zwar sahen sie die Sektenmitglieder auch weiterhin nur schemenhaft, konnten aber erkennen, was sich weiter vorne im Saal tat. Dort schob gerade jemand einen Tisch zurecht, breitete ein weißes Leinentuch darauf aus. Der Eingangsmonitor zeigte zwei Neuankömmlinge. Sie waren nur im Profil zu sehen, aber eine der beiden Personen bewegte sich linkisch, wie es normalerweise nur Kinder tun. Sekunden später erfasste die Saalkamera ihre Gesichter. Im Unterschied zu den anderen huschten sie nicht zu den Stuhlreihen, sondern gingen auf den Tisch zu und stellten zwei schwere Gegenstände darauf ab.

»Was sind das für Kisten?« Remde zeigte auf die beiden Gegenstände, die den gesamten Altartisch einnahmen.

Woltmann beugte sich ganz dicht zum Monitor. »Sieht aus wie Körbe.«

Im Saal herrschte bis auf ein leises Summen Stille.

»Ist das eine von unseren Kameras, die da so brummt?« Remde runzelte die Stirn.

»Das kann nicht sein«, antwortete der Techniker. »Ich habe die vorhin noch alle überprüft.« Er lauschte am Lautsprecher des Monitors. »Das Geräusch muss was mit den Körben oder Kisten auf dem Tisch zu tun haben.«

Das Brummen und Summen nahm nun so stark zu, dass der Redner kaum noch zu verstehen war. Er stand jetzt vor den Versammelten und wirkte mit wilder Gestik auf sie ein.

»Kaputte Welt ... Der Bannstrahl Satans ... Ihr seid seine Werkzeuge ... Wehe, ihr fügt euch nicht den Worten Satans ... Geweihte des Bösen ...«

Scholz schrieb die Wortfetzen eifrig mit. Die anderen blickten stumm auf den Redner.

»Können Sie das Gesicht etwas heranzoomen?«

Hoppe sprach die Bitte aus, die alle bewegte. Der Techniker drehte an einem Regler. Aber die Konturen verwischten, je näher die Kamera das Gesicht heranzuholen versuchte.

»Den kann man ja kaum erkennen, Mann!« Kurz unterbrach der Techniker sein Tun und sah tadelnd zu Remde.

Woltmann beobachtete währenddessen auf dem Monitor, was sich im kahlen Nebenzimmer tat. In der Mitte des Raums stand ein einfacher Holzstuhl, darauf eine große Kerze, wie man sie sonst aus Kirchen kennt. Die Kerze flackerte in einem großen Glas. Jetzt betrat ein Kind den Raum, dessen Gesicht im schwachen Kerzenlicht nicht sehr deutlich zu sehen war. Die blonden Haare nach links gescheitelt, mit rosigen Wangen, erkannte Woltmann, dass es ein Junge war. Er schleppte einen der Körbe herein, der zuvor auf dem Altar im Saal gestanden hatte.

Im Saal war etwas Bewegung in die etwa zwei Dutzend Teilnehmer gekommen. Der Anführer hatte sich zu ihnen gesellt und blickte einem jeden von ihnen lange in die Augen. Dann führte er einen der Anwesenden aus der dritten Reihe nach vorne. Auf dem Monitor war die Person nur von hinten zu sehen. Die Statur deutete auf einen hageren Mann mit vollem dunklem Haar hin. Die befehlende Stimme des Anführers war verstummt. Der Dürre zog sich vor allen anderen langsam aus. Sein Körper war stark behaart. Jedes Kleidungsstück legte er fein säuberlich zusammen und deponierte es auf dem Altar. Nur seine blauen Boxershorts behielt er an. Der Guru blickte ihm starr in die Augen.

»Das muss der Mahler sein. Henry Mahler, der Anführer der Sekte. Der versetzt die in Trance, so dominant, wie der auftritt!«, sprach Hoppe, ohne den Blick vom Monitor zu nehmen. Die Ermittler spürten, dass gleich etwas Entscheidendes passieren würde.

Auf ein Nicken des Anführers hin setzte sich der Auserwählte in Bewegung. Für kurze Zeit verschwand er aus dem Aufnahmewinkel der Kamera, um dann wieder aufzutauchen, jetzt auf dem Monitor, der das Nebenzimmer zeigte. Der blonde Junge hatte in der Zwischenzeit auch den zweiten Korb vom Altar ins Nebenzimmer verfrachtet. Vier, fünf weitere dieser Körbe waren im Schummerlicht zu erkennen. Der fast nackte Mann, der sich mit dem Rücken zur Kamera auf den Stuhl setzte und dessen Gesichtszüge deshalb immer noch nicht zu erkennen waren, ließ den Kopf nach vorne fallen. Wie einer, der sich in sein Schicksal ergibt.

»Mein Sohn, verschließ die Tür von innen, bis du alle Kisten geöffnet hast«, schallte die Stimme des Anführers aus dem Saal bis ins Nebenzimmer.

»Ja, Vater!«

Die Ermittler im Bus sahen den Jungen im Kerzenlicht die Tür von innen verschließen und zwischen den Körben hin und her huschen. Er schob sie in die Ecken, entfernte irgendetwas wie ein Netz, nestelte an ihnen herum und trat sie dann um. Das Summen nahm dramatisch zu.

»Das sind Bienen!« Remde erfasste die Situation als Erster.

»Stimmt. Ja. Bienen.« Allgemeines Gemurmel im Polizeibus.

»Dazu kam heute übrigens eine Diebstahlsanzeige rein«, sagte Scholz. »In der letzten Nacht sind mehrere Bienenkörbe im Garten des Deutschen Bienenmuseums gestohlen worden.«

Der Junge stellte die Kerze hinter den Stuhl, zog eine Dose aus der Hosentasche und sprühte den Körper des fast nackten Mannes mit einem Spray ein. Der leistete keine Gegenwehr. Dann öffnete der Junge ruckartig die Tür, um sie ebenso schnell wieder hinter sich zu schließen, nachdem er hinausgesprungen war.

»Was hat der denn da gesprüht?« Remde blinzelte zum Monitor hin.

»Vermutlich Pheromone der Königin«, antwortete einer der Jenaer Ermittler.

»Was für ein Zeug?«

»Das ist ein Bienenlockspray. Die werden in der Dunkelheit besonders aggressiv. Ein Naturinstinkt. Im Dunkeln kamen früher immer die Bären. Deshalb haben sie sich für solche Gegebenheiten ihren Abwehrreflex und ihre Aggressivität bewahrt.«

Remde sah den Jenaer Kollegen zweifelnd an.

»Ich bin Hobbyimker. In diesem Raum hier, das sind vermutlich sogenannte Lüneburger Stülper. In diesen Körben sind die Bienenvölker. Wenn der Junge die Körbe umstößt, die unten offen sind, können weit mehr Bienen ausfliegen als durch das seitlich oben liegende Flugloch. Und alle Bienen schwirren dorthin aus, wo die Königin zu sein scheint. Auch wenn es sich nur um ein Lockspray handelt.«

»Und was passiert jetzt? Was ist, wenn die Bienen auf den Mann losgehen?«

»Sein Schweißgeruch wird sie zusätzlich anziehen. Sie werden ihn stechen, vielfach. Vor allem hat er dichtes Haar. Auch sein Körper ist dicht behaart. Das ist nicht gut für ihn. Da verfangen sich die Bienen drin. Stechen in die Kopfhaut. In die Brust. Überall.«

»Und? Ist das lebensgefährlich?«

»Na ja, das wage ich nicht vorauszusagen. Auf jeden Fall wird er Kreislaufprobleme …«

In diesem Augenblick drang ein markerschütternder Schrei aus den Verstärkern im VW-Bus. Im Schein der Kerze ruderte der Mann im Nebenraum wild mit den Armen umher, schlug um sich. Er stand auf, rannte gegen die Wand. Immer stärker schwoll das Summen an, übertönt nur von den infernalischen Schreien. Der nackte Mann war den Bienen hilflos ausgeliefert.

»Chef, wir müssen da rein!« Hoppe überprüfte ihre Waffe und sah entschlossen zu Remde.

»Wir warten!«

»Die Tiere bringen den um, Chef!«

Remde griff sich an die Nase. Einige Sekunden überlegte er. Gerade als er den Befehl geben wollte, das Gebäude zu stürmen, öffnete sich die Tür zum Nebenzimmer. Der Winkel der Kamera erfasste die Szene nicht, aber der geplagte Mann musste aus dem Raum gestürzt sein. Irgendjemand, vermutlich der Junge oder Mahler, hatten ihn aus seiner Folterkammer befreit. Die Tür schloss sich wieder. Die Bienen blieben mit der Kerze ihrem Schicksal überlassen. Sie hatten ihren Dienst erfüllt. Wie jetzt auf dem Saalmonitor zu erkennen war, torkelte das Bienenopfer zum Altar und kratzte und rieb sich am ganzen Körper. Nur mühselig unterdrückte der Mann sein lautes Schreien. Er wimmerte vor sich hin, ein ständiges Hintergrundgeräusch, während der Anführer sprach:

»Satans Macht ist groß … Er gibt euch die Kraft der Axt … Ihr werdet diese Welt bekämpfen … Das Reich Satans errichten … Die Stiche der Bienen sind die Stiche des Bösen … Die nächste Plage … bis zum Sonntag … Tiere vergiften … Pferde in Koppeln … Hunde …«

Scholz schrieb wieder alles auf, was verständlich bei ihnen im Bus ankam. Im Saal flammten jetzt weitere Kerzen auf. Einige Anwesende erhoben sich und beugten sich über das Opfer, das vor dem Altar lag und sich vor Schmerzen wand. Eine Person strich ihm eine Salbe auf die Wunden.

»Kann die Kamera das Opfer mal näher heranzoomen?«, bat nun Woltmann. Der Techniker drehte wieder an seinem Mischpult herum, dann kam das Gesicht näher. Dieses Mal war es für den Bruchteil einer Sekunde deutlich, und Woltmann erkannte das Antlitz des Mannes, der den Bienen zum Opfer gefallen war.

Hatte er gerade eben wirklich richtig gesehen? Passte diese Person in die bisherigen Mordfälle? Die Gedanken wirbelten nur so durch seinen Kopf. Bevor er sie vor dem Ermittlungsteam öffentlich machte, wollte er sich jedoch mit Mandy besprechen. Schließlich war noch vieles unklar. Die Gefahr, sich für immer und ewig bei der Kripo zu blamieren, deshalb groß.

* * *

Sechzehn Uhr. Henry Mahler, der autoritäre und gewaltbereite Sektenführer, war dringend verdächtig, Dominik Ferber ermordet zu haben. Sein Motiv war ein doppeltes: Zum einen verweigerte Ferber seinem Sohn Fabian die weitere Teilnahme an Versammlungen der Sekte. Auch hatte Ferber unbemerkt einer der Messen beigewohnt, während der es ihm gelungen war, ein Foto zu schießen. Gut möglich, dass er Mahler außerdem angekündigt hatte, ihn wegen seiner menschenverachtenden Umtriebe anzuzeigen. Zudem plante er eine Artikelserie über Sekten in Thüringen. Auch davon konnte Mahler erfahren haben, denn die Serie war bereits in der »Thüringer Rundschau« angekündigt worden. Darin war von satanischen Praktiken die Rede, die in Thüringen an geheimen Orten stattfänden und die der investigative Journalist Dominik Ferber demnächst offenlegen werde. Wie skrupellos Mahler sein konnte, hatten die Ermittler an diesem Nachmittag selbst miterlebt. Die Beisetzung Ferbers in einem Hochgrab war bloßes Trittbrettfahren gewesen, um den Verdacht von sich abzulenken: Aus der Zeitung hatte Mahler von den ersten drei Hochgräbern erfahren, auch von dem wunderlichen Code TIM 1524, mit dem er als religiöser, wenn auch verblendeter Zeitgenosse etwas anfangen konnte. Aber er brauchte die Formel nicht, um seinen Mord zu rechtfertigen. Er handelte im Auftrag Satans. Er handelte, wenn man es genau nahm, in eigenem Auftrag und Interesse. Doch nicht nur aus der Zeitung konnte er von den ersten drei Hochgräbern erfahren haben. Er besaß unter seinen Anhängern eine direkte Quelle, wie sich jetzt herausstellte.

Nach Rücksprache mit der Staatsanwaltschaft ordnete Remde den Zugriff an. Die Bereitschaftspolizisten umstellten das Gebäude. Der Kripochef selbst betrat mit Scholz und einigen Jenaer Kollegen den Saal. Von Panik ergriffen, versuchte Mahler zu fliehen, rannte dabei aber den vor dem Gebäude postierten Polizisten direkt in die Arme. Diese brachten ihn zur Polizeiinspektion. Remde ließ die Personalien von allen Teilnehmern der Messe aufnehmen. Ein Rettungswagen, der sich um das von Bienen zerstochene Opfer kümmern sollte, traf ein. Das Notfallteam schnallte es auf einer Trage fest. Als der Mann an Remde und Scholz vorbeigetragen wurde, erkannten auch sie ihn.

Woltmann und Hoppe waren während des Zugriffs außerhalb des Gebäudes geblieben, um noch einmal alle Spuren und Ergebnisse durchzugehen. In einem Telefonat hatten sie zwischenzeitlich erfahren, wie der geschwärzte Name im Dokument lautete, das sie in Ralf Kochs Schublade gefunden hatten. Der Name bestätigte ihre Annahmen. Remde trat mit verblüffter Miene auf sie zu.

»Der Mann, der von den Bienen zerstochen ist, das ist doch der …«

»Ja, Chef, wir haben folgende Vermutung.«

Sie erläuterten Remde den Gedankengang, den sie vor und während des Zugriffs entwickelt hatten. Bei dem Bienenmann handelte es sich um den Halbbruder von Ralf Koch. Hervorgegangen aus der kurzen Ehe der achtzehnjährigen Lisa Koch, verbündete er sich mit Ralf Koch, dem Sohn Lisa Kochs aus ihrer langjährigen Affäre mit Georg Reder. Der Lebensinhalt des Dioskurenpaares bestand seit dem Tod ihrer Mutter darin, das ihr zugefügte Leid zu rächen. Erst töteten sie den Magdeburger Oberarzt Selcher. Dann führten sie den Autounfall herbei, der Georg Reder das Leben kostete. Fast dreißig Jahre später erfuhren sie durch Dominik Ferber, dass es weitere Schuldige am Tod ihrer Mutter gab: Helmut van Bruns und die Brunshelp AG. Ihre Mutter war das Opfer eines medizinischen Experiments gewesen. Dann ließ sich der Seniorchef auch noch zu seinem achtzigsten Geburtstag feiern, ausgerechnet in Weimar! Er hatte schon viel zu lange gut gelebt, anstatt zu sterben und für seine Sünden gerichtet zu werden. Doch die Sünden mancher mussten bereits in dieser Welt und nicht erst im Jenseits geahndet werden, und zwar mit einem besonders grauenvollen Sterben. Der nachfolgende Tod war dann sozusagen die

Vollendung des verdienten Gerichts! So hatte es Mahler einmal in einer Messe ausgeführt, bei der er einen Satz aus der Bibel auslegte, der sich im 1. Brief an Timotheus fand: *Etlicher Menschen Sünden sind offenbar, dass man sie zuvor richten kann; bei etlichen aber werden sie erst mit dem Tode offenbar.* Damit rechtfertigten die Halbbrüder den Mord an Helmut van Bruns. Aber auch die Ermordung Robert Selchers und Georg Reders bekam so einen zusätzlichen Sinn. Die Morde geschahen aus Rache und tief empfundener Verpflichtung gegenüber der Mutter. Sie, die Söhne, waren Richter im Sinne einer höheren, göttlichen Gerechtigkeit.

»Wie Scholz herausgefunden hat, sind die beiden Söhne zeitlebens Junggesellen geblieben. Sie hatten nur ihre Mutter als weibliche Bezugsperson«, führte Hoppe aus.

»Ja, und die starb auf schlimme Weise. Die beiden Muttersöhnchen haben das nie vergeben oder vergessen«, ergänzte Woltmann.

Aber den beiden Söhnen war es nicht nur um Rache gegangen. Sie wollten im Geiste ihrer Mutter auch ein Zeichen setzen. Lisa Koch hatte ihr Amt als Parkwächterin leidenschaftlich ausgeübt – bis es ihr der charakterschwache und von seiner Frau sowie der Stasi unter Druck gesetzte Georg Reder entziehen ließ. Schon die Beisetzung Selchers in einem Hochgrab in den Magdeburger Goetheanlagen enthielt versteckte Hinweise auf das von der Mutter ausgeübte Amt in Weimar. Gäbe es das Amt der Parkwächterin noch, so die Botschaft, bliebe ein Grab wie das in den Magdeburger und Weimarer Parkanlagen nicht so lange unentdeckt. Auch für Georg Reder hatten sie wohl ein Hochgrab im Webicht vorgesehen, mussten aber davon Abstand nehmen, weil ein Radfahrer den im Nebel verunglückten Reder entdeckte und die Polizei rief. Als sie dann von den Machenschaften der Brunshelp AG erfuhren und gleichzeitig herausfanden, dass der

Seniorchef in Weimar seinen Lebensabend verbrachte, war der Entschluss schnell gefasst: Das Magdeburger Hochgrab von 1984 sollte eine Fortsetzung erfahren, diesmal allerdings in den von der Mutter bewachten und über alles geliebten Weimarer Parks. Sorgfältig tüftelten sie ihre Strategie aus: Erst die Puppe, dann den Golden Retriever und schließlich die Knochen von Erika van Bruns, für die sie demonstrativ Hochgräber errichteten, jedes Mal in einem anderen Park. Höhepunkt aus Sicht der Halbbrüder war der Mord an Helmut van Bruns. Hätte die Körpertemperatur der Mutter während der Operation auf achtundzwanzig Grad oder weniger gestanden, wäre sie nicht gestorben. Aber sie war ein Versuchskaninchen gewesen. Van Bruns musste deshalb genau an dem sterben, was den Tod ihrer Mutter verursacht hatte: Die falsche Körpertemperatur. Die Mutter starb, weil der experimentierende Oberarzt Dr. Selcher sich weigerte, die Temperatur der Patientin angemessen zu senken. Seine Versuchsanordnung, von der Brunshelp AG vorgegeben und mit Westgeld erkauft, ließ dies nicht zu. Denn Selcher hatte ja gerade zu testen, ob die neue kardioplegische Lösung auch bei dreißig Grad Körpertemperatur funktionierte. Wie zuvor schon Selcher und Reder töteten die Halbbrüder Helmut van Bruns nicht nur aus Rache, sie wollten mit seinem Sterben zusätzlich auch ein Zeichen setzen: Die der Mutter verweigerte Tieftemperatur erhielt er im Übermaß, so dass er erfror und sie ihn den Ermittlern demonstrativ im Eisblock präsentieren konnten.

Mit den Hochgräbern setzten sie ihrer Mutter Denkmäler. Hier hatte sie gewirkt! Mit ihr als Parkwächterin wären solche heimlich angelegten Hochgräber kaum möglich gewesen. Dazu war sie viel zu aufmerksam! Außerdem hatte sie hier ihre glücklichsten Stunden verlebt! Fast rund um die Uhr kontrollierte sie ihre Parks, kannte jedes Eichenblatt und jeden Grashalm, jede Heuschrecke und jeden Buchfinken! Aber man hatte ihr ihre Ehre genommen: Schläge durch den ersten Ehemann! Man hatte ihr die Ehre genommen: Aberkennung des Ehrenamtes als Parkwächterin. Mit verlogenen Behauptungen und Begründungen! Man hatte ihr die Ehre genommen: Die Frau des Geliebten triumphierte über sie. Mit verächtlichen Blicken, die besagten: Was du für die Parks getan hast, war überflüssig! Dein Versuch, mir den Mann wegzuschnappen, war erfolglos! Man hatte ihr die Ehre genommen: Als Versuchskaninchen der Pharmaindustrie!

Die verlorene Ehre der Lisa Koch – vielleicht wäre die Mutter jetzt rehabilitiert. Immerhin fuhren in den letzten Tagen viele Polizeiautos Streife um und in den Weimarer Parks. Sie schafften es aber nicht, das Hochgrab im Weimarhallenpark mit dem Hinweis auf die dazugehörige, wenn auch im alten Schlachthof deponierte, tiefgefrorene Leiche zu verhindern. Ein Grab im Grünen und eine Leiche im Eis. Eisesgrün in Weimar! Die Polizei als Parkwächter, als Nachfolger von Lisa Koch, hatte versagt! Doch Lisa Koch war noch viel mehr gewesen: Hegerin und Pflegerin der Parks, mit einem großen Herzen für Flora und Fauna. Auch die Berufswahl der beiden Halbbrüder war ein Zugeständnis an ihre Mutter. Flora und Fauna, das Hegen und Pflegen, der eine tat es bei der Stadt, indem er vor allem jenen Friedhof mit seinen historischen Gräbern und altem Baumbestand pflegte, der auch eine Art Park inmitten der Stadt war, der andere tat es …

Woltmann und Hoppe durchschauten die Gedankenwelt der Halbbrüder. Sie traten an den Notarztwagen, wo das Bienenopfer versorgt wurde. Das Opfer war zugleich Täter – und der Halbbruder von Ralf Koch. Auch war er Mitglied der Sekte *Die Axt Satans*. Von ihm hatte der Sektenführer Henry Mahler auch direkte Informationen über die ersten drei Hochgräber erhalten. Trittbrettfahren fiel Mahler deswegen leicht. Denn nichts anderes war das Hochgrab Dominik Ferbers: die Ausgeburt eines Trittbrettfahrers!

Seit zwei Jahren besuchte der Halbbruder von Ralf Koch die Messen der *Axt Satans.* Er war an allen Tatorten. Er hatte alle Möglichkeiten, jeglichen Verdacht von sich abzulenken. Selbst seine Fingerabdrücke und DNA-Spuren waren unverdächtig. Wie hätte er sie auch vermeiden sollen? Er galt als wichtiger Zeuge. Sein Halbbruder Ralf Koch half ihm bei allen Taten, allerdings nicht beim Töten selbst. Für das Brutale war er der Geeignetere. Da zahlte sich Mahlers Schule aus. Die Bienen standen am Ende einer ganzen Reihe von Prüfungen, die ihn abstumpfen ließen. Darum fanden sich auch keine Spuren von Ralf Koch in und an den Hochgräbern. Das Töten war allein seine Sache. Er war der Mörder von Helmut van Bruns. Er hatte die Puppe gestohlen, den Golden Retriever entführt und vergiftet. Er war nach Batzingen gereist, hatte Erika van Bruns' Grab im Ruhewald leer geräumt und ihre Knochen im Park von Belvedere in Weimar wieder verscharrt. Er hatte vier Hochgräber errichtet, während sein Halbbruder Ralf Koch Schmiere stand, damit sie von niemandem dabei beobachtet wurden. Er lebte in zwei Welten: in der der Sekte und in der eines ganz normalen Bürgers mit geregeltem Berufsalltag und Freizeitbeschäftigungen.

Er und Ralf Koch waren, auch ohne dass man ihnen das Ehrenamt antrug, durch ihre Berufe Parkwächter in der Nachfolge ihrer Mutter.

Woltmann und Hoppe beugten sich über die Liege. Sie sahen einen trotz der unzähligen Stiche lächelnden Mörder. Hoppe räusperte sich.

»Sie wissen jetzt Bescheid?« Das Bienenopfer strahlte sie an.

»Ja!« Hoppe schluckte schwer. »Ja, wir wissen Bescheid, Herr Droste.«

* * *

Achtzehn Uhr dreißig. Seit einer Stunde quetschten Remde und Scholz Henry Mahler im Verhörraum aus. Woltmann und Hoppe standen im Nebenraum hinter dem Einwegspiegel und hörten mit. Der Sektenführer behauptete, Ferber zwar in der Mordnacht im Park begegnet zu sein. Ferber selbst habe ihm diesen merkwürdigen Ort wie auch die späte Uhrzeit, eine Stunde vor Mitternacht, vorgeschlagen. Von einer Betäubung Ferbers zu diesem Zeitpunkt habe er aber nichts bemerkt. Er, Mahler, sei im richtigen Leben Fahrer bei einem Paketdienst, und Ferber habe ihn am Tag vor ihrem Treffen im Park angesprochen, als er in der Weimarer Innenstadt seine Pakete auslieferte. Im Park habe man sich dann über die Frage der Religionsmündigkeit gestritten. Die könne Ferbers Sohn Fabian für sich beanspruchen, so Mahlers Position. Ferber habe das natürlich anders gesehen. Er, Mahler, sei dann davongegangen, weil er immer unter Zeitdruck stehe. Mit den Zeugenaussagen, Ferber sei im »Valpolicella«, einem italienischen Restaurant am Frauenplan, entführt worden, könne er nichts anfangen.

Die Kripobeamten waren verunsichert. Mahlers Aussagen klangen überzeugend. Er wusste zudem, dass seine Aussagen leicht zu überprüfen waren. Zwei Jenaer Ermittler, die das Weimarer Team verstärkten, durchsuchten zur selben Stunde Mahlers Wohnung, begleitet von der Spurensicherung.

»Blufft der?« Hoppe hatte Woltmann am Arm gefasst.

»Der hat den Ferber nicht im Park getroffen. Da lügt er. Aber ganz gewiss haben seine Leute den Ferber vom ›Valpolicella‹ an einen versteckten Ort gebracht, ihm dort das Lokalanästhetikum gespritzt und ihn damit gelähmt, so wie es Dr. Pfeiffer erklärt hat. Seine Schreie waren wegen des Klebebands nicht zu hören.«

»Okay, Sascha, und wer von seinen Sektenmitgliedern hat das getan? Der Mahler selbst kann die Narkose nicht gesetzt haben. Er ist doch nur Fahrer bei einem Paketdienst.«

»Genau. Das hat Mahler nicht selbst gemacht. Laut Dr. Pfeiffer kann solche Betäubungen nur jemand vom Fach vornehmen. Ein Mediziner oder Anästhesist!«

»Wart mal kurz!« Hoppe ging in ihr Büro und kam wenig später mit der Liste der Personen zurück, die an der Messe teilgenommen hatten. Die Ermittler hatten alle Namen und Adressen erfasst.

»Das wird unsere Abendbeschäftigung!«

»Herausfinden, welche Berufe die haben?«

»Richtig. Parallel dazu lassen wir uns aus den Kliniken in Weimar, Jena und Bad Berka die Listen aller aktuellen und ehemaligen Mitarbeiter in den Anästhesieabteilungen kommen.«

»Ich geh gleich mal ins Netz. Die aktuellen Mitarbeiter stehen dort vielleicht drin.«

* * *

Zwanzig Uhr. Die Spurenlage war eindeutig: Sören Droste war der Mörder von Helmut van Bruns. In der Kellerwerkstatt seines Wohnhauses fanden sie Schlauchstücke und andere Materialien, die mit den verwendeten Materialien zur Wiederinstandsetzung der Kühlzelle des alten Schlachthofs übereinstimmten. In seinem Auto gab es zudem jede Menge DNA-Spuren des alten van Bruns, die ihn überführten. Auch sein Halbbruder Ralf Koch saß mittlerweile wegen Beihilfe zum Mord in Untersuchungshaft. Wegen des stillen Feiertags verzichtete Remde darauf, eine Pressekonferenz von der entsprechenden Abteilung der Landespolizeiinspektion in Jena einberufen zu lassen, was sonst eine seiner liebsten Beschäftigungen war, wenn es einen Fahndungserfolg zu verkünden gab. Aber dieses Mal war er vorsichtig. Mahler gestand nicht. Sein Anwalt hatte ihm geraten zu schweigen. DNA-Spuren Mahlers an der Leiche Ferbers fanden sich nicht. Was also, wenn jemand anders, wie sie annahmen, auf Mahlers Geheiß den Periduralkatheter bei Ferber gesetzt, ihm den Mund verklebt und ihn so bei Bewusstsein und zugleich wehrlos gehalten hatte? Bis er, Mahler, ihn bei lebendigem Leib begrub, ohne seine DNA und Fingerabdrücke zu hinterlassen. Seine Getreuen konnten alles vorbereitet haben, so dass er nur den letzten Schritt, das Zuschütten des Gesichts erledigen musste. Zuzutrauen war Mahler diese Brutalität durchaus. Das Erlebnis der Schöndorfer Messe ließ keinen Zweifel: Er war verroht, gefühllos, zu allem fähig. Aber sie hatten keine Beweise.

Aus Jena traf eine Mail der Pressestelle ein. Sie enthielt den Vorschlag für eine Pressemitteilung, die Remde überprüfen sollte. Während er das tat, saßen Woltmann und Hoppe über der Teilnehmerliste an Mahlers Messe und telefonierten die Namen ab, surften im Internet und versuchten, die Berufszugehörigkeit der einzelnen Sektenmitglieder herauszufinden oder deren Namen mit den Personallisten der Kliniken in den umliegenden Städten abzugleichen. Aber es fehlte ihnen an Konzentration. Die Krankenhäuser arbeiteten am späten Abend des Feiertags nur mit einer Notbesetzung. Kurz vor Mitternacht entschieden sie deshalb, sich auf morgen zu vertagen. Sie brauchten dringend eine Mütze voll Schlaf.

SAMSTAG, 19. APRIL 2014 (KARSAMSTAG)

Scharen von Touristen pilgerten schon am frühen Morgen durch die Weimarer Gassen und Parks. Osterspaziergänger, wohin man auch schaute. *Hier bin ich Mensch, hier darf ich's sein.*

Als Woltmann gegen neun Uhr in die Polizeiinspektion fuhr, sah er auf dem Platz der Demokratie schon eine lange Schlange stehen. Besucher, die auf Einlass in die Herzogin-Anna-Amalia-Bibliothek warteten. Sie wollten den spektakulären Lesesaal sehen, in dem Goethe ein und aus gegangen war. So mancher überbrückte die Wartezeit mit der Lektüre eines Weimarkrimis, auf dessen Cover eine blaue Bank in einem Park prangte, wie Woltmann vom Wagen aus erkennen konnte. Gleichzeitig mit ihm traf Mandy Hoppe im Büro ein. Sie kochten sich einen Kaffee und arbeiteten danach die Namensliste der Sekte weiter ab. Auch eine Liste mit den Namen früherer Mitarbeiter der Weimarer Intensivstation war inzwischen eingetroffen. Wann immer sie jedoch eines der Mitglieder der *Axt Satans* anriefen, trafen sie auf eine Wand des Schweigens. Nur das Nötigste teilten Mahlers Anhänger mit. Schweigen herrschte auf alle Fragen, die das Sektenleben betrafen, das hatte ihnen Mahler eingebleut. Sonst mussten sie mit scharfen Strafen rechnen. Ein Koch, eine Busfahrerin, ein arbeitsloser Jurist – das soziale Spektrum der Anhänger der *Axt Satans* war breit gefächert –, ein Sammelbecken für Gescheiterte und Hoffnungslose. Ihnen bot die Sekte mit ihrer klaren Hierarchie und der Strenge ihres Anführers an der Spitze Orientierung und Halt. Die latente Gewaltbereitschaft stieg von Messe zu Messe. Das jedenfalls ging aus dem Telefonat mit einer Studentin hervor, die nach den gestrigen Vorgängen beschlossen hatte, aus der Sekte auszusteigen. Nachdem ihr Mandy Hoppe absolute Vertraulichkeit zugesagt hatte, schilderte sie die Abläufe bei den Messen, an denen sie teilgenommen hatte. Auch von den wortkargen Gesprächen mit anderen Sektenmitgliedern berichtete sie. Mahlers wichtigstes Anliegen war das Abtöten von Mitleid und positiven Emotionen. Die Bibel und andere religiöse Bücher benutzte er selektiv, um die von ihm geforderten Gewalttaten zu legitimieren. Die heiligen Schriften vermittelten den Sektenmitgliedern das Gefühl, einer überirdischen Bestimmung zu folgen. Ein Verfahren, das Menschen schon seit Jahrhunderten manipulierbar machte.

Doch so spannend die Ausführungen der Studentin auch waren: In der konkreten Frage, wer Mahlers Mithelfer oder sogar Haupttäter beim Mord an Dominik Ferber war, halfen sie den Ermittlern nicht weiter. Sie riefen deswegen auch bei Arbeitskollegen der Sektenmitglieder an, durchforsteten die Meldedaten der amtlichen Stellen und prüften ab, ob es Einträge in den polizeilichen Führungszeugnissen gab. Viele Anfragen scheiterten, weil die Behörden am Ostersamstag nicht arbeiteten.

»Holger Pietsch!«, rief Woltmann plötzlich aus dem Großraumbüro in Richtung Mandys Büro, dessen Tür wie immer offen stand. Da sie um diese Uhrzeit nur zu zweit in der Kripo waren, konnten sie sich problemlos auf diese Weise verständigen.

»Wie heißt der noch mal?«

»Warte, ich komme.«

Woltmann nahm einige Blätter und ging in Mandys Zimmer.

»Hier, der war bei der Messe dabei. Auf der Liste im Krankenhaus führen sie ihn als Anästhesiepfleger. Holger Pietsch. Wohnt in der Martersteigstraße.«

»Das ist ja kurios. Ich habe gerade eben auf der Liste der ehemaligen Mitarbeiter der Weimarer Intensivstation jemanden entdeckt, der auch an den Messen teilgenommen hat. Hier, die Frau wohnt in Großbrembach.«

»Großbrembach? Wo ist denn das?«

»Nördlich des Ettersbergs. Richtung Sömmerda.«

»Dann brauchen wir jetzt Verstärkung.«

»Okay, ich informiere den Chef.«

Remde, der noch zu Hause war, war sofort bei der Sache, als er hörte, was Hoppe und Woltmann herausgefunden hatten.

»Ich fahr gleich bei Scholz vorbei. Wir suchen diesen Pietsch auf. Sie beide fahren nach Großbrembach.«

Noch auf der Fahrt nach Großbrembach erhielten sie von Remde den Anruf, dass sie mit Holger Pietsch einen Volltreffer gelandet hatten.

»Der hat keinerlei Widerstand geleistet, hat uns geradezu erwartet«, berichtete Remde aus der Martersteigstraße. »Zur Tat schweigt er zwar. Aber wir haben Beweismittel sichergestellt. Spritzen, Präparate, Medikamente. Überall steht drauf: ›Nur für den Klinikgebrauch‹.«

Hoppe und Woltmann sahen sich erleichtert an.

»Chef, was für ein Auto fährt der Pietsch denn?«

»Moment, Kollegin …« Türgeräusche waren zu hören, Schritte. »So, jetzt bin ich in der Garage. Einen weißen Golf hat er. Warum?«

»Weil die Zeugen im Hotel hinter dem ›Valpolicella‹ einen dunklen Kombi gesehen haben, in den Ferber wohl verfrachtet wurde.«

»Na, dann wartet mal ab, was ihr in Großbrembach vorfindet.« Remde legte vergnügt auf. Der Fahndungserfolg machte gute Laune. Aber noch waren sie nicht am Ende der Ermittlungen angelangt.

In Großbrembach angekommen, versagte das Navigationsgerät den Dienst, und sie fanden das Haus erst, nachdem sie einen Einheimischen nach dem Weg gefragt hatten. Kurz danach standen sie vor einem heruntergekommenen Backsteingebäude. Überall klebten rußige Spinnweben an der Hausfront. Die meisten Rollläden hingen schief und festgerostet vor den schmutzigen Fensterscheiben. Eine Klingel schien es nicht zu geben. Kurz überprüften sie ihre Schusswaffen, dann klopfte Woltmann kräftig an die Eingangstür. Nach einer Weile öffnete ihnen ein freundlicher alter Mann mit grauem Haarkranz. Sie stellten sich vor, zückten ihre Dienstausweise.

»Nanu, Sie sind von der Polizei? Was verschafft mir die Ehre?«

Sie erläuterten kurz ihr Anliegen. Er schickte sie ein Stockwerk höher, wo sich die kleine Wohnung seiner Tochter befand. Doch die öffnete ihnen nicht. Die beiden Polizisten stürmten die Treppe hinunter und auf den Hof des Gebäudekomplexes.

»Hallo!«, sprach Hoppe den Vater an. »Ihre Tochter ist nicht in ihrer Wohnung. Wo könnte sie denn sein?«

»Nicht im Zimmer?« Der schwergewichtige Mann im Karohemd grübelte. »Vielleicht ist sie in der Scheune, dort!« Er wies den Beamten mit dem Zeigefinger die Richtung. »Dort hat sie ihre Meerschweinchen.«

Erst jetzt erkannten sie, dass das Gebäude ein alter Vierseithof war, den sein Besitzer offenbar seit langem nicht mehr für landwirtschaftliche Zwecke nutzte. Ein rostiger Traktor stand wie das Symbol einer untergegangenen Zeit in einer zum Hof hin offenen Scheune. Mit einem Nicken wies Woltmann auf den im Innenhof geparkten Kombi, einen alten Mercedes, dessen schwarze Farbe nur von einer feinen Staubschicht und einigen Schlammspritzern aufgehellt wurde.

»Du links, ich rechts«, entschied Hoppe. Woltmann öffnete das knarrende Tor einer weiteren Scheune. Das Erste, was er sah, war ein Käfig direkt am Scheuneneingang. Darin lagen drei Meerschweinchen mit durchgeschnittener Kehle. Vorsichtig betrat er den unebenen Boden. Obwohl er als Streifenpolizist einiges zu sehen bekam, entfuhr ihm nun ein Schrei.

»Was ist, Sascha?« Die Kommissarin rannte aus dem Stall zu ihm hinüber. Zehn Sekunden später stand sie außer Atem neben ihm und starrte gleich ihm an die Decke des Stalls. An dem obersten Balken, direkt neben einem aus Brettern gezimmerten Gang, der zum früheren Heuspeicher führte, baumelten die Reste eines Stricks.

Nach zwanzig Minuten traf der Notarztwagen ein. Jede Hilfe kam zu spät. Der Notarzt erkannte die Tote wieder.

»Die hat bei uns mal eine Ausbildung als Anästhesieassistentin gemacht. Aber dann …«

Auf einem alten Holzstuhl lag, mit einem Stein beschwert, ein Abschiedsbrief.

Es ist alles so sinnlos. Darum mache ich Schluss. Papa, du schaffst das ohne mich besser. Als Letztes noch ein Geständnis. Ich habe Dominik Ferber entführt und ermordet. Henry Mahler ist unschuldig. Er ist mein persönlicher Führer und wird es bleiben, auch wenn ich jetzt aus dieser Welt scheide.

Die Zornesfalte auf Hoppes Stirn zuckte, als sei sie kleinen elektrischen Stößen ausgesetzt.

»Hört das denn nie auf? Dass sich Menschen in solch fatale Abhängigkeit zu anderen begeben?«

»Nein, das hört nie auf!« Woltmann starrte gedankenversunken auf die Leiche.

Die kriminaltechnische Untersuchung der Scheune ergab, dass das Seil beim Versuch, sich zu erhängen, durch das enorme Körpergewicht gerissen war. Der Tod war durch den Aufprall des schweren Körpers aus circa fünf Meter Höhe auf dem Boden eingetreten. Sonja Tonmann hatte sich dabei das Genick gebrochen. Sogar die letzte Handlung ihres unglücklichen Lebens war noch gescheitert.

SONNTAG, 20. APRIL 2014 (OSTERSONNTAG)

Vom Eise befreit. Weimar atmete auf. Es war ein Ostersonntagmorgen, wie er im Buche stand!

Die Parks rund um die Stadt waren voller Spaziergänger, die Menschen aus dem Dunkel der Nacht ans Licht gebracht. Aus den Kirchen strömten Besucher von der Ostermorgenmesse, noch ganz ergriffen vom Geist der Taufe, der sie beigewohnt hatten. Alle waren sich einig: Weimar war an diesem Morgen der schönste Fleck auf Erden.

»Im Tale grünet Hoffnungsglück«, deklamierte vor dem Römischen Haus ein Stadtführer Goethes Gedicht vom Osterspaziergang einer bildungshungrigen Touristenschar. Sie folgte seinem aufgespannten Regenschirm, auf dem Schillers Schädel gleich zwei Mal abgebildet war.

In Woltmanns Wohnung in der Belvederer Allee stand die Balkontüre weit offen. Warme Frühlingsluft strömte herein. Kiebitze, Goldammer und Feldlerchen sangen in den nahen Bäumen um die Wette.

Laura und Ronny besuchten gerade die Großeltern, um sich ihre kleinen Ostergeschenke abzuholen.

»Du, Yvonne, darf ich dich was fragen?« Woltmann hatte Ringe unter den Augen, so wenig hatte er in den letzten Tagen geschlafen.

»Oh, was ist denn das für ein förmlicher Einstieg?« In Yvonnes Wangen bildeten sich zwei Grübchen. Sie köpfte ihr Frühstücksei.

»Also, ich meine, Yvonne, wir kennen uns nun doch schon lange, und deswegen, ich wollte …«

Yvonne legte den Löffel auf den Teller und ließ das Frühstücksei Frühstücksei sein.

»Halloooo, Sascha?« Sie beugte sich über den Tisch und sah ihm direkt in die Augen. »Wo drückt uns denn der Schuh?«

Woltmann blieb stumm und beobachtete das Eigelb, das von Yvonnes Löffel auf die Brotscheibe tropfte.

»Bist du so müde, mein Lieber?«

Woltmann richtete sich auf, gab sich einen Ruck.

»Also, Yvonne, ich habe dich letztens in der Buchhandlung mit so einem Typen gesehen. Einem mit gegelten Haaren.«

Die Küchenuhr tickte. Kein weiteres Geräusch war zu hören. Sie saßen sich am Tisch gegenüber, etwa zwanzig gefühlte Kilometer voneinander entfernt. Yvonne schaute durch ihn hindurch.

»Dann habe ich dich beim Cappuccino-Trinken ein weiteres Mal mit ihm gesehen, am Frauenplan. Also, du bist ja ein freier Mensch. Aber wir sind nun mal schon lange verheiratet. Wenn also zwischen uns was nicht mehr stimmt, musst du es mir sagen. Damit ich wenigstens versuchen kann, etwas zu ändern. Wir könnten demnächst nur zu zweit was unternehmen, ich könnte zum Beispiel Karten für das Robbie-Williams-Konzert besorgen, oder wir …«

Das Ticken der Uhr. Draußen eine Amsel mit forderndem Gesang. Sonst Stille, anhaltend.

»Stopp! Stopp!« Yvonne schlug plötzlich energisch mit der Faust auf die lasierte Tischplatte. Die blauen Kaffeetassen aus Bürgeler Porzellan schepperten. Sie streckte beide Hände aus wie ein Verkehrspolizist, der die Autos auf einer achtspurigen Straße zum Anhalten bringt.

»Stopp!« Sie schluckte, sammelte sich. »Du bist ein totaler Idiot!«

Woltmann saß da, als habe er einen Stock verschluckt. Er wusste nicht, was er erwidern sollte.

»Jetzt pass mal gut auf, Sascha Woltmann! Also …«, sie schluckte erneut, rang um Worte, »… der gegelte Typ, das ist der Bezirksleiter der Buchhandelskette, bei der ich arbeite. Er hat mir in Aussicht gestellt, dass ich eine Festanstellung bekomme. Das hat er getan, weil …« Sie kämpfte mit den Tränen. Ihr ganzer Frust, bisher noch nicht beruflich in Weimar angedockt zu haben, kam auf einmal in ihr hoch. Wehmut mischte sich dazu, ihre verantwortungsvolle Stelle im Berliner Zentrum für Flüchtlingshilfe aufgegeben zu haben. »Das hat er nicht getan, weil er mit mir ins Bett will. Nein, stell dir vor, meine Chefin hat mich empfohlen. Sie meint, ich wäre an der Kasse unterfordert. Ich könne vielleicht eine Festanstellung bekommen. Dazu muss ich natürlich ein paar Weiterbildungen besuchen. Welche das genau sind und wie das Ganze finanziell aussieht, wollte der gegelte Bezirksleiter mit mir unter vier Augen im Café und nicht vor allen anderen in der Buchhandlung besprechen. Denn dort haben wir nur ein winziges Zimmer. Da hören andere mit und deswegen …«

»Oh!«

»Du hörst zu, Sascha! Hätte ich ihm unter diesen Umständen das Gespräch verweigern sollen, nur weil er ein Mann ist? Und mich dazu in ein Café einlädt? Ich versteh nicht, wieso …«

»Aber, warum …«

»Schscht! Ich habe dir bisher nichts davon erzählt, weil es noch ein ungelegtes Ei ist.«

Sie sah auf das erkaltete Frühstücksei. Ein Lächeln huschte über ihr Gesicht. Das Bild mit dem Ei passte zum Tag.

»Ich wollte nicht ständig nach dem Stand der Dinge gefragt werden. Keine Hoffnungen wecken. Ich weiß ja nicht, ob es klappt. Mannomann, Sascha, ich fass das nicht. Jetzt sitz ich hier wie eine Angeklagte wegen so einer Lappalie!«

Woltmann zwickte sich unter dem Tisch in den Oberschenkel. Eine kleine Selbstbestrafung. Er spürte, dass er sich in die

Nesseln gesetzt hatte. Jedes weitere Wort wäre jetzt gefährlich. So ging er auf die andere Seite des Tischs, strich Yvonne über die Haare. Sie schlug seine Hand weg, folgte ihm dann aber zum Sofa im Wohnzimmer. Sie setzte sich ihm gegenüber in den Sessel. In ihren Augen standen Tränen.

Auf dem flachen Tisch mit den Fernsehzeitschriften lag das Buch eines andalusischen Autors. Woltmann wusste nicht so richtig, wie er sich verhalten sollte. Er schlug das Buch an der Stelle auf, wo ein Lesezeichen eingelegt war.

»Liebe ist Vertrauen«, las er leise. Er spürte, wie Yvonne ihn beobachtete. Stumm legte er das Buch zurück. Yvonnes Mundwinkel zuckten. Endlich lächelte sie ihn an. Mit einem Seufzer wechselte sie zu ihm aufs Sofa und legte ihren Kopf in seinen Schoß.

Das SMS-Signal von Woltmanns Smartphone ertönte. Er zog es aus der Tasche, öffnete die Nachricht.

Hallo, wo bleibt das Geld? Tausend Euro!

Die Frau aus Ghana. Woltmann fühlte sich nicht wohl in seiner Haut. Eben noch hatte er seine Frau der Untreue verdächtigt. Und jetzt erpresste ihn diese Renate. Alles irgendwie komisch. Er würde sie weiterhin ignorieren. Was hatte sie schon gegen ihn in der Hand?

* * *

Laura und Ronny trafen ein. Sie sahen ihre Eltern in trauter Zweisamkeit auf dem Sofa, gingen aber darüber hinweg.

»Oma und Opa haben wieder gefragt, ob wir mit ihnen Urlaub in der Lüneburger Heide machen! In der Nähe der Ratatouille-Achterbahn.« Die beiden glucksten.

Woltmann war erleichtert über den Themenwechsel. Yvonne wartete mit einer Überraschung auf.

»Also, wir haben diesbezüglich ja einen kleinen Konflikt. Meer oder Berge. Stimmt's?«

Die anderen drei stimmten zu und hofften, sie würde sich auf die eine oder andere Seite schlagen.

»Ich hab mir gedacht, wir machen Urlaub dort, wo zurzeit nicht so viele hinfahren.«

»Afghanistan?«

Yvonne überhörte Ronnys Einwurf.

»Griechenland. Da habe ich einen Ort gefunden, wo man günstig eine Ferienwohnung mieten kann. Wir fahren mit dem Auto. Auf der Fähre können wir an Deck schlafen. Dann haut das finanziell hin!«

Gespannt lauschten die Kinder. Woltmann wollte schon etwas einwenden, da gab ihm Yvonne ein Zeichen zu schweigen. Sie zeigte ihnen einige Ausdrucke, die sie sich von dem idyllischen Dorf auf der Peloponnes aus dem Internet gezogen hatte.

»Ja, Meeeeeeeer!« Laura klatschte in die Hände.

»Nicht nur. Ich hab auch an Papa und deshalb an Berge gedacht. Da gibt's nämlich jede Menge von! Du kannst dort also deine Touren machen, Sascha.«

»Aber, ist das denn nicht wahnsinnig heiß dort im Sommer?«

»Tja, Papa, es wird dir nicht schaden, wenn du mal ein bisschen was wegschwitzt.« Ronny kniff die Augen zusammen. Woltmann drohte ihm nicht ganz ernst mit dem Zeigefinger.

»Ach, übrigens, Ronny, ich bin dir noch was schuldig.«

»Stimmt, Papa. Hab ich nicht vergessen. Brief an Timotheus und so.«

»Also, ich habe mir gedacht, ich lade mal deine Leute aus der Gerberstraße zu uns zu einem Bier ein. Würd mich mal interessieren, wie ihr so tickt.«

Ronny stutzte. Dann machte er eine wegwerfende Handbewegung.

»Danke, Papa, gut gemeint. Aber meine Kumpels, die gehen zu keiner Party bei einem, sorry, Bullen.« Er zwinkerte seinem Vater zu. »Wie wär's daher, wenn du mir das Geld für eine Kiste Bier gibst? Die ziehen wir uns dann auf der Kiwi rein.«

»Ach, die Kiwi!« Woltmann dachte an das Hochgrab von Dominik Ferber. Und an die Jugendlichen, die am Tatort gewesen waren und Grabfotos posteten. Er zog einen Zwanzig-Euro-Schein aus dem Geldbeutel.

»Läuft!« Ronny klopfte ihm auf die Schulter und verschwand. Woltmann sah Laura, die die Szene wie einen Film im Kino beobachtete. Noch einmal griff Woltmann in den Geldbeutel.

»Hier. Für dich, Laura. Vom Osterhasen. Kauf dir was Schönes.« Er reichte auch ihr einen Zwanzig-Euro-Schein.

»Das spar ich mir für Griechenland! Danke!« Sie zog sich in ihr Zimmer zurück.

Yvonne blinzelte zu Woltmann.

»Und was machen wir jetzt, Sascha?«

»Schlafen, ich muss schlafen! Komm!«

EPILOG

»Sascha, beruhig dich doch mal!«

Mandy Hoppe fuhr fort, Woltmann von Remdes Antrag auf Versetzung eines Schutzpolizisten zur Kripo ans Thüringer Innenministerium zu berichten, den dieser gleich nach Auflösung der Sonderkommission »Hochgrab« gestellt hatte. Der Betroffene habe sich in der letzten Zeit bei kriminalpolizeilichen Ermittlungen große Verdienste erworben. Jetzt war es offiziell: Der Polizeihauptmeister Mike Scholz wechselte von der Schutzpolizei zur Weimarer Kripo.

»Komm, Sascha, sei nicht traurig. War doch klar, dass du noch nicht dran bist!«

Sie legte den Arm um Woltmanns Schulter. Sie standen als einzige Gäste am kleinen Bistrotisch in Baums Bäckerei. Aus der Backstube war lautes Klappern zu hören. Dazu trällerte Ingo Baum ein Volkslied.

»Mandy, ohne uns beide wären die Fälle nie gelöst worden! Aber schon wieder tut Remde so, als seien wir Luft!« Woltmann verschüttete zu allem Überfluss Kaffee auf seine Uniform. Mühselig wischte er den Fleck mit einer Papierserviette weg. »Wieso ist denn für den plötzlich eine Stelle frei? Ich versteh das nicht!«

»Kann ich dir erklären, Sascha. Der Kollege Günter Müller kommt nicht mehr in die Arbeit zurück.«

»Müller? Ist das der mit dem Krebs?«

»Ja, mit Lungenkrebs. Man hat jetzt auch Metastasen in seinem Kopf entdeckt.«

»Er kann seinen Beruf also nicht mehr ausüben?«

»Nein. Er ist neunundfünfzig und muss jetzt ganz lange in Therapie. Falls er überhaupt noch mal gesund wird, kann er nicht mehr arbeiten. Er ist ab sofort berufsunfähig. Seine Stelle steht zur Neubesetzung an.«

»Und die kriegt der Scholz! Toll! Wer weiß, wann wieder was frei wird!«

Die Kommissarin fand keine Gegenworte mehr, zumal es vorerst tatsächlich nicht gut aussah, was Woltmanns Ambitionen, zur Kripo zu wechseln, betraf. Woltmann dachte an den schwer erkrankten Kollegen. Er kannte ihn nur flüchtig. So krank zu sein, den Tod vor Augen zu haben, musste furchtbar sein.

»Übrigens, Sascha. Fällt mir gerade ein, wo wir übers Sterben reden. Wir beide können uns in einem Ruhewald beisetzen lassen.«

»Hä? Wie kommst du denn darauf?«

»Hat mir Nicole Meisinger erzählt. Schon bald gibt's bei Bad Berka einen Ruhewald. Nicole hat sich den Entwurf und das vorgesehene Gelände sogar schon angeschaut. Nach unseren Fällen hat sie das interessiert. Der Iffland war erfolgreich. Mit seinen Anträgen ging's plötzlich ganz schnell. Ein maßgeblicher Politiker hat sich für sein Anliegen eingesetzt.«

»Horstmüller?«

»Klar! Der hat seine Meinung grundlegend geändert. Warte mal, ich hab mir das aufgeschrieben.« Sie blätterte in ihrem Notizbuch.

»Der Ruhewald ist direkt am Goethewanderweg zwischen Weimar und Großkochberg. Genehmigt vom Landesverwaltungsamt. Er trägt den Namen ›Goethefrieden‹.«

»Hm, hat der Iffland sein Ziel also erreicht. Möchte nur wissen, mit was der den Horstmüller erpresst hat.«

»Das, Sascha, werden wir wohl nie erfahren. Hier …« Sie tippte auf eine Stelle in ihrem Notizbuch. »Eingeweiht hat den Ruhewald ›Goethefrieden‹ Dr. Konrad Horstmüller, Europaabgeordneter, mit einem Vortrag zum Thema ›Europa und das Sterben – eine Herausforderung unserer Gegenwart für die Zukunft‹. Betreiber des Ruhewalds ist die *Dein Grab unter Bäumen GmbH* mit ihrem Geschäftsführer Lothar Iffland.«

»Sag mal, Mandy, möchtest du wirklich mal in diesem Wald begraben sein?«

»Darüber hab ich mir noch keine Gedanken gemacht. Aber eine Bestattung ist dort bereits angemeldet. Steht auf Ifflands Homepage. Eine Germanistikprofessorin aus Südkorea. Ihre Urne wird bald in Südkorea exhumiert und überführt. Über ihrem Grab wird die *Dein Grab unter Bäumen GmbH* einen Ginkgobaum pflanzen. Das hat sich die Südkoreanerin in ihrem Testament gewünscht.«

»Und sonst ist da nix? Nur dieser Ginkgobaum?«

»Doch. Es gibt noch ein Kreuz. Ein schlichtes Holzkreuz mit fünf Buchstaben.« Sie sah Woltmann erwartungsvoll an.

»Fünf Buchstaben? Welche?«

»Na, Sascha, welche denn wohl? Hm?«

»Komm, jetzt sag schon!«

»S A L V E.«

»Ach, wie bei Goethens auf der Türschwelle …«

Bäcker Baum schaute aus der Backstube zu ihnen in den Verkaufsraum. »Hallihallo, noch ein Käffchen? Alles paletti?«

Woltmann winkte ab.

»Schon Zeitung gelesen?« Baum wischte sich die Mehlhände an der Schürze ab und blätterte vor ihnen die »Thüringer Rundschau« auf. Mit der Hand tippte er auf einen Artikel:

Freispruch für Henry M. im Mordfall Dominik F.

»*O sole mio*«, sang Baum, während er in die Backstube zurücktänzelte. Woltmann und Hoppe lasen beide still, was über den Prozess gegen Henry Mahler in der Zeitung stand. Dem Sektenführer konnte keine Beteiligung im Mordfall Ferber nachgewiesen werden. Mit dem Abschiedsbrief Sonja Tonmanns hielten seine Anwälte einen Trumpf in der Hand, der so gut wie unangreifbar war. Mahler stritt ab, Ferber entführt, ihm ein Lokalanästhetikum gespritzt und ihn bei lebendigem Leibe begraben zu haben. DNA-Spuren überführten Holger Pietsch als denjenigen, der das Anästhetikum in der Weimarer Klinik entwendet und Ferber damit, gemeinsam mit Sonja Tonmann, betäubt hatte. Viele Jahre hatte der Anästhesiepfleger die Ärztinnen und Ärzte in der Intensivmedizin beobachtet. So lange, bis er sicher war, selbst eine, den Körper halsabwärts betäubende Spritze gezielt setzen zu können. Zu den Abläufen in der Mordnacht verweigerte er die Aussage und entlastete somit Mahler vom Verdacht, am Mord beteiligt gewesen zu sein. Auch nach seiner Verurteilung zu einer zehnjährigen Haftstrafe tat er vor Gericht lediglich kund, Henry Mahler sei sein persönlicher Führer und werde es bleiben, solange er lebe und darüber hinaus.

»So eine Sauerei. Der Mahler kommt also ungeschoren davon!«

»Tja, Mandy, die Sektenmitglieder sind alle abhängig von ihm. Er ist eben ein richtiger Guru. Die trauen sich nicht, gegen ihn auszusagen.«

»Weil sie Angst vor ihm haben. Mann, das ist doch nicht gerecht! Ich bin mir sicher, dass die beiden den Ferber in seinem Auftrag umgebracht haben!«

»Das Problem ist doch, dass es dafür keine Beweise gibt.«

»Wenigstens Droste und Koch haben sie verurteilt. Droste lebenslang wegen des Mordes an Helmut van Bruns. Ralf Koch wegen Beihilfe zum Mord für zwölf Jahre.«

»Sag mal, Mandy, die Morde an Selcher und Reder. Sind die eigentlich noch mal aufgerollt worden? Ich meine, jetzt ist doch klar, wer das war.«

»Droste und Koch. Aber sie haben die Morde an Selcher und Reder nicht gestanden. Sie schweigen dazu. Auch wenn vieles für sie als Täter spricht, ist die Beweislage nach so langer Zeit schwierig.«

Woltmann faltete die Zeitung zusammen.

»Halt!«, unterbrach ihn seine alte Schulkameradin. »Hier! Lies das mal!«

Keine Parkwächter in Weimar. Stadtrat lehnt mehrheitlich Wiederaufnahme des früheren Ehrenamts ab.

»Kann ich gut verstehen.«

»Wieso?« Woltmann sah Mandy unschlüssig an.

»Na, wenn die jetzt diesen früheren Titel und das Amt wieder einführen, sieht das doch so aus, als ob sie Droste und Koch verherrlichen.«

»Stimmt, die hätten dann noch ihren Triumph. Und Mord darf nicht zum Triumph führen.«

»Was Lisa Koch wohl zu den Taten ihrer Söhne sagen würde, wäre sie noch am Leben? Selbst wenn sie es für sie getan haben. Welche Mutter will schon, dass ihre Söhne morden?«

Baum erschien wieder.

»Sascha, Frau Kommissarin, ich muss euch noch was erzählen. Der Heiner Falk war letztens hier bei mir.«

Mandy und Woltmann sahen sich erstaunt an. Der Bäcker kannte also den Parkarbeiter und Kollegen von Droste. Wen kannte Baum eigentlich nicht?

»Na, der ist doch mit diesem Mörder da in den Parks unterwegs gewesen. Diesem, äh …«

»Droste.«

»Richtig. Droste! Ja, also den Heiner Falk kenne ich vom Kegeln. Der ist auf der Nachbarbahn mit seiner Gruppe. Immer am Montagabend. Und der hat mir beim letzten Mal erzählt, wie das mit dem Droste war.«

Baum berichtete, Falk hätte Droste nie zugetraut, Mitglied einer Sekte oder gar ein Mörder zu sein. Aber wie so oft im Leben fallen einem manche Dinge erst im Nachhinein auf. So erinnerte sich Falk an so manch dunkles Wort Drostes, das ihm jetzt klarer wurde. Einmal hatte Droste angedeutet, man habe ihm den höheren Schulabschluss in der DDR-Zeit verweigert, weil man ihn in Sippenhaft nähme. Ein anderes Mal hatte er in der Mittagspause ins Leere geschaut und irgendetwas von einem apokalyptischen Gericht gestammelt. Aber solche Äußerungen waren selten vorgekommen. Droste verstand es gut, sein Doppelleben zu verbergen. Vor allem als sie die Hochgräber in Tiefurt, Ettersburg und Belvedere entdeckten, mimte er perfekt den Ahnungslosen. Falk schüttelte ein ums andere Mal den Kopf, wenn er von Drostes Prozess in der Zeitung las. Er hatte bislang geglaubt, eine gute Menschenkenntnis zu besitzen, jetzt aber sah er sich bitter getäuscht. Außerdem hatte er Droste den Schlüssel zur Werkstatt seiner insolventen Firma gegeben. Die befand sich im ehemaligen Industriegelände gleich neben dem alten Schlachthof. Gut möglich, dass Droste sich von dort auch das Werkzeug geholt hatte, um die Kühlzelle wieder in Gang zu setzen. Statt Materialien für den Bau seiner Dampfdusche habe Droste sich welche für die Kühlzelle geholt.

»Wisst ihr, wie der Falk das ausgedrückt hat?« Baum sah die Polizisten herausfordernd an.

»Na, Ingo, nun sag schon!«

»Also, der hat gesagt, ihm sei es bei dieser Vorstellung heiß und kalt den Buckel runtergelaufen.«

Baum lachte laut auf. »Heiß und kalt! Ha, ha, ha, ha, der sollte eine Dampfdusche bauen, und rausgekommen ist eine Kühlzelle, und jetzt läuft's dem Falk heiß und kalt den Buckel runter, heiß und kalt, ha, ha, ha ha …« Der Bäcker bekam sich kaum noch ein.

»Wisst ihr, was der Falk mir noch gesagt hat?« Baum blickte wieder auffordernd zu den beiden Polizisten.

»Na, er hat gesagt: ›Nur auf meine Renate ist Verlass‹.«

Beim Wort »Renate« zuckte Woltmann zusammen. Die Frau aus Ghana. Aber Falks Renate war eine andere. Baum berichtete ihnen noch von Falks neuer Dampfdusche im Bad seines Oberweimarer Hauses. Heiner und Renate Falk hatten ihr den Namen »Antalya« gegeben. Mit einem früheren Kollegen aus der Klempnerei hatte Falk den Einbau vollendet. Zu den Klängen türkischer Volksmusik weihte das Ehepaar Falk, auf einer Buchenholzbank sitzend, die neue Dusche ein. Der Dampf trat aus den Düsen und hüllte sie in orientalischen Duft ein. Sie entspannten sich tief, schwitzten den Schweiß der Erschöpften. Nach fünfzehn Jahren war ihr Bauprojekt endlich zu einem glücklichen Ende gelangt.

»Die Renate rubbelt dem Heiner nach der Dampfdusche immer den Rücken ab. Die hat da so einen Handschuh. Aus türkischem Ziegenhaar.«

Baum sah versonnen aus dem Fenster. Gerade so, als ob Renates Rückenrubbeln das höchste der Gefühle sei. Hoppe prustete los.

»Ich glaub, wir zahlen mal, Herr Baum.«

»Schreib's auf meine Liste, Ingo. Mandy, du bist eingeladen.«

Vor der Bäckerei blieben Hoppe und Woltmann noch eine Weile stehen.

»Was machst du jetzt?«

»Ich muss noch mal ins Büro. Und du, Sascha?«

»Ich hab Feierabend. Muss noch was einkaufen.«

»Bis bald, Sascha. Und Kopf hoch. Du weißt schon.«

»Hm. Du meinst wegen des Wechsels zur Kripo?«

»Ja. Du bist echt ein guter Ermittler!«

Mandy lächelte ihn offen an. Sie war ehrlich zu ihm. Das spürte er.

»Du meinst, ich habe eine kriminelle Begabung?«

Sie lachten, umarmten sich kurz. Dann gingen sie getrennte Wege. Woltmann schlenderte zum großen Einkaufszentrum. Der Wasserkocher hatte seinen Geist aufgegeben. Er fuhr die Rolltreppe zum Elektronikmarkt hinauf, sah sich ein bisschen um und fuhr wieder hinunter. Es war schon lange her, dass er einfach so durch ein Geschäft gebummelt war. Die Ereignisse der letzten Wochen hatten ihn ganz schön geschlaucht. Endlich Freizeit!

Er lief den breiten Gang vor und ging an der Buchhandlung vorbei. Sein Blick blieb an einem Plakat im großen Schaufenster hängen, auf dem eine Buchpräsentation angekündigt war. Der Titel des Buchs: *Helmut van Bruns. Ein Leben im Dienste der Pharmazie zwischen Ost und West*. Woltmann betrat die Buchhandlung. Auf einem flachen Verkaufstisch lagen mehrere Stapel der Biographie des alten van Bruns. Der Autor war Gernot Seidel, zugleich auch Besitzer der Buchhandlung. Woltmann ergriff eins der Bücher. Blätterte lange darin herum. Doch nirgendwo fand er etwas über den Pharmaskandal im Jahr 1984. Im Impressum las er: »Mit finanzieller Unterstützung der *Brunshelp Foundation. Stiftung zur Bekämpfung von Medikamentenmissbrauch*«.

DANK

Todesblau, den ersten Band dieser Krimireihe, habe ich in vielen Buchhandlungen und auf Literaturfesten präsentiert. Danken möchte ich dafür Hanna Pfaffenwimmer und Brigitte Loesdau vom Verlag Droemer Knaur für ihren Einsatz. Ebenso danke ich den Buchhandlungen, die die eher unkonventionelle Art der Buchpräsentation ohne Wasserglas und Leselampe gewagt haben. Ich freue mich auf weitere Begegnungen, dieses Mal mit *Eisesgrün!*

Eisesgrün – der Titel ist im Verlag entstanden. Irgendwo dort in der Münchner Hilblestraße gibt es eine kreative Titelfindungsrunde, ohne dass ich die Personen benennen kann. Danken möchte ich jedenfalls herzlich Steffen Haselbach, Verlagsleiter Belletristik, ohne dessen Unterstützung es dieses Buch nicht gäbe. Christine Steffen-Reimann, im Verlag zuständig für Akquise und Autorenentwicklung, weiß mit ihrem reichen literarischen Wissen und ihrem untrüglichen Spürsinn die richtigen Weichen im Schreibprozess zu stellen. Patricia Keßler, zuständig für die Presse- und Öffentlichkeitsarbeit im Verlag, ist mir ein Vorbild in ihrer unkomplizierten und effizienten Art. Dr. Heike Fischer hat auch *Eisesgrün* lektoriert, gewohnt unerbittlich und darum gut. Schließlich bin ich sehr froh, Michael Gaeb als Agenten zu haben. Seine Kenntnis des Buchmarktes und seine Erfahrungen sind Gold wert. Vielen herzlichen Dank an alle!

Für *Eisesgrün* habe ich mich mit Themen beschäftigt, die mir neu waren. Zum Beispiel wie man einen mannshohen Eisblock mit einer Leiche darin herstellt. Ingenieur Olaf Trost und seine Frau Sabine von der Anlagenbau Trost GmbH (Kälte & Klimatechnik) in Niederzimmern haben anfangs etwas skeptisch geschaut, als ich mit meinem Anliegen auf sie zukam, dann aber viel Kreativität entwickelt. Herzoperationen bei stark reduzierter Körpertemperatur, das Wissen darüber verdanke ich Dr. Niels Wiegel (Bad Berka). Narkosen und Narkosemittel, die man später nicht nachweisen kann, darüber habe ich gute Informationen erhalten von Dr. Monika Tewordt-Leibrock und dem Leitenden Arzt Dr. Walter Dinkel (Wertheim).

Informationen aus dem Polizeialltag erfahre ich von vielen Seiten. Auch meine Tätigkeit als Polizeiseelsorger und Dozent für Berufsethischen Unterricht bei der Bayerischen Bereitschaftspolizei in Dachau gibt mir Einblick in den mitunter schwierigen Polizeialltag. Dafür bin ich dankbar.

Das Hotel Elephant am Weimarer Marktplatz kommt nicht nur in meinen Krimis vor. Es bietet auch mit seinem atmosphärisch einzigartigen Richard-Wagner-Saal den Ort für die Erstpräsentation. Selten habe ich einen so lesebegeisterten Menschen kennengelernt wie Kay Oliver Heller, den General Manager des Hotels. Eigene Lieder zu meinen Krimis komponiert der unvergleichliche Peter Frank, voller Witz und Esprit. Vielen Dank!

Ach ja, und ehe ich's vergesse. Immer wieder werde ich gefragt, ob es den Bäcker Ingo Baum im Krimi auch in Wirklichkeit gibt und wer das ist. Ja, es gibt einen solchen Bäcker. Wer das ist? Ich gebe Ihnen einen Tipp: Könnte durchaus sein, dass er ganz woanders seine Bäckerei betreibt und ich ihn in meinem Krimi nur an den Weimarer Frauenplan verpflanzt habe.

Gehen Sie einfach irgendwo in Deutschland in eine Bäckerei (auch in Österreich und Südtirol habe ich bemerkenswerte Bäckereien entdeckt). Wenn Sie das Gefühl haben, das ist das beste Brot oder der vorzüglichste Schmandkuchen der Welt, dann haben Sie ihn gefunden.

PS: Gerne erwarte ich Sie als Besucher auf meiner Facebook-Seite, bei Twitter oder unter: www.felixleibrock.de (dort auch Hinweise auf meine Veranstaltungen).

Tatort Weimar

Felix Leibrock

TODESBLAU

Kriminalroman

Aus Sorge um seine betagten Eltern lässt sich Polizist Sascha Woltmann aus Berlin in seine Heimatstadt Weimar versetzen. Allerdings bleibt sein Traum von einer Arbeit bei der Kripo erst einmal unerfüllt. Wie gut, dass wenigstens seine ehemalige Schulfreundin Mandy Hoppe ihn als Hauptkommissarin ab und zu mit internen Informationen versorgt. Als Woltmann zu einer Wohnung gerufen wird, in der die Leiche einer Frau liegt, ahnt er nicht, dass er schon bald mit einem brisanten Fall konfrontiert wird, der weit in die deutsche Vergangenheit zurückreicht. Warum hatte die mittellose Tote ein Gemälde von Lyonel Feininger an der Wand hängen?

KNAUR